디지털 레인메이커
최창학의 꿈과 도전

디지털 레인메이커 최창학의 꿈과 도전

초판 1쇄 발행 2022년 11월 1일

지 은 이 최창학
발 행 인 권선복
편 집 권보송
전 자 책 서보미
발 행 처 도서출판 행복에너지
출판등록 제315-2011-000035호
주 소 (157-010) 서울특별시 강서구 화곡로 232
전 화 0505-613-6133
팩 스 0303-0799-1560
홈페이지 www.happybook.or.kr
이 메 일 ksbdata@daum.net

값 22,000원
ISBN 979-11-92486-25-3 03810

DIGITAL

최창학의 **꿈과 도전**

Rainmaker

최창학 지음

목차

0. Prologue

가끔 내 이메일 ID로 왜 rainmaker를 사용하는지 묻는 분들이 있다. 나는 그분들에게 존 G. 아빌드센 감독의 〈The Power of One〉이라는 영화를 한번 보기를 권한다. 영화의 줄거리는 1940~50년대 남아프리카 공화국의 인종차별에 관한 이야기이며, 영화의 전반적인 내용도 좋지만, 나는 특히 이 영화의 엔딩 멘트가 가장 마음에 든다.

> "큰 변화는 여러 사람이 함께할 때 가능하다. 그러나 그 시작은 한 사람의 힘이다."

내가 오래 전부터 이메일 ID를 'rainmaker'라고 쓰는 이유도 여기에서 유래한다. 원래 rainmaker는 '비rain를 만드는 사람maker'이다. 아무리 가뭄이 심하더라도 rainmaker가 기우제를 지내면 비가 내려서 가뭄이 해소된다고 아프리카인들은 믿고 있다. 가난 그리고 기본적 인권이 박탈당한 상황에서 고통과 시련에 처한 民에게 있어 rainmaker는 '희망의 화신'으로 인식되어 왔다. 영화에서는 어린 PK가 포로수용소에서 권투 선수, 합창 지휘자, 그리고 빈민촌에서 문맹퇴치를 위한 야학 활동 등을 하는 것을 통하여 어떻게 수많은 민초들에게 '희망의 화신'인 rainmaker로 성장해 가는지를 잘 보여준다. 절망과 고통에 빠진 민초들에게 PK는 바로 rainmaker이며, 꿈이며, 희망이며, 미래가 된다.

나는 평소 디지털 기술Digital Technology은 중심과 변두리, 가진 자와 가지지 않은 자, 앞선 곳과 낙후된 곳, 높은 자와 낮은 자, 비장애인과 장애인, 배운 자와 배우지 못한 자 등 수많은 격차와 간극과 갈등을 줄일 수 있는 데 기여할 수 있으며, 디지털화Digitalization를 통하여 더 자유롭고 풍요롭고 합리적인 세상을 만들 수 있다는 생각을 가지고 정보화와 관련된 연구와 전략기획과 이를 실행하는 일을 해 왔다. 지금도 그러한 가치를 추구하고 있다.

나는 국적과 인종, 성별, 종교와 사상, 신체적 장애, 문화적 차이를 초월하여 모두가 함께 조화롭게 살아가는 세상을 디지털 기술을 통하여 이루어 나가리란 꿈을 가지고 있다. 정보화와 디지털 혁신을 통하여 지구촌 세상의 진정한 Digital Rainmaker가 되기를 꿈꾼다.

2022년 9월

최 창 학 씀

1. 부뜰이

부뜰아~~!

어릴 때 온 식구들이 불러주던 나의 이름이다. 동네 모든 어르신들은 우리 집을 부뜰이네 집이라 불렀고, 우리 누나들은 모두 누나 각자의 이름보다는 부뜰이 누나라고 불렸다. 사실 나의 이름은 여러 가지다. 집이나 동네에서는 당연히 부뜰이로 불렸지만, 학교에서는 창학으로 불렸었고, 족보에는 종구라는 이름으로 기록이 되어 있다.

부뜰이란 이름은 '늦게 얻은 아들을 꼭 붙들어 놓으라'는 의미를 담고 있다. 나는 누나가 다섯 명, 여동생이 한 명 있는데, 원래 나의 위에는 형이 한 명 있었다고 한다. 어머니는 딸 네 명을 낳고, 다섯 번째로 아들을 얻었으나 형은 홍역을 앓으면서 9살 나이에 세상을 떠났고, 너무나 잘생기고 똑똑한 아들을 잃고서 온 가족은 상당 기간 큰 슬픔을 겪었다고 한다.

어머니는 결국 딸을 하나 더 낳은 후 나를 잉태하셨기에 내가 태어난 후 온 집안 식구들은 물론 친척과 동네 사람들이 대단한 경사로 여겼다고 한다. 그래서 이제는 절대로 귀한 아들을 잃지 않아야 한다고 나의 이름을 부뜰이로 부르기로 하였다고 한다.

어린 시절 나는 부뜰이라는 이름이 좀 부끄럽기도 하였지만,

학교에 들어가면서는 당연히 창학이라는 이름으로 불리었기에 크게 신경 쓰지는 않았다. 늘 집과 동네에서 불리는 이름과 학교에서 불리는 이름이 달랐을 뿐이다. 내가 중학교 때 대구로 전학을 하게 되었고, 고등학교 시절에는 가족들이 모두 대구로 이사를 와서 성장하였지만, 가끔 고향에 갔을 때, 그리고 성장하여 결혼을 한 후에도 동네 어르신들은 늘 나를 부뜰이라고 불렀다. 세월이 많이 지나서 이제는 나의 옛 이름인 부뜰이를 기억하는 어르신들도 많지 않지만, 부뜰이란 이름은 늘 아련한 기억 저편의 나에게 어린 시절의 많은 옛 추억들과 함께 자리하고 있다.

배움에 대한 애착

나의 어린 시절, 아버지는 배움에 대한 당신의 한을 나를 통하여 풀고자 하시려는 의지가 강하셨던 것으로 기억한다. 그래서 나의 출생 신고 시 나의 이름을 창학昌學(배움을 통하여 세상을 밝게 만들라는 의미)이라고 지으셨다고 한다.

아버지는 10남매의 9번째로 일본강점기인 1919년 독립선언을 하던 해에 태어나셨다고 한다. 아버지 아래에 여동생이 한 명 있었지만, 일찍 사망을 해서 실질적으로는 아버지가 집에서 막내였다고 한다.

아버지는 할아버지 할머니가 연세가 많으시고, 위에 형제들이 많았으며, 넉넉하지 못한 당시의 경제적 사정으로 인하여 학교에 다니기가 너무나 어려웠다고 했다. 뛰어난 재능을 가졌음에도 불구하고 늘 배움에 목말라했었고, 결국 결혼을 하고 늦은 나이에 신풍학교를 다녔는데, 학교에서는 육상 선수로 활동을 하면서 이름을 날리기도 하였다고 한다. 오래된 아버지의 사진첩에는 젊은 시절 일본군으로 징용을 가는 친구들과 함께 찍은 사진도 남아 있고, 일본과 만주 등지로 다니면서 활동한 흔적들도 남아 있다. 아버지는 내가 대학교 3학년 때인 1980년에 돌아가셔서 젊은 시절 당신의 삶에 대한 이야기를 많이 나누지 못한 것이 지금 생각하면 참으로 아쉽기 그지없다. 시골에 함께 살 때는 내가 너무 어렸고, 내가 대구에 온 후에는 아버지가 시골에 계셨고, 아버지가 대구로 온 이후에도 나는 늘 학교 공부에 급급하느라 아버지와 허심탄회하게 이야기를 나눈 시간이 너무나 짧았다.

내가 이렇게 자저전自著傳을 쓰는 이유 가운데 한 가지는 나 역시 아이들과 많은 시간을 보내지 못하였다는 자책감 때문이다. 이 글을 통해서나마 내가 아비로서 어떤 생각을 가지고 세상을 살았고, 내 삶의 과정은 어떠했는지를 이야기해 주고 싶다. 늘 일에 몰두하느라, 서울과 대구, 전주로 옮겨 다니고 국내뿐 아니라 해외의 많은 나라들을 다니느라 아이들에게 충분한 시간을 함께 보내지 못하였지만, 다행스럽게도 아이들이 별 문제없이 몸과 마음이 건강하게 잘 성장해 주었음에 고마운 생각이 들며, 비록 때는 늦었지만 이렇게 해명의 글이라도 남기고 싶다는 생각도 들었기 때문이다.

효심

내가 어린 시절 보았던 아버지는 할아버지와 할머니에 대하여 대단한 효성을 가지신 분으로 기억에 강하게 남아 있다. 할머니와 할아버지는 우리 집과는 조금 떨어진 큰아버지 댁에 사셨지만, 아버지는 예천읍에 나가실 때는 늘 할아버지와 할머니께 인사를 드리러 가셨고, 돌아오실 때도 또 인사를 드리러 가셨다. 그때 나는 아버지를 따라 큰집에 갔는데, 특히 예천읍내에 다녀오실 때에는 꼭 아버지를 따라가서 아버지와 할머니가 나누시는 이야기도 듣고, 사탕을 얻어먹기도 하였다. 아버지는 나에게 사탕을 직접 주시지 않았다. 늘 맛있는 사탕이나 과자를 할머니께 드리면서 잘 두었다가 하나씩 드시라고 말씀을 드리는 것이었다.

나는 할머니께 옛날이야기도 듣고, 사탕도 얻어먹는 재미로 큰집에 계시는 할머니를 자주 찾아갔다. 할머니의 모든 관심사는 부뜰이가 잘 자라서 훌륭한 사람이 되어야 한다는 것밖에 없는 것 같았다. 많은 아들과 며느리들이 있고, 손자 손녀들도 많아서 늘 이런 저런 일이 많이 있었지만 나는 할머니께서 목소리를 높이거나 짜증을 내는 일을 본 적이 한 번도 없다. 오로지 우리 부뜰이를 위해서 모든 것을 돌봐 주시고, 이야기를 해 주시는 것만이 당신의 유일한 삶의 관심사였던 것으로 기억한다. 여러 번 들어도 또 듣고 싶은 할머니 이야기는 한양에 과거 보러 가는 선비들 이야기, 임금님과 신하들에 관한 이야기였다.

아버지는 성격이 매우 강직하고 급한 편이었다. 그래서 우리 집은 아버지의 목소리나 기침소리에 모두들 늘 긴장하는 분위기였다. 나는 자라면서 아버지로부터 한 번도 꾸중을 듣거나 처벌을 받지 않았다. 늘 아버지의 가르침을 잘 따르는 착한 아이였고, 절대 아버지를 실망시키는 일을 해서는 안 된다는 생각이 가슴 속에 강하게 자리를 잡고 있었다. 그러한 아버지의 태도와 집안 분위기, 할머니의 손자에 대한 끔찍한 사랑에 더하여, 어머니나 누나들도 모두 나에게는 아낌없는 사랑을 베풀어 주었으며, 온 동네 사람들까지 모두 나를 아껴 주었기에 실로 나의 어린 시절은 참으로 따뜻하고 행복했었다.

어머니

어머니께서는 늦은 나이에 나를 낳으셨고, 당시만 해도 우유가 흔하지 않았기 때문에 부족한 젖을 대신하여 쌀가루를 곱게 갈아서 묽은 죽처럼 만들고 이를 깡통에 담아서 끓여 먹였다고 한다. 내가 태어나자 바로 결혼을 한 큰누나가 친정에 머물고 있을 때에는 큰누나의 젖을 먹고 자랐다고 한다. 한 가지 재미있는 이야기는 내가 어린 나이임에도 불구하고 얼굴 가림이 심해서 낮에는 누나의 젖을 먹지 않았다는 것이다. 오직 밤에만 어머니께서 옆에 앉아 말씀을 하시는 가운데 누나의 젖을 먹었다고 한다. 이제 어느덧 누나도 80대 중반이 되었고, 가끔 누나를 만날 때면 나는 마치 돌아가신 어머니를 만나는 것 같이 푸근한 마음을 느끼게 된다. 어린 시절 누나가 사랑과 정으로 키워준 동생이라서 더욱 그런 것 같다.

아버지는 내가 국민학교에 입학하기 전부터 직접 한글과 한자를 가르치셨고, 받아쓰기를 반복적으로 실시하여 늘 100점을 맞도록 하였고 늘 잘 한다고 칭찬을 해 주셨다. 그리고 어른들께는 아무리 바쁘더라도 뛰어 가면서 인사를 해서는 안 되고, 반드시 바르게 서서 공손하게 인사를 하고 가야 하며, 말도 공손하고 또렷하게 해야 한다고 반복적으로 가르치셨다. 집에 손님이 오실 때는 반드시 손을 모으고 엎드려서 인사를 해야지 서서 꾸벅하고 인사를 해서는 안 된다고 가르치셨다. 그 덕분에 오신 손님들은 나에게 인사를 잘한다고 칭찬을 하면서 1원짜리 빨간 종이돈을 주시기도 했다. 나는 그 돈으로 사탕을 사서 친구들과 나누어 먹음으로써 무척 인기가 좋았다. 당시 시골 아이들에게는 용돈이라는 개념도 없었고, 우리 집처럼 양복을 입은 손님이 자주 방문하는 집도 거의 없었기 때문이다.

입학식 날

어느덧 국민학교에 갈 나이가 되어서 친구들과 함께 입학식을 하러 갔다. 운동장에서 입학할 학생들을 한 명 한 명 이름을 부르는데, 끝내 나의 이름은 불리지가 않았다. 모든 준비를 다 하여 신나는 마음으로 학교에 갔는데 참으로 하늘이 무너지는 것 같았다. 알아보니 나는 출생신고 날짜 탓인지 다음 해에 입학해야 한다고 했다. 나는 운동장 한가운데 흙바닥에 누워서 마구 구르고 발버둥을 치며 큰 소리로 엉엉 울었다. 결국 아버지께서 선생님과 이야기를 나눈 후, 정식 입학생은 아니지만 출석부 끝에 내 이름을 올려서 출석을 불러주고, 책상과 의자도 교실 뒤쪽에 마련해 주겠다는 약속을 받고 집으로 돌아왔다. 아마도 그 당시 우리 집에서 학교를 다니던 두 누나들이 모범생이었고, 아버지께서도 학교의 육성회장을 하시면서 선생님들과 잘 아시는 관계였기에 선생님들을 잘 설득하셔서 일을 수습하신 것 같았다. 나는 몇 주간 그렇게 학생 아닌 학생으로 책도 없이 학교를 다니다가 아버지의 설득으로 결국 1년 뒤에야 다시 학교를 가게 되었다. 친구들과 같이 학교에 가게 되었다는 것이 그렇게 기쁠 수가 없었다. 마치 하늘을 나는 기분이었다.

제식훈련과 정리정돈

저녁밥을 먹고 나면, 아버지께서는 넓은 마당에서 구령을 붙여 주시면서 군대식으로 "앞으로 가, 뒤로 돌아 가, 우향 앞으로 가, 좌향 앞으로 가." 등 제식훈련을 가르치시고, 초등학교에 들어간 후에는 등교할 때 절대로 지름길인 논두렁길로 다니지 말고 큰 길로 다니도록 하였으며, 누나와 동생과 함께 구령을 붙이며 어깨를 펴고 고개를 들고 바른 자세와 씩씩한 걸음으로 등교를 하라고 하셨다. 몇 달 후 그렇게 엄격하던 등교 절차는 점차 완화되기는 했지만, 당시 우리 집에서 등교하는 모습은 한동안 동네 사람들의 구경거리가 되기도 했었다.

아버지는 내가 집에서 공부를 할 때도 절대 엎드려서 공부를 해서는 안 되고, 공부를 마친 후에는 항상 정리 정돈을 철저히 하도록 하셨다. 책과 공책을 깔끔하게 정리 정돈하고 나서야 나가서 놀도록 하셨고, 연필도 깔끔하게 깎아서 필통에 가지런히 넣어 두어야 했다.

한번은 누나가 공부를 하다가 친구가 불러서 공부하던 책을 펼쳐놓은 채 그냥 나간 적이 있었다. 잠시 후 아버지께서 집에 오셨는데 펼쳐서 흩어진 책을 보시고서는 두말없이 그 책을 아궁이에 가져다 넣어버렸다. 나중에 누나는 울고불고했지만 어쩔 수 없이 한 학기를 책 없이 학교에 다녀야 했다. 이러한 아버지의 엄격한 훈육 덕분에 우리 집은 자연스럽게 정리 정돈을 철저하게 하는 습관을 가지게 되었지만, 나는 성장하면서 그 정도가 점차 심하게 되어 모든 것을 정리 정돈하는 것뿐만 아니라 씻고 청소하는 것까지 모든 것에 지나칠 정도로 집착하는 거의 결벽증에 가까운 수준이 되었다. 나의 이러한 태도를 걱정한 누나들은 앞으로 결혼을 하고 원만한 가정을 이루어 나가기 위해서는 이러한 점을 고치지 않으면 안 된다고 많은 조언을 해 주었다. 내가 생각해도 이렇게 하면 문제가 되겠다고 여기게 되었고, 이를 고치기 위해서 참으로 다양하고 많은 노력을 하였다. 매일 아침과 저녁으로 하루에도 몇 번씩 목욕을 하고 머리를 감던 것을 중단하고 의도적으로 하루 한 번이나 2일에 한 번 정도로 횟수를 줄였다. 처음에는 미칠 것 같았다. 마치 머리와 피부 위로 벌레가 기어 다니는 느낌이었다. 그래도 참고 참으며 스스로를 좀 망가트리려 했었고 점차 나의 증세는 치유가 되었다. 때로는 좀 흐트러지더라도 세상은 괜찮다는 것을 깨달았고, 누나들의 조언을 받아들이기를 잘 했다는 생각도 들었다.

장날에 생긴 일

나의 어머니께서는 참으로 순박하신 분으로서 계산을 잘 못하셨다. 물론 나중에 연세가 드신 후 동네 할머니들과 고스톱을 치시면서 하는 점수 계산은 탁월할 정도로 잘하셨지만, 젊은 시절 시장에 다녀오시는 날이면 늘 아버지께 혼이 나는 경우가 많았다. 어머니는 단돈 한 푼도 헛되게 쓰지는 않으셨는데, 아버지께 시장 다녀온 것을 얘기하실 때에는 늘 수입과 지출을 잘 못 맞추셨고, 아버지는 그러한 어머니께 종종 크게 화를 내셨다. 시간이 한참 지난 후엔 기억을 정확하게 하시고 한 번도 틀리는 경우가 없으셨지만, 지금 생각해 보니 그때 아버지는 이러한 기회를 활용하여 가장으로서 권위를 지키려고 하셨던 것 같다. 물론 어머니는 늘 한마디 대꾸도 없이 오롯이 아버지의 화를 다 받아 내셨다. 그 당시 나의 어린 생각에도 아버지께서 어머니와 누나 그리고 동생인 딸들에게 좀 지나치신 것 같았지만, 내가 나설 일로는 생각하지 못했던 것 같다.

그러나 세월이 지나서 생각해 보니, 그때 아버지의 사랑을 독차지하였던 내가 좀 나서서 아버지께 용기 있게 말씀을 드리지 못한 것이 어머니와 누나 그리고 동생에게 마음의 빚으로 오래도록 남게 되었음은 분명하다. 부모와 많은 형제들 그리고 제가 기억하는 아버지와 관계되는 모든 분들에게는 그렇게도 다정다감하시고, 일을 추진하는 역량이나 리더십에서는 참으로 탁월한 역량을 발휘하셔서 존경을 받는 분이셨는데 유독 어머니와 딸들에게 만큼은 지나치게 엄격하신 분으로 기억되는 것이 아버지에 대한 가장 안타까운 기억이다.

병약했던 어린 시절

나는 어린 시절 무척 약했고 병치레도 잦아서 부모님을 비롯한 가족들에게 많은 걱정을 하게 했었다. 어머니는 늦은 나이에 얻은 아들이 늘 약하고, 음식도 잘 먹지 않고, 자주 아프다 보니 무척 고생을 많이 하셨다. 온 집안 식구들이 큰 걱정을 함께 하며, 나의 건강한 성장을 위하여 엄청난 정성을 기울이기도 하였다. 당시 나는 식성도 무척 까다로웠다. 일단 고기를 먹지 못했다. 당시 대부분의 가정이 그러하듯 흔하게 고기를 먹을 형편도 되지 않았지만, 그래도 명절이나 큰일이 있으면 고깃국을 끓이는데 나는 고깃국 냄새만 맡아도 속이 북받쳐서 밥을 먹을 수 없을 정도였고, 오로지 맨밥과 된장 그리고 배추쌈 정도 아니면 아예 찬물에 맨밥을 말아서 먹는 정도였다. 그렇다 보니 동네잔치가 있는 경우 온 동네 사람들이 모여서 함께 큰 솥에 돼지고기 국을 끓이고 국 한 그릇에 밥을 말아서 주면 모두 별다른 반찬이 없이도 맛있게 먹었으나, 나는 그 국밥을 먹을 수 없었다. 숟가락조차도 내 숟가락이 아니면 밥이 넘어가지 않을 정도였다. 결국 어머니나 누나가 집에 와서 내 밥을 따로 차려 줘야 했다.

늘 힘이 없고, 현기증도 자주 느끼고, 조금만 무리하면 코피가 나고 키나 몸무게도 늘지 않아서 온 집안 식구들의 애를 많이 태웠다. 어머니는 병약한 아들을 업고 눈이 오고 바람 부는 추운 겨울날이나, 무더운 한 여름날이나 버스조차 흔하지 않은 시절에 늘 먼 병원까지 걸어 다니셔야 했다. 내가 철이 들면서 나는 나의 병약함 때문에 고생하신 어머니를 생각하며, 건강을 지키는 것을 삶에 있어서 무엇보다 중요한 원칙으로 삼게 되었고 요즘도 이를 실천하고 있다.

소 먹이러 가자

국민학교 시절 나는 시골에서 자라면서 학

교에 다녀오면 친구들과 소를 먹이러 산으로 갔다. 나에게 이 일은 무척 즐거운 일이었다. 학교에 다녀오면 일단 친구들이 우리 집에 모여서 마당에 새끼줄을 걸어놓고 배구를 했다. 처마 아래쪽 마당에는 금을 그어놓고, 그림자가 그 금에 올 때까지 놀았다. 한 더위가 지나고, 그림자가 그어놓은 금에 도달하면 친구들은 각자 집으로 가서 자기 집 소를 몰고 함께 산으로 갔다. 우리 집에서 놀다가 헤어질 때는 미리 오늘은 어느 산으로 가자고 의견을 모은다. 같은 산으로만 가게 되면 풀이 많이 자라지 않기 때문이다. 오늘은 봉우재 산으로 간다고 하면 친구들은 모두 각자의 소를 몰고 그쪽으로 일렬로 가게 된다. 산에 가면 우선 소를 자유롭게 풀어준다. 소들은 대체로 무리를 지어 다니고, 주변에 밭이 없는 큰 산이기에 자유롭게 다니면서 실컷 풀을 뜯는다. 그동안 우리들은 또래 친구들과 모여서 이야기도 하고, 여러 가지 놀이도 하고, 해질녘에는 노래도 하고 신나게 놀다가 날이 조금씩 어두워지면 각자의 소를 찾아서 몰고 집으로 돌아온다.

집에 오면 어머니는 맛있는 저녁을 준비하고 계시고, 가끔 내가 좋아하는 칼국수를 해 주셨다. 칼국수를 하시는 날은 밀가루 반죽을 하여 뭉쳐서 안반 위에 놓고 홍두께로 밀어서 넓게 넓게 펼쳐 나간다. 어머니는 반죽된 밀가루 덩어리를 일정한 두께로 밀면서 너무 두껍거나 너무 얇아서 구멍이 나지 않도록 요리를 참 잘하셨다. 나는 내가 산에서 있었던 일들이나 학교에서 있었던 일에 관하여 이야기를 하고, 어머니는 나의 이야기를 듣고 맞장구를 치면서 넓게 편 밀가루 판을 몇 차례 접어서 칼로 칼국수 가락을 아주 일정하고 예쁘게 썰었다. 국수를 썰면서 칼국수를 손으로 슬슬 구슬러서 서로 다시 뭉쳐서 붙거나 엉키지 않도록 하셨고, 그렇게 하다가 거의 마지막 얼마 남은 부분이 가까워지면 남은 국수 꼬리를 뚝 잘라서 나에게 주었다. 나는 이를 반갑게 받아서 아궁이로 달려가서 잿불에 잘 구웠는데 그 국수 꼬리는 마치 요즘의 고르곤졸라 피자와 비슷한 맛으로서 먹을 것이 넉넉하지 않았던 어린 시절에는 최고로 반가운 간식 선물이었다.

간식창고 집 옆 텃밭

우리 집 옆에는 넓은 텃밭이 있었다. 아버지 어머니는 닭 모이처럼 이 텃밭에서 나는 게 나의 모이라고 하시면서 여러 종류의 먹을거리를 항상 마련해 주었다. 참외, 수박, 딸기, 오이, 가지, 땅콩, 고구마 등을 골고루 심어 놓고 언제든지 학교에서 돌아오면 따 먹을 수 있도록 해 주었다. 가끔은 친구들도 함께 와서 과일도 먹고, 저수지에서 물놀이도 하고, 뽕나무에 올라가 구르며 놀면서 즐거운 시간을 보냈다. 우리 집 뽕나무는 아이들이 올라가서 놀기에는 크기도 적당했다. 뽕나무 특성상 잘 부러지지 않을 뿐 아니라 탄력성이 좋아서 참 신나고 재미있는 놀이였다.

우리 집은 누나들이 자랄 때까지만 해도 아버지께서 그해에 농사지은 곡식을 조금만 남기고 몽땅 털어서 땅을 사느라 팔았기 때문에 해마다 온 가족들이 먹을 양식이 부족하여 무척 배가 고프고 힘이 드는 시절이 있었다고 했다. 하지만 내가 태어난 이후부터는 집안의 농지가 좀 더 늘어나고, 경제적 기반이 어느 정도 마련되어서 아주 큰 부자는 아니었지만 주위의 다른 집들과 비교할 때 그렇게 궁핍하게 살지는 않았다.

아버지께서는 농협 조합장 일로 예천이나 대구 등에 자주 다녀오셨다. 늦게 얻은 아들에 대한 아버지의 관심과 애정은 참으로 대단하였다. 도시도 아닌 시골에서 그 당시로는 구경조차 할 수 없었던 어린이용 세발자전거를 나를 위하여 최초로 사다 주셨고, 초등학교 고학년 때에는 당시 학교에만 있었고 학생들이 개인적으로 가질 수는 없었던 가죽으로 만든 귀한 배구공을 동네에서 처음으로 나에게 사다 주기도 하셨다. 배구공은 학교에서도 주로 선생님들이 편을 나누어 게임을 할 때만 사용하던 것이었다. 더구나 당시에는 선생님만 가지고 보시던 표준전과 책도 사다 주셨다. 친구들은 학교를 마치면 마당이 넓고, 세발자전거와 배구공, 표준전과가 있는 우리 집으로 자연스럽게 모여서 놀았고 공부도 같이 하게 되었다. 어머니께서는 아들이 친구들과 잘 어울려 재미있게 노는 모습을 너무나 좋아하시면서 친구들이 오면 잔치국수를 차려주시고, 감자나 고구마 옥수수 등을 삶아서 간식거리도 만들어 주셨다. 반백년이 더 지난 요즘도 나의 초등학교 친구들을 만나면 모두가 넉넉하지 못한 시절임에도 불구하고 나의 어머니께서 아들 친구들에게 활짝 웃으시면서 자주 차려주시던 국수 맛을 추억하는 이야기를 가끔씩 한다.

죽음

처음으로 내가 슬픔을 느낀 것은 할머니께서 돌아가셨을 때였다. 너무나 다정다감하게 지내오던 할머니께서 돌아가셨다는 것이 나에게는 참으로 큰 상실감으로 남게 되었다. 나를 그렇게 아껴주시던 할머니는 과연 어디로 가신 것일까? 정말 할머니를 다시는 만날 수 없는 것인가? 돌아가셨다는 것인데, 가시면 왜 다시 오시지 않은 것인가? 어린 나이였지만 많은 생각을 하였던 것 같다.

얼마 지나지 않아서 내가 가장 아끼는 친구 같은 나의 개 쉐퍼트가 죽었다. 우리 집 쉐퍼트는 정말 잘생겼고, 나의 말을 너무나 잘 따랐으며, 항상 나와 함께 다녔다. 내가 아버지 심부름을 갈 때는 굴렁쇠를 굴리며 다녔는데, 그때는 물론이고 학교에 갈 때나 소를 먹이러 산에 갈 때에도 항상 나를 따라다니며 지켜주는 가장 든든한 친구였다. 그런데 어느 날 그 쉐퍼트가 너무나 슬픈 울음을 울고서 죽었던 것이다. 며칠 동안 나는 밥도 먹지 않고 울었던 것 같다. 이상하게도 쉐퍼트가 죽고 나서 얼마 후 우리 집에 도둑이 들어서 많은 것을 털어간 것을 보니, 아마도 도둑들이 고기에 약을 묻혀서 쉐퍼트를 죽인 것 같다고 어른들이 이야기하던 기억도 난다. 어린 시절에 겪은 큰 슬픔 때문에 그 이후 우리 집에서는 개를 기르지 않았고 나도 더 이상 개를 좋아하지 않았다.

개와 관련된 또 한 가지의 슬픈 추억이 있다. 우리 집 뒷집에 사는 조씨 할아버지는 고물장사를 했다. 리어카를 끌고 여러 동네를 다니면서 고물을 사고 모아진 고물은 시장에 가서 고물점에 파는 일을 하셨다. 가끔 그 중절모를 쓴 할아버지는 집으로 돌아올 때 개를 몰고 왔다. 어느 날 할아버지가 집 앞 대추나무에 개를 매달아 놓고 지게작대기로 개를 패기 시작했다. 나는 친구들과 겁이 나서 가까이 가지도 못하고 멀리서 바라보기만 했다. 개는 고통스런 울음을 울면서 죽었고, 그 할아버지는 불을 피워서 털을 태웠는데 참으로 고약한 냄새가 멀리까지 날아왔다. 그 할아버지는 몸보신에 개고기와 보신탕이 가장 좋다며 늘상 동네 사람들에게 이야기했지만, 나는 그 할아버지가 정말 무서웠고 그 할아버지 얼굴을 볼 때마다 늘 고통스럽게 울던 개의 모습을 닮은 것 같아서 징그럽게 여겨졌다. 그래서 항상 그 할아버지가 나타나면 도망을 갔다.

조상댁

어린 시절 뒷집 조상댁 할머니와 관련된 추억도 있다. 그 할머니는 친척들이 없었던 것 같고 살림도 그렇게 넉넉하지 않았기에 수시로 우리 집에 와서 함께 밥도 먹고 이야기도 나누며 매우 가깝게 지내는 관계였다. 그런데 어느 날 그 할머니께서 병이 나서서 상당기간 병환에 계셨지만 쉽게 낫지 않았다. 누군가에게 들으셨는지 조상댁 할머니는 아홉 살 미만의 남자 아이의 변을 받아서 늙은 호박에 넣어 달인 후 약으로 먹어야 한다고 하시면서 사용하지 않는 서랍을 하나 가지고 우리 집으로 오셨다. 할머니는 "부뜰아 내가 너의 똥을 먹어야 병이 낫는다고 한다. 너가 똥을 눌 때 변소에 가지 말고 이 나무 통 위에 누어 다오." 하셨다. 나는 할머니가 나의 변을 먹겠다고 하니 우습기도 하고, 한편으로는 부끄럽기도 하여서 안 된다고 했다. 조상댁 할머니는 며칠을 계속 나에게 와서 부탁을 하였지만 나는 계속 안 된다고 하였다. 그러나 결국 그 할머니는 우리 식구들을 설득하였고, 우리 집 식구들은 모두 나에게 조상댁 할머니를 위해서 내가 변소에 가지 말고 그 통에 변을 누라고 설득하기 시작하였다. 다음 날 그 할머니는 엿까지 사 오셔서 나에게 변을 통에 받아 달라고 애원을 하셨다. 결국 나는 그렇게 하기로 하고 변이 보고 싶을 때 조상댁 할머니가 가져다 놓은 그 통 위에 앉았다. 그런데 변이 보고 싶다가도 그 통 위에만 앉으면 나오지 않고 힘만 들었다. 하는 수 없이 다시 화장실로 가면 배가 시원하게 되었다. 몇 번을 시도 한 끝에 결국 조상대 할머니가 주신 통에 변을 누는 데 성공을 하였고 그 후 몇 차례 나는 귀한 나의 변을 조상댁 할머니의 약으로 제공하였다. 아무튼 그 후 조상댁 할머니는 나의 변약 효과 때문인지는 모르겠으나 병이 나았다.

할머니의 손자 사랑

우리 마을엔 가끔 새우젓 통을 지게에 지고 새우젓 장수가 오기도 하고, 어떤 날은 엿장수가 엿판을 지게에 지고 가위질을 하면서 나타나기도 하였다. 구멍 난 고무신, 녹슨 고철, 폐지, 병은 물론 깨어진 유리조각, 그리고 할머니께서 참빗으로 머리를 빗질할 때 나오는 머리카락 등을 가져가면 말 그대로 엿장수 마음대로 엿을 툭툭 쳐서 끊어 주었다. 사실 그 당시 여러 가지 물건 가운데 가장 엿을 많이 주었던 것은 가발을 만들어 수출한다는 이야기가 있어서 그런지 머리카락을 모아서 가져가는 것이었고, 심지어 작은 저울을 가지고 머리카락만을 사 모으는 장수도 자주 찾아오곤 하였다. 나의 할머니는 많지는 않았지만 당신의 머리카락을 늘 종이에 싸서 잘 모아두었다가 많은 손자 손녀, 증손들 가운데 꼭 나에게만 주시면서 엿을 사 먹으라고 하셨다. 사실 그 당시에는 그 누구도 할머니는 왜 부뜰이만 챙겨주느냐고 불만을 이야기할 분위기가 되지 않았고, 할머니와 이야기조차 나누는 아이들도 거의 없었다. 어느 날 어머니는 할머니와 이야기를 나누시면서 "어머님 우짜든지 우리 부뜰이 잘 되게 해 주세요." 라고 말씀을 하셨고, 할머니는 "야야, 내가 우리 부뜰이를 위해 할 수 있는 일이 있다면 무엇을 마다 하겠노."라는 말씀을 하시면서 "조상신이 죽으면 가시 손이 된다고 하는데 그게 걱정이다."라는 말씀을 하신 것이 아직도 내 기억에는 남아 있다. 나는 내가 그때 먹었던 엿이 세상에서 가장 맛있는 엿이었다고 생각하며, 오늘날까지 내가 큰 탈 없이 이렇게 살아 온 것은 할머니와 어머니의 지극한 정성 덕분이라고 생각한다.

땅벌의 공격

초등학교 시절, 시골에서는 농한기에 야외 공터에다 천막을 치고 영화를 상영하는 천막극장이 아랫마을에 오기도 하였지만 학교에서도 1년에 한 번 정도 문화교실 행사가 있었다. 문화교실이 있는 날은 학교에서 오전수업을 마치고 집에 가서 영화 값 5원을 가지고 친구들과 함께 2~3키로 떨어진 구담에 있는 풍천극장까지 걸어가서 영화를 보았는데, 나에게는 큰 화면으로 사람들이 나오는 문화교실 영화를 보는 것이 너무나 신기하고 즐겁고 기다려지던 일이었다. 어느 무더운 여름 날, 그날은 마침 문화교실이 있는 날이라서 나는 신나는 마음으로 집에까지 마구 달려와 땀에 젖은 러닝셔츠를 벗어 놓고 시원한 짧은 소매의 윗도리와 반바지로 갈아입은 후 어머니께서 점심을 먹고 가라는 말씀에도 됐다고 하고 팔을 마구 돌리면서 친구들을 만나기로 한 신작로로 달려갔다. 집과 신작로 중간쯤까지 달려왔는데 어디서 왱~하는 벌 소리가 들리더니 순식간에 벌들이 새까맣게 나에게 달려드는 것이었다. 생각할 겨를도 없이 나는 전속력을 다해 달렸지만,

벌떼의 추격은 더 빨랐다. 달리면서 양손으로 벌떼를 떼어 내어 보았지만 소용이 없었다. 큰 길에 가까운 도랑까지 와서는 더는 견딜 수가 없었고 나는 물이 가득한 큰 도랑으로 뛰어들었는데, 잠시 후 몇 분의 어른들이 "부뜰아! 부뜰아! 와이카노!"라는 소리만 희미하게 들렸을 뿐 그 이후 기억이 없다.

내가 눈을 떴을 때 내 눈에 보이는 것은 아주 조금뿐이었다. 여러 사람들이 둘러앉아서 걱정하는 소리가 어렴풋이 들렸다. 정신이 조금씩 들면서 물어보니 나는 동네에서 임시로 치료를 좀 하시는 분의 댁에 누워있었고 주위에는 어머니와 아버지께서 여러 어르신 분들과 함께 이야기를 나누고 있었다.

나중에 확인된 것으로는 내가 책가방을 집에 놓고 점심을 먹는 둥, 마는 둥하고 영화 값을 받아서 집을 나오기 전에, 마을 아이들이 학교에서 집으로 가다가 벌들이 있는 것을 발견하고 계속 돌을 던지며 벌들과 싸움을 하였다는 것이다. 친구들은 땅벌들과의 싸움이 쉽게 끝나지 않으니 문화교실을 가야 하는 시간 때문에 다음에 다시 벌들과의 싸움을 하기로 하고 각자 집으로 갔다고 한다.

그런데 나는 아무것도 모르고 화가 잔뜩 난 땅벌들의 집 위를 신나게 지나가게 되었고 땅벌들의 총공격을 온몸으로 받게 되었던 것이다. 마침 그날이 장날이어서 장에 가신 동네 어르신 분들께서 돌아오시는 길에 보니 우리 동네 조합장 집 아들 부뜰이가 전속력으로 달려오더니 큰 도랑물에 뛰어 들어서 허우적거리는 것을 보게 되었고, 내가 곧바로 의식을 잃어서 어르신들이 가장 가까운 동네 임시 의원 댁으로 나를 업고 달려왔다는 것이다. 짧은 옷을 입어서 온몸이 벌에게 쏘여서 위험했는데 응급조치를 했고 다행히 의식을 회복해서 다행이라고 하였다. 결국 나는 머리에서 발끝까지 온몸에 붕대를 감고 눈과 코와 입만 조금 남기게 되었다. 집으로 온 후 다음 날이 되어 학교에 가는 문제를 어떻게 할 것인지 때문에 모두 걱정이 많았다. 나는 죽어도 학교는 간다고 고집을 부렸고, 결국 하는 수 없이 리어카를 내어서 타고 어머니와 누나들이 끌고 밀면서 2킬로쯤 되는 학교에 갔다. 마치 리어카에 에스키모인을 태우고 간 모습이었다. 교실에 들어갔으나 온몸에 붕대를 감고 있어서 의자에 앉을 수도 없었고 결국 교실 바닥에 엉거주춤하게 앉아서 공부를 하면서 몇 주를 다녀야 했다.

물론, 내가 벌에 쏘인 그날 밤, 화가 나신 아버지는 횃불을 들고 사람들을 데리고 내가 벌에 쏘인 곳으로 가셔서 벌집을 초토화시켰다. 다음 날 사람들이 땅을 파서 가져 온 벌집은 마치 큰 떡 시루처럼 생겼고, 모두 처음 보는 크기의 땅벌집이라고 했다. 사실 그 벌 쏘임 사건 이후 나는 감기는 거의 걸리지 않았기에 가끔은 그때 벌에 쏘인 효과 때문이 아닌가 생각할 때가 있었다. 아무튼 55년도 더 지난 지금도 벌 생각만 하면 온몸이 짜릿해지는 것을 보면 그 당시 충격과 기적처럼 살아난 운명이 새삼스럽게 느껴진다.

낙동강

우리 동네 앞에는 태백산 황지에서 시작하여 수많은 마을과 중소 도시인 안동과 하회마을을 거쳐서 흘러오는 낙동강이 있고, 그 강물을 따라서 더 내려가면 강은 다시 내성천에서 내려오는 강물과 삼강주막이 있는 곳에서 만나고 합류된 강이 다시 여러 마을의 작은 물줄기들을 모으며 구미를 거쳐 부산 구포에 이르게 된다. 장장 7백리 낙동강의 거대한 본류의 중상류에 해당하는 위치에 우리 마을이 있기에 나는 어려서부터 마을 앞을 흘러가는 낙동강을 바라보며 자랐다. 당시 임하댐은 물론 안동댐이 건설되기 전이고, 도시화와 산업화가 시작되기 전이라서 강폭은 무척 넓었고, 강물은 맑았다. 우리는 가끔 강가에 가서 모래사장에서 놀면서 고기도 잡고, 강변에 있는 밭에 잘 익은 수박과 참외 서리를 하기도 하였으며, 미루나무에 붙어서 맹렬히 울어대는 매미소리를 들으며 시원한 그늘에서 낮잠을 자기도 하였다. 동네 어머니들은 열심히 베틀에서 짠 삼베와 모시, 무명천 등을 강변에서 씻고 깨끗한 모래사장에 널려서 말리기도 했다.

몇 년에 한 번씩 평온하던 낙동강은 큰 홍수가 났다. 홍수가 지면 넓은 들판은 모두 잠기고, 강변에 울창하게 늘어선 키 큰 미루나무는 끄트머리만 남기고 모두 잠겨버린다. 거대한 황토색 강물에는 갖가지 가재도구와 가축들, 농작물은 물론 사람들의 삶이 송두리째 휩쓸려 내려왔다. 큰물이 마을 앞까지 들어오면 동네 청년들은 용감하게 뗏목을 만들어 강물에 떠내려 오는 온갖 것들을 건져 오기도 하고, 동네 어른들과 아이들은 산 위에 올라가서 마치 바다처럼 넓고 장대한 낙동강을 바라보며 동네 청년들을 응원하기도 했다.

말 무덤이 있는 마을

우리 동네 이름은 대죽大竹리인데, 어른들은 흔히 '한대'라고도 했다. 아마도 크다는 의미의 '한'자와 대나무의 순 우리말이 '대'이니 결국 '한대'는 한자로는 '대죽'이라는 의미였다. 아마도 옛날에는 마을에 큰 대나무가 많았던 마을이라서 그렇게 이름이 지어진 것이 아닌가? 하고 생각한다. 우리 마을 어귀에는 내가 어린 시절부터 두 가지 특별한 것이 있었다. 하나는 논 가운데 큰 돌이 몇 개 특이한 모습으로 놓여 있었는데 주위에는 그러한 돌이 없는 것으로 보아 많은 분들은 고인돌로 추정했고, 다른 하나는 동네 입구 언덕 흔히 주둥개산이라고 부르는 곳에 있는 '말무덤'이라는 것이다. 어린 시절 들은 이야기로는 동네에 몇몇 성씨들이 한 마을을 이루고 살다보니 성씨들 서로 간에 말싸움이 빈번했다고 하였다. 그래서 어느 날 스님이 지나가다가 마을의 형상을 보고서 개 주둥이와 같이 생겨서 싸움이 자주 일어나는 것이니 마을 입구 언덕에다가 사람들의 쓸데없는 말言들을 모두 모아서 그 무덤을 만들면 마을이 평온해질 것이라고 했다고 한다. 그래서 마을 사람들은 언제인지 기록은 없으나 모두 모여서 주둥개산에 그렇게 말 무덤言塚(언총)을 만들었으며, 그 이후 마을은 평온을 찾았다고 한다. 지금은 그러한 전설을 기념하여 우리 삶에 있어서 말과 관련된 각종 속담이나 명언들을 수집하여 다양한 바윗돌에 새겨서 전시를 해 놓았고, 작은 공원형태로 만들어 '말 무덤'을 보존하고 있다.

물론 인터넷에서 '말 무덤'이라고 검색을 하면 우리 마을에 관한 이야기가 나온다. 많은 사람들이 '말 무덤'이라고 하면 당연히 달리는 동물로서 말馬을 묻은 무덤으로 생각하나, 사실은 그러한 달리는 말이 아니라 언어로서의 말言을 의미한다는 것을 매우 흥미롭게 생각하는 것 같다. 나 또한 말의 중요성과 말을 함에 있어서 조심성을 깨우쳐주는 조상들의 지혜와 교훈을 느낄 수 있는 곳이라 생각한다.

만우절

초등학교 시절 또 다른 추억이 생각난다.

우리 마을은 학교와의 거리는 전체 학생들의 통학거리 중 중간 정도 되고, 시골 마을로서는 다소 큰 150가구 정도가 되었다. 즉 우리 마을을 지나서 학교에 다니는 먼 마을 아이들도 상당수가 되었다. 나는 늘 그 학생들이 우리보다 먼 거리를 아침 일찍 일어나서 학교에 와야 하고, 학교를 마치고 나면 또 먼 거리를 걸어서 집까지 가야하기 때문에 무척 불쌍하다는 생각이 들었다.

하루는 친구들과 학교에 거의 가까이 갔는데, 학생들 몇이서 "오늘 학교 선생님들이 모두 예천읍에서 개최되는 배구대회에 참여하게 되어서 수업이 없으니 모두 집으로 가라고 하더라."는 것이었다. 야! 참 별일도 다 있네, 어제까지 아무 이야기도 없었는데 갑자기 이런 일이 있구나. 그럼 돌아가야지 뭐. 친구들과 함께 모두 오던 길을 돌아왔다. 돌아오는 길에 보니 많이 아이들이 친구들과 열심히 이야기를 나누면서 학교로 오고 있었다. 우리는 들은 바와 같이 학교에 오고 있는 아이들에게 모두 집으로 돌아가라고 가르쳐 주었다. 학교에 오던 아이들은 모두 반가운 얼굴로 신나게 뒤돌아 가면서 역시 다른 학생들에게 또 전달하였다. 결코 한 명도 예외 없이 모든 학생들은 집으로 돌아가게 되었다. 다들 하루를 잘 보내고 다음 날 학교에 가니 야단이 났다. 몇 학생들이 만우절이라서 일찍 학교에 가서 교문에서 선생님들이 예천에 가셔서 수업이 없다고 이야기한 것이 결국 마을마다 그렇게 전달되었고 전교생이 모두 학교에 오지 않게 되는 사건이 발생한 것이었다. 학교에서는 최초로 이 일을 꾸민 학생이 누군지 밝혀야 한다고 하고, 전교생을 결석으로 처리해야 하느냐를 두고 선생님들이 회의를 하고, 참으로 야단이 난 것이다. 결국 전교생을 결석 처리하는 것은 안 된다고 결론이 났다.

만우절 날 하루 학교를 갔다가 돌아오기는 했지만, 나는 벌에 쏘였음에도 에스키모인처럼 몇 주를 학교에 다니기도 하였기에, 선생님들의 회의를 통한 훌륭한 결정 덕분에 결국 초등학교를 졸업하면서 6년 개근상을 받게 되었다. 사실 그때 처음 만우절 장난을 누가 기획했고, 그들이 어떤 벌을 받았는지 아니면 받지 않았는지는 지금까지도 알 수는 없지만 요즘도 매년 4월 1일 만우절이 되면 그때의 옛 추억이 생각난다.

거짓말 탐지기

어린 시절 우리 반에도 장난을 좋아하는 친구들이 있었다. 체육시간에 한두 명은 운동장에 나가지 않고, 교실에 남아서 소지품을 지켜야 했다. 어떤 날은 교실에 남아있던 남학생이 맛있는 반찬을 싸온 여학생의 도시락을 다 먹고, 빈 도시락에는 메뚜기나 개구리를 잡아다 넣어 놓기도 해서 야단이 나기도 했다. 한번은 반에서 친구가 돈을 잃어버렸다고 선생님께 알렸고, 선생님은 학생들에게 모두 책상 위에 올라가 무릎을 꿇고, 눈을 감고, 손을 들고 있도록 벌을 세우셨다. 그러면서 돈을 가져간 친구는 앞으로 나오라고 하시며 나오지 많으면 거짓말 하는 사람을 알아내는 기계를 가지고 오겠다고 하면서 그렇게 하기 전에 스스로 나오라고 했다. 참 신기한 기계가 다 있구나 하고 생각을 했었다. 그때 선생님이 요즘 이야기하는 거짓말 탐지기를 아시고 그런 말씀을 하셨는지? 아니면 그냥 하신 말씀인지 참 궁금하다. 당시 학생 전체가 1시간 이상을 팔을 들고 단체기합을 받았는데 나는 팔이 무척 아파서 울었고 많은 여학생들도 함께 울었던 기억이 난다. 과연 누가 그 돈을 가져갔는지? 그리고 어떤 친구가 자수를 했는지는 기억이 없다.

당시 대부분의 친구들은 여름에는 당연히 맨발로 그리고 겨울에는 양말을 신고 검정 고무신을 신고 다녔다. 나는 6학년이 되면서 아버지께서 운동화를 사 주셨다. 친구들과 차이가 나는 것이 싫어서 며칠을 신지 않고 다니다가 누나들이 자꾸만 아버지가 일부러 사다주셨는데 왜 운동화를 안 신느냐고 해서 마음에 썩 내키지는 않았지만 하루는 학교에 그 운동화를 신고 갔었다. 우리 교실은 나무로 만들어진 마루형태의 바닥이었기에 모두 신발을 복도 신발장에 넣어놓고 교실로 들어가게 되어 있었다. 나는 신발을 벗어 신발장에 넣어 놓고 공부를 하러 들어갔는데 신발이 무척 걱정이 되었다. 쉬는 시간에 나오니 신발은 그대로 있었다. 그런데 오후 수업을 마치고 집에 오려고 신발장에 가니 내 운동화는 없어지고 말았다. 온 사방 찾아 봐도 운동화는 없었고, 다 낡아서 구멍이 난 타이어표 검정 고무신만 하나 남아 있었다. 나는 그 헌 고무신을 신고 집으로 오면서 너무나 화가 났다. 집에 와서는 괜히 누나에게 화풀이를 했었다. 나는 그 이후 국민학교를 졸업할 때까지 내 운동화를 신고 다니는 친구를 본 적이 없었다. 과연 그 당시 내 운동화를 신고 간 녀석은 누구였을까? 그리고 가져간 운동화를 신지도 못하고 도대체 어떻게 했을까 궁금했다.

당시 위생 상태가 좋지 않아서 대부분 아이들의 옷에는 이가 있었다. 하루는 친구가 쉬는 시간에 이를 잡아서 책상 위에서 경주를 시키자고 했다. 각자 이를 큰 놈으로 잡아서 책상위에 올려놓고 경주를 시키는데 이는 제멋대로 방향을 잡아서 기어갔다. 우리는 뾰족한 연필 끝을 사용하여 이가 가는 방향만 잡아줄 수 있었고, 만약 연필로 앞으로 밀어준다면 반칙이라고 하였다. 친구들도 함께 응원을 하면서 너무나 재미있게 보낸, 그러나 요즘 시대에는 상상조차 할 수 없는 그 시대의 우리들의 한 모습이었다.

전후 세대

초등학교 5학년인가 6학년 때, 무장공비 사건도 있었고, 월남전 파병도 있어서 당시 교실 뒤편에는 환경정리라고 하여 신문과 잡지를 오려서 큰 게시판처럼 만드는 일을 학급간부 학생들이 하였다. 용감하게 싸우는 맹호부대 백마부대 용사들의 사진을 붙이고 위문편지도 썼다. 학예회에서는 무장공비들에게 입이 찢어지면서도 "나는 공산당이 싫어요!"라고 외쳤다는 우리 또래인 이승복 어린이를 주인공으로 하는 연극도 하였다. 공부를 잘하는 모범생은 이승복 역할을 하도록 하고, 말썽을 피우고 아이들을 잘 때리는 덩치가 큰 녀석은 무장공비 역할로 분장을 하고 욕도 하도록 하여 잔인하게 양민을 학살하는 모습을 연기하도록 하는 학예회도 하였다. 역시 마지막 최고의 감동적인 장면은 무장공비가 이승복 어린이에게 "공산당이 좋다고 하면 살려주겠다"고 하지만, 결국 이승복 어린이는 죽어 가면서도 "나는 공산당이 싫어요!"라고 외치는 연극을 보면서 학생들 모두가 눈물을 흘리며 열렬히 박수를 치는 것이었다. 당시 아이들이 잘 부르던 노래까지도 6.25 동란과 그 이후 남북한의 치열한 무력적 대치와 갈등, 체제경쟁 국면을 반영하여 전쟁과 관련된 노래들이 참 많았다.

또한 처음에 "우리는 민족중흥의 역사적 사명을 띠고 이 땅에 태어났다."로 시작하여, "1968년 12월 5일 대통령 박정희"로 끝나는 국민교육헌장을 끝까지 외우지 못하면 학교에서 집에 보내주지 않아서 어떤 친구는 밤늦게까지 반복해서 외워야 했고, 집에서는 학교에 간 아이가 오지 않으니 걱정이 되어서 초롱불을 들고 학교까지 어른들이 찾아가는 일도 있었다.

모든 중요한 행사나 기념식에 국민교육헌장을 낭독하는 순서가 포함되었음은 당연한 일이었다. 그리고 반공 웅변대회와 표어짓기, 글짓기 대회, 삐라 주워오기, 수상한 사람을 발견하면 즉시 간첩으로 신고하기 등 많은 이데올로기적 상황과 관련된 일들도 함께 추억으로 남아 있고, 보리혼식 도시락 검사, 급식당번, 쥐잡기 날과 쥐꼬리를 새끼줄에 끼워서 제출하기, 퇴비증산을 위한 퇴비 모으기, 채변검사, 전교생이 동원된 송충이 잡기, 겨울 준비를 위해서 솔방울 따러 가기 등도 지금처럼 전기가 들어오기 이전의 실제 나의 삶이었지만, 이제는 사라진 호롱불처럼 나의 아른거리는 기억의 한 편에 오롯이 자리하고 있다.

2.

스스로를 속이지 말라

나는 국민학교 6학년 겨울방학 기간에 대구에 있는 이모 댁에 가게 되었고, 이모님은 나를 동갑내기 이종사촌인 현석이와 함께 영어학원에 다닐 수 있도록 보내주셨다. 처음으로 학원이란 곳에서 영어 알파벳을 배우기 시작하였는데 시골에서만 생활을 해 왔던 나에게는 너무나 다른 삶의 모습이었다.

다른 세상

우선, 시골에는 전기가 들어오지 않았고 당연히 가로등도 없어서 밤이 되면 달빛이 없는 날에는 세상이 캄캄하였는데, 대구에 오니 밤에도 대낮처럼 환한 가로등이 있었고, 방안에는 어두침침한 호롱불이 아니라 밝은 전깃불이 있었다. 텔레비전에는 재미있는 배트맨, 용감한 린티, 뽀빠이 등 영상물이 나오고, 빵집에는 처음 맛보는 카스테라와 크림빵이 있었으며, 짜장면과 이모님이 잘 해주시던 짜장밥도 물론 처음 먹어 본 음식이었다.

한 가지 이해가 되지 않는 것이 있었다. 시골에서는 양말은 겨울철에만 신었다. 발이 시렸기 때문이었다. 그러나 대구에 와서 보니 겨울이 아닌 때에도 사람들이 모두 양말을 신고 다니는 것이었다. 특히 무더운 여름까지 사람들이 양말을 신고 다니는 것은 한동안 이해가 되지 않은 것 가운데 한 가지였다.

아직 도시생활에 익숙하지 않을 때의 일이다. 하루는 강냉이 장수가 강냉이를 사라고 외치며 골목길을 다녔다. 이종사촌 현석이는 나에게 도시에서는 저렇게 장수가 골목에 와서 소리를 칠 때는 반드시 나가서 "우리는 안 산다"고 해야 한다고 하면서, 오늘은 너가 가서 이야기를 좀 하고 오라고 했다. 나는 뛰어가 강냉이 장수를 크게 부를 다음에 "우리는 강냉이 안 사요"라고 이야기를 했고, 강냉이 장수는 '참 별놈이 다 있네' 하는 표정으로 힐긋 보고 가버렸다. 집에 들어오니 현석이는 껄껄 웃기만 했고, 나는 그때서야 속았다는 것을 알았다.

시골에서는 학원이 없으니 학교 수업을 마치면 대부분의 아이들이 봄부터 가을까지는 집안의 농사일을 돕거나, 망태를 가지고 소에게 먹일 풀을 구하러 가거나, 친구들과 소를 몰고 산에 가서 소에게 풀을 뜯게 했고, 겨울철이 되면 연날리기, 얼음에서 썰매타기, 쥐불 놓기, 자치기, 오징어 게임, 비석치기, 구슬치기 등 주로 놀이를 하면서 대부분의 시간을 보냈다.

그러나 대구에 오니 그런 놀이가 많지 않았다. 텔레비전이 나오지 않는 시간에는 정말 심심했다. 이종사촌 현석이는 만화방에 가서 만화 읽기를 좋아했다. 한번은 나도 현석이를 따라가 보았는데 조그마한 가게 안에서 여러 명의 아이들이 쪼그리고 앉아서 만화를 읽는데 그 속도가 너무나 빨라서 놀랐다. 나는 한 권도 못 읽었을 때, 현석이는 벌써 다섯 권을 더 읽어 나갈 정도였다. 또 많은 아이들은 시골처럼 일이 별로 없다 보니 웬만한 형편이 되는 집의 아이들은 자연스럽게 학원에 다니는 경우가 많았다.

늘 부모님의 농사일을 돕거나 자연 속에서 노는 일만을 해 온 시골에서의 생활과는 전혀 다른 별천지에서 겨울방학을 보낸 나는 다시 시골로 가서 신풍국민학교를 우등상을 받으며 졸업을 하고, 산길로 20리나 되는 먼 길을 걸어서 가야 하는 지보중학교에 입학하였다.

임시소집 날 사고

사실 나는 중학교 입학하기 직전에 한 가지 큰 사고를 일으켰다. 입학을 앞두고 중학교에서 사용할 모자와 배지, 교재 등 물품을 받으러 동네 친구들과 함께 무척 추운 겨울 날 먼 산길을 걸어서 처음으로 중학교에 갔다.

학교에서 주는 물품을 받고 돌아오려고 하는데 마침 중학교 재학생들이 수업을 마치고 쉬는 시간이 되었고, 선배들은 각자의 마을에서 온 후배들에게 와서 이야기를 나누게 되었다. 우리 마을에 사는 연택이는 나의 1년 선배이기는 하나 서로 친구처럼 말을 놓고 지내는 정도였는데, 그런 연택이가 나에게 와서 이야기를 하다가 내 모자와 배지 등 소지품이 든 가방을 보자고 하였고, 나는 받은 물품들을 보여주었다. 그런데 마침 수업시작 종이 울렸고, 재학생들은 모두 빠르게 각자의 교실로 들어갔는데, 연택이는 내 소지품을 가지고 약을 잔뜩 올리며 교실로 들어가 버렸다.

아직 입학도 하지 않은 내가 내 물품을 받으러 감히 선배들이 공부하는 교실까지 따라 들어갈 수도 없었고, 그렇다고 나의 소중한 입학 소지품을 연택이에게 빼앗긴 상황에서 그냥 빈손으로 집에 돌아갈 수도 없고… 무척 난감한 상황이었다.

매우 추운 날씨였지만 친구들은 서로 이야기를 하면서 1시간을 더 기다렸다가 같이 집에 가자고 하였다. 너무나 친구들이 고마웠다. 드디어 쉬는 시간 종이 울렸고, 연택이는 한참 만에 늦게 내 소지품을 가지고 나와서는 나에게 가까이 오지도 않고 멀리서 약만 계속 올렸다. 그러던 중 다시 수업 시작종이 울렸고, 연택이는 또 교실로 들어가 버렸다. 나는 추운 날씨에 밖에서 함께 1시간을 기다려 준 친구들에게 너무나 미안하였고, 하는 수 없이 나는 혼자서 더 기다렸다가 내 물품을 받아서 집으로 갈 테니 친구들에게 먼저 집으로 돌아가라고 하였다. 친구들이 모두 가버리고 나서 혼자서 1시간을 더 기다리는 동안 나는 그 시간이 너무나 길었고, 추웠고, 화도 나고, 눈물도 났다.

드디어 쉬는 시간을 알리는 종이 또 울렸고, 연택이는 친구들이 모두 가버리고 혼자서 기다리는 내 쪽으로 내 소지품을 가지고 왔다. 나는 너무나 화가 나서 화단에 있던 돌멩이를 집어서 연택이의 머리를 때렸다. 순식간에 일어난 일이였고 연택이는 내 소지품을 팽개치며 머리를 감싸 쥐고 도망을 갔다. 아마도 머리통이 깨진 것 같았다. 나는 당황하여 어쩔 줄을 모르고 있는데, 복도에 있던 선배들이 우르르 몰려와서 나를 에워싸고 그중에 몇 명은 나를 잡고서 교무실로 데리고 갔다.

교무실에는 정말로 우락부락하고 무섭게 생기신 선생님이 나를 보자마자 "야~ 이놈 봐라, 입학하기도 전에 선배의 머리를 깨어버린 놈을 어떻게 처리해야 할까!" 하고 큰 소리로 많은 선생님들이 계시는 교무실에서 나에게 꾸중을 하셨다. 모든 선생님들이 나를 바라보았고 나는 너무나 당황하고 놀라서 아무 말도 하지 못했다. 억울하기도 하고, 혹시 앞으로 학교를 못 다니게 되는 것은 아닌가? 하고 크게 걱정이 되어서 소리도 못 내고 차렷 자세로 서서 눈물만 뚝뚝 흘렸다.

그때, "아이구 부뜰이 아이가? 무슨 일이고?" 하면서 김옥빈 선생님께서 들어오셨다. 김 선생님은 우리 마을에 사시는데, 나의 국민학교 친구인 영희의 아버님이시고, 우리 아버지보다 몇 년 더 젊으셨지만, 두 분은 평소에 매우 친한 사이였다. 결국 영희 아버님의 자상한 타이름과 여러 선생님들께 "야는 우리 마을에 사는데 공부도 잘하고, 어른들께 인사도 잘하는 아주 착한 아이"라고 잘 설명을 해 주신 덕분에 나는 울음을 멈추고 소지품을 챙겨서 20리 산길을 혼자서 집으로 돌아올 수 있었다.

집에 돌아온 나는 학교에서 있었던 일에 대하여 어머니께 말씀드렸다. 어머니께서는 화가 나도 사람을 그렇게 때리면 안 된다고 하시면서 앞으로 절대 그렇게 하지말라고 하셨다. 아버지께서도 “네가 분명히 이유 없이 다른 사람을 때리지는 않았겠지만, 그래도 그렇게 위험하게 사람을 때리면 안 된다”고 하셨다. 아마도 다음부터는 절대 연택이가 너에게 함부로 하지는 않겠다고 하시면서 더 이상 다른 말씀은 하지 않으셨고 나가보라고 했다. 방에서 아버지는 어머니에게 그날의 일에 관하여 무엇이라고 말씀을 하시는 것 같았다.

방에서 나온 어머니는 갑자기 “떡을 하러 가야겠다.”고 하셨다. 혼자서 머리에 쌀을 이고 방앗간에 가서 떡을 해 오신 어머니는 저녁 식사를 마친 후에 나를 데리고 연택이네 집과 영희네 집을 찾아가서 나 대신 사과를 하면서 연택이에게는 “앞으로 우리 부뜰이와 사이좋게 지내라.”고 하셨고 연택이 부모님께는 죄송하다고 거듭 말씀을 드렸으며, 김 선생님 댁을 방문해서는 죄송하다는 말씀과 더불어 감사하다고 말씀을 하셨다. 그날 웃으면서 나를 바라보시던 김 선생님은 어머니께 내가 평소 인사를 참 잘한다고 칭찬의 말씀도 해 주시고 “앞으로 잘할 것이니 너무 걱정하지 마시라.”고 하셨다. 나는 영희 아버님이 너무나 감사하고 어른답고 멋있어 보였다. 그러면서도 나는 나 때문에 어머니께서 다른 집에 가서 사과를 하는 것이 너무나 속상했고, 어머니께는 죄송해서 아무 말씀도 드릴 수가 없었었다. 그나마 조금 다행스럽게 생각한 것은 내가 영희네 집에서 갔을 때, 내가 마음속으로 좋아하던 영희를 만나지 않았던 것이었다. 만약 그날 거기서 영희를 만났다면 나는 정말 오랫동안 영희에게 부끄러웠을 것이기 때문이었다.

그 사건 이후 연택이는 나에게 잘해 주었으며, 나는 연택이를 만날 때마다 미안한 생각을 지울 수가 없었다. 한 가지 덤으로 얻은 것은 학교는 물론 동네에서 창학이는 절대로 함부로 건드리면 안 된다는 소문이 났고, 우리 누나들도 모두 한 마음으로 동생인 나에게 더 많은 것을 챙겨주고 신경도 더 써 주게 되었다는 것이다. 아마도 아버지께서 누나들에게 동생을 잘 지켜주라고 말씀을 하신 것 같았다. 아무쪼록 나는 중학교를 입학하기 전부터 잊을 수 없는 참으로 큰 사건을 경험한 것이다.

영어의 'F' 발음

중학교는 지보면 소재지에 있었으며, 면내에 있는 여러 곳의 국민학교를 졸업한 학생들이 함께 모여서 다니는 곳이기에 새로운 친구들도 많았다. 나는 중학교 입학 후 첫 영어시간에 ABCD를 공부하며 알파벳 노래도 배웠는데, 친구들은 모두 윗니를 아랫입술을 올린 후 F 발음을 하는 것이 서툴렀다. 선생님께서는 여러 차례 반복해서 선생님을 따라하도록 하면서 학생들 모습을 살펴보셨지만 생각만큼 학생들이 잘 따라하지 못하자 나에게 한번 해 보라고 하셨고, 내가 발음하는 모습을 보신 후 크게 칭찬을 해 주셨다.

그날 선생님은 내가 시골에서는 쉽게 볼 수 없는 경우로 이미 중학교를 입학하기 전 겨울방학 동안 대구에 가서 중학교 1학년 영어 과정을 미리 공부하고 왔음을 알게 되셨다. 그날 이후 선생님은 확실하게 나의 선행학습을 인정해 주시면서 수시로 내 이름을 불러서 친구들 앞에서 그날 배울 부분의 책을 읽게 하는 등 시범을 보이도록 하셨다. 학생들 수가 그다지 많지 않았던 학교에서 새로 만난 친구들까지 모두 내 이름을 알게 되었다.

힘겨웠던 통학길

힘들게 먼 거리에 있는 중학교까지 산길을 걸어서 통학을 하는 것이 아무래도 나의 약한 체력에는 무리였는지 결국 탈이 났다. 나는 입학 후 1주일도 안되어서 매일 아침과 저녁으로 코피를 쏟았고, 심한 몸살도 앓게 되었다. 학교 다니는 것이 너무 힘들었고, 책가방도 나에게는 너무 무거웠다. 승득이를 비롯한 친구들은 힘들어하는 나의 책가방을 교대로 들어주기도 하였는데 그때 선뜻 앞장서서 내 가방을 들어 준 승득이와 우리 마을 친구들의 고맙고 든든한 우정을 크게 느꼈다.

내가 통학하는 것을 너무 힘들어하는 모습을 며칠간 지켜보신 아버지께서는 결국 내가 먼 산길을 걸어서 통학을 하도록 하는 것을 포기하고 중학교 근처에 방 한 칸을 얻고, 누나가 머물면서 내 밥을 해 주도록 하였다. 2개월간 그렇게 해서 학교를 다니던 중, 대구에 계시는 이모님께서 "창학이를 대구로 보내주면 동갑내기 이종사촌 현석이와 같이 공부하도록 하겠다."고 연락을 주셔서 나는 결국 중학교 입학 후 2개월이 지난 5월 첫 주에 대구로 전학을 가게 되었다.

고향을 떠나는 날

중학교 친구들과 인사를 하고 어린 나이에 공부를 위하여 정든 집을 혼자서 떠나는 날 아침, 아버지께서는 나를 당신의 앞에 앉게 하시고 내가 집을 떠나는 이유를 조목조목 설명해 주시면서 대구에 가면 이모님 말씀도 잘 듣고, 공부도 열심히 해서 꼭 성공해야 한다고 말씀을 하신 후 벽에 걸려 있던 할머니 사진을 보고 절을 두 번하고 차를 타러 가라고 하셨다. 사진 속의 할머니가 길 떠나는 나를 보고 환하게 웃으시는 것 같았다.

어린 아들을 떠나보내는 어머니께서는 너무나 마음이 애틋하신 것 같았다. 이미 하루 전부터 말도 별로 없으시면서 계속 우셨고, 아버지께서는 그런 어머니에게 "아들이 약해진다."고 오히려 꾸중을 하셨다. 버스가 다니는 큰길까지 따라 나오신 어머니는 계속 눈물을 흘리셨고, 어머니의 우시는 모습을 보고나니 나도 눈물이 났다. 나는 자꾸만 눈물이 나서 어머니께 인사도 못하고 버스를 탔다. 눈물을 흘리며 차창 밖을 보니 멀리 희미한 안개 속에 낙동강이 흘러가는 모습이 아른거렸다. 꼭 성공해서 부모님과 고향마을을 찾아와야 한다고 결심했다.

나는 비포장도로에서 덜컹거리는 버스를 몇 번이나 갈아타고 아버지께서 적어주신 주소와 책가방, 그리고 몇 가지 옷 보따리를 챙겨서 혼자 대구에 도착하여 이모님 댁까지 무사히 도착했다.

학교 배정

대구에 도착하니 교육청에 가서 학교를 배정받아야 한다고 했다. 문방구와 쌀집을 하시는 큰 이모부님께서 쌀을 배달하는 자전거를 타고 작은 이모님 댁으로 오셔서 나를 그 자전거 뒤에 태우시고 교육청까지 갔다. 나는 몇 명의 전학생들과 함께 은행 알이 들어 있는 통을 손잡이로 잡고 두 번을 오른 쪽으로 돌리고, 반대로 한 바퀴 통을 돌리니 또르르 숫자가 적힌 은행 알이 하나 나왔다. 학교를 배정받는 추첨이었다. 번호를 확인하신 이모부님는 그날 추첨한 학생 가운데 내가 가장 좋은 학교에 배정되었다고 크게 기뻐하셨고, 더욱이 그 학교는 이종사촌 현석이가 다니고 있는 대륜중학교였다. 큰 이모 댁, 작은 이모 댁, 외갓집 모든 식구들이 부뜰이 촌놈이 출세했고, 잘 되었다며 너무나 기뻐했다.

대륜 중학교

학교를 배정받아 첫 등교를 한 대륜중학교는 내가 보기에는 학교가 아니라 궁궐 같았다. 건물은 붉은 벽돌로 되어 있었고, 교정에는 커다란 히말리야시타 나무가 즐비하였고, 정원에는 아름다운 수목들과 연꽃 그리고 물을 뿜어내는 커다란 분수도 있었다. 어학 공부를 위하여 헤드셋과 첨단 외국산 장비가 잘 갖추어진 어학 실습실이 따로 있었고, 미술실, 과학실, 음악실, 실내체육관, 수영장까지 정말 놀라울 정도의 다양한 시설들을 갖추고 있을 뿐 아니라 시골에서 내가 다니던 중학교 앞 문방구와는 비교를 할 수 없을 정도로 멋진 매점과 식당, 문방구까지 모든 것이 교내에 잘 갖추어져 있었다.

대륜중학교는 학교의 입구 쪽에 "스스로를 속이지 말자!"라는 교훈을 새겨 놓은 큰 돌이 있었다. 처음에는 너무나 이상한 교훈이었다. 남을 속이지 말라는 이야기는 많이 들어 봤어도 스스로를 속이지 말자라는 말은 처음 들어보는 말이었기에 언뜻 이해가 되지 않았기 때문이었다. 그러나 나는 늘 학교에 등교할 때마다 마주치는 그 이상한 교훈이 자연스럽게 머리에 남게 되었고, 어느 날부터인가 참으로 멋진 교훈이라는 생각이 들었다. 왜냐하면, 남을 속이려면 우선 나 자신부터 속여야 한다는 생각을 하게 되었고, 우리 학교의 교훈은 그러한 사실을 더 엄격하게 가르쳐 주고 있었기 때문이었다. 졸업을 할 때쯤, 나는 우리학교 교훈이 참으로 멋진 교훈이고 앞으로 잘 새겨야 되겠다는 다짐을 거듭하게 되었다.

또 한 가지는 '빼앗긴 들에도 봄은 오는가'라는 시로 유명한 저항시인 이상화님께서 작사하신 교가였다. 학교 조회 때나 행사 때 늘 힘차게 부르는 교가는 "-- 높은 내 이상, 굳은 나의 의지로, 나가자! 나아가! 아~아~ 나가자! 예서 얻은 빛으로 삼천리 골 곳에 샛별이 되어라!"라는 가사의 내용이었는데, 나는 교가를 부를 때마다 속으로 꼭 그렇게 되어야겠다는 생각을 했다. 모든 학교는 교훈이 있고, 교가가 있지만, 감수성이 풍부한 학생 시절에 그 깊은 뜻을 제대로 새길 수 있도록 한다면 참으로 좋은 교육이 될 수 있을 것이라는 생각이 지금도 든다.

도시에 적응하기

나는 시골에서는 늘 우등상을 받을 정도로 제법 공부를 잘했었는데 전학을 오고 나서 치룬 첫 월말고사에서는 거의 뒤에서 몇 등으로 나와서 상당히 충격을 받았다. 정말 도시 학생들을 따라가기 위하여 열심히 공부를 하였고, 이모님께서는 학교를 마친 후 영어 선생님 댁을 찾아가서 동갑내기 이종사촌과 함께 과외공부를 하도록 시켜주셨다. 수학은 다른 학교에서 수학 선생님을 하고 계신 큰 이모부님 친구 분에게 과외공부를 받았다. 성적은 급속도로 향상되어 전 과목 평균 점수가 12점이나 올라서 대륜중고등학교 전교생이 운동장에 모이는 월간 조회시간에 교장선생님으로부터 진보상이라는 상장과 멋진 노트를 다섯 권이나 포장된 상품도 받았다. 시골에 계신 부모님께 편지로 소식을 전하였더니 아버지께서 너무나 기뻐하시면서 격려의 말씀을 가득 담아서 편지를 보내주셨다. 이모님께서는 시계점에 나를 데리고 가셔서 멋있는 손목시계를 선물로 사 주셨다. 나는 처음으로 손목시계를 가지게 되었다.

이모님 댁에서 세를 놓았던 방이 기간이 되어 그 방에 사시던 꼬맹이네가 나가게 되자, 아버지께서는 이모님과 상의하셔서 그 방을 저와 누나에게 살 수 있도록 해 주셨다. 아마도 아버지께서는 내가 늘 이모님 식구들과 함께 밥을 먹고, 동갑내기 이종사촌과 한 방에서 공부하도록 하는 것이 동서와 처제(이모부님과 이모님께)에게 너무 폐를 오랫동안 많이 끼친다고 생각하신 것 같았다. 남에게 폐를 끼치는 것을 지극히 싫어하시고 늘 대쪽 같은 삶을 살아오신 아버지셨기에 충분히 그렇게 느끼셨을 것이라 생각한다. 비록 이모님 댁이지만 전세금을 주고 방을 얻었고, 넷째 누나가 시골에 있다가 대구로 와서 밥이나 빨래 등 나의 뒷바라지를 해 주면서, 직장도 다니는 자취생활을 하도록 하셨다. 물론 그렇게 방을 따로 쓰고 살림을 따로 한다고는 하였지만, 실제로 이모부 내외분께서는 나와 누나를 늘 한 가족처럼 잘 챙겨주셨다.

중학교 생활에서는 과학 실험과 어학 실습, 유도시간 그리고 국어 공부를 좋아했고, 특히 한국문학 작품과 세계문학전집을 많이 읽었다. 학교생활에서 다른 것은 어려움이 없었으나 어학실습 시간이 되면 걱정되는 것이 있었다. 나는 시골에서 2층이 넘는 높은 건물을 본 적도 없고, 들어가 본 경험도 없었다. 그런데 어학실이 있는 건물은 7층 정도의 매우 높은 건물이었고, 더구나 어학실을 갈 때에는 건물 외부에 만들어진 계단을 통해서 오르내려야 했다. 물론 철제로 된 난간이 만들어져 있었지만 한 층 한 층 어학실 건물을 올라가거나 내려갈 때에는 너무나 공포스러웠다. 아이들은 우르르 몰려서 함께 계단을 오르내리는데 나로서는 계단이 곧 무너져 내릴 것만 같았고, 맨 위층에 있는 어학실에 도착할 때 쯤 아래를 내려다보면 심하게 현기증이 났다. 그 외부난간 계단이 나에게 얼마나 공포스러웠는지 가끔 내가 선 계단이 무너져 내리는 꿈도 꿀 정도였다.

가끔 친구들은 내가 말을 할 때 사투리를 쓰는 것이 신기했는지 내 말을 따라 하거나 놀리는 경우도 있었다. 그러나, 나는 그것을 가지고 싸우지는 않았다. 다만 학교 친구들과는 많은 이야기를 나누지 않게 되었고, 대신 혼자서 책을 보는 시간이나 생각을 하는 시간을 가지게 되었다. 그렇게 하다 보니 학창시절에는 그나마 말동무를 해주고 함께 다니던 친구가 한두 명 있었지만, 그들마저 학교를 졸업한 후에는 연락이 끊어져서 유독 내 인생에 있어서 중학교 시절 깊은 우정을 지금까지 이어 온 친구는 거의 없다.

방학

1학년 여름방학 때는 이종사촌 현석이와 함께 우리 고향에 가서 학교에서 공부한 개구리 해부도 직접 해보고, 방학 과제물인 식물채집도 하면서 정말 재미있고 알차게 보냈다. 도시 생활에만 익숙하였고, 특히 만화를 좋아하여 늘 만화방에 갔다가 이모님께 자주 혼이 났던 현석이와 함께한 시골 생활은 너무 재미있었다. 대구에서는 늘 현석이가 나에게 많은 것을 가르쳐 주었지만, 시골에서는 내가 현석에게 많은 것을 가르쳐 줄 수 있어서 더욱 신이 났었다.

방학이 끝나면서 나는 온갖 정성을 다하여 식물채집을 하고 이를 잘 처리하여 신문지로 압착을 하고 채본을 만들었으며, 식물도감을 참조하여 식물의 학명과 자세한 설명까지 추가하여 방학 숙제로 학교에 제출하였다. 결과적으로 학교에서 최우수 식물채집상을 받았음은 물론 상당기간 동안 내가 만든 식물채집이 학교에 전시가 되기도 하였다. 그리고 작은 모터보트도 만들어 개학 후 학교 야외 수영장에서 실제 경기에 참여하여 좋은 평가를 받았고, 과학사에서 자재를 구입하여 직접 만들었던 광석 라디오는 완성 후 실제 방송 소리가 나오는 것이 너무나 놀랍고 신기하기도 하였다.

수학여행

나는 중학교 2학년 수학여행 때 충무와 진

해 그리고 부산과 경주를 가 보았다. 시골에서 태어나, 예천 그리고 대구만 알고 있었던 나로서는 새로운 도시도, 바다도, 그렇게 큰 배도 모두 처음 보았으며 직접 바다에서 배를 타 보고, 바닷물이 정말 짜다는 것도 처음으로 깨달았다. 진해 해군 사관학교, 충무에서 한산섬과 충무공 유적지, 높은 탑이 있는 부산의 용두산 공원, 해운대 해수욕 백사장, 그리고 문화유적지가 즐비한 경주를 거치면서 참으로 다양한 경험을 한 수학여행이 되었다.

누나와 자취생활

해가 바뀌어 나는 어느덧 중학교 3학년이 되었고, 아버지는 이모님 댁으로부터 별로 멀지 않은 곳에 방을 얻어 이사를 하도록 하였으며, 그동안 직장을 다니면서 나에게 밥을 해 주던 넷째 누나가 시집을 가게 되어서 그 역할을 다섯째 누나가 해 주도록 하였다. 이사를 하고, 누나가 바뀌면서 나는 건강도 많이 나빠지고, 정신적 스트레스도 많이 받으면서 성적이 많이 떨어졌다. 시골을 벗어나 대구에 온 다섯째 누나는 나에게 도움을 주기보다는 아는 친구들을 만나서 여기 저기 놀러 다니기에 바빴다.

3월 어느 날, 나는 몸에 열이 나고 너무 아파서 학교도 가지 못하고 혼자서 자취방에 누워서 끙끙 앓고 있었다. 밥도 못 먹고 누워있으니 서럽기도 하고, 부모님 생각도 나면서 자꾸만 눈물이 났다. 그런데 아무런 예고도 없이 갑자기 이모님께서 오셨다. 이모님은 아파서 병원도 못 가고 누워있는 나를 보시고 한동안 아무 말 없이 눈물을 흘리시더니 손수 밥을 지으시고 국을 끓여서 밥을 차려주셨다. 이모님께서 차려주시는 밥을 먹으려니 자꾸만 눈물이 났고 내 인생 처음으로 뚝뚝 떨어지는 눈물과 함께 밥을 먹었다. 세월이 지나고 이모님께서는 교통사고로 세상을 떠나셨지만, 나는 지금도 따뜻한 밥을 지어 주시던 이모님의 모습과 먹먹한 마음으로 눈물과 함께 밥을 먹었던 그날의 일들을 잊을 수 없다.

2학년 2학기와 3학년을 보내면서 공부에 집중도는 떨어졌고 성적은 더욱 낮아졌다. 결국 나는 지금의 성적으로는 처음에 내가 목표로 하던 명문 고등학교에 원서를 내는 것이 실패할 가능성이 높다는 담임선생님의 말씀을 듣고, 큰 충격과 좌절감을 느꼈고, 시골에 계신 아버지와 어머니께서 실망하실 것을 생각하면서 엄청난 죄책감을 느꼈다. 죽고 싶은 생각마저 들 정도였다.

나는 중학교 시절을 다소 침울한 마음으로 마무리하였지만 너무나 멋진 교정에서 너무나 훌륭한 교훈과 교가를 가슴에 새기고 학교생활을 한 것을 늘 자랑스럽게 생각한다. 당시 우리를 가르치셨던 선생님들은 인품도 훌륭하셨고, 실력도 탁월하신 분이 많으셔서 대학원 공부를 마치시고 나중에 대학교 교수로 가신 분들도 여러분이 계셨다. 세월이 한참 흐른 후에 대학교에서 선생님을 뵈거나 대구에서 사회생활을 하면서 뵙게 된 선생님들께 인사를 하면서 내가 까까머리 중학교 시절에 선생님의 제자였다는 말씀을 드리면 모두 너무나 반갑게 맞아 주셨다.

청구고등학교

나는 중학교를 졸업하고 청구고등학교로 진학을 하였다. 물론 5.2 : 1이라는 경쟁을 거쳐서 입학을 한 고등학교임에도 불구하고 당초 목표로 했던 학교를 가지 못했다는 실망감과 함께 부모님이 일찍 대구에 유학까지 보내주었는데 더 좋은 학교로 진학하지 못한 데 대한 죄책감에서 벗어나기가 무척이나 힘들었다. 선생님들께서 잘 가르쳐 주셨지만, 학교의 시설은 중학교 시절과 비교하면 너무나 초라하였기 때문에 더욱 실망감이 컸던 것 같다.

자전거

집과 고등학교 사이가 상당히 먼 거리여서 자전거로 통학을 했다. 사실 나는 초등학교 때부터 자전거 타기를 참 좋아했었다. 면사무소에 공무원으로 근무하시던 큰 자형은 평소 자전거를 타고 다니셨고, 당연히 다른 교통수단이 별로 없었던 당시에 우리 집에 오실 때에도 자전거를 타고 오셨는데, 그런 날이면 나는 마당에서 자형이 타고 오신 성인용 자전거를 타고 싶어 안달이 났었다. 그러나 키가 작다 보니 하는 수 없이 오른 쪽 다리를 자전거 안장 아래로 넣어 오른쪽 페달을 밟고, 오른쪽 팔로는 안장을 감싸 안고, 왼손으로는 핸들을 잡고 왼쪽 발로는 왼쪽 페달을 밟으면서 마당에서 아슬아슬한 자전거 타기를 즐겼다. 무척 힘들었지만 재미있었다. 자전거가 너무나 타고 싶어서 며칠씩이나 꿈속에서 자전거를 타기도 했다.

대구로 와서 고등학교를 다니면서 내 자전거를 가지게 된 것은 너무나 기분이 좋은 일이었다. 학교까지 먼 거리를 걸어서 다니거나, 버스요금을 내고 콩나물시루같이 복잡한 버스를 타고 빙 둘러서 통학을 하는 것과는 비교할 수 없을 정도로 좋았다.

특히 마음이 답답할 때에는 추운 겨울날이나 무더운 여름날을 가리지 않고 무조건 자전거를 타고 전속력으로 달리면서 스트레스를 풀었다. 더운 날에 한참을 달리다 보면 이마에서 구슬 같은 땀이 뚝뚝 떨어지며 숨이 막힐 지경이었고, 옷은 땀으로 듬뿍 젖었다. 추운 겨울날에는 귀가 떨어져 나갈 정도로 시리고 손은 브레이크를 잡을 수 없을 정도로 곱았지만 늘 답답한 가슴을 틔워 주는 데는 자전거 타기가 최고였었다.

자전거를 좋아하다 보니 어떤 날은 마당에서 내가 타고 다니던 자전거를 분해해서 부품을 하나씩 순서대로 죽 늘어놓고 청소도 하고 기름칠도 한 후, 다시 역순으로 확실하고 단단하게 조립하였다. 덕분에 내 자전거는 다른 친구들 자전거와 비교했을 때, 늘 최고의 상태가 유지될 수 있었다.

교련

고등학교와 중학교의 가장 큰 차이점은 학생군사 훈련인 교련 수업을 매주 정규 교과과정으로 받는다는 것이었다. 오늘날의 총학생회 조직이 당시에는 학도호국단 조직으로 불리면서 전교 학생회장은 연대장, 각 학년 대표는 대대장, 각 학급 대표는 소대장이라 불렀다. 물론 키가 크고 목소리가 좋은 학생은 연대 참모나 기수단으로 선발되어 활동을 했다. 교복을 입는 날 이외에 교련 수업이나 교련검열 등이 있을 때에는 늘 교련복을 입고, 탄띠를 차고, 다리에는 각반을 매었다. 1년에 한 번씩 하는 교련 검열은 50사단에서 군인 장교가 나와서 교장선생님과 함께 헤드라이트를 켠 지프차를 타고 운동장에서 전교생이 집합한 가운데 사열을 했고, 이어서 분열과 열병 등 제식훈련 시범을 보이기도 하였다.

이러한 군사훈련인 교련은 나중에 대학교에 가서도 계속되었다. 다만, 고등학교에서의 교련시간에는 총 모양을 본떠서 대충 나무로 만든 목총이나 플라스틱과 고무 종류를 녹여서 M1 소총 모양의 틀에다 넣고 찍어내어 만든 약간 무겁고 붉은색의 고무총을 사용하여 총검술이나 16개 동작을 훈련했다면, 대학교 교련시간에는 카빈이나 M1이란 실제 총을 들고 하는 훈련이었다는 점에서 차이가 있었다. 물론 대학교에서 사용한 총은 실제 총이기는 하지만 사격은 할 수 없도록 공이가 제거된 상태의 총이었다.

나는 대학에서는 1학년 때 머리를 깎고 50사단에 입소하여 군인들이 입다가 넘겨준 허름한 군복으로 갈아입은 후 9박10일간 단축한 형태의 군사훈련을 받았으며, 평소에는 매주 4시간씩 교련을 받아야 했다. 교련은 비록 1학점이었지만, 교련학점을 받지 못하면 대학생 기간 동안 입영을 연기해 주던 것이 취소되는 학적보유변동을 통보하게 되고, 그러면 바로 병무청에서는 군 입대 통지서인 영장이 나오게 되었기에 공부를 소홀히 하는 학생들도 교련수업을 빠지는 경우는 거의 없었다. 한 가지 특이한 것은 이미 군에 다녀온 예비역 학생들도 예외 없이 교련을 받아야 했는데, 다만 예비역 학생들은 교련복 대신 제대하면서 받은 예비군복을 입고 교련을 받았다는 것이다.

매주 4시간씩 하는 교련시간은 지겨울 때가 많았는데, 교관이었던 예비역 최 대위는 정말 입담이 좋아서 음담패설로 1시간씩 이야기를 하여 교련이 지루하던 젊은 대학생들에게 인기를 끌기도 하였으며, 예비역 형들도 각종 설명이나 시범을 잘 보여주어서 교련수업이 그렇게 어려운 것은 없었다.

대학교 3학년 때까지 그렇게 교련수업과 병영입소 훈련을 받고 나면 사실 거의 정규군에서 기본적인 군사훈련을 마친 수준 정도는 되었다. 특히 대학 1학년 때에는 교련 수업이 더 철저했고, 제식훈련과 총검술, 2학년부터는 각종 M1, 카빈 등 개인 화기에 대한 분해결합 훈련을 하였으며, 나의 경우 LMG라는 기관총에 관한 분해 결합을 맡아서 눈을 가리고 일정한 시간 내에 하도록 하는 훈련을 했었고, 교련 수업 시간에 군사 이론적인 것을 포함하여 지도를 읽는 법인 독도법 등 기초 군사학에 관한 내용도 배웠던 기억이 난다.

특히 1학년 여름방학 기간에는 10일간 병영에 입소하여 실탄 사격과 화생방 훈련 등 신병훈련 과정에 준하여 교육훈련을 이수하도록 함으로써 실전에 투입하더라도 큰 무리가 없을 정도의 상당한 수준의 군사지식과 역량을 갖추었던 것으로 기억된다.

나는 부선망 독자여서 대학원 석사과정 재학 중 공군 군수사령부에 입소하여 6개월간 방위병 근무를 하는 것으로 군복무를 마쳤지만, 군에 입대한 친구들은 교련학점 이수에 따른 군복무 단축 혜택을 받아서 6개월이나 빠르게 제대를 하였다. 물론 예비역 형들은 이미 군에 다녀왔기에 그런 혜택은 못 받았으나, 대학에 재학하고 있는 동안은 직장예비군으로 편성되어 일반예비군 훈련이나 동원예비군 훈련에는 참여하지 않았다.

번민

고등학교 시절 공부는 늘 중상위권에 들었지만, 더 이상 공부에 집중이 되지 않았고, 좀처럼 슬럼프에서 벗어날 수가 없었다. 당시 가장 큰 고민은 집안에 복잡한 문제가 일어나게 되어 정신적으로 너무나 힘든 시간을 보내야 했던 것이다.

결국 부모님은 아예 직접 내 공부와 뒷받침을 하기 위하여 시골의 살림과 농지를 모두 다른 사람에게 맡기고 대구로 새로운 전

셋집을 얻어서 이사를 오셨다.

부모님께서는 자꾸만 어긋난 길을 가는 자식 문제로 무척이나 속상해하셨고, 그러면서도 나에게는 다른 것은 신경 쓰지 말고 공부에만 집중을 하라고 하셨다. 나는 늘 속상해 하시는 부모님이 너무나 불쌍하게 느껴지면서 공부와 인생에 대한 회의적인 생각을 많이 하게 되었다.

어려운 상황에서 부모님께서 나에게 정성을 기울일수록 나는 부모님의 큰 기대에 부응하지 못하고 실망감을 느끼게 한 데 대한 죄책감과 자괴감이 심하게 들었고, 공부에 대한 집중력이 떨어지고 정서적으로는 더욱 불안해지는 등 악순환을 겪게 되었다. 다만, 그러함에도 불구하고 나는 모범학생의 길에서 일탈하여 나쁜 친구들과 어울리거나 담배를 피우거나 음주를 하는 등 비행을 저지르는 경우는 전혀 없었다. 오로지 인생에서의 심한 허무감에 빠지게 되었다.

그저 그렇게 고등학교 3년을 상위권 성적으로 마감하였지만, 막상 대학 본고사 입시에서 1차로 지원한 대학교와 2차로 지원한 대학교에서 모두 실패를 했다. 물론 당시 일단 4년제 대학에 가기 위해서는 예비고사에도 합격을 해야 하고, 지금과는 비교할 수 없을 정도로 매우 경쟁률이 높았다.

재수생

나는 참으로 부모님 뵐 면목이 없었다. 하는 수 없이 재수생 길을 걸었고, 여전히 누나 문제는 제대로 풀리지는 않았다. 재수를 하면서도 나와 관련된 상황은 근본적으로 달라진 것은 아무것도 없었다. 지나친 스트레스로 오히려 건강만 더 나빠져서 8월부터는 아예 학원도 그만두고 시골 셋째 누나 집 과수원 원두막에서 1달을 보내기로 했었다.

원두막 생활

의사의 조언에 따라 모든 책들은 아예 가져가지도 않았고, 셋째 누나가 원두막으로 가져다주는 죽만 먹고 지냈다. 혼자서 잠을 자고, 잠이 들지 않을 때에는 가만히 누워서 스스로 많은 것을 묻고 답하며 생각에 생각을 거듭했었다. 사람이란 무엇인가? 산다는 것은 무엇인가? 죽음이라는 것은 무엇인가? 하늘의 별은 왜 반짝이는 것일까? 부모란 무엇이고, 자식이란 무엇인가? 공부는 왜 하는가? 인간의 욕구란 무엇이고 왜 일어나는가? 명예란? 역사란? 혼자서 질문하고 답을 해보고, 또 질문하고 답을 해보고… 거의 한 달을 그렇게 보냈다.

아예 출가를 할까 하는 생각도 해 봤다. 그러나 나에 대한 모든 기대를 걸고 있는 어머니를 생각하니 도저히 실행할 수가 없었다.

아마도 형이나 남동생 한 사람만 있었더라면 당시 나는 미련 없이 출가를 실행했을 것이다. 이러한 출가에 대한 미련은 그 이후에도 결혼을 하기 전까지 몇 차례 강하게 다가왔었고, 실제 대학 1학년 시절 가정사로 무척 힘들 때는 속세를 떠나고 싶은 마음에서 아예 삭발을 한 경우도 있었다. 그러나 결혼을 하고 점차 가정적, 사회적으로 역할과 그에 따른 책임감을 느끼면서 그런 생각은 현실을 도피하는 것이라고 생각하게 되었다. 하지만, 요즘도 나는 가끔은 힘들 때 절을 찾아서 명상의 시간을 갖기도 하고, 혼자서 삶의 근원적인 문제를 깊이 생각해 보기도 한다. 특히 반야심경과 금강경은 늘 나에게 삶의 근원을 돌아보게 하고, 삶의 깊은 의미를 되새김하게 해 주었다.

아무쪼록 그 당시 원두막에서 보낸 시간이 1달이 거의 끝나갈 무렵, 어느 순간부터 나는 많은 것을 깨달았다. 내가 두려워할 것도, 자랑할 것도 없다는 것, 그리고 그 어떤 것도 부끄러워할 이유가 없었고, 초조해할 필요도 없다는 것이었다. 때로는 나의 질문에 대하여 나 스스로 명쾌하게 답을 찾을 수는 없었다. 그러나 불안한 마음은 많이 없어졌다.

나는 다시 대구로 왔고, 두었던 책을 한번 천천히 읽어보고 대학입시에 응하였다. 차분한 마음으로 시험을 보았고 좋은 성적은 못 받았지만 그래도 4년제 대학에는 갈 수 있었다. 아버지에 대한 죄송한 마음마저도 상당부분 극복했다. 나는 이제는 다시 대학 입시에서는 낙방하지 않아야겠다고 생각을 하면서 가장 확실하게 합격을 할 수 있는 대학을 찾아서 지원을 하였고 합격을 하였다. 그리고 이제부터 열심히 자신감을 가지고 공부를 해야겠다고 다짐을 하였다.

나는 셋째 누나 집 동네에서 좀 떨어진 산 아래 있는 과수원 원두막에서 재수생 시기에 보낸 한 달간의 시간이 내 인생의 전체를 새롭게 시작할 수 있는 무척 소중한 시간이 되었다고 늘 생각한다. 인생이란 결코 빨리 가는 것이 빠른 것이 아니며, 조금 늦게 간다고 늦은 것도 아니라는 것, 그리고 잘난 것이 잘난 것이 아니고, 못난 것이 못난 것도 아니라는 것, 모든 것은 생각에 의하여 좌우되는 것이 인간이며, 그러기에 삶조차도 결국 끝없는 윤회에서 잠시 잠깐 한 곳에 머무르는 것임을 생각하는 계기가 되었다.

3. 행정학과의 만남

나는 재수라는 쓰라린 경험을 하고 대구대학교 행정학과에 진학하였다. 평소 나는 개인적인 일에 못지않게 공적이고 공동체적인 분야에 관심이 많고 공정과 정의와 민주를 중요한 가치라고 생각하며 살아왔다. 행정을 하는 것은 국민의 삶의 한 부분을 관리하는 것이고, 공적인 일이라서 책임감과 보람을 함께 요구되는 일이라 생각하였다. 그래서 나는 이러한 내용을 좀 더 체계적인 학문으로 공부하는 행정학을 좋아하고 내가 행정학과를 선택하기를 참 잘했다고 생각했다.

내가 입학한 행정학과는 학과가 개설된 지 4년째라서 선배들이 많지는 않았다. 1회로 입학하신 4학년 선배들은 군 입대, 휴학, 편입 등으로 10명도 안 되는 숫자였고, 여학생은 1학년부터 4학년까지 단 1명이어서 학과 행사를 할 때에는 그 여학생 선배님은 거의 교수님과 같은 대우를 받았다.

고등학교 시절과는 다르게 대학에 입학한 학생들은 참으로 다양했다. 고등학교 졸업 후 바로 진학한 학생, 나처럼 1년을 재수하고 온 학생, 나보다 1년 더 하여 삼수를 하고 온 학생, 어떤 학생은 아예 군대에 갔다가 복학을 한 학생까지 있어서 그야 말로 다양하였다.

상처 많은 동기들

입학 후 학생들의 첫 단합대회가 있었다. 큰 식당 2층 방에 40여 명의 학생들이 둘러앉아서 간단하게 자기소개와 인사를 하는 자리였다. 대체로 자기 이름을 이야기한 후 자기의 과거를 이야기하고 앞으로 잘 지냈으면 좋겠다는 이야기를 하였다. 그런데 나는 대부분의 학생들이 자기소개를 하면서 자기가 과거에는 그런대로 공부도 잘했었는데, 어떻게 하다가 보니 이 대학교 이 학과에 오게 되었다는 것을 이야기하는 걸 보고 무척 마음에 들지 않았다.

그들의 이야기를 종합하면, 자기는 이 대학 이 학과에 올 인물이 아닌데, 어떻게 하다가 보니 이런 데 와서 여러분과 어울리게 되었다는 것처럼 느껴졌기 때문이다. 심지어 어떤 경우는 자기 나이가 많음을 장황하게 설명하면서, 바로 입학한 학생들은 자기 동생뻘이라고 하거나, 자기는 서울에서 어떻게 하다 보니 지방대학에까지 왔지만, 자기 친구들은 모두 명문대학에 다니고 있다고 자랑하기도 했다.

나를 소개할 순서가 되었다. 나는 내가 이 대학, 이 학과에 합격한 것이 너무나 고맙고 감사한 일이라고 생각한다고 했다. 아마도 내가 입학시험에서 떨어졌으면 이런 말조차 못하고 학원에서 삼수생이 되었을 텐데, 정말 다행스럽게 합격이 되어서 대학생이 되었으니 이제부터 자긍심을 가지고 열심히 하겠다고 했다.

공부에 집중하기

그리고 나서 정말 다음 날부터 열심히 도서관에서 많은 책을 읽기 시작하였고, 강의를 마치면 궁금한 사항에 대하여 교수님을 찾아가서 질문을 하거나 책을 소개받아서 열심히 읽었다. 특히 '고시계'라는 잡지를 오래된 지난 호수부터 시작하여 합격기를 중심으로 읽었는데, 공부하는 요령이 참으로 다양하게 소개되어 있었고, 고시 2차 모범 답안 사례는 제시된 주제에 맞추어 논술형으로 답안을 깔끔하게 작성해 놓아서 내가 행정학 공부를 하거나 학교에서 중간고사나 학기말 시험에서 답안을 쓰는 데 크게 도움이 되었다. 특히 연구실을 직접 찾아가서 질문을 하는 나에게 교수님들께서는 많은 관심을 가져주셨다.

서클에 빠진 날

대학 1년을 그렇게 보내고, 2학년이 되었다. 하루는 교수님 연구실을 방문하여 여러 가지 대화를 나누던 중, 교수님께서 나에게 마음에 상처가 많은 것 같고, 어두움이 있어서 향후 사회생활을 하는 데 어려움이 있을 것 같다고 하시면서 너무 공부에만 집착하지 말고 좀 더 활기차고 다양한 대학생활을 할 수 있는 방안을 찾아보라고 하셨다. 그러시면서 대학생들이 많이 하는 서클(요즘은 동아리) 활동을 해 보는 것도 좋겠다는 의견을 주셨다.

마침 3학년 선배가 새로운 서클을 만드는데 동참하지 않겠느냐는 이야기를 해서 나는 일단 함께 해 보기로 했다. 몇 차례 모임을 가지면서 회원도 더 모집하게 되었고, 나는 자연스럽게 부회장을 맡게 되었다. 아마도 재수를 해서 나이도 고려되었고 학과 등 몇 가지가 고려된 것 같았다.

모임을 거듭할수록 나는 일에 대한 책임감 때문인지 서클에서의 역할과 더불어 내 생활에서 서클이 차지하는 비중이 늘어났다. 학교를 마친 후 회원들에게 연락할 일들도 많았다. 당시에는 휴대폰도 없었고, 우리 집에는 전화기도 없는 상황이다 보니 공중전화를 활용하여 회원들에게 연락하여야 했다.

회원들에게 연락할 상황이 생기면 나는 일단 동네 가게에 들어가서 10원짜리 동전을 여러 개 바꾸거나 미리 준비를 하여 가게 앞 공중전화로 갔다. 그 당시에는 공중전화조차도 흔하지 않았기에 대부분 공중전화기 앞에는 몇 사람씩 줄을 서서 기다리고 있었다. 나는 맨 뒷줄에 서서 내 순서를 기다렸다가 통화를 해야만 했다. 모든 공중전화기는 3분이 가까워지면 송화기에서는 뚜뚜 소리가 나는데, 그 소리는 곧 통화가 끊어지니 통화를 더 하고 싶으면 동전을 더 넣으라는 신호였고, 그 시간이 지나면 통화는 자동적으로 끊어졌다.

가끔 술 취한 아저씨나 아주머니가 앞에서 통화를 하거나 내 앞에 서서 기다리고 있는 경우에는 참으로 난감했다. 대부분 3분을 넘어서 추가로 동전을 넣어가며 통화를 길게 할 가능성이 높았기 때문이다. 당시에는 공중전화를 너무 오래 사용하다가 기다리던 사람과 시비가 걸려서 싸움이 일어나는 경우도 흔했고, 심한 경우 살인사건이 난 경우도 있어서 가끔 신문에 기사화되기도 했었다. 특히 그나마 공중전화가 설치된 곳도 흔하지 않아서 집 근처 골목길에 있는 공중전화기는 늘 사람들이 몇 명씩 줄을 서서 기다리고 있었다.

나는 전화가 있는 회원들에게 행사 관련 연락을 하기 위해서 회원들 집이나 자취하는 경우 주인집에 전화를 걸었다. 대부분 어르신들이 전화를 받는데, 나는 누구이며, 누구를 좀 바꾸어 달라고 정중하게 말씀을 드렸다. 여자회원 집에 전화를 걸면 어떤 부모님들은 잘 바꾸어 주었지만, 어떤 부모님들은 왜 전화를 했는지 다시 그 이유를 꼬치꼬치 묻거나 따지는 경우도 많았다. 나는 우선 공손하게 나의 신분을 상세하게 밝히고 전화를 건 목적을 분명하고 정직하게 말씀을 잘 드렸기에 서클의 다른 간부들이 전화를 걸 때보다는 통화를 더 쉽게 할 수 있었다.

가능하면 짧게 통화를 하고 나면 거의 대부분 뒤에 사람이 기다리고 있어서 다른 회원에게 통화를 하기 위해서는 다시 대기하고 있는 줄의 맨 뒤쪽으로 가서 줄은 선 다음, 앞 사람들이 모두 순서대로 통화를 다하여 다시 내 차례가 오기를 기다려야만 했다. 그렇게 10여 명 이상 간부 및 회원들에게 전화를 하려면 1시간, 어떤 경우에는 2시간 이상을 서서 기다리며 통화를 했다. 특히 추운 날이나 비오는 날은 전화를 하는 것이 무척 힘들었다. 그러나 행사를 차질 없이 진행하기 위해서는 그렇게 하지 않을 수 없었다.

서클행사

우리가 하는 서클 행사는 늦가을에 하는 '가족 초대의 밤,' LTLeadership Training, '막걸리 마시기 대회,' '탈춤공연' 등 여러 가지가 있었지만, 가장 큰 행사는 교내 행사가 아니라, 봄과 가을에 1박 2일 일정으로 50~60명 정도가 참여하는 MTMembership Training와 10박 11일 일정으로 30명~40명 정도가 참여하는 '하계수련회' 행사였다.

출발하는 날부터 돌아오는 날까지의 교통편을 마련하는 것부터 행사진행 프로그램을 작성하는 일, 누가 무엇을 준비해야 하는지 분담하고 확인하는 일, 회원들이 가지고 있는 텐트와 모포 등 숙박에 필요한 장비와 수량이 참석하는 인원을 수용할 수 있는지를 점검하고, 각 조별 식단과 식재료 취사도구를 점검하는 일, 공용으로 사용할 장비는 무엇이고, 이를 누가 어떻게 분담하여 운반할 것인지, 여러 개의 텐트를 어디에 어떻게 배치할 것인지, 식수는 어디에서 조달하고, 화장실은 어디에 만들지, 아침 구보 코스는 어디로 할 것인지, 비상 구급약품은 누가 어떤 약품을 가져오도록 할 것인지, 기록용 사진기는 누가 가져올 것인지, 수많은 것을 체크해야 했다. 현지답사를 하면서 동선과 시간을 확인하고, 이용할 교통편을 확인해야 하는 등 참으로 한두 가지가 아니었다.

하계 수련회는 행사 기간이 길고, 그냥 한 곳에 머무르는 것이 아니라 10일간 매일처럼 이동을 하면서 수련회 취지에 맞게 알찬 내용의 프로그램도 진행을 해야 하기에 간부들은 그야말로 대단히 조직적으로 움직여야 했고, 엄청난 준비를 해야만 했다.

당시 수련회나 MT 등 각종 행사에는 약간의 군대식 방식도 적용되었다. 야외 텐트에서 취침을 하고, 기상 호루라기를 불면 모두 일어나 일조점호를 하고, 호루라기나 구령에 맞추어 2Km정도 아침구보를 함께 한다. 이는 야외취침에 따른 체온을 높여주는 등 체력관리에 큰 도움이 된다. 구보를 마치고 각 조별로 아침 취사에 들어가서 정해진 시간 내에 식사와 설거지까지 마치고 집합을 하여 특강을 듣거나, 토론을 하거나, 이동을 하거나, 주위 문화유적 탐방을 하거나, 팀이나 개인대항 게임을 하거나, 봉사활동을 하면서 점심과 저녁 식사까지 마치게 된다. 대체로 9시쯤 공식행사 일정을 마치면 일석점호를 하면서 하루 일과를 마무리 하게 된다.

일석점호가 끝나면 각자 텐트로 들어가 취침을 하거나, 아니면 중앙에 캠프파이어 하는 곳에 모여 각자 자신의 어린 시절 추억이나 읽었던 책 이야기, 첫사랑 이야기 등을 나누거나 달빛이나 별빛을 바라보며 기타 반주에 맞추어 조용한 노래를 부르기도 하였다. 그렇게 11시나 12시까지 시간을 보내고는 2~3명이 조를 짜서 순서에 따라 불침번을 서도록 하고 나머지는 취침을 하게 된다. 비 오는 날, 무더운 날, 험한 산길과 비포장도로를 걸으며, 동고동락하는 하계 수련회를 다녀오면 선후배와 동기들은 마치 오래된 형제와 같이 정이 듬뿍 들고 회원들 각자도 정신적으로도 한 단계 성큼 성숙하게 되는 계기가 되었다.

서클에서 송년회를 겸해서 하는 '한맥 가족의 밤' 행사는 회원들의 부모님을 포함하여 가족들을 초대하거나 여자 친구나 남자 친구를 초청하여 공연과 장기자랑을 하는 행사로서 행사에 초대된 부모님들도 너무나 좋아 하시고, 회원 가족들 간 친목도 돈독해져서 행사 이후의 회원들의 서클활동이 더욱 활성화되는 계기가 되었다. 방학 때나 주말에는 동기들이나 선후배들이 모여서 회원집으로 찾아가 농사일을 도와주기도 하고 개울가에 가서 물고기잡이도 하는 등 자율적인 소그룹 활동도 활발하게 이루어졌다.

서클 내 학생들은 서로 학과도 다르고 학년도 다양하며, 참여하는 사람들의 성격도 다양하기 때문에 상호 작용이 활발하게 이루어지는 계기가 마련된다는 것은 서로에게 많은 성장의 기회를 만들어 줄 뿐만 아니라, 힘든 행사를 여러 차례 치르다 보면 각자의 리더십도 확실하게 길러진다는 것을 깨달았다.

나는 2학년 때 서클이 만들어지면서 부회장을 맡았고, 3학년이 되어서는 회원들의 투표에 의하여 회장을 맡아서 고생도 많이 했지만 참으로 많은 것을 느끼고, 배우고, 깨달았다. 다섯 명의 누나와 1명의 여동생 그 가운데 외동아들로 곱게 성장해 온 나에게 있어서 서클 생활은 그 어디에서도 배울 수 없는 소중한 배움과 성장의 기회가 되었다고 확신한다. 나에게 있어서 학창시절에 인연을 맺은 서클의 선후배들은 나의 형제 못지않은 관계라고 생각하며, 물론 요즘도 꾸준하게 서로 연락하고 지내는 소중한 인연들이다.

양현재

3학년 1학기에 학교 고시반인 양현재에 입소할 학생을 선발한다는 학보의 내용을 읽었다. 당시 행정학과 학생들 가운데 공부를 열심히 하는 대다수 학생들이 행정고시를 생각하는 것처럼 나도 행시를 생각하며 영어와 행시 1차 시험과목을 중심으로 한 양현재 입소시험에 응시를 했고, 다행히 합격을 했다. 나와 함께 입소시험에 합격한 학생은 몇 명 되지 않았으며, 모두 군대를 다녀와서 행시를 준비 중이던 예비역 형들과 공인회계사를 준비하는 예비역 형들이었기에 내가 가장 어린 나이였다. 당시 고시반에서 공부하던 학생들은 농촌에서 진학하여 가정형편도 넉넉하지 못했지만 나름대로 열심히 공부하여 장학금을 받는 학생들이 대부분이었다.

고시반의 분위기는 모두 독서실 형태로 개인별 스탠드 조명을 사용하여 공부에 대한 집중도를 높일 수 있도록 되어 있었고, 각자 침대도 마련되어 있었으며, 이미 상당기간 공부를 해 온 고시반 선배들이나 같이 입소한 예비역 형들의 책들은 손때가 묻어 있고, 페이지마다 중요한 부분은 깨알같이 메모가 되어 있어서 나에게는 큰 자극이 되었다.

선배들은 "고시공부는 밑 빠진 독에 물붓기와 같다"라며, "밑 빠진 독에 물을 채우는 방법은 빠져나가는 속도보다 빠른 속도로, 빠져나가는 양보다 많은 양으로 물을 부어야 한다. 이와 같이 포기하지 않고 집중적으로 해야 합격할 수 있다."고 하면서 집중력과 지구력을 발휘해야 한다는 것을 강조했다.

나는 2~3개월 정도 학과수업이 없는 시간에는 밤낮으로 시험공부를 해보았다. 그렇게 해보니 진도도 어느 정도 나가고 실력도 쌓이는데, 문제는 체력이 급격히 떨어지는 것이었다. 자리에 장시간 앉아 있어서 그런지 소화기능도 약해지고, 일어설 때는 현기증도 점차 심하게 느끼게 되었다. 역시 집중적인 노력이 필요한 시험공부는 절대적으로 체력의 뒷받침 없이는 한계가 있다는 생각이 들었다.

그러던 차에 대학의 소요사태가 날로 심해지고 사회적 혼란이 가중되더니, 5월 어느 날 아침 뉴스에서 전국의 대학교에 휴교령이 내려지고 비상계엄이 확대되었다는 보도가 나왔다. 급하게 학교에 등교를 하니 학교 앞과 운동장에는 이미 군인들이 완전무장을 하고 점령한 상태였으며, 교문을 폐쇄하여 아예 교내로 들어갈 수 없도록 통제를 하고 있었다. 나는 공부하던 양현재에 책을 모두 두고 있었기에 참으로 난감했다.

군인들에게 내 책이라도 가져 나올 수 있도록 해 달라고 했지만 소용이 없었다. 한참을 기다리다가 우리 학과는 아니었지만 평소 알고 지내던 일어일문과 교수님 한 분이 오셨다. 나는 그 교수님께 사정을 말씀드리고 군인들을 설득하여 책을 가져 나올 수 있도록 도와달라고 하였다.

교수님께서는 군인 장교를 만나서 한참을 설득하여 허락을 받았고, 결국 군인 한 명이 수행하여 고시반으로 가서 겨우 책 몇 권을 가지고 나올 수 있었다.

앞서 1979년 10월 26일 유신정권이 끝나고, 1980년을 맞으면서 많은 사람들은 '서울의 봄'을 이야기하였지만, 다른 한편으로는 새로운 군부를 중심으로 한 권위주의적 세력들이 혼란을 극복하고 새로운 질서를 확립한다는 명분하에 또 다른 세상을 준비하는 것 같았다. 민의 세력과 신군부의 세력이 충돌하면서 광주에서는 5월의 비극이 일어났고, 결국 군이 주도하는 불안한 질서가 확립되었지만 여전히 혼란과 불안, 그리고 전국 대학교에 대한 휴교는 계속되었다. 10명 이상의 사람들이 모이면 사전에 신고를 해야 하고, 야간통행 금지 시간이 늘어난 것은 물론, 군이 행정과 경찰까지 직접 통제하는 엄중한 계엄 상황은 계속되었다.

나는 그 전년도에 그렇게 바쁘게 활동하던 서클 활동도 중단하고, 새로 시작한 지 얼마 안 되는 고시반에서의 생활도 못 하게 되어 집에서 공부를 하면서 지루하게 시간을 보내야 했다. 과대표를 통해서 출석수업과 중간고사 학기말고사 대신에 각 과목별로 교수님께서 부과하는 과제에 대하여 리포트를 작성하여 제출하도록 하여 학점을 평가받게 되었다. 그렇게 되니 실제 학생들 간 성적평가는 변별력도 거의 없는 것 같았다.

가장 열심히 공부해야 할 황금 같은 시간을 집에서만 보내게 되니, 고시반에서 공부할 때보다 내 건강은 조금 좋아졌지만 다시 새로운 큰 걱정거리가 생겼다. 평소에도 건강이 좋지 않으셨던 아버지께서 건강이 더욱 나빠지셨기 때문이다. 식사량도 많이 줄고, 기력을 점차 잃어가시는 것 같았다.

천붕

급기야 하루는 아버지께서 아침 식사도 않으시더니 정신을 잃고 옆으로 쓰러지셨다. 의식도 호흡도 심장도 멈춘 아버지를 끌어안으며 나는 순간적으로 죽음이 현실로 받아들여지지 않아서 어찌할 바를 몰랐다. 한참을 울다가 나와 어머니는 아버지를 방으로 옮겨서 눕힌 후 어머니의 말씀에 따라서 아버지를 모실 준비를 해 나갔다. 나중에 확인한 일이었지만, 아버지께서는 당신의 죽음을 어느 정도 미리 생각하고 준비를 해 왔고, 어머니에게 중요한 절차와 해야 할 일들을 순서대로 말씀을 해 두셨다고 했다. 다만, 내가 아직 학생이고 어리다고 생각하셨기에 어머니와 큰누나 그리고 큰 자형 등 몇 분에게만 당신의 사후의 일에 대하여 부탁을 해 놓으셨던 것이다. 나중에 아버지의 유품을 정리하면서 나는 아버지께서 내가 읽을 수 있도록 세세한 사항까지 알기 쉽게 그림도 그려 가면서 정리해서 남겨 놓으신 기록을 보고 읽으며, 나를 생각하며 그 글을 쓰실 때의 아버지의 마음이 어떠하셨을까 하는 생각을 하면서 가슴이 아리고 눈에는 하염없는 눈물이 흘렀었다.

편찮으시기는 하셨지만 그래도 늘 내 마음에는 든든하게 남아 있던 아버지께서 돌아가시고 나니 나는 마치 가슴에 큰 구멍이 생긴 것 같았고, 머리는 자주 멍한 상태가 되는 것 같았다. 누나들은 모두 시집을 갔지만, 어머니를 모셔야 하고, 아직 고등학생인 여동생도 챙겨봐야 하며, 이제부터는 가정 경제적 측면에 이르기까지 모든 것을 내가 직접 책임져야 하는 대학생 가장으로서의 무게감이 크게 느껴졌고, 아울러 외동아들이라는 생각이 실감나게 다가왔다.

진로 변경

나는 행정학과 입학 후 간간히 고시계 월간 잡지도 챙겨 읽으면서 나름대로 준비를 해왔고 두 번 정도 도전해 보았던 행정고시 공부를 결국 포기했다. 아직 완전하지 못한 건강 상태, 집안의 경제적 사정 등 여러 가지 상황을 종합하고, 내 성격에는 교직이 더 맞겠다는 조언을 주신 교수님과 상담한 결과에 따라 그렇게 결정을 한 것이다. 마침 행정학과 학생들에게도 교직과목의 해당 학점을 이수하면 중등학교 2급 정교사 자격증을 받을 수 있는 제도가 생겼고, 교직에 대한 매력도 느꼈다. 그래서 나는 행정학 과목 이외에 매 학기마다 교직과목을 추가로 수강하였고, 4학년 때에는 교생실습도 다녀왔고, 결국 대학을 졸업할 때에는 교사 자격증을 받게 되었다.

3

내가 행정학과에 다니면서 여러 전공 교과목을 공부했지만, 가장 크게 공감하면서 공부한 과목은 비교행정론과 발전행정론 그리고 헌법이었다. 비교행정은 환경에 영향을 많이 받기 때문에 각 국가의 환경에 따라서 행정의 효과는 다르게 나타난다는 것이고, 따라서 행정을 연구함에 있어서 해당 국가의 역사나 문화 등 환경적 측면을 비중 있게 공부해야 한다는 것이었다. 행정을 종속변수로 보고 각 국가별 행정에 차이가 나는 부분을 설명하는 데 있어서 설명력을 가질 수 있었다. 특히 개발도상국 행정을 이해하는 부분에서 많은 공감을 하였다.

이러한 비교행정은 환경적 변수에 초점을 두다 보니 결국 행정을 종속변수로 다루고, 이러한 관점에서 개발도상국의 국가발전을 바라보면 대단히 비관적인 입장이 될 수밖에 없었다. 왜냐하면 개인이든 조직이든 국가이든 처한 환경이 바뀌는 것은 쉽지 않고, 많은 시간이 걸린다는 것이 명확해지며 그렇다면 환경은 도대체 어떻게 바뀔 수 있는가? 하는 문제에 직면하기 때문이다. 즉 결론적으로 생태론이 기반이 되는 비교행정의 이론적 기반은 여러 가지 역사, 문화적 여건이나 환경이 바뀌지 않으면 국가는 발전하기가 어렵다는 것으로 귀결이 되었다.

발전행정을 공부할 때의 접근 방법은 전혀 달랐다. 발전행정은 행정을 독립변수로 보았다. 국가발전을 위해서 국가의 발전목표를 적극적으로 설정하고, 이를 달성하기 위한 기획, 조직, 인력 등 자원을 동원하고 관리의 효율성을 달성해야 한다는 것이었다. 행정이 법의 집행이라는 소극적 작용을 벗어나, 국가발전을 주도적으로 선도해 나가야 한다는 측면에서 당시 한국이 처한 개도국 상황을 벗어나 선진국으로 도약하기 위해서는 이러한 행정의 적극적인 역할이 필요함에 많은 공감을 하였다.

특히 내가 관심을 가진 것은 이러한 국가발전을 선도해 나갈 공무원들의 신념과 리더십, 역량과 가치관 혁신 부문이었다. 나는 이한빈 박사의 『국가발전의 이론과 전략』, 『사회변동과 행정』, 『작은 나라가 잘 사는 길』 등 몇 권의 책을 읽으면서 공무원의 역할, 특히 공무원의 시간 지향성과 변동에 대응하는 태도가 국가발전에 지대한 영향을 주는 것으로 이해하였으며, 그 공무원뿐만 아니라 개인의 삶에 있어서도 이러한 내용은 그대로 적용이 가능하다는 생각을 하게 되었다. 실로 나에게는 생각의 전환기를 마련하는 계기가 되었다.

나는 그 이후 세상을 살아가면서 사람은 자신이 처한 환경적 변수의 영향을 많이 받으면서 성장하기에 그 사람을 제대로 이해하기 위해서는 그 사람이 성장해 온 환경을 이해하는 것도 필요하지만, 그보다 더 중요한 것이 그 사람의 미래 발전 가능성을 판단할 때에는 그 사람이 어떤 가치관을 비중 있게 생각하며, 어떠한 목표를 설정하는가, 그리고 그 목표를 달성하기 위하여 얼마나 체계적으로 계획을 수립하고 실천하는가, 아울러 무엇보다 중요한 것으로서 사람이 평소에 어떤 시간 지향성Time Orientation을 가지고 있으며, 변화에 대하여 어떠한 대응 태도Attitude toward Change를 갖는가 하는 것이 성공과 실패를 좌우하는 핵심 내용이라고 생각하게 되었다.

4학년이 되면서 진로와 관련하여 여러 친구들은 취업 원서를 작성하여 시험을 보러 다니느라 바빴고, 어떤 친구는 조기에 입사 예정자로 결정되었다는 이야기도 들었다. 나는 평소 존경하던 고등학교 3학년 때 담임 류완식 선생님께 스승의 날을 앞두고 오랜만에 학교로 인사를 갔었다. 선생님께서는 반갑게 맞아주시면서 진로와 관련하여 이런 저런 말씀을 해 주셨다. 내가 행정학과에 다니지만 교직에 관심이 있어서 교직과목을 이수해 왔으며, 졸업을 하고 고등학교 교사로 가고 싶다고 말씀드렸다.

선생님께서는 서울의 명문 K대학 법학과를 졸업하시고, 오랜 기간 고시공부를 하시다가 결국 고시공부를 포기하고 시험을 쳐서 영어교사가 되었다고 말씀을 하시면서, 교사도 좋기는 하지만, 중고등학교 교사는 1반부터 5반까지 같은 내용을 반복적으로 강의를 하며, 해마다 같은 내용을 강의하다 보니 답답함을 많이 느낀다고 말씀하셨다. 그리고 나에게는 좀 힘들더라도 공부를 더 해서 대학교수가 되면 연구를 하면서 강의도 하고, 늘 새로움을 추구할 수 있기에 나에게 잘 맞을 것 같다고 하셨다. 다만, 경제적으로 어려움이 있을 것이기 때문에 이 문제를 어떻게 풀어갈 수 있을지 걱정이라고 하셨다.

대학교수를 꿈꾸며 대학원 진학

나는 선생님과의 만남을 통하여 신선한 충격을 받았다. 대학교수를 꿈으로 새로운 목표를 수정하고, 취업을 위해 동분서주하는 친구들과는 다르게 아예 대학원 진학으로 진로를 정했다. 교수님과 상의를 드렸더니, 경제적인 것은 어려움이 있겠지만, 다른 대학교로 진학하지 말고, 모교로 진학을 하게 되면 조교를 할 수도 있고, 다른 직장을 갖지 않고 열심히 공부하면 장학금도 있으며, 특히 아직 우리 대학의 경우 학과가 개설된 지 오래되지 않아서 모교 출신의 교수가 없기에 내가 노력하기에 따라서는 다른 대학교 대학원으로 진학하는 것보다 빨리 강의를 하거나 자리를 잡을 수 있을 것이라고 아주 희망적인 말씀을 해 주셨다.

나를 아껴주시는 다른 교수님께서도 비슷한 내용의 말씀을 해 주셨기에 나는 진로와 관련해서는 더 이상 고민을 하지 않기로 하고 행정학을 제대로 좀 더 깊이 있게 공부하기 위해서 대학원 진학으로 진로를 결정하였다. 이러한 방향을 설정한 후 남은 대학생 생활에서 행정학과 과목만 공부하는 것이 아니라, 법철학을 비롯하여 정치학, 사회학, 사회심리학, 역사학, 사회복지학, 그리고 교육방법론, 교육과정론, 교육평가론 등 다양한 주변 학문적 세계에 관해서도 선택과목을 추가로 들었다. 학점 제한으로 수강신청을 하지 못하는 경우에는 교수님께 말씀을 드리고 학점을 받지 않고, 다만 강의만 듣는 청강생으로 참여하기도 하면서 도서관에서 관련

분야 책을 빌려서 읽어 나갔다. 행정학 주변 학문에 대한 공부는 참으로 행정학을 제대로 공부하는 데 큰 도움이 되었다. 나는 대학을 졸업할 때 공식적으로 수강하여 이수한 학점만 172학점에 도달하였다. 요즘 대학졸업에 필요한 이수학점이 140학점이고, 내가 졸업할 당시 졸업학점이 150학점이었음을 고려할 때 행정학 전공 이외에도 많은 과목을 이수한 것으로 볼 수 있다.

교직과목과 교생실습

나는 교직과목을 이수한 관계로 4학년 2학기 1개월간 여자고등학교에 교생실습을 나갔다. 여러 명의 교생 가운데 내가 교생대표를 맡아서 선생님들의 교무회의에 참석하여 주요 내용들을 메모한 다음 이를 교생들에게 전달하고, 교생들과 학교 간 협의나 연락을 담당하였다. 여고에서의 남자 교생은 대단히 인기가 있었다. 3학년 담임교생으로 학급을 배정받고, 선생님과 함께 교실에 들어가서 인사와 자기소개를 하였는데 여학생들은 박수와 환호를 했다. 나 역시 남자 중·고등학교를 다녔기에 처음으로 여자고등학교에서 하얀 카라의 교복을 입은 여학생들을 마주하게 되어 신선하고 새로운 느낌을 경험하였다. 다만, 서클 회장을 하면서 여러 학생들 앞에서 이야기를 한 경험이 어느 정도 축적되어 있었기에 당황하지는 않았고 학생들과의 대화를 자연스럽게 이어갈 수 있었던 것 같다.

교생들은 학급 담임과 함께 조회와 종회에 참여하고 각 교과목별 선생님들이 수업을 할 때는 교실 뒤쪽에서 참관수업을 하였고, 3주부터는 교안을 작성하여 선생님과도 협의를 하며 완성도를 높여갔다. 내 교과목 담당 선생님은 미모가 뛰어났으며, 성격도 밝고 활달한 젊고 센스 있는 미혼의 여선생님이었는데 가끔 나에게 농담도 하시면서 참 잘 해주셨다.

교안을 작성하는 일은 마치 50분짜리 한 편의 드라마나 영화의 시나리오를 작성하는 것처럼 매우 구체적이어서 교사와 학생 간 주고받은 모든 대화와 동작을 자세하게 구분하여 작성하여야 했다. 모든 교생들은 자신이 완성한 교안에 따라 연습을 하였고, 마지막 4주째에는 학급담임을 대신하여 교생이 직접 조회와 종회를 하고, 각자 교과목 담당 선생님이 참관하는 가운데 시범수업을 하였다.

마지막 주 전체 시범수업을 맡았던 나는 무척 긴장되었다. 왜냐하면 그날은 모교에서 교수님도 오시고, 실습 나온 학교의 교장선생님을 비롯한 여러 선생님과 함께 교생으로 나온 학생들까지 모두 시범수업에 참관자로 들어오기 때문이었다.

나를 비롯한 우리 교생들은 학교와 각자의 명예를 걸고 서로 적극적인 협조를 하며 모든 것을 철저하게 준비를 하였고, 좋은 평가를 받으며 교생실습을 멋지게 마무리했다. 교생실습 마지막 종회시간에 석별의 정을 아쉬워하고 있는데 학생들이 나에게 노래를 한 곡 불러달라고 했다. 나는 당시 내가 좋아하던 '긴머리 소녀'

란 노래를 불렀고, 학생들의 박수갈채를 받았다.

배우면서 가르치는 교생실습은 나의 대학생활 가운데 정말 멋진 한 페이지의 추억으로 남아있다. 나는 다음 해 모교에서 대학원 석사과정에 진학을 하였고, 교생실습을 나가서 만났던 고3 여학생들 가운데 몇 명은 고등학교 졸업 후, 나와 같은 대학의 1학년으로 입학을 하게 되어서 가끔은 캠퍼스에서 마주치거나 멀리서 나를 보면 선생님이라고 반갑게 불러주는 경우도 있었다.

행정학 공부와 공적 가치

나는 행정학을 공부하면서 공적 가치에 대하여 많은 생각을 하게 되었다. 물론, 아래 기술한 내용들은 내가 공직생활을 하고 나서 경험한 일들이지만, 사실 그 뿌리는 대학시절 행정학을 공부하면서 시작된 것이다.

2003년 2월 18일 있었던 대구지하철 방화사건은 그동안 행정학을 공부하고, 대학에서 행정학을 가르치고, 공직에 근무했던 나로서는 공적 가치와 책임에 충실해야 하는 공직자의 자세와 교육훈련과 관련하여 큰 충격을 준 사건이었다.

대구지하철 화재 참사는 1995년 대구 상인동 가스 폭발 사고와 함께 세계 3대 최악의 지하철 사고로 기록된 사건으로 정신병자 한 사람의 방화로 인해 12량의 전동차가 모두 불타고, 192명의 사망자와 21명의 실종자 그리고 151명의 부상자라는, 대구 상인동 가스 폭발 사고와 삼풍백화점 붕괴 사고 이후 최대 규모의 사상자가 발생한 대참사였다. 사고 조사 과정에서 밝혀진 내용에 따르면 기관사는 중앙로역에 도착해 출입문을 연 뒤 "불이야!" 하는 소리를 듣고, 운전실 앞에 있는 CCTV 화면에 객차 쪽에서 승객들이 서둘러 빠져나오는 모습을 보고 운전실 옆에 있는 소화기를 들고 나와 불을 끄려 했지만 가연성 소재로 가득한 전동차 객실 내부의 불을 감당할 수 없게 되어 화재 진화를 포기하고 대피를 하였다. 그런데 중앙사령실에 제대로 신고를 하지 않고 대피하는 치명적인 실수를 하였고, 이 때문에 중앙사령실에 화재 사실이 제대로 전달되지 못해 후속 열차의 피해로 이어지게 된 것이다.

위급한 상황에서 기관사는 승객들이 대피할 수 있도록 최선을 다하여 안내를 하거나 후속조치를 해야 하는 것을 외면하고, 본능적으로 마스터키를 가지고 현장을 빠져나온 것이었다. 문이 잠기고 화재로 전기가 차단된 캄캄한 지하에서 유독가스와 화염으로 수많은 생명들이 죽어가고 있는 순간에….

나는 오래전 읽었던 영국의 '버큰헤드Birkenhead 정신'이 생각났다. 이 정신은 영국 해군 수송선 '버큰헤드호'의 침몰 사고 때 함장과 병사들이 여성과 어린이를 사력을 다해 구한 뒤 끝까지 배를 지킨 데서 유래한 것으로서 고귀한 희생정신이라는 전통을 만들어낸 사건이다. 1852년 2월 새벽 군인 472명과 가족 162명 등 634명을 태운 버큰헤드호가 남아프리카 희망봉 앞 바다를 지나가다가 암초에 부딪혔다.

배는 두 동강이 나 한쪽이 가라앉았다. 군인과 가족이 반대편으로 몰리며 배는 서서히 침몰했다. 상어가 우글거리는 바다에 풍랑까지 거세졌다. 구명보트는 단 3척. 한 척에 60명씩 총 180명만 탈 수 있었다. 모두 절망에 빠졌고 일부는 울부짖는 등 아비규환이 됐다고 기록은 전하고 있다. 그때 갑자기 북소리가 울렸고 동시에 갑판으로 집결한 병사들은 함장의 '차렷' 구령에 정렬했다. 병사들은 함장 지시에 따라 횃불을 밝힌 뒤 차분하게 여자와 어린이들을 구명보트에 태워 구조 준비를 끝냈다.

구명보트에는 약간의 자리가 남았다. 구명보트 승선자들이 "여유가 있으니 뛰어내리라"고 소리쳤지만 병사들은 끝내 꼼짝하지 않았다. 보트가 휘청거려 전복될 수도 있다고 판단했기 때문이다. 군인 472명은 구명보트가 시야에서 사라질 때까지 거수경례를 했고 결국 버큰헤드호와 함께 전원 수장됐다는 이야기이다.

60년 뒤인 1912년 영국 여객선 '타이타닉호'가 침몰했을 때도 버큰헤드 정신은 이어졌다. 선장과 승무원 30여 명이 끝까지 배를 지키며 당시 타이타닉호에 탄 2천200여 명 중 1천500여 명이 목숨을 잃었지만 여자 승객 80%가 구조된 것으로 알려져 있다.

우리에게 참으로 가슴 아픈 사건으로 남아 있는 '세월호 사건' 역시 이러한 공적 가치에 대하여 새롭게 생각할 계기를 만들어 준 사건이다.

학생 325명을 포함해 476명의 승객을 태우고 인천을 출발해

제주도로 향하던 세월호가 2014년 4월 16일 전남 진도군 앞바다에서 급변침을 하며 침몰했다. 구조를 위해 해경이 도착했을 때, "가만히 있으라!"는 방송을 했던 선장과 선원들이 승객들을 버리고 가장 먼저 탈출했다. 배가 침몰한 이후 구조자는 단 1명도 없었다. 검찰이 수사를 통해 사고 원인을 발표했지만, 참사 발생원인과 사고 수습과정 등에 대한 의문은 참사 후 2017년 4월 11일 세월호 인양작업이 완료된 이후에도 말끔하게 해소해 주지는 못하고 있는 것 같다.

나는 이러한 수많은 사건 사고와 전쟁과 재난, 그리고 나라를 되찾겠다고 목숨을 바친 고귀한 희생에 관한 내용을 접할 때마다 공인으로서의 책임, 그리고 사명감을 생각한다. 과연 공직이란 무엇이고 이 직을 맡은 사람은 어떠한 마음의 자세를 가져야 할 것인지?

인간은 혼자서 살아갈 수 없는 존재이기에 사회를 구성하고, 국가라는 조직을 구성하며, 수많은 조직을 구성하여 문제들을 풀어나간다. 그 과정에서 리더로서 책임과 의무를 진 사람은 '先公後私'라는 정신 자세를 갖추어야 하고 이를 실천할 수 있는 사람이 공직을 맡아야 한다고 생각한다. 물론 공적 가치와 사적 가치를 조화롭게 추구할 수 있다면 가장 바람직한 최상의 선택이 될 수 있다.

그러나 리더, 특히 공적인 자리에 있는 책임자는 개인적 선호나 안위, 그리고 자신의 책임이나 의무라는 가치 사이에서 선택을 해야 하는 상황이라면 당당하게 자리가 요구하는 책임이나 의무에 우선하는 선택을 할 수 있는 사람이어야 한다. 그러하지 않을 때, 국가나 사회나 조직은 더 많은 희생과 고통을 겪게 되기 때문이다. 물론 국가, 사회, 조직이 추구하는 궁극적 가치가 인류의 보편적 가치로 인정받는 것을 전제로 하는 것이다.

우리가 공적 업무를 수행하는 사람들에게 존경의 마음을 갖는 것은 그들의 희생과 고귀한 선택에 대한 최소한의 보답이라고 생각한다. 또 마땅히 우리사회는 그러한 값진 선택과 희생에 대하여 최선의 보상을 해야 한다. 그러나 공적 업무를 수행하는 사람은 그러한 평가나 보상에 앞서 스스로 '그 자체에 가치를 부여'하는 것이 필요하다. 불교에서는 이를 '무주상 보시無住相 布施'라고 한다. 어떤 보상을 바라고 하거나 내가 누구를 위하여 무엇을 베풀었다는 집착을 가지는 布施가 아니기 때문에 이를 우리는 '진정한 布施'라고 하는 것처럼 공직자는 이러한 자세를 가질 수 있도록 교육되어야 하고, 공적 업무를 부여받은 사람은 그러한 자세로 자신의 임무에 임해야 한다. 나는 행정학을 공부하면서 이러한 공적 가치와 공직자에 대한 자세를 깨우칠 수 있는 기회를 갖게 된 것을 깊이 감사한다.

4. 대학강의

대학원 공부

1982년 대학교 졸업에 이어 친구들은 캠퍼스를 떠나갔지만, 나는 모교 대학원에 진학을 함에 따라 교수님 연구실에서 공부를 하며, 조교로서의 생활을 시작하였다. 가끔씩 교수님과 함께 학부 학생들의 시험 감독을 들어가기도 하고 어떤 때는 아예 대신 들어가기도 했다. 대학원 수업이 없는 시간에는 교수님의 논문작성이나 책 저술을 도와드리면서 공부를 했다. 관련 자료를 검색하거나 각주까지 철저하게 읽어가면서 확인하다 보니 깊이 있게 공부도 되었다. 교수님께서는 연구하는 방법과 자세에 이르기까지 많은 것을 철저하고 진지하게 하도록 가르침을 주셨고 점차 인정도 해 주셨다.

나는 평일 밤 늦게까지 교수 연구실에서 공부를 하였고, 토요일 일요일도 특별한 일이 없는 날은 연구실에 나갔다. 연구실에서 공부를 하다가 보면 금방 밤이 되었고, 아직도 생생하게 기억나는 것은 대명동 캠퍼스 내에 있는 라이트하우스(이태영 총장님 가족들이 갈 곳이 없는 맹인들과 함께 살고 계시던 집) 맹인 학생이 가끔 캠퍼스에 나와서 애절하게 불러주던 멋진 트럼펫 연주 소리였다. 그 맹인 학생은 내가 어린 시절 수없이 불렀던 고향의 봄, 오빠생각, 섬 집 아기, 엄마야 누나야 등 익숙한 동요들을 밤늦은 시간에 불 꺼진 캠퍼스 한쪽에서 불러 주었고 그 여운은 오래도록 내게 남아 있었다.

1983년 대학원 석사과정 재학 중 나는 한 학기 휴학을 하고 공군 군수사령부에서 방위근무를 하여 군복무를 마쳤고, 복학 후 바로 논문작성에 들어가서 1984년 여름학기에 석사학위를 취득하였다. 석사학위 논문 심사를 통과하고 학위를 취득하기 몇 주 전에 교수님께서는 이력서를 작성하여 가지고 오라고 하셨고, 그 다음 날 안동에 있는 상지전문대학 행정과에 가서 모 교수님께 인사를 하고 오라고 하셨다.

내가 안동에 있는 대학으로 소개해 주신 교수님을 찾아갔더니 그 교수님께서는 나를 무척 반갑게 맞아 주시면서 나의 지도교수님으로부터 많은 말씀을 들었다고 하시며 이번 학기에 9시간의 강의를 배정하였으니 열심히 강의해 달라고 말씀하셨다. 사실 나는 안동에 인사를 가면서 학위 취득 후 6개월 정도 지난 다음 학기에 한 강좌 정도 강의를 시작할 수 있도록 주선을 해 주시는 것으로 생각을 하고 갔었는데, 그렇게 빨리 강의를 하도록 배려해 주셨고 더욱이 3강좌나 강의를 이미 배정해 놓으신 데 대하여 무척 놀랐고, 부담도 되었다. 왜냐하면 나의 나이는 26세로 나와 함께 대학에 입학했던 친구들은 군 복무를 마치고 복학하여 대부분 대학에 재학 중이거나 취업을 준비하고 있었기 때문이다. 내가 대학에서 강의를 하기에는 다소 빠른 나이였다.

대학에서 가르친다는 것

첫 대학 강의를 앞두고 무척 부담이 되어서 교수님께 말씀을 드렸더니, 교수님께서는 나에게 "최 군"이라고 부르던 호칭부터 바꾸어 불러주시면서 "최 선생은 충분히 할 수 있는 사람이니 자신감을 가지고 시작하라."고 하시며 모든 것을 다 알아서 강의를 하는 것이 아니라 겸손하면서도 열심히, 공부를 지속하며 가르치고, 또 가르치다 보면 많은 공부도 자연스럽게 된다고 격려해 주셨다. 부족함에도 불구 나에 대한 무한한 신뢰를 가져 주시는 교수님께 절대 실망을 끼쳐드리면 안되겠다고 생각을 했다.

첫 강의는 2개의 전공과목이었다. 1과목은 주간과 야간 강좌로서 3시간씩 6시간이었고, 다른 한 강좌는 주간 3시간이었다. 주간부 학생들은 모두 나보다 나이가 훨씬 어렸지만, 야간부 강좌 수강생들은 나와 나이가 비슷하거나 오히려 나보다 많았고 모두 직장에 다니는 분들이었다. 나름대로 열심히 강의 준비도 하고 겸손하게 대했지만 때로는 확실하게 해야 할 때에는 교수로서의 역할을 하였다. 주간 못지않게 야간 강좌가 더 재미있었다.

나중에 야간부 학생들이 졸업여행을 갈 때에는 학생들이 평소 이야기할 시간이 너무 없었다며 나에게 함께 갔으면 좋겠다고 하였고, 학과의 교수님들도 연락을 주셔서 함께 남해안으로 여행을 하면서 학생들의 많은 이야기도 들을 수 있어서 참 좋았다. 4년 뒤

야간부 학생들 가운데에는 어떻게 알았는지 내 결혼식까지 알고 찾아준 사람도 있어 그때를 생각하면 무척 고맙고 인간적인 정도 듬뿍 느낀 시절이었다.

내가 학위수여식을 마치고 첫 강의를 나가게 된 가을 학기는 날씨도 참 좋았다. 당시에는 대구-안동 간 고속도로가 개통되기 전이라서 대구 북부시외버스정거장에서 안동까지 시외버스를 타고 다녔다. 어두운 새벽에 집을 출발하여 정류장에서 안동행 첫차를 타고 가다 보면 아침 해가 떠오르고, 차창 밖 길가에는 코스모스가 바람에 흔들렸고, 멀리 들판에는 곡식이 익어가고 있었다. 안동 도착 후 걸어서 학교까지 언덕길을 올라가면 아침 첫 강의시간에 늦지 않게 도착할 수 있었다.

오전 강의와 오후 강의를 마치고 나면 그날 저녁에는 강의가 없었고, 다음 날도 낮 시간에는 강의가 없고, 야간에만 강의가 있었다. 낮에 강의가 없을 때에는 도서관에 가서 책을 읽을 때도 있고, 어떤 날은 안동에 있는 대학 졸업 후 취업을 준비하는 권오성 친구 집에 가서 하루를 보내거나 답답할 때 함께 가까운 안동댐이나 민속촌, 도산서원, 하회마을 등을 돌아보며 삶에 관하여 많은 이야기를 나누며 시간을 보냈다. 내가 친구 집에 가면 친구 부모님은 늘 반갑게 맞아주셨고 친구도 이런 저런 속 깊은 마음을 내게 털어 놓았다. 대학교에 다닐 때보다도 친구를 더 잘 이해하게 되었다.

안동에 다니면서

나는 4년간 매주 1박 2일 동안을 안동에 머물면서 알차게 보냈다. 안동에서 야간강의를 마치고, 대구행 마지막 시외버스를 탈 때에는 몸은 무척 피곤했지만 스스로 정신적인 측면에서 많이 성장해 가는 것을 느꼈다. 자리가 사람을 만든다는 생각도 어느 정도 공감하였다.

피곤한 몸으로 시외버스를 타고 대구로 돌아오는 날, 버스 기사는 주현미 가수의 메들리 트로트 노래 테이프를 1시간 50분 내내 틀었다. 대부분의 승객들은 좋아하며 그 누구도 시끄러우니 노래 테이프를 끄라고 하지 않았다. 당시 나로서는 좋거나 싫거나 선택할 상황이 안 되니 매주 그러한 트로트 노래를 들으며 4년을 다니게 되었고, 나중에는 나도 모르게 노래의 전주만 나오면 모든 노래가 암기가 되어서 따라 부를 수 있는 수준이 되었다. 그래서 어느 날인가 학생들 행사에 갔다가 참석했던 교수와 학생들 요청으로 노래를 부르지 않을 수 없는 상황이 되었는데 평소 들었던 실력으로 찔레꽃이란 노래를 한 곡을 불렀더니 모두가 내가 공부만 열심히 한 것으로 알았는데 대중가요를 어떻게 그렇게 잘 부르냐고 놀라기도 하였다.

안동에서 강의를 2일간 하게 되니, 하룻밤 숙박을 해야 했다. 사촌형님께서 안동KBS에 근무를 하고 계셨지만 어린 조카들이 2명이나 있어서 형님 집에 머물기는 좀 부담스러운 생각이 들어 몇 주간을 학교 근처 여관에 잠을 잤다. 도심지라서 밤이 늦도록 시끄럽고, 근처 분위기도 좋지 않아서 충분히 잠을 잘 수 없었다. 몇 주가 지나고 형수님이 학교로 찾아오셨다.

좀 불편함이 있을지라도 강의를 마치고 집에 와서 자고 가라고 하셨다. 내가 형수님께 부담을 드리는 것 같아서 안 가게 되었다고 말씀을 드렸더니, 형수님께서는 서로가 조금씩 불편함이 있더라도 오고 가야지 폐를 끼치는 것이 부담스러워 이렇게 오고 가지 않는다면 어떻게 친척지간에 정이 있을 수 있느냐며 부담을 갖지 말고 언제든지 오라고 했다.

평소 누구보다 나에게 인정 있게 말씀을 해 주시던 형님과 형수님이었기에 나는 나의 생각이 부족했다고 생각하고 그다음부터는 늘 강의를 마치고는 형님 집으로 찾아가서 숙박을 하고, 아침식사도 하고 학교로 갔다. 매번 나는 형님 집에 갈 때마다 조카들이 좋아하는 군고구마, 아이스크림, 김이 무럭무럭 나는 대게 등을 선물로 사 갔고, 조카들은 내가 강의를 가는 날에는 잠도 자지 않고 기다리며 너무나 좋아했다. 아침 식사 후 출근을 할 때 매번 놀라는 것은 형수님께서 내 구두까지 깨끗하게 손질해 놓으시는 것이었다. 살림도 잘하시고, 아이들 반듯하게 잘 키우시고, 형님은 물론 고향의 집안 어르신들께도 늘 잘하시는 형수님을 보면서 내가 나중에 결혼을 하게 되면 우리 형수님 같은 분을 만나면 좋겠다는 생각을 했다. 나는 형님과 형수님을 통하여 사람이 어떻게 살아야 하는지 반듯한 자세를 배웠으며, 사람이 왜 오고 가야 하는지도 새롭게 생각하게 되었다. 하루가 다르게 개인 중심적이고, 자기 가족 중심적인 세상으로 변해가면서 친형제 간에도 부담스러워하는 시대이지만, 나는 나의 사촌 형님과 형수님을 통하여 따뜻한 인간미와 정을 듬뿍 느꼈으며 가족의 의미를 다시 생각하게 되었다.

1984년부터 4년을 나는 그렇게 대구에서 안동까지 다니면서 대학 강의를 하였다. 안동에 강의를 가지 않는 날은 대구대학교에 가서 연구실에서 공부를 하고, 야간에는 아는 분이 소개를 해 주어서 공무원고시학원에 나가서 강의를 하면서 경제적으로 다소 어려운 생활을 이어 나갔다. 여동생을 먼저 결혼시키고, 나는 어머니와 둘이서 살았다. 어머니는 시골에서 농사를 지으시다가 도시로 오셨고 연세가 많으셨기에 다른 일은 못하셨고, 내가 스스로 모든 경제적 상황을 판단하고 결정하고 알아서 처리해야만 했다. 나는 강의를 하면서도 박사과정에 알차게 준비를 하여서 시험을 쳤다.

박사과정 시험

나름대로 영어는 물론 제2외국어를 포함하여, 기출 문제도 구해서 풀어보고 전공분야는 선배들의 조언도 구해가며 박사과정 시험 준비를 했다. 어느 정도 자신감을 가지고 도전한 시험이었는데, 막상 시험지를 받아 보니 생각보다 제2외국어가 너무나 어렵게 출제되어서 가슴이 콱 막힐 지경이었다. 분명히 지난 몇 년간 기출 문제도 풀어봤고, 충분히 답을 쓸 수 있는 수준이었는데 그날 받은 제2외국어 독일어 시험은 너무나 어려운 문제였다. 5분도 안되어 시험을 포기하고 나가는 사람들이 많았다.

나도 시험을 포기하고 나오려고 하니 어려운 상황에서 아들만 바라보고 계시는 어머니 얼굴도 떠오르고, 한 학기를 더 준비하고 기다려야 한다고 생각하니 화도 났다. 더욱이 시험 감독으로 들어오신 역사학과 이 모 교수님께서는 나를 보고 빙그레 웃으시면서 "공부 많이 했지?"라고까지 하셨다. 나는 대학 1학년 때부터 고시 1차 시험과목으로 되어있는 한국사 과목은 자신이 있었고, 학부 때 교수님의 강의에서도 최고의 학점을 받았으며, 고시반 특강을 받을 때에도 좋은 평가를 해 주시면서 공부를 계속할 수 있도록 고시 수험용 책도 많이 주셨기에 비록 학과는 달랐지만 늘 교수님을 가깝게 생각하고 있었다. 그렇게 믿어주시는 교수님 앞에서 시험을 중도에 포기하고 나올 수는 없었다.

하는 수 없이 일단 어렵더라도 끝까지 답을 작성하고 나가기로 하고, 다음번 시험을 보기 위해서 연습 삼아 한번 풀어본다는 마음으로 다시 천천히 문제지를 보고 답을 써 나갔다. 끙끙대며 절반을 좀 더 쓴 것 같았다. 그렇게 시험을 망쳤다고 생각하고 나는 집에 오자 어머니께 죄송하기도 하고 해서 대학원 선배님들과 함께 경북 영주로 여행을 다녀왔다.

그리고 며칠 지나서 학교에 갔다가 대학원 교학과에 들렀다. 평소 상당수의 지방대학 대학원 학생들이 직장을 다니면서 공부를 하고 있었지만, 나는 직장을 다니지 않고 조교로 일하면서 공부를 하고 있었기에 교직원들도 많이 알았다. 교학과장은 나를 보자마자 "최 선생 시험 잘 쳤데, 특히 독일어 시험을" 하셨다. 나는 평소 공부 좀 한다는 사람이 시험을 너무 형편없이 쳤다고 비웃는 것 같아서 무척 부끄러웠다. 그래서 "과장님, 6개월 뒤에는 제대로 치겠습니다."라고 말씀을 드렸다. 그랬더니 과장님은 "무슨 말이야? 진짜 잘 쳤는데"라고 하시면서, 이번에 대학원 박사과정 출제 문제는 외부에 의뢰하였고, 제2외국어인 독일어는 평상시보다 너무 어렵게 출제되어 대부분의 응시자의 점수가 형편이 없었으며 그나마 내 점수가 가장 높았다는 것이었다. 그래서 대학원 위원회에서는 일정 수준 이상의 답을 제출한 경우는 합격으로 처리하기로 했기에 나는 우수한 성적으로 합격하게 되었다는 것이었다.

너무나 당연히 실패했다고 생각하고 다음 학기까지 어떻게 공부할까 하고 며칠간 생각하고 있었는데, 천만 뜻밖에도 박사과정에 우수한 성적으로 합격을 했다니 참으로 어처구니가 없었다. 그러면서 나는 소중한 깨달음을 한 가지 얻었다. 즉, 쉽게 포기하지 말자. 끝까지 최선을 다하자는 것이었다. 만약 내가 그때 시험지를 받고 낙담하여 바로 포기하고 나왔으면 나는 분명히 떨어졌을 것이고 6개월 뒤에 다시 시험을 봤어야 했을 것이다. 아울러 시험이란 치는 사람이 평가하는 것이 아니라 평가하는 사람의 몫이기에 시험을 치는 사람이 쉽게 자기 기준으로 평가해서는 안 된다는 것도 깨달았다.

모교 강단에서

1986년 3월부터 나는 더욱 바빠지게 되었다. 안동에 나가서 하는 강의는 여전히 계속하면서, 박사과정 3과목 9시간 수업을 듣고 발표 준비도 해야 했다. 게다가 드디어 내가 배우던 강의실에서 첫 강의를 2개 과목 3개 강좌 9시간으로 주간과 야간 강의를 하게 된 것이다. 모교 행정학과 졸업생으로서는 처음이었다. 담당교수란에 내 이름이 적힌 강의 시간표와 출석부를 처음 받았을 때, 그리고 내가 배우던 강의실에서 첫 강의를 하기 위해서 섰을 때의 감동은 참으로 컸다.

1982년 석사과정 어느 날 대명동 교수 연구실에서 공부를 하고 있을 때, 와이셔츠 바람으로 저녁 식사 후 캠퍼스를 산책하시던 이태영 총장님께서 불이 켜진 연구실로 오셔서 격려해 주시던 말씀이 생각났다. 총장님께서는 내 이름과 앞으로 무엇을 하고 싶은지를 묻는 것과 더불어 "우물을 파도 한 우물을 파라, 그리고 물이 나올 때까지 파라!"고 했다. 그 말씀은 오래도록 내 기억에 남아서 힘들 때 포기하지 않도록 지렛대가 되어 준 말씀이었다.

후배이자 제자인 학생들에게 강의를 하는 것은 무척 보람 있는 일이었다. 박사과정에 함께 공부한 동기는 4명이었는데, 모두 나보다 나이가 많으신 분들이었고, 직장생활을 하시면서 매주 하루 반을 시간을 내어서 공부를 하러 오는 분들이었다. 박사과정에서 각자 발표준비를 하는 것이 만만하지 않았다. 그렇다 보니 교수님은 박사과정 수업 가운데 다른 분이 발표 준비가 부족하거나 직장 일로 출석을 못하는 날에는 그냥 나에게 그분이 발표해야 할 부분까지 맡기셨고, 질문도 나에게 더 많이 하였기에 나는 내 발표할 부분뿐만 아니라 전체를 다 준비할 수밖에 없었다. 내가 해야 하는 강의와 내가 받아야 할 박사과정 수업이 상당한 시간이 걸리다 보니 정말 힘들었고, 늘 잠자는 시간도 부족했었다. 그러나 그 당시에는 어느 것 하나 나로서는 소홀히 할 수 없는 일이었고, 목숨을 걸어야 할 만큼 소중한 일들이었다.

내가 대학시절부터 관심을 가진 분야는 행정학 분야와 더불어 정보통신 기술과 사회변동에 관한 내용들이었다. 내가 학부 1학년 때, 이해두 교수님께서는 박사학위를 받으신지 얼마 되지 않으셨는데 늘 '기술과 정치'에 관한 말씀을 많이 해 주셨고, 정보통신 기술이 정치와 사회 전반을 크게 변화시킨다고 하시면서 여러 학자들의 학설과 관련 서적들을 많이 소개해 주셨는데 그 책들을 읽으며 참으로 영감을 많이 받았다.

나는 교수님께서 소개해 주신 책들을 부지런히 읽으며, 궁금한 사항은 메모를 해 두었다가 연구실로 찾아가 질문을 하기도 하였다. 비록 학과는 달랐지만, 교수님께서는 나에게 많은 가르침을 주셨고, 교수님의 말씀은 오래도록 남아 있어서 생각에 생각을 지속적으로 이어갈 수 있었다. 결국 나는 당시 행정학과에서는 학생들은 물론 교수님들조차 별로 관심을 가지지 않았던 컴퓨터 분야에 관심을 많이 가지게 되었고, 시간을 내어서 컴퓨터 학원에 가서 코

볼, 포트란 등 몇 가지 컴퓨터 언어를 배우기도 하고, 학교 전산실에 가서 아는 분들에게 여러 가지 문의를 하기도 하였다. 혼자서 Lotus 123나 D-base 3+라는 책을 보며 배워 나가기도 했다. 그리고 마침내 당시로서는 상당히 고가였고, 전산학과를 제외하고는 교수님들도 PC를 가지고 있지 않은 시절이었지만, 엄청난 경제적인 부담을 지면서도 개인용으로 집에 PC와 프린터까지 구입을 했다. 컴퓨터와 PC통신기술(초창기는 주로 전화선에 모뎀을 활용하여 사용, 한경 케텔 등)은 사용해 볼수록 그 힘이나 영향력이 참으로 대단하다는 것을 느꼈고, 많은 시간을 컴퓨터를 사용하면서 보내기 시작했다. 이렇게 시간을 보내다 보니 자연스럽게 이러한 막강한 힘을 가진 정보통신기술이 기존의 행정에 접목된다면 과연 어떤 변화가 나타날 것인가를 생각하게 되었고, 점차 가슴이 뛰고 공부를 해야 할 분야가 엄청나게 새롭고 넓게 다가왔다.

박사과정과 연구주제

결국 박사과정 공부를 하면서, 기존의 학과 교수님들께서 교과목으로 강의해 주시던 분야와는 전혀 다른 행정정보시스템 분야로 연구의 중심축을 옮겨 갔다. 학과에서는 이 분야를 전공하는 교수님이 마땅히 안 계셨기에 나는 주로 책과 논문을 구해서 읽으며 공부를 했다. 박사과정 지도교수를 맡으셨던

신 교수님은 내가 행정정보시스템 분야로 공부를 하고 박사학위 논문도 그쪽 분야로 작성하려는 한다는 생각을 말씀드렸더니 상당히 난감해하셨다. 교수님은 당신께서 연구하시는 행정사나 복지행정 분야를 공부했으면 하셨지만 나의 생각과 관심은 너무나 확고하여 바뀌지 않았다.

결국 교수님께서는 "현재 우리대학에는 최 선생이 쓰려고 하는 학위논문 분야를 전공하는 교수님이 안 계시고, 그렇다고 최 선생이 지금 다른 학교로 새롭게 박사과정을 입학하여 공부하는 것도 현실적으로 어려운 상황이 아니겠느냐?"고 말씀을 하시면서 "내가 지도교수로서 논문의 기본적인 틀은 봐 줄 테니, 논문의 실질적인 내용은 알아서 공부를 하고, 혹시 이 분야를 연구하는 타 대학 교수를 알고 있다면 그분을 찾아가서 간접적으로 도움을 받아서 논문을 써 나가도록 했으면 좋겠다."라고 말씀을 하셨다.

'신 스필드' 교수님

나는 신 교수님께 무척 죄송하기도 했고, 한편으로는 걱정도 많이 되었다. 왜냐하면 학부 때부터 석사, 박사과정을 거치면서 들은 바에 의하면 신 교수님은 학생들에게 워낙 까다롭기로 소문이 나 있었고(오래전 유행했던 하버드대학의 공부벌레들 드라마에 나오는 킹스필드 교수를 닮았다고 학생들은 신 교수님을 '신 스필드'라고 불렀다), 실제로 나

역시 여러 교수님들 가운데 유일하게 꾸중도 많이 듣고, 솔직히 인간적인 정도 거의 못 느낀 분이었기 때문이다.

박사학위 과정 수료 후에 신 교수님은 다른 교수님들과는 달리 학위논문을 제출하기 위해 요구되는 외국어 시험과 종합시험을 매 학기 한 과목씩만 치르도록 엄격하게 통제하셨고, 타 대학 현직 교수로 근무하고 있는 분들에게도 종합시험에서 점수를 잘 주시지 않아서 결국 시효에 걸려 박사학위를 포기하는 분들이 나타나는 사태도 발생하였다.

나 역시 그러한 신 교수님께서 고집스럽게 지켜나가는 '지도교수로서의 방침' 때문에 나보다 5~6학기나 늦게 입학한 학생들과 거의 1학기 차이로 박사학위 논문을 제출할 수 있게 되는 등 무척 힘들고 긴 고통의 시간을 보내야 했다. 학문에 대한 엄격함과 글쓰기에 대한 신중함 그리고 겸손함과 철저한 자세를 강조하시는 의도는 긍정적으로 생각되면서도, 때로는 그 의도가 너무 지나쳐서 제자들 상당수가 주눅이 들고 계속 공부하려는 의욕을 상실하게 하는 경우가 많았다.

나는 그러한 신 교수님을 지도교수로 두어 학위과정 중에 많이 힘들었다. 특히 한 학기에 한 과목만 종합시험을 칠 수 있게 하고, 박사학위 논문을 작성하는 과정에서 때로 너무나 심하게 질책을 당하였기에 속도 많이 상했다. 포기를 해야 하나 심각하게 고민한 때도 있었다. 그러나 당시 나로서는 막상 다른 대안을 찾을 수가 없었다. 나는 혼자서 관련분야 자료를 찾고, 학회에서 뵈었던 타 대학교 교수님들을 찾아 도움을 받아가며 논문을 작성하여 결국 박사학위를 받았다.

나의 경우 다른 직장을 가지지 않고, 휴일도 없이 연구실에 나가서 공부만 하였는데도 1986년에 박사과정에 입학하여 1993년 8월 학위를 취득하기까지 7년 6개월이 걸렸다. 신 교수님을 지도교수로 하여 박사학위를 받은 몇 명 안 되는 제자 가운데 그래도 가장 빠르게 학위를 받았다는 것에 의미가 있다고 스스로를 위로하기로 했다.

내가 학위를 취득한 학기에 신 교수님은 대학 총장으로 임명되어 학과 교수직을 떠났고, 나는 신 교수님의 마지막 제자가 되었다. 물론 안타깝게도 대학 내부의 소요사태로 인하여 교육부에서 관선이사를 파견해 신 총장님은 4년 임기 가운데 1년도 못 채우시고 총장직과 대학을 떠나게 되었다.

세월이 지나면서 신 교수님을 떠올릴 때마다 나는 많은 생각을 하게 된다. 참으로 열심히 연구에만 몰입하는 교수, 원칙에 철저하고 규정에 충실한 교수, 다른 한편으로는 늘 얼음같이 차가운 분, 동료 교수와 학생들과의 소통이 거의 없었던 분, 혼자서 늘 식사하고 늘 같은 옷을 입으셨으며, 공부 이외에는 일체 이야기를 하지 않으시는 분. 서울에 사모님도 계시고 따님이 한 분 있다는 이야기를 들었지만, 늘 대구 학교근처 조그만 슬레이트집에 혼자서 자취를 하면서 지내고, 한겨울에도 연구실에 난로를 피우지 않고 두터운 군용 잠바를 입고 양지쪽 방향에 앉아서 책을 읽던 분,

전체 수강학생 가운데 2/3 정도를 F학점으로 처리하고 최고 점수를 70점으로 주었던 분, 학점 때문에 불만을 토로하는 학생들에게 공부를 안 해서 학점을 더 줄 수 없다고 하시면서 눈물을 보이신 분, 시험 문제도 늘 보편적이고 비중 있는 부분이 아닌 보물찾기하듯이 찾기 어려운 구석에 있는 문제를 주로 출제하시던 분, 글씨를 워낙 독특하게 쓰셔서 도저히 읽을 수 없어 여러 학생들이 암호를 풀듯이 맞추어 가면서 파악해야만 했던 분, 강의시간에 학생들 얼굴을 보면서 강의하기보다는 책이나 창밖을 바라보면서 강의하시던 분, 그러면서도 강의를 단 한 번도 휴강하거나 1분 일찍 마치는 법이 없는 분…. 지금은 돌아가셨지만, 과연 신 교수님이 오늘날 대학에 교수로 계셨다면 어떠했을까?

아내를 만난 인연

박사과정에 다닐 때, 교수님들이나 주위사람들이 소개를 해주셔서 나는 몇 차례 맞선을 보았다. 모두 좋은 사람을 소개해 주었지만, 홀어머니를 모시고 아직도 시간강사를 하는 생활이 안정되지 못한 나로서는 부담스런 사람들이었다. 학위과정을 수료하면 종합시험과 외국어 시험도 쳐야 하고, 박사논문도 작성하면서 시간강의도 계속해야 했다. 게다가 방학이 되면 얼마 안 되는 강사료 수입마저 없었기 때문에 누구에게 결혼을 하자고 선뜻 나설 수 있는 입장이 못 되었다. 재정적 문제로 대학에 강의가 없는 주말에 공무원고시학원에서 강의를 해야 했기에 시간적 여유도 별로 없었다.

1988년, 서울올림픽으로 나라가 다소 들뜬 분위기였다. 내가 아내를 처음으로 만난 곳은 대학의 출퇴근 스쿨버스에서였다. 88년 신학기가 시작될 당시 나는 여전히 스쿨버스를 타고 경산캠퍼스로 출퇴근을 했는데 전에 보지 못했던 선생님 몇 분이 내가 타는 법정대 앞에서 탑승을 하는 것이었다. 몇 차례 퇴근 버스를 기다리거나 버스를 타고 오면서 눈에 들어오는 한 사람이 있었는데, 막연하게 저런 사람과 내가 결혼을 했으면 좋겠다는 생각이 들었다. 그러나 쉽게 이야기를 할 수 있는 입장도 못 되고, 그런 말을 할 형편도 되지 않았기에 그냥 지나갔다.

그러던 어느 날, 학교 교직원으로 근무하시던 권 선배님이 강의 시간을 기다리며 차 한 잔을 하고 있는 나에게 "최 선생은 왜 결혼을 하지 않느냐?"고 물었고, 이런 저런 사정을 이야기하다가, 문득 떠오르는 사람이 있어 그전에 못 보던 분들이 스쿨버스를 타는데 누군지를 물었다. 권 선배님은 신학기부터 대학부설 유치원이 경산캠퍼스에 개설되었으며, 따라서 기존 대명동 유치원에 근무하던 선생님과 새로 채용된 선생님이 함께 출근하게 된 것이라고 설명을 하였다. 그러면서 "최 선생이 관심이 있으면 좀 더 알아보고 직접 나서보겠다."고 했다.

강의를 마치고 나오니 선배님은 이미 많은 것을 알아두셨고,

나에게는 빠른 기간 안에 퇴근시간 차 한 잔을 하는 것은 어떠냐고 하셨다. 나는 주선을 한번 해 달라고 용기를 내었다.

선배님은 유치원으로 전화를 해서 차를 한잔하고 싶어 하는 분이 있는데 퇴근 때 한번 만나는 것은 어떤지 물었고, 그쪽에서는 부끄러워하면서 유치원이 새로 개원해서 무척 바쁘다는 이야기를 했다고 했다. 그렇더라도 퇴근 시간에 잠깐이면 되니까 차나 한잔 하자고 해서 결국 승낙을 받았다. 그렇게 해서 첫 만남을 가진 후 각자가 무척 바쁜 시간을 보내면서도 가끔씩 연락을 해서 만남의 시간을 보냈다.

나는 내가 처한 상황과 많은 부분을 이해해 주는 그 유치원 선생님과 결혼을 하고 싶었다. 우리 집에서도 어머니와 누나들이 모두 내가 데려간 사람을 좋아했으며, 처가에서도 장모님께서 종교 문제로 약간 걱정을 하셨지만 큰 반대는 없었다. 나와 집사람 모두 당시 대학을 졸업하고 나는 모교에서 강사를, 아내는 부설유치원 교사로 근무하고 있었기 때문에 쉽게 주위의 평판을 들을 수 있었고, 당시 들은 평판이 결혼을 향한 빠른 진도에 도움이 되었던 것도 사실이다. 나는 나름대로 성실하게 공부를 했고, 학과의 여러 교수님들로부터 대학에서 강의를 하기에 문제가 없는 수준이라는 긍정적인 평가를 받았었다. 아내 역시 마찬가지였다. 매년 학과 졸업생 가운데 소수의 인원을 선발하여 모교 부설 유치원에 교사로 채용을 해 왔기에, 교수님들이나 주위 사람들로부터 문제를 지적당했다면 선발이 되기는 불가능했으니 기본적인 검증은 이미 마친 것으로 볼 수 있었다. 무엇보다도 당사자 간 결혼을 할 만큼 의 신뢰와 사랑이 있다고 확신할 수 있는지, 그리고 부모님을 포함한 양쪽 가정의 동의 여부였다. 서로 이해하고 공감하는 시간이 늘어나면서 나는 용기를 내어 결혼을 하자고 이야기했고, 아내의 승낙을 받았다. 그다음으로 양가 가족들의 허락을 받게 되었고, 우리는 88서울올림픽이 끝난 다음 날인 10월 3일 개천절 날 결혼을 했다.

시간강사 생활

결혼을 했지만 나는 여전히 몇 개 대학에서 주간과 야간강의를 했으며 종합시험 준비와 논문준비로 늘 바쁜 시간을 보냈다. 당시 시간강사에게는 의료보험조차 적용되지 않아서 직장을 다니는 아내의 의료보험에 피부양자로 등재되었다. 어떤 날은 몸이 아파서 병원에 갔는데, 피부양자로 되어있는 나를 부르는 것이 아니라 부양자로 되어있는 아내의 이름을 불렀다. 지금 생각하면 아무것도 아닌데, 그 당시에는 너무나 수치스럽게 느껴져서 그다음부터는 웬만해서는 병원에 가고 싶지 않았다.

결혼을 하고 나서 효성여자대학교 행정학과에 출강을 하게 되었다. 이미 여고에서 교생실습을 했었기에 여대에서 강의하는 것이 어색하지는 않았다. 학생들도 착하고 잘 따라 주어서 강의하는 것이 즐겁고 보람이 있었다. 날씨 좋은 어느 가을날에는 답답한 강의실을 벗어나 학생들과 함께 캠퍼스 잔디 위에 둥글게 둘러앉아 주제별 토론 수업을 하기도 했다.

첫 강의를 수강했던 학생들과 몇 학기 인연이 이어지면서 한번은 효성여대에서 내 강의를 수강하던 3학년 여대생 5명과 대구대에서 내 강의를 수강하던 3학년 남학생 5명을 양 학교 과대표가 책임을 지고 선발하여 토요일 오전에 모이는 만남을 주선했다. 각자 간단한 김밥이나 도시락 그리고 음료수를 준비하고 등산복이나 캐주얼 복장으로 대구서부정류장으로 9시까지 집합하였다. 학생들과 함께 버스를 타고 합천 해인사 건너편에 있는 매화산 등산을 하면서 여러 가지 이야기도 나누고 참 좋은 시간을 보냈다.

어느 해인가 4학년 2학기 때 일이다. 내 강의를 수강하는 학생들이 40여 명 정도 되었다. 종강을 얼마 남기지 않은 시간에 수업을 마친 후 과대표를 불러서 이제까지 내 강의를 들었던 학생들을 우리 집으로 초대하고 싶다고 했다. 다만, 학생들이 우리 집에 올 때 아무것도 가져오면 안 된다는 것과, 우리 집 식구들과 함께 음식(칼국수)을 만들어야 한다는 것을 이야기하였다. 과대표가 참여 희망자를 파악하니 23명이 되었다. 별로 크지 않은 내가 살던 한옥에 23명의 학생이 오니 정신이 없었다. 그때만 해도 나의 어머니는 가끔 맛있게 칼국수를 해 주셨기에 학생들이 온 날도 어머니께서 시범을 보이셨다. 어떤 학생은 아기를 봐 주고, 어떤 학생은 반죽을 하고, 어떤 학생은 홍두깨로 밀고, 물을 끓이고, 그릇과 수저를 준비하고 해서 국수를 함께 만들어 먹었다. 물론 숫자가 많아서 몇 차례 교대로 먹어야 했으며, 설거지까지 모두 함께 하였다. 몇 학생은 우리 어머니가 좋아하시는 10원짜리 고스톱도 함께 치면서 즐거운 시간을 가졌다.

언제든지 편한 집

우리 집은 내가 대학 시절 서클 회장을 하면서부터 친구나 후배들이 참 부담 없이 많이 찾아오는 집이었고, 모교에서 강의를 하면서부터는 후배이며 제자인 학생들이 부담 없이 놀러 올 수 있는 집이었다. 내가 결혼하기 전에는 우리 집 식구는 나와 어머니 두 명뿐이었고, 어머니는 동네에 놀러 나가시는 경우가 많았기에 친구나 후배들은 수시로 우리 집에 와서 잠을 자거나 밥을 먹을 때가 많았다. 때로는 내가 없을 때에도 부담 없이 와서 직접 밥을 해 먹고 설거지도 해 놓고 가는 등 무척 개방적인 환경이었다. 친구들이나 후배들이 몇 명씩 와서 함께 고스톱 놀이도 하고 이야기도 나누는 사랑방 내지 아지트 같은 장소가 되기도 했다.

졸업 후에 사회생활을 하면서 우연히 만나거나 가끔 연락이 오는 학생들의 이야기를 들어보면 강의실에서 공부한 것보다 함께 즐겁게 이야기를 나누었던 것이 더 유익하고 기억에 남는다면서 옛날을 추억하는 경우가 많다. 물론 대학에서의 강의는 중요하다. 그러나 요즘도 나의 지난 시절을 생각할 때마다 가끔은 교수와 학생 간, 또는 학생 상호 간 허심탄회하게 이야기를 나누는 시간이 매우 중요하다는 생각을 하게 된다.

내가 강의를 나갔던 효성여자대학교는 지금은 교명도 대구가톨릭대학교로 바뀌고 남녀공학이 되었지만, 당시는 여대생만 다니는 학교였다. 때문에 자연스럽게 대학 간 교류가 많아졌고, 학생들이 축제 기간은 물론 평소에도 서로 안부를 주고받고는 했다. 사실 나는 대학의 시간강사 생활을 10년 넘게 했다. 강사라는 신분은 학생들에게는 교수님으로 불리고 보기에는 괜찮은 것 같지만, 한편으로는 참으로 서럽고 힘든, 경제적으로는 비참한 비정규직이었다. 그러나 지금 그 시절을 회고하면 참 따뜻한 인간미를 느끼면서 살아온 시절이었다는 생각도 든다.

아이들의 출생

결혼 후 1년 뒤 딸 윤지가 태어났고, 3년 뒤에는 아들 명섭이도 태어났다. 그러나 나는 힘든 강사 생활을 벗어날 수 없었다. 93년 8월에야 박사학위를 받고 또다시 1년이 지났지만, 언제까지 고생을 더 해야 좀 안정된 자리에서 연구와 강의를 마음 놓고 할 수 있을지 알 수 없는 막막한 생활이 계속되었다.

행정정보체계
그리고 전자정부

내가 전공분야를 행정학으로 하면서 특별히 관심을 가지고 있던 분야가 정보화 관련 분야였기에, 경영학과에서 다루고 있는 경영정보시스템Management Information System : MIS 관련 책을 읽으며 많은 흥미를 느끼게 되었고, 늘 행정학 분야에서 컴퓨터와 네트워크, 즉 정보시스템의 적용과 확산 전략에 큰 관심을 가지게 되었다. 마침 1986년 미국행정학회ASPA에서 발간하는 학회지 PARPublic Administration Review의 Special Issue가 내가 관심을 가지고 있는 주제를 집중적으로 다루고 있었다. 나의 관심사는 확고하게 행정정보시스템Public Management System : PMIS에 고정되게 되었고, 정보시스템에 있어서 기존의 경영분야에서 다루는 MIS와 공공 행정부문에서 다루는 정보시스템인 PMIS에 관한 비교연구를 하면서 더욱 구체화되기 시작했다. 마침 대학에서 처음으로 행정학과 교과목이 개설되어 행정정보체계 과목에 대한 강의를 내가 맡게 되었으며, 이를 계기로 국내외의 많은 책과 논문들을 읽으면서 나의 전공분야를 구체화시켜 나갔다. 또 행정학 전공자로서 IT분야의 기술적 부문에 관한 취약점을 보강하기 위하여 매일 빠지지 않고 경제신문과 더불어 전자신문을 흥미 있게 읽으면서 새로운 사회의 시대적 흐름을 놓치지 않으려고 노력했다.

특히 새로운 기술의 변화를 이해하기 위하여 가장 큰 도움이 되었던 것은 바로 전자신문이었다. 나는 전자신문의 일반 기사는 물론 특집 기사, 심지어 광고란에 이르기까지 매일 빠짐없이 읽음으로써 관련된 지식의 기반과 환경의 변화를 폭넓게 이해하는 데 참으로 유익한 시간을 보냈다. 그런 의미에서 전자신문은 나의 인생에 전공분야의 공부에 있어서 참으로 큰 스승의 역할을 해 준 고마운 신문이었다.

5.

공직과 디지털 혁신

대구시 공무원

1994년 7월 신문을 보다가 세계화에 대비하여 대구시에서도 박사급 개방형 공무원을 채용한다는 기사를 보고 지원을 했다. 합격을 하고 나서 기존에 경주와 상주 등 먼 지역에 출강하던 시간강의는 후배에게 물려주고, 가까운 대구지역 대학 강의는 시장의 출강 허락을 받아서 계속했다.

처음 시청에서 내가 수행한 업무는 대구시 세계화 추진전략을 수립하는 일이었다. 늦은 시간까지 팀 멤버들과 토론을 하며 국내외 자료를 분석하고, 대구시 입장에서 강점과 약점을 정리하면서 대응전략을 수립했다. 계획수립 과정에서 글로벌 시각에서 대구의 문제를 좀 더 현실적이고 전략적인 차원에서 깊이 있게 공부하고 이해할 수 있었던 것은 큰 성과였다.

GIS 공부

박사학위 취득 후 시청에 근무하면서 좀 더 관심을 가지게 된 것이 GIS와 産·學·官 협력체계 구축과 관련된 분야였다. GIS는 행정정보체계를 공부하면서 기본적인 이론과 활용사례 등에 관해서는 알고 있었으나, 좀 더 실제적인 내용을 공부하고 싶어서 여러 곳을 알아보았다. 하지만 대구에서 이를 강의하는 곳은 없었다. 그러던 중 마침 경북대학교 전산교육원에서 새벽반에 GIS 강좌를 개설한다는 소식을 듣고 당시로서는 다소 비싼 수강료를 지불하고 강의를 듣게 되었다. 수강생은 10명 내외로 별로 많지 않았고, 대부분 학부생과 몇 명의 대학원생이었으며, 강사는 박사과정 학생으로서 유학을 준비 중인 분이었다.

실제 디지타이징을 해 보면서 벡터자료의 특성 등을 파악했고, 디지털 지도의 제작과 편집에 관한 실습도 해 보았다. 나는 주로 이 기술의 특성을 이해하고 행정실무분야에서 어떻게 적용하고 활용할 수 있는지, 어떤 변화를 가져올 수 있을지에 관심이 있었다. 이른 새벽에 경북대학교에 가서 강의를 듣고 바로 시청으로 출근하여 하루를 시작했으며, 밤늦게까지 시정업무 연구와 현업부서가 가져오는 현안 해결에 몰입하느라 늘 힘들고 몸은 피곤했지만 대학에서 연구하고 학생들을 가르치는 것과는 또 다른 즐거움을 느낄 수 있었다. 내 스스로 시민의 삶에 관하여 문제점을 발견하면 어느 부서를 막론하고 직접 담당부서의 직원이나 간부를 찾아가서 의견을 나누면서 개선점을 함께 찾아가는 것이 무척 보람있었다.

학회 활동

바쁜 일정 속에서도 나는 학회나 각종 세미나에는 최대한 참여하려고 노력했다. 새로운 정보를 얻고, 관련된 분야의 사람을 알게 되고, 특히 책을 통해서 얻을 수 없는 그들의 오랜 경험에 기초한 생생한 이야기를 들을 수 있었다. 나는 출신대학을 초월하여 많은 대학교 교수들과 연구기관의 연구원, 기업체 경영자나 기술전문가들과 폭넓은 교류를 이어가면서 나의 지적 역량을 확장하고 인적 네트워크를 넓혀 나갔다. 이에 따른 시너지 효과도 큰 것 같았다.

당시에는 많은 학회 행사와 중요한 세미나, 회의 등이 서울에서 많이 개최되었고, 대구와 서울 간 KTX가 개통되기 전이라서 새마을 기차를 타고 다닐 경우 시간이 너무 많이 소요되었기에 나는 시간절약을 위해서 서울 출장 시 개인 사비를 써서라도 비행기를 자주 이용했다. 한번은 GIS 관련 중요한 세미나가 서울에서 개최되어 참여하기 위해 비행기를 타고 당일 참석할 세미나의 프로그램을 보고 있는데, 옆에 앉은 분도 내가 참석하려는 세미나의 프로그램을 보고 있었다. 무척 반가워서 인사를 나누고 GIS와 관련된 이야기를 나누니 공감하는 부분이 참 많았다. 그분은 대학 교수님이셨고, 일에 대한 열정도 대단하였을 뿐 아니라 GIS분야에 있어 이미 많은 연구와 현장관련 활동을 하고 계셔서 나에게는 참으로 반가운 도반을 만나게 된 것이었다.

세미나 이후 대구에서 조명희 교수님을 만나서 대구지역에도 GIS분야에 관심이 있는 분들이 상당수 있을 것 같은데 연구모임을 만들어서 활동해 보는 것이 어떠냐고 의견을 나누게 되었고, 적극 동의하여 대구경북GIS연구회를 만들기로 했다. 기존에 GIS를 연구하시는 분들이 주로 토목 분야 쪽으로 전공을 하셨던 분이 많은데, 우리는 GIS가 가지는 활용의 범용성에 공감하여 산림, 농업, 경영, 행정, 컴퓨터 S/W분야, 인문지리, 교통, 도시공학, 재난관리 등 다양한 분야로 회원들의 범위를 확대하기로 했다. 그렇게 조 교수님을 회장으로 하고, 계명대학교 박향재 교수님을 부회장으로, 대구교육대학교의 송언근 교수님을 총무이사로, 대구대학교의 권태호 교수님은 편집이사로 모시기로 하였으며, 나는 연구이사를 맡기로 하였다.

초기에 연구회 멤버들은 모두 열정이 넘쳐서 각자 바쁜 업무를 피해 밤 10시에 모임을 가지고 12시가 넘도록 연구회 활동을 활성화하기 위하여 다양한 행사를 기획하고 추진하였다. 좋은 강의를 듣기 위해 시간과 비용을 많이 써 가면서 서울까지 가지 않고도 훌륭한 전문가를 대구로 모셔오면서 더 많은 사람들이 좋은 강의를 들을 수 있었다. 연구회는 조기에 매우 활성화되었다. 학술지 발간도 하게 되었고, 모두 열정을 가지고 참여한 결과 국내 저명 학자는 물론 일본학자들도 초청하여 세미나를 개최하면서 전국에서 여러 분야에서 회원들이 폭 넓게 참여하는 등 날로 발전했다. 우리는 대구경북GIS연구회라는 그릇이 회원들의 활동 무대로서는 작다는 생각을 하게 되었고, 한국지리정보학회로 확대 발족하기로 하였다. 임원진도 개편하여 초대 학회장을 경북대학교 박찬석 총장님께서 맡으시고, 학회 부회장은 연구회 회장을 맡으셨던 조 교수님, 나는 여전히 연구이사를 맡아서 2년간 직을 수행하였다. 모두 열정을 가지고 계신 분들이라서 일을 하면서도 무척 보람 있었다.

민선시장과 과학기술혁신

민선으로 문희갑 시장이 취임하고 시작한 대구경제활성화계획 수립을 위한 기획단에 참여하면서 나는 대구지역의 첨단산업 육성 부분을 주로 담당하였다. 100일간 알차게 부여된 역할을 잘 마무리한 후, 중앙정부의 요청으로 지방과학기술혁신체제 확립을 위한 조사단으로 차출되어 일본을 방문하게 되었다. 조사단은 과학기술처가 중심이 되고, 산하 연구기관, 각 시·도의 과학기술정책분야 담당자들이었는데, 대부분이 과학기술정책 담당 전문직 공무원이었다.

조사단에서는 일본의 지방정부와 대학 등을 방문하여 지방정부와 지역대학과 지역기업들이 어떻게 협력체계를 구축하여 기술혁신과 지역발전에 기여하고 있는지를 조사하고, 이를 한국적 상황에서 구현할 방안을 제시하는 보고서를 작성하는 일을 수행하였다. 우리 조사단은 10일 일정으로 2년에 걸쳐 웬만한 일본의 주요 지역과 기관들을 거의 빠짐없이 다니며 철저한 조사를 하였으며, 조사팀의 결과 보고서와 더불어 기타 미국과 프랑스 등 주요 국가들의 협력체계 구축 사례를 종합해 한국의 각 시·도 단위에서 테크노파크가 발족할 수 있도록 지원했다. 참으로 좋은 분들과 유익한 시간을 함께 보냈다.

그 이후 비록 실현되지는 못했지만 대구 동구 미대동 등 팔공산 지역을 중심으로 '대구멀티미디어산업단지 조성계획'을 수립하기도 하였다.

시정과 지역 정보화

나는 내가 공부해 온 정보화 부문에 관심을 가지고 시정과 지역 정보화에 좀 더 집중하기 시작했다. 당시 시대적으로도 '산업화에서는 뒤졌지만, 정보화는 앞서가자!'는 대대적인 캠페인이 일어나는 등 인터넷을 중심으로 한 정보화 바람이 거세게 불었다. 나는 정보기술을 활용한 행정혁신을 주요한 테마로 잡고, 시정정보화와 지역정보화 부문에 역량을 집중하기 시작했다.

행정정보화 부문은 대학에서 학위 논문을 쓴 분야였고, 관련 과목을 많이 강의하였기에 할 일이 무척 많았다. 공무원들에 대한 정보화 교육과 더불어, 종이문서가 책자형태로 묶여있고 변경되는 부분만 새로 인쇄하여 교체하던 자치법규집의 DB화, 시청 홈페이지 제작, 해외진출 기업을 대상으로 한 지역 상품 온라인 마켓플레이스 구축 등 다양한 정보화 업무를 주도적으로 추진하였다.

시간이 지나면서 나는 정보화 추진관련 조직과 기능 그리고 인력 부문에서 구조적 문제점이 있는 것을 파악하고 이에 관하여 정보화를 기반으로 한 대구시 혁신방안에 관한 보고서를 작성하여 시장님께 드렸다. 핵심 내용은 정보화 시대의 개인과 조직, 기관의 경쟁력은 정보기술의 활용역량에 따라 좌우되며, 이를 위해서는 대구시의 행정조직과 기능 그리고 인력부문에서 대대적인 혁신이 선행되어야 한다는 것이었다.

우선 기존 기획관리실장 산하의 가장 말석 조직으로 되어있는 전산통계담당관실을 시장직속의 정보화담당관실로 개편하고, 전산통계처리 중심의 조직기능을 시정 전반의 정보화 추진을 기획 추진하고 공무원들의 정보화 의식전환과 역량강화를 촉진하는 적극적인 기능으로 재설정했다. 또한 매번 퇴임에 임박하여 서기관으로 승진한 담당관이 잠시 머물고 가는 인사 관행을 개선하여 젊고 유능한 외부 민간부문의 전문가를 영입, 3년 정도 임명하도록 하며, 이 사람에게 시정 전반의 정보화 업무를 총괄하고 혁신을 주도할 수 있도록 힘을 실어 주도록 했다.

보고서에는 당시 PC 보급률이 형편없이 저조하였기에 조속히 1인1PC를 실현하고, 한 과단위에 1개의 라인만 깔려 있는 LAN을 전면적으로 재구축하는 통신망 재구축의 필요성도 포함되어 있었다. 대대적인 공무원 정보화 교육의 필요성도 포함했다.

보고서를 제출한 지 며칠 지나서 비서실에서 시장님께서 점심식사를 같이 하려고 하니 정보화 관련 젊은 직원 1명과 함께 일정을 잡으라고 하였다. 나는 정보화 부서에서 적극적이고 역량도 뛰어난 직원 한 명과 함께 시청에서 조금 먼 봉덕동 일식집으로 나갔다.

시장님께서는 도착하신 후 식사를 하면서 이런저런 개인적인 상황을 물어보시고, 당신께서 미국에 있을 때 들었던 정보고속도로Information Super Highway에 관하여 말씀을 하셨다. 정보화 업무를 하느라 수고한다는 격려 말씀 이외에 다른 말씀은 없었다.

그런데 얼마 후 시장님께서 아침 간부회의에서 "간부회의 배석자로 시정연구단에 근무하는 최창학 연구원을 참석하도록 하라"고 지시했다. 당시 시장이 주재하는 월요일 간부회의는 시 본청 실국장과 공무원교육원장을 비롯한 원장과 소방본부장, 상수도사업본부장 등 본부장들의 참석자리였고, 배석자로서는 예산담당관 등 소수가 참석하였으며, 수요일 간부회의는 행정부시장이 주재하는 방식이었다.

간부회의에 배석자로 참석하게 되니 시정 전반의 운영상황을 파악하는데 큰 도움이 되었다. 몇 주가 지나고 기획관이 아침 간부회의 의제의 하나로 시정조직 개편에 관한 사항을 보고하였고, 간부들의 보고가 끝난 뒤 시장님은 보고사항과 관련하여 실국 및 산하기관에 관련된 지시 및 검토사항을 말씀하였는데, 시정 조직개편과 관련하여서 조직개편 팀을 구성할 때 최창학 박사를 포함하여 팀을 구성하라는 말씀을 하셨다. 그때 나는 시장님께서 내가 드린 보고서를 상당히 의미 있고, 비중 있게 읽어보신 것이라는 확신을 가졌다.

시 조직개편 작업

간부회의 이후 기획관리실이 주관하는 시정 조직개편 작업반이 구성되고 나는 멤버로 참여하게 되었다. 몇 차례 회의를 계속하면서 시정조직개편의 기본방향성을 정리하게 되었는데 나는 정보화 조직의 위상과 기능을 전면적으로 새롭게 개편해야 된다는 것을 강조하였다. 회의에서는 내가 제안한 총체적 방향성에 관해서는 동의를 해 주었지만, 정보화 조직의 위상을 시장 직속으로 만들어야 된다는 의견에 대해서는 반대하는 분위기가 지배적이었다. 가장 큰 반대 이유는 전국의 어느 광역시·도의 조직에서도 그러한 조직을 하고 있는 경우는 없으며, 그렇게 개편을 하면 부서장의 직급도 문제가 되어서 간부 T.O도 문제가 있기 때문이라고 했다. 즉. 상위 간부급의 숫자가 정해져 있기 때문에 현재 시장 직속부서장으로 되어있는 공보관과 감사관과 마찬가지로 국장급에 해당하는 T.O가 없다는 것이었다.

내가 새로운 환경변화에 대응하여 혁신을 추진하기 위해서는 정보화 조직의 위상과 기능에 대한 새로운 인식이 필요하다는 것을 거듭 강조하니 현실적인 측면에서 조직의 안정성을 중요하게 고려하던 간부들은 다소 난감하다는 입장을 보였다. 이러한 상황에서 총괄을 하고 있던 기획관은 나에게 주장이 일리가 있기는 하지만, 현실적으로 타 기관에서 그러한 사례가 없기 때문에 곤란하다고 하였다. 이에 반대하여 나는 타 기관에 없다고 우리 시도 할 수 없는 것이냐고 문제제기를 했다. 다소 화가 난 기획관은 나에게 "시청에 들어온 지 얼마나 되었느냐"고 하면서 자신이 "공직생활 몇 년을 했는데 이렇게 타 기관에도 없는 조직형태로 개편을 해야 된다는 이야기는 처음 들어 본다"며, 타 기관에서는 정보화의 중요성이나 필요성이 없어서 조직개편을 그렇게 하지 않느냐고 했다.

나 또한 여러 사람이 참석하는 회의에서 무시를 당한다고 느껴 나름대로 화가 났다. 기획관에게 "국장님께서는 타 기관에서 하지 않는 일은 우리 시에서 절대로 할 수 없는 일이고, 절대 해서는 안 되는 일이라고 생각하시는지요, 그리고 이 자리는 미래지향적으로 시정 조직을 어떻게 개편하는 것이 더 타당한 것인지를 논의하는 자리이지, 누가 여기서 몇 년을 더 근무했는지 논의하는 자리가 아니지 않느냐"라고 해 버렸다. 그리고 나서 "한 조직에 오래 근무했기에 더 많이 알 수도 있지만, 반대로 오래 근무했기 때문에 문제를 문제로 파악하지 못할 수도 있다"는 말을 추가했다. 갑자기 회의 분위기가 싸늘해졌고, 그날 회의는 아주 어색하게 끝나게 되었다.

당일 회의를 마치고 나오니 나로서도 마음이 불편했다. 몇 차례 우여곡절을 거치고 조직은 시장직속의 정보화담당관으로 개편이 확정되었고, 산하에 3명의 사무관이 있던 자리는 6명의 사무관이 근무하도록 보강이 되었다. 행정관리국 총무과 소속으로 있던 통신담당사무관 조직과 건설국 도로과 소속으로 있던 6급과 직원 2명이 담당하던 지리정보업무를 사무관급 담당 정규조직으로 승격시켜 정보화담당관실로 이관하는 데 상당한 저항이 있었다.

나는 시정연구단에서 여전히 연구업무를 수행하고 있으면서 부가적으로 주어지는 시정업무에도 참여하고 있었다. 그러던 가운데 재직하던 전산통계담당관은 정년퇴임을 했고 선임 사무관이 직무대행을 했지만 업무와 관련하여 몇 가지 불미스런 일이 일어나서 수습에 혼란을 겪게 되었다. 시장은 업무지시를 통하여 "통계전산담당관실의 업무처리는 결재과정에서 시정연구단 최 박사의 협조 사인을 받아서 처리하라"고 조치하였고, 나로서는 무척 부담스런 집행업무에 관여하게 되었다.

얼마 지나지 않아서 시정 조직은 새로운 조직으로 개편이 되었다. 시장께서는 나를 불러서 정보화담당관으로 어떤 사람을 했으면 좋겠느냐고 물으셨고, 나는 가능하면 내부보다는 기업에서 CIO를 경험한 분을 찾아서 임명하고 3년 정도 전폭적으로 힘을 실어 주시라고 말씀을 드렸다. 시장께서는 내가 왜 그렇게 생각하는지 설명을 들으신 후, 적극 공감하는 것 같았다.

그러나 시장 직속으로 개편된 정보화담당관 자리는 수개월간 공석으로 남아 있었다. 시의회에서는 부서장이 없는 조직에서 담당관 직무대행을 하고 있는 사무관의 업무보고를 받지 않겠다고 하며, 정보화를 중요한 시정업무로 추진하기 위해 조직까지 시장 직속으로 개편한 시장이 직접 의회에 나와서 보고하라고 했다. 시에서는 상임위원회에는 해당 부서장이 업무보고를 하지, 시장이 나가서 보고하는 전례는 없다고 하였고, 하는 수 없이 행정부시장이 대신 의회에 참석하여 인사말과 함께 양해를 구하는 형식을 취했다. 실제 업무의 내용은 정보화담당관의 직무를 대행하던 사무관이 하는 것으로 마무리되었다.

몇 주가 지나고 비서실에서 시장님께서 나를 찾으니 속히 들어오라고 했다. 마침 서울에 출장 중이라고 했더니, 업무를 마쳤으면 조금 늦은 시간이 되더라도 시장님께서 기다리겠다고 하시니 가능하면 비행기로 바로 내려와서 시청으로 들어오라고 했다. 내가 시청에 도착하니 저녁 7시가 넘은 시간이었다.

시장실에 들어가니 시장님께서는 그동안 정보화 추진을 위해서 삼성, 엘지, 현대 등 관련기업에 임원급을 찾아봤는데, 모두 몇 가지 조건을 물어보고는 안 오려고 해서 애를 먹고 있다고 하시면서, 차라리 최 박사가 직접 맡아보는 것은 어떠냐고 물었다.

금방 답변을 드릴 수가 없었다. 열악한 환경에서 내가 맡았을 때 과연 성공적으로 일을 해낼 수 있을까? 그리고 나는 평소 일정한 행정경험을 한 후에 대학교 교수로 가고 싶었다. 때문에 연구원으로 근무를 하면서도 대학에 출강하는 것을 포기하지 않고 있었는데, 만약 내가 정보화담당관 보직을 맡게 되면 그것도 불가능해지니 내 꿈에서 멀어지게 된다는 생각이 들었다. 무척 고민스러웠다. 시장님께는 생각할 시간을 달라고 하였다.

비록 고민이 되긴 하였지만 나는 여러모로 부족한 나를 인정해 주는 시장님이 고마웠다. 내가 대구시를 이렇게 바꾸었으면 좋겠다고 여러 가지 말씀을 드렸는데, 정작 시장께서 일을 맡아보라고 권할 때에 다른 생각을 하고 있고, 공무원들의 저항과 시정의 열악한 환경 때문에 많은 어려움이 예상되어 맡지 못하겠다고 하는 것은 무책임하고 비겁하다는 생각이 들었다.

많은 고민을 하며 아내에게도 의견을 물었다. 내가 만약 시장님의 제안을 받아들이게 된다면 나는 앞으로 내가 가진 모든 것을 시정 정보화를 위해 쏟아부어야 하는데, 그렇게 할 경우 솔직히 나는 가정을 돌볼 시간적인 여유도 없을 뿐 아니라, 내가 그렇게 원하던 대학 교수직도 포기해야 할 것이며 맡는 자리 역시 3년간 계약직이기에 이후에는 아무런 보장도 없다는 것도 이야기했다. 아내는 평소 정보화업무에 대한 나의 열정을 이해해 주었고, 앞으로 가정 일은 자신이 책임을 질 테니 일체 신경을 쓰지 말고 멋지게 한번 일해 보라고 했다. 나는 마음을 정리했다. '모든 것을 걸고 나에게 부여된 직을 수행해보자. 설사 일을 하다가 죽는 한이 있더라도 보람 있는 일이 아닌가. 대학이든 무엇이든 3년 뒤의 나의 일에 대해서는 생각을 하지 말자. 오로지 대구의 정보화를 위해서 모든 것을 바치자.'라고 결심을 했다.

시장 직속 정보화담당관

다음 날 아침 나는 시장님을 뵙고 일을 맡겠다고 했다. 며칠 후 시장님은 임명장을 주시면서 잊을 수 없는 말씀을 하셨다. "죽기 살기로 한번 일해 보자!"

그날부터 나는 정말 죽기 살기로 일했다. 잠을 잘 때도 정보화에 관한 생각뿐이었다. 많은 사람들을 만나서 조언을 구하고, 아이디어를 모았다. 우선 가장 시급한 시정 정보인프라를 구축하기 위해서 1인 1PC 보급 계획부터 수립했다. 수립된 계획을 가지고 결재를 받는데, 예산담당관실의 협조에서부터 브레이크가 걸렸다.

시의 재정상황으로 1인 1PC 계획을 당장 추진하는 것은 무리라고 하면서 난색을 표한 것이다. 내가 직접 예산담당관을 몇 차례 설득했지만 시의 부채 등 재정상황을 이야기하면서 정보화에 협조를 할 테니 조금씩 단계적으로 하자고 했다. 참으로 난감했다. 컴퓨터가 제대로 보급되지 않은 상태에서 시청 홈페이지를 신속하게 각 부서별로 업데이트하고, 전자결재를 도입하고, 공무원들의 정보 활용 역량을 획기적으로 증진하는 것은 불가능했기 때문이다.

며칠간 예산담당관을 만나서 거듭 설득을 했지만 난공불락이었다. 양보와 타협이 가능한 것이 있고, 그렇게 해서는 안 되는 것이 있는데, 나는 이 부분은 결코 양보나 타협을 해서는 안 된다고 생각했다. 만약 내가 여기서부터 물러선다면 나는 아무것도 이룰 수 없다고 판단했다. 고민을 거듭하다가 시장실을 찾아갔다. 시장님께서는 내 보고를 받으시고, 안 그래도 예산담당관으로부터 보고를 받았는데 시의 재정사정이 어려우니 PC보급을 단번에 하지 말고, 과거보다는 좀 더 늘려서 나가고, 아직도 컴퓨터 활용을 못하는 직원도 많으니 정보화 교육을 좀 더 집중적으로 하는 것은 어떠냐고 물으셨다.

나는 난감했다. 시장님의 말씀을 바로 거역하기가 무척 부담스러웠고, 한편으로는 만약 여기서 내가 물러나면 나는 앞으로 추진하려던 정보화를 기반으로 한 시정 혁신 구상과 일정을 제대로 할 수 없게 될 것 같았기 때문이었다. 시장님은 다음 외부 일정이 있어서 나가실 채비를 하셨다. 나는 시장님을 잠시 수행하면서 좀 더 말씀 드릴 것이 있다고 했다. 시장님은 이를 허락하셔서 나는 시장님의 옆자리에 차를 타고 가면서 몇 가지 추가 말씀을 드렸다.

과거에 정보화 교육을 많이 해 보았다고 말씀드리고, 아직도 컴퓨터 사용을 못하는 직원들이 많은 것은 자기 자리에 컴퓨터가 없기 때문이라 하였다. 이런 상황에서 실질적으로 교육을 더 많이 한다고 하더라도 교육효과가 높지 않을 것이며, 정보화의 시작은 인프라를 갖추는 것인데 컴퓨터 보급과 통신망의 연결은 가장 기본이기에 이에 대한 일정이 늦어지면 전체 정보화는 제대로 할 수 없

5

다는 것을 말씀드렸다. 이어서 만약 시장님께서 1인 1PC 도입을 허락해 주신다면 앞으로 6개월 안으로 대구시 모든 공무원들이 컴퓨터를 사용할 수 있도록 하여 '컴맹 없는 대구시'를 만들어 내겠다고 말씀을 드렸다. 그리고 다른 토목 사업과 비교하면 실제로 1인 1PC 구입 예산은 규모가 얼마 되지 않는다는 말씀도 드렸다.

시장님께서는 결재판을 달라고 하시더니 사인을 해 주시면서 예산담당관에게 전화를 걸어 다른 사업을 연기하고 1인 1PC사업을 우선하라고 말씀을 하셨다. 나는 시장님께 감사 인사를 드리고 시장님께서 양해해 주신다면 차를 내려서 택시를 타고 사무실로 들어가겠다고 했다. 택시를 타고 사무실로 돌아오면서 나는 참으로 기분이 좋았고, 세상이 더 밝아 보였다. 무거운 책임감도 느꼈다.

예산안은 의회로 넘어갔고 나는 일이 잘 진행될 것으로만 믿고 있었다. 그런데 의회에서 예산에 브레이크를 걸었다. 의원들은 "정보화가 중요하다는 것은 알고 있고, 정보화담당관이 의욕을 갖는 것은 좋은데 현실을 고려해야 한다. 그리고 현재 컴퓨터를 사용하지 못하는 공무원도 수두룩한데 비싼 컴퓨터를 공무원 개인별로 한 대씩 보급하는 것은 너무 형식적이고 예산낭비라고 생각하며 분명히 언론에 집중적인 비판을 받을 것"이라고 하며 따라서 예산을 절반 이상 삭감하겠다고 했다.

나는 의원들에게 "대구시가 정보화의 중요성을 인식하고 있으며, 그에 따라 전국에서 유일하게 시장직속으로 부서를 만들었고, 담당관도 개방형으로 임명을 하였다"고 하면서 "의회에서도 의원님들이 좀 더 적극적으로 협조를 해 주셔야 한다, 만약 1인 1PC가 예산낭비라고 한다면, 전쟁터에 나가는 병사 수십 명에게 소총 한 자루를 주면서 모두 함께 소총을 사용하여 용감하게 싸우고 전쟁에서 이기고 오라는 것과 무엇이 다르냐"고 말씀드렸다. 앞으로 공무원에게는 업무의 기본도구가 연필과 종이가 아니라 통신망과 연결된 컴퓨터가 되기 때문에 컴퓨터가 보급되지 않고서는 정보화를 시작조차 할 수 없다고 했다. 결국 PC구입비를 포함한 정보화 예산은 의회에서 수정 없이 원안대로 통과되었다.

정보화담당관직을 맡은 후 불철주야 일에 몰입하다 보니 나는 건강이 급격히 나빠졌다. 어느 날 컨디션이 너무 좋지 않아서 시청에서 가까운 경북대 병원을 찾았는데, 몇 가지 검사를 받던 도중에 쓰러지고 말았다. 응급치료를 받고 하루를 누워있으니 회복이 되었다. 의사는 과로와 스트레스 때문이라고 했다. 가슴이 조여오고, 마치 바늘 뭉치로 찌르는 것 같은 통증이 빈번하게 나타났고, 가끔은 심장이 멈추고 숨을 쉴 수 없을 만큼 경직되는 증세가 나타났다. 다행히도 시청에서 함께 근무하던 이석형 박사가 이러한 내 모습을 보고 자신의 친구인 정신신경과 의사를 소개해 주어서 진료 후 처방을 받아서 약 복용을 하면서 조금 완화되었다. 얼마 후 시장께 보고를 드릴 일이 있어서 들어갔다가, 인력요청을 말씀드렸다. 특히 정보화 업무를 총괄 기획할 수 있는 기능이 기존의 전산사무관만으로는 한계가 있으니 고시출신 행정사무관 1명을 지원해 달라고 말씀드렸다. 시장께서는 그런 사람이 있느냐고 물으셨다. 나는 평소에 관심 있게 보았던 수성구청에 근무하는 김대권 사무관이면 좋겠다고 하였는데, 시장께서는 그 자리에서 바로 수성구청장과 통화를 하여 "내가 필요한 사람이 있는데 좀 보내 달라."고 하셨고, 구청장은 쾌히 승낙을 하셨다.

김 사무관 차출

아무 영문도 모르고 갑자기 시청으로 불려 온 김 사무관은 나이에 비하여 고시에 늦게 합격한 사람으로서 일에 대한 열정과 공직에 대한 신념이 투철하여 나와는 참으로 잘 맞았다. 나의 생각을 누구보다 잘 이해하고 늘 적극적이고 헌신적으로 업무를 추진해 주었기에 나로서는 업무추진에 엄청난 탄력을 받게 되었다. 더구나 주무계장으로서 내가 모든 업무를 믿고 맡길 수 있었고 늘 든든했다. 특히 김 사무관은 고시 동기와 선배들과의 유대관계도 좋아서 시청 전반에 업무협력을 해 나갈 때 큰 도움이 되었다. 나는 김 사무관과 함께 그의 고시 동기들과 가끔 식사를 하면서 협조를 부탁했고, 그들은 늘 나의 든든한 우군으로서 적극적인 지지와 협력을 해 주었다.

김 사무관 역시 1년 넘게 나와 헌신적으로 일을 하다 보니 건강이 많이 상한 것 같았다. 재충전을 위한 계기가 필요한데, 고시출신들을 중심으로 우수한 사람을 선발하여 해외 유학을 보내주는 프로그램이 있었다. 이번의 경우 선배 기수들 때문에 쉽지 않을 것 같다고 김 사무관이 낙담하는 것을 듣고 나는 시장님을 찾아가 부탁을 드렸다.

김 사무관이 정말 몸 안 아끼고 헌신적으로 일을 해 왔는데, 너무 지치고 건강도 안 좋은 것 같으니 어렵지만 유학을 갈 수 있도록 배려해 달라고 말씀을 드렸다. 이런 기회에 열심히 일한 사람에게 보상을 해 주어야 다른 사람들도 그렇게 일을 하지, 늘 순서와 기수에 따라서 승진이나 유학을 보내도록 하면 조직에서 헌신적으로 일하는 분위기를 만들기가 어렵다고 말씀드렸는데, 그렇게 말씀드린 것이 도움이 되었는지는 모르지만 아무쪼록 김 사무관은 KDI 석사과정을 거쳐 미국 유학을 가게 되었다. 나로서는 좀 더 같이 일을 하고 싶었고, 김 사무관이 빠진 조직을 생각하면 무척 답답하기는 했지만 내 입장만 생각할 수는 없는 상황이었다. 김 사무관은 내가 함께 일해 본 사람들 가운데 참으로 탁월한 역량과 공직자로서의 확고한 신념을 가진 사람으로 늘 자랑스럽게 생각하고 있고, 그는 지금도 공직에서 큰 역할을 수행하고 있다.

나는 사실 공직에서 김 사무관을 비롯해서 좋은 사람을 참 많이 만났다. 특히 카리스마와 리더십을 갖춘 문희갑 시장님을 만난 것은 내 인생에서 큰 행운이었다. 대구시에 근무하면서 많은 훌륭한 분들을 만나고 그분들의 적극적인 협조를 받았기에 나름대로 의미 있는 성과를 거두었다고 생각한다. 다만, 지면의 제약으로 한 분 한 분 이름을 거론하여 그들의 귀한 도움에 대하여 언급하지 못

함이 아쉬울 뿐이다.

주문형 정보화 교육

시정 근거리통신망인 LAN이 전면적으로 새로 구축되고, PC가 도입되면서 시의 분위기는 많이 달라졌다. 6개월 후 전자결재시스템을 도입하기로 하면서 전체 공무원에 대한 정보화 교육필요성은 급증하였다. 도저히 공무원교육원에서 가르치는 컴퓨터 교육에만 의존할 수가 없었다. 주문형 정보화 교육을 실시하기로 했다. 공무원 누구나 자기 자리에서 구내전화 2855(이쪽으로 빨리 오라는 의미로 홍보)를 누르면 찾아가서 1대1로 맞춤형 교육을 지원할 수 있도록 정보화교육 지원팀을 만들고, 이를 지원하는 인력으로 대학생 아르바이트생과 공공근로자를 모집하여 운영을 했다.

내가 컴퓨터를 배울 때의 경험을 기반으로 교육지침도 정했다. 교육하는 사람이 주도를 하면 교육을 받을 때는 이해가 되지만, 나중에 혼자서 해 보려면 안 되는 경우가 많았다. 따라서 선생님들에게 절대 컴퓨터는 손도 대지 말고, 켜는 것부터 끄는 것까지, 한메타자 프로그램을 시작하는 것부터 워드프로세스 편집하는 것까지 모든 것을 말로만 하고 직접 실행하는 것은 컴퓨터를 배우는 공무원에게 맡기라고 했다. 또한 절대로 어려운 용어는 사용하지 말고,

시작하기 전에 당일 공부할 내용을 설명하고 마칠 때에도 당일 공부한 것을 요약하여 설명하며 간단한 숙제도 내주도록 했다. 또 개인별 장부를 만들어 교육일시와 교육대상자들에게 실시한 교육내용을 적어서 관리하도록 했다. 나는 한 번씩 장부를 스크린하면서 전체적인 교육상황을 점검하였다. 대학에서 교직과목을 공부한 것이 공무원 정보화 교육을 효율적으로 추진하는 데 많은 도움이 되었다.

전 공무원 컴퓨터 활용역량 평가

전반적으로 공무원들의 컴퓨터 역량은 빠르게 향상되었다. 문제는 간부들이었다. 그들은 기본적으로 컴퓨터는 나의 업무와 관계가 없는 것이라고 생각하고 있었고, "정보화는 정보화담당관실이 책임지고 해 나가면 되지 왜 바쁜 나에게 컴퓨터까지 배우라고 하느냐"고 불만을 토로했다. 이러한 상황에서는 6개월 후 전자결재 도입에 차질이 생길 것이 예상되었다. 고민을 하다가 나는 욕을 먹더라도 특단의 조치를 취하기로 하였다.

그것은 전 공무원 컴퓨터 역량평가였다. 주요 직급별 약간의 기능적인 난이도와 내용의 차이를 두되, 공인된 전산 자격증을 소지한 경우를 제외하고는 직급에 관계없이 전 공무원에 대한 컴퓨터 활용능력 시험을 친다는 것이었다.

계획을 수립하여 시장 결재를 받고 일정별로 시험을 실시해 나가니 여기저기서 불만이 나오기 시작했고, 어떤 고참 간부는 나에게 노골적으로 불만을 이야기했다. "정보화가 필요하면 정보화담당관실만 열심히 하라! 왜 바쁜 직원들에게 쓸데없는 일로 힘들게 하고 온 시청을 시끄럽게 하느냐?"고 질책을 하는 경우도 있었고, 좀 심할 경우 아침회의를 마치고 몇 사람의 간부들이 함께 탄 엘리베이터 내에서 자신의 화를 참지 못하고 노골적으로 욕설을 하는 경우도 있었다.

어차피 욕을 먹을 각오를 하고 시작했으니 끝까지 밀고 나갔다. 간부들로부터 정보화담당관실이 너무 오버한다는 불만과 비웃음이 나오니 정보화담당관실 내부 간부회의에서도 조심스럽게 "사무관 이하 직원들에 대한 시험은 당초 계획대로 실시하되 과장급 이상은 시험을 면제하도록 하자"는 의견을 내었다. 나는 단호히 거부했다. 문제는 직원들이 아니라 간부들인데 간부들을 시험에서 제외하자는 것은 말이 안 된다고 했다.

나는 매주 간부회의에서 각 실국과 산하기관 단위로 컴퓨터 활용능력 평가에 응시한 직원들의 비율, 시험 합격률을 보고하기 시작했다. 불만은 있었지만 아무도 나를 막을 수는 없었다. 시험에 관한 다양한 샘플을 공개하였고, 주문형 정보화교육을 밤10시까지 제공하고 있으니 언제든지 구내전화 2855번으로 연락을 하면 원하는 시간에 찾아가서 맞춤형으로 교육을 지원하겠다는 것을 포함하여 보고를 했다.

내가 보고한 내용은 간부회의에서 실시간 방송으로 중계를 하였기 때문에 시청과 산하기관의 모든 직원들이 들을 수 있었고, 그 파급효과는 상당했다. 모두 열심히 컴퓨터 실기공부를 했다. 시험 일정은 본인이 원하는 때에 정할 수 있도록 충분히 조정을 해 주었다. 시험에서 실패한 사람은 3회까지 재응시를 할 수 있도록 기회를 부여했기 때문에 6개월이 지나면서 한 명의 탈락자도 없이 프로그램을 끝마치게 되었다. 어떤 공무원은 퇴임하면서 나를 찾아와, 퇴임 전에 자신이 컴퓨터를 배우고 나가서 너무나 좋고, 담당관에게 진심으로 감사하게 생각한다는 말을 해 주기도 했다. 이러나저러나 아마 내가 당시 정보화 시험을 밀어붙이면서 간부들로부터 들어야 했던 비난과 욕설은 평생 동안 들을 분량보다도 컸을 것으로 생각한다.

전국 최우수 CIO

마침 동아일보사와 한국전산원이 공동으로 주관하여 전국 지방정부 정보화역량 평가가 진행되었다. 많은 우여곡절을 겪고 나는 전국 최우수 CIO로 선정되었고, 매년 실시되던 행정자치부 평가에서 늘 하위 수준에 머물렀던 대구시는 전국 16개 시·도 가운데 2위로 평가를 받았다. 정보화 부문에 대한 평가 결과가 각종 언론을 통하여 보도되자 정보화에 대하여 저항하거나 비협조적인 세력들은 힘을 상실하게 되었고 나는 좀 더 과감한 혁신을 할 수 있는 추진동력을 확보하게 되었다.

나는 이러한 분위기를 이어서 전자결재시스템을 도입하였고, 큰 혼란 없이 진행해 나갔다. 물론, 초기에는 전자결재와 종이문서 결재방식을 병행했기에 전자결재 비율이 낮았다. 나는 전자결재의 비율을 높이기 위해서 각 실국과 산하기관별로 평가를 하여 매월 그 상황을 간부회의에서 보고를 하고, 연말에는 최우수 부서에 상당한 상금을 포함하여 시상을 하도록 계획을 수립하여 시행했다. 당시 소방본부는 탁월한 단결력을 과시하며 최고의 전자결재 비율을 달성하여 표창을 받았다. 긴 행정의 역사와 함께 시작된 종이문서 중심의 행정이 전자문서 방식으로 바뀌고, 통신망을 기반으로 정보를 공유하는 등 한국 행정에 있어서 참으로 드라마틱한 변화를 대단히 짧은 시간에 이루어 낸 것이었다.

미국 연수

해가 바뀌고 정통부에서 미국 뉴욕주립대학교SUNY, Albany 행정대학원에 정보화전략과정 연수를 1개월 동안 다녀오게 되었다. 해외유학을 가보지 못한 나에게는 너무나 소중한 기회였기에 정말 열심히 공부했으며, 연수과정은 관련분야 지식과 새로운 전략에 목말라하던 나에게 마치 단비와 같았다. 특히 각 부처를 대표로 선발되어 참석한 공무원들이었기에 연수를 마친 후 우리는 지속적으로 Albany Forum을 구성하여 우리나라 정보화를 촉진하기 위하여 다양한 협력을 해 나갔다.

행정업무의 질적 변화

나는 귀국 후 좀 더 근본적인 시각에서 정보화를 바라보게 되었으며, 외국어 공부를 위해서도 꾸준하게 노력했다. 이메일을 사용하고 문서의 흐름이 종이와 팩스 중심에서 파일과 전자기록 중심으로 바뀌면서 공무원들의 업무처리 방식에도 많은 변화가 생기는 것 같았다.

팩스로 받은 각종 문서를 옆에 펼쳐 놓고 다시 워드 프로그램으로 문서를 타이핑하는 모습이 급속하게 사라지고, 내·외부에서 대부분의 문서는 파일로 주고받으며, 받은 파일 문서를 편집해서 사용하면서 정보의 단순 재가공에 따르던 시간이 엄청나게 줄어들었다. 간부들이 종이로 가져온 보고서에 사인펜으로 수정을 해서 돌려주고, 직원들이 다시 보고하는 방식에서 점차 벗어나 간부들이 보고받은 파일을 자신이 직접 수정하는 방식으로 바뀌게 되었다.

시정 정보화를 가속화하기 위해서 기존 정보화담당관실에서 총괄 관리하던 시청 홈페이지는 포털로서의 기능만 하도록 하고,

각 실국 및 산하기관별로 콘텐츠를 작성하여 파일을 업로드하거나 기존 내용을 업데이트하도록 홈페이지 관리체계를 변경했다. 이를 위해서 각 실국별 정보화업무 담당자를 선정하도록 한 후 이들에 대한 교육을 지원하였다.

정보화담당관실은 포털에 대한 관리와 각 실국 및 산하기관에 대한 지원업무를 하는 것으로 역할을 조정하니 정보화 추진 속도에 있어서도 탄력을 받게 되었고, 내용도 더 풍부하게 되었으며, 정보화담당관실의 업무부담도 줄어들게 되어서 본래의 기능에 더 충실할 수 있었다. 처음 點과 線中心의 정보화 전략이 面中心으로 변화되고, 향후 입체적인 3차원 즉, 空間次元의 정보화 전략으로 전환해 나갈 수 있는 기반이 구축되기 시작했다.

지역 정보화

시정 정보화가 어느 정도 안정적으로 진행되면서, 지역정보화 부문에 관심을 가졌다. 먼저 시민정보화 역량 강화를 위해서 시민정보화교육지원단을 발족시켜서 노트북과 빔 프로젝트를 가지고 아파트 주민회의실을 방문하여 인터넷을 생활에 활용하면 어떤 유익함이 있는가를 중심으로 정보화에 관한 교양교육을 실시했다. 이를 위해서 아파트관리사무소와 입주자대표와 협의를 해서 진행했으며, 적극적인 협조를 해 준 분들에 대해서는 시장 표창을 전달하기도 하였다.

마침 정통부의 관련 정책도 있어서 컴퓨터학원연합회와 협력하여 주민정보화교육을 실사하면서, 훌륭한 정보통신 인프라를 갖추고 있으면서도 게임 룸으로 청소년 탈선 장소로 전락하는 PC방을 주민정보화 교육장으로 활용하기 위하여 PC방 대표들을 시청 회의실에 초청하여 회의를 하면서 PC방이 시민정보화교육장으로 동참해 주도록 협의하였으며 그 결과 76개의 PC방이 주민정보화교육장으로 활용될 수 있었다.

시에서는 정해진 시간에 공공근로자를 파견하여 주민정보화교육을 실시하도록 하였다. 물론 언론에 협조를 받아서 홍보를 하고, 시청 홈페이지에는 배너 광고를 통해 주민들이 가까운 교육장에서 교육을 받을 수 있도록 하였다.

학생들의 정보화 의식과 활용역량을 높이기 위하여 시교육청의 부교육감의 협조를 받아 각 급 학교에서 학생들이 시청 홈페이지를 검색해서 숙제를 하도록 하는 과제물을 내도록 하였으며, 시청 도메인과 "대구시청 이제 인터넷으로 오세요"라는 문구를 넣은 책갈피를 제작하여 서점과 학급학교에 배포하도록 하였다.

원로방이라는 기존의 노인정보화 모임 회장을 자주 만나서 어르신들의 요구사항을 듣고, 동사무소 유휴 공간을 확보하여 노인정보화교실을 2개 개설 운영하도록 시설, 장비, 교육과 경연대회 등 행사도 지원하였다. 물론 시의 관련 예산이 부족하여 시에서 사용하지 않는 장비를 재활용하고, 컴퓨터를 기증받고, 통신회사로부터 전용회선을 지원받기도 하였다.

시에서 발간하는 통계자료는 책자 형태로만 발간하던 방식을 바꾸어 파일로도 시청 자료관련 사이트에 업로드하도록 하였으며, 모든 인쇄물에는 반드시 인터넷 도메인을 표기하도록 협조공문을 보내고, 방송이나 간부회의 등을 통하여 지속적으로 홍보하였다.

예산 100억 원 정도를 투자하여 구축했지만 도로과에서 그 활용도는 매우 제한적이었던 지리정보시스템GIS을 정보화담당관실로 업무를 이관 받고, 이를 사무관급 조직으로 승격하였다. 가장 먼저 수치지도(디지털 지도)의 활용도를 시정 전반으로 확대 촉진하도록 하면서 시정에만 국한하지 않고, 수치지도를 업무에 많이 활용하는 유관기관에 유료로 판매할 수 있도록 근거 조례를 제정하였다. 많은 유관기관이 있었지만 1차로 대구도시가스에 판매하여 세외수입을 증진하였을 뿐 아니라 지리정보를 사용하는 기관 간 정보의 공동활용과 공유를 촉진할 수 있도록 혁신하였다.

중소기업진흥공단과 협력하여 기업들의 ERP 도입을 홍보하기도 하고 정보화 모범기업들을 방문하여 언론홍보를 지원하기도 하였다. 2001년 세계U대회 개최를 앞두고, 지역 숙박업소들의 정보통신 인프라 구축을 위하여 KT 등 통신회사와 협력하여 회의를 몇 차례 개최하여, 해외 대학생들이 왔을 때 인터넷 사용에 불편함이 없도록 지원하였다.

국제회의 참석

나는 행자부 추천으로 인도네시아 발리에서 개최되는 국제 지방정부 혁신 사례발표 세미나에 참석하여 대구시 정보화 혁신 사례를 발표하여 많은 관심과 격려를 받으면서 글로벌 무대에서 활동하는 것에 대한 자신감을 가질 수 있는 중요한 계기를 만들었다.

사실 이 세미나에 참석하기 전까지 나는 소극적이고 수요자적인 측면에서 해외 정보를 활용하는 입장이었다면, 세미나에서의 발표 이후엔 자신감을 가지고 적극적이며 공급자적 측면에서 글로벌 활동을 전개할 수 있게 된 것이다. 물론 이 세미나에서 영어 발표를 하기 위해 해외 유학을 하지 않았던 나는 '국제회의 영어'를 비롯하여 영어로 듣기와 말하기를 위해서 엄청난 준비와 노력을 기울여야 했었다.

2001년 첫 국제회의 발표자로 참석, 인도네시아

지역 소프트웨어산업 육성

1999년까지 지역의 열악한 소프트웨어 산업을 육성하기 위하여 정통부 산하 한국소프트웨어진흥원(현, 정보통신산업진흥원)은 대구지역에 소프트웨어지원센터를 설치하고 7개 S/W업체를 지원하고 있었다. 어느 날 정통부 회의가 소집되어서 갔더니, 약 50억 원 정도의 예산을 지원할 수 있는데 현재 진흥원 지역센터 형태로 운영하고 있는 소프트웨어지원센터를 지자체가 이관을 받아서 운영하는 방안을 제시하였다. 당시 대부분의 지자체와 마찬가지로 대구시에서 적극적으로 나설 수는 없는 입장이었다. 이 사업은 지자체 매칭 펀드가 요구되는 사업으로서 지자체에서 약 2천 평 규모의 창업 인큐베이팅이 가능한 공간을 제공하는 조건이 있었기 때문이었다.

지역 SW산업을 육성해야 한다는 당위성에는 전적으로 공감하였지만, 촉박한 제안일정을 고려할 때 당장에 활용할 공간을 확보하는 것은 쉽지 않았다. 우선 시의 예산사정도 좋지 않았다. 요구되는 공간을 확보하려면 몇십억 원의 임대료가 필요했으나 예산담당관실은 예산이 없으니 그 사업은 추진하지 않는 것이 좋겠다고 했다.

시의 예산을 들이지 않고 할 수 있는 방안을 모색하기 시작했다. 동대구역에서 멀지 않는 거리에 있던 대구조달청이 성서로 건물을 지어서 이전을 해 가고 그 공간이 비어 있었다. 조달청을 방문하니 긍정적인 의견을 주어서 직접 시설을 돌아보았는데, 창고 건물이라 층고가 너무 높아서 벤처업체를 육성하기 위한 공간으로는 리모델링에 너무 비용도 많이 들 뿐 아니라 한계가 있어서 포기하고 몇 곳을 추가적으로 검토했으나 거의 실현 가능성이 없었다.

이런저런 고민을 하다가 소프트웨어 산업은 공간 집약적이며, 대학과 함께 협업이 가능하면 시너지 효과가 나겠다는 생각이 들었고, 평소 알고 지내던 경북대 TP 단장님과 통화를 했는데 학교 강의실이 부족한 상황이라서 협력을 하기가 어렵다는 이야기를 들었다.

그러던 중 마침 내가 과거 대학교에서 강의를 할 때 계명대학교가 성서캠퍼스를 조성하여 이전한다는 이야기를 들었던 기억이 났다. 계명대 대명동 캠퍼스 자리에 들어갈 수 있다면 정말 좋을 것 같았다. 학교가 이전해 나가면 아름다운 캠퍼스를 수목과 건물을 그대로 보존하면서 건물 내부만 리모델링을 하여 기업들의 창업과 비즈니스 공간으로 활용할 수 있도록 하고, 각종 기업 활동에 필요한 지원시설과 기관들을 유치하면 멋진 새로운 문화와 ICT가 잘 어우러진 멋진 생태계가 조성될 수 있을 것 같았다.

구상을 좀 더 구체화하여 시장님께 말씀드렸더니 좋은 생각이니 한번 추진해 보라고 했다. 나는 즉시 일정을 잡고 신 총장님을 찾아뵙고 내가 구상하고 있는 내용에 대하여 설명을 드렸다. 총장님께서는 기획처장을 불러서 함께 검토해 보라고 말씀하셨다. 여러 차례 업무미팅을 하면서 결국 대구시가 대명동 계명문화대학

건물 전체와 동산도서관 건물의 상당부분을 10년간 임차하는 것으로 결정을 하게 되었다. 물론 당장 시의 예산이 없으니, 2년간은 무상으로 사용한 후 상호 협의된 금액으로 장기 임차를 하는 방식이었다. 일단 대구시로서는 예산 사정으로 불가능했던 사업을 어렵게 유치하게 된 것이다.

대구디지털산업진흥원 발족

나는 마침 문광부에서 추진하는 지역단위의 문화산업지원센터도 함께 유치하는 전략을 마련하고, 이를 계명대 이전 후 공간을 활용해서 '대구IT Bussness Town 조성사업'으로 구체화시켜 나갔다. 다른 지역들은 소프트웨어지원센터와 문화산업지원센터를 각각 설립 운영하는 방향으로 나갔지만 나는 2개 기관을 아예 묶어서 '대구디지털산업진흥원DIP'으로 발족하는 것으로 추진하기로 하고 기관설립을 위한 조례의 제정과 기반시설에 대한 대대적인 공사를 진행하도록 했다.

강의실로 사용하던 건물이고 오래된 건물이라서 창틀과 문을 모두 교체해야 했고 천장과 벽들, 전기와 수도시설 등도 기업들이 입주하여 활동하는 데 어려움을 최소화할 수 있도록 하느라 힘든 공사를 추진하였다.

물론 진행 과정에 상당한 우여곡절도 겪었다. 가장 큰 것은 경북대 박 총장님의 반대였다. 경북대가 국립이고, IT관련 학과도 더 많고 여타 기반시설도 좋은데, 정통부의 지원금을 대구로 가져와서 대구시가 예산을 좀 더 출연하여 경북대 내에 새로운 건물을 지어서 사업을 진행하는 것이 타당하다는 의견을 강하게 주장했다. 정통부로부터 지원을 받는 예산은 시설과 인력의 운영 예산이며, 사업수행에 필요한 공간을 마련하는 것은 지자체의 몫이라는 것과, 계명대학교라서 들어가는 것이 아니라 대학이 옮겨간 후 캠퍼스 시설을 허물고 아파트를 짓는 것보다는 도심지에 소재한 멋진 캠퍼스를 대구시가 활용하여 지역IT기업들의 창업과 비즈니스를 하는 집적 시설을 만드는 것이라고 설명을 수차례 드렸음에도 오해를 풀기에는 쉽지 않았다.

아무쪼록 해당 사업은 일정대로 추진되어 대구지역에 흩어져 있던 IT기업과 게임개발 기업들이 70여 개 모여들고, 이를 지원하기 위한 정보통신교육원의 유치, 변리사, 통번역 지원기업, 우체국, 은행, 식당, 그리고 강당은 영화관으로 변경하는 등 전국적으로 관심을 갖는 집적 시설이 마련되었다. 물론 이 사업을 실질적으로 유지 관리하는 주체로서 대구디지털산업진흥원이 중요한 역할을 수행하도록 하였다.

진흥원 발족 초창기에 나에게도 여기저기서 인사 청탁이 많이 들어왔다. 나는 시장님께 이 기관은 전문성과 혁신적 아이디어가 많이 요구되는 곳이기 때문에 시 산하기관이기는 하지만 가능하면 기관의 특성을 살릴 수 있도록 낙하산 인사를 배제해야 한다고 말씀을 드렸다. 그리고 지역적 연고는 없지만 그동안 SW지원센터장으로 근무하던 박 소장을 원장으로 임명하도록 하였다.

박 원장이 취임한 후 나는 박 원장을 만나서 두 가지 이야기를 하였다. 첫째는 나부터 일체 인사 청탁을 하지 않을 테니 절대 청탁 받지 말고 가장 유능하고 적극적인 사람을 선발하여 혁신을 이루어 나갔으면 좋겠다고 하였다. 시청이든 지역사회 그 누가 청탁을 하더라도 단호히 거부하고, 정 힘든 일이 있으면 나에게 상의해 달라고 했다. 둘째는 사업에 있어서도 원장이 책임지고 기획하여 이끌어 나가고 계약 등에 있어서 절대 청탁을 받지 말아달라고 했다. 이 약속을 지킨다면 나 역시 최선을 다해서 원장을 보호하고 지키겠다고 하면서 서로 협력해서 멋진 성과를 만들어보자고 했다. 실제 나는 시청에서 DIP관련 업무를 담당한 주무 부서장으로서 이 약속을 지켰고, 박 원장은 9년간 원장으로 재임을 하였다.

물론 나는 대구시를 떠난 후에도 대구시와 DIP측의 요청으로 이사직에 참여하여 DIP의 성장 발전과 지역IT와 문화산업 육성을 위해 적극 협력하였다. 내가 공직을 떠나면서 이사직도 함께 사임을 했고, 박 원장을 흔드는 시도도 본격적으로 나타나기 시작하였다. 그러나 박 원장은 초창기 많은 어려움 속에서도 기관의 위상을 제고하고 DIP가 훌륭한 성과를 거둘 수 있도록 자신의 3번째 임기를 마치고 대구를 떠났다. 나는 지금도 박 원장의 훌륭한 리더십과 기관 활성화를 위해 애쓴 그의 노력을 높게 평가한다. 아울러

나 자신이 그 이후 몇 곳의 공공기관장을 직접 역임하면서, 정권이 여러 차례 바뀌었지만 현재까지도 수많은 산하기관에서 일어나는 문제들은 산하기관을 관리 운영하는 주무기관이 산하기관을 관리, 운영, 지원함에 있어서 책임성과 자율성을 제대로 보장하지 않기 때문에 발생한다고 보게 되었다.

대구시청을 떠나고

2003년 1월 말, 정보기술을 활용한 시정혁신에 전념하면서 만 4년간 정보화담당관으로서의 임기를 마친 나는 3월부터 대구대학교에서 전자정부론 강의를 다시 맡게 되었다. 오랜만에 캠퍼스로 돌아와서 강의를 하면서 책도 읽을 수 있는 시간적 여유는 있었지만, 너무나 바쁘게 보내던 생활의 관성 때문인지 가끔은 공허함을 느꼈다.

1999년 10월 가족과 함께한 시간, 경주 남산자락

정부혁신지방분권 위원회

어느 날 신문을 보다가 대통령 직속 정부혁신위원회에서 국가 전자정부사업을 총괄하는 업무를 담당할 국장급을 공모한다는 기사를 보았다. 나는 지방정부 관련 업무를 하면서 서울에서 개최하는 각 시도 정보화담당관 회의에 4년간 참석하여 중앙정부 정보화 업무에 대해서 어느 정도 이해하고 있었기에 관심을 가지고 도전을 해 보기로 했다. 그러나 솔직히 다수의 지원자가 있을 것으로 예상되어 쉽지는 않을 것이라는 생각도 들었다. 지원서와 업무수행계획서를 작성하면서 꼭 합격했으면 좋겠다는 생각이 강하게 들었고, 나름대로 최선을 다해 준비를 했다.

7월 중순 합격통보를 받고 정말 기뻤다. 마침 맡았던 강의와 성적 제출까지 마무리된 상황이라서 곧바로 상경을 했으며, 상경한 날부터 바로 참여정부의 전자정부 로드맵 작성과 대통령 보고 준비에 착수해야만 했다.

노무현 정부 전자정부 로드맵

정부혁신위원회에서의 업무는 일단 국가적이고 대통령 어젠다를 다룬다는 측면에서 문제에 접근하는 시각과 스케일이 대구에서 업무를 하던 때와는 상당한 차이가 있었다.

우선 각 분야의 최고의 전문가들이 모여서 의제를 논의하는 위원회 조직이다 보니 참으로 많은 도움이 되었으며, 한국전산원NIA과 정보통신정책연구원KISDI, 한국SW산업진흥원NIPA 등 산하기관의 많은 전문가들의 지원을 충분히 받을 수 있었다. 또 각 중앙부처의 협조를 받기도 매우 용이했다.

추진동력을 충분히 확보하고 있었기에 위원회 운영은 수월했다. 당시 노 대통령의 신임을 받고 있던 김병준 위원장님께서는 대통령에 대하여 보고할 사항이 있으면 늘 신속한 보고를 할 수 있었다. 사실 조직에서 보고와 의사결정의 속도는 업무추진에서 매우 중요하다. 주요한 이슈사항이 있을 때 지체 없이 보고와 의사결정이 이루어진다는 것은 조직 전체의 분위기나 사기에도 큰 영향을 주기 때문이다. 각 부처조직과 산하기관들이 기민하게 움직이게 됨은 물론이다.

기존 정보화 사업과 전자정부 사업

전자정부 사업은 기존의 정보화 사업과는 상당한 면에서 차이가 있다. 기존의 정보화 사업은 종이문서 중심의 업무처리에서 컴퓨터와 네트워크를 기반으로 업무처리를 할 수 있도록 변화를 추진하는 반면, 전자정부 사업은 그러한 정보화 사업이 부처나 각 조직단위에서 추진됨으로 인하여 부처 간 동일한 시스템을 각자 중복 개발하는 문제가 발생하고, 정보화의 집적 효과를 올릴 수 없을 뿐 아니라, 표준화의 미비로 정보의 공유나 공동활용이 제한될 수밖에 없는 문제를 극복하기 위해서 제기된 것이다.

정보화가 빠르게 진척되면서 국가 통신망에 연계되는 시스템이 늘어날 뿐만 아니라, 개별 시스템에서의 데이터도 집적됨으로써 국가의 정보관리에 있어서도 비효율과 전문성 부족, 보안 취약 등의 심각성이 급속히 대두되었다. 온라인 서비스의 확대를 위해서는 한 부처의 업무 범위를 넘어서 타 부처나 기관의 자료를 실시간으로 연계처리할 수 있는 구조가 되어야 하기 때문에, 정보화의 기획단계에서부터 종합적이고 체계적인 접근을 하는 것은 매우 중요한 과제로 부상한 것이다. 기존의 정부부처는 모든 업무와 예산이 부처중심으로 되어 있기에 여러 개의 부처에 공통된 문제를 서로가 자율적으로 협력하고 조정하며 효율적으로 풀어 나가는 것은 거의 불가능했다.

바로 이러한 문제의식에서 출발하여 한국은 김대중 정부 후반기 2년에 걸쳐서 다부처 관련 정보화 과제를 발굴하여 이를 대통령 어젠다인 전자정부 사업으로 선정하고, 청와대가 집중적으로 관여하여 조정하고 추진동력을 확보할 수 있도록 지원함으로써 상당한 성과를 올리게 된 것이다.

전자정부 사업 추진체계

노무현 정부는 이러한 성과를 기반으로 하여 좀 더 근본적이고 획기적인 차원에서 전자정부 사업을 추진하기로 하고 정부혁신위원회에 4개의 전문위원회 가운데 전자정부위원회를 구성하도록 한 것이다. 그리고 이러한 전자정부위원회의 실무적인 업무를 추진할 수 있는 조직을 구성하고 지원하는 조직으로서 한국전산원을 전담지원기관으로 지정하였다.

전자정부위원회는 로드맵을 통하여 1. 정부의 일하는 방식 혁신 2. 대국민서비스 혁신 3. 전자정부 기반 혁신 4. 법제정비 등 4개의 분야, 31개의 과제, 46개의 단위 사업으로 로드맵을 작성하여 대통령 보고를 마친 후 실행에 들어갔다. 하루에도 각 분야별, 과제별 회의가 수차례 열리고, 실태파악과 대안작성을 위한 보고와 점검, 부처 간 의견 조정을 위한 업무 미팅을 하는 등 눈코 뜰 시간이 없을 정도로 바쁜 일정을 보냈다.

나는 4년간 전자정부국장직을 수행하면서 수많은 이슈와 갈등문제를 조정하면서 국정과제의 성공적 수행을 위해 최선을 다했다. 여러 이슈와 과제 가운데 가장 힘들었던 과제는 범정부 통합전산센터(전자정부의 심장-The Heart of e-Government)를 만드는 일이었다. 이 사업은 각 부처 단위로 운영되던 전산자원을 범정부 차원에서 통합하여 관리하도록 하는 사업으로서 국가 정보자원관리에 있어서 근본적인 변화를 가져오는 대규모 사업이었다.

전자정부의 심장 범정부 통합전산센터

당연히 많은 논란이 있었다. 우선 각 부처들은 자신들의 부처 전산실에서 관리하던 서버를 비롯한 정보자원들을 통합센터로 이관함에 따라 업무와 역할의 변화를 우려하였고, 통합 후 정보자원관리에서 아웃소싱이 활성화될 경우 정부 전산직 공무원들의 역할이 위축될 수 있다는 측면에서 걱정과 반발도 있었다. 무엇보다 가장 큰 과제는 이 사업을 주관하여 추진하고 통합된 전산센터를 누가 관리할 것인가 하는 문제였다.

정보통신부는 국가정보화를 총괄하는 주무부처로서 자신들이 축적된 전문성을 가지고 이 사업을 추진하고 향후 구축될 통합전산센터 역시 정통부에서 관리해야 한다고 주장했고, 행정자치부는 행정전산화에 관한 업무는 당연히 행자부의 소관이고, 특히 정부혁신을 주요기치로 내걸고 있는 참여정부의 핵심사업인 통합전산센터 사업은 정부혁신의 주무부처로서 역할을 맡고 있는 행자부가 맡아서 해야 한다는 것이었다.

상당한 기간 많은 논의를 해 보았고 의견 수렴을 위한 절차도 거쳤지만 각 주장에 대한 공무원들과 전문가들의 의견은 워낙 팽팽하게 대립되어서 조정이 쉽지 않았다. 결국 양 부처가 통합전산센터의 기능을 어떻게 설정하고, 어떤 전략으로 이 사업을 단기간에 추진할 것이며, 향후 어떻게 발전시켜 나갈 것인가에 관하여 같은 목차와 분량으로 보고서를 작성하게 한 다음 이를 대통령께 보고하여 최종 결정을 하기로 했다.

나는 정리된 보고서와 이를 비교 분석한 자료를 작성하여 대통령 보고에 들어갔고, 대통령께서는 정책실장과 양 부처가 한 번 더 조정회의를 거친 후 그래도 결정이 어려우면 직접 결정을 하겠다고 했다. 관계자들은 정책실장이 주재하는 회의에서 향후 논란을 불식시키기 위해 회의의 전 과정을 녹음까지 하면서 진지하게 회의를 하였으나, 서로의 입장이 팽팽하게 대립하여 결론을 낼 수 없었다.

결국 논의된 내용을 요약하여 다시 대통령께 보고를 드렸고, 대통령은 각 안에 대하여 간단한 언급을 하신 후 일단 이 업무는 시급한 업무이고 차질 없이 추진하기 위해서는 그동안 정보화 업무를 총괄해 온 정보통신부가 주무기관을 해서 추진하고, 통합전산센터가 완성되면 그때 운영에 관한 것을 결정하도록 하자고 결론을 내 주셨다. 무척 힘들게 주무기관을 선정한 뒤 ISP 결과에 따라 막상 본 사업을 진행하려고 하니, 일정이 참으로 힘든 상황이었다.

노 대통령께서는 이미 각 개별부처의 전산실이 포화상태인 경우도 많고(확장과 보강공사가 시급히 요구되는 상황), 보안상황도 취약하기 때문에 이 사업은 더 늦어지면 안 된다는 것을 몇 차례 강조하신 바 있었고 아울러 정보자원통합은 여러 부처들의 이해관계가 있기 때문에 농담 삼아서 내가 임기 중에 하지 않으면 언제 될지 모른다면서 내가 힘을 실어줄 때 열심히 해서 마무리 지었으면 좋겠다는 말씀도 하였다.

5

아무리 전문가들과 이야기를 나누어 보아도 3개의 센터를 부지 선정부터 건축과 네트워크 구축공사, 그리고 각 부처 정보자원의 이전까지 완료 하려면 정해진 기간 내에 마치기가 거의 불가능했다. 이미 각 부처의 현 실태를 조사하고 통합 계획을 수립하는 ISPInformation Strategy Plan(정보화전략계획)를 수립하고, 주무기관을 확정하는 데 1년 이상이 소요되었기에 대통령 임기를 역산하여 계산을 할 경우 점진적인 접근방법으로는 불가능했다. 물론 나는 이 사업의 중요성을 인식하고, ISP를 추진하는 핵심 관계자와 호주, 일본, 미국의 정부와 민간의 주요 데이터 센터를 방문하여 데이터 센터의 상황을 파악하고 미비점이 무엇인지 등에 관하여 짧은 일정이었지만 집중적인 출장 조사를 하면서 기본적인 구상은 마친 상황이었다.

나는 일단 시급한 정부부처의 경우 기존의 민간시설 가운데 데이터센터로서 활용이 가능한 곳을 여러 곳 찾아보았다. 일산 하나로 통신 데이터 센터, 용인 한국전산원 건물, 청주 한국조폐공사 건물, 목동 KT 데이터 센터 등 여러 곳을 검토했지만 정부데이터센터로서 내가 생각하는 요구조건에는 모두 미흡하였다. 그러던 중 대전에 KT망연구센터가 있는데 기반도 좋고, 현재 일부 사용하고 있는 부분이 있지만 이전이 가능하다는 정보를 입수하게 되어 즉시 대전 현장으로 내려가서 살펴보았다.

주변 환경과 위치적인 측면부터 여러 가지 측면에서 어느 정도 기대에 부합하였다. 나는 KT측의 공식적인 입장을 들은 후, 관련 핵심 관계자들의 의견을 종합하여 대통령께 보고를 드렸고, 검토, 추진해보라는 말씀을 들었다. 대통령 보고 후 나는 정통부를 통하여 즉시 KT와 실무적인 협의를 진행하도록 하고, 이곳을 우선 통합센터 용도에 맞게 리모델링 공사를 실시해 현재 시급한 부처의 정보자원을 이전 통합하여 제1정부통산전산센터로 설립하도록 하였다.

물론 실무협의 과정에서 매입의 어려운 점이 있어서, 장기 임차를 하는 방식으로 결정이 되었고, 정부 측에서 임차를 하여 리모델링을 하면 절차와 시간문제가 발생하기에 정부 측의 요구사항을 반영하여 KT가 기반공사를 하도록 하고 이를 평가하여 정부 측에서 임차를 하는 것으로 바뀌었다. 그럼에도 시간을 엄청 단축할 수 있었다.

ISP에서 제안한 3개의 센터를 구축하고 상호 순환적인 백업을 하도록 하는 방식은 좋은 방안이었으나 조사된 정보자원을 다시 파악해 보니 1차로 구축하는 대전통합전산센터의 규모가 어느 정도 여유가 있었다. 그래서 나는 일단 대전센터의 완벽한 추진을 독려하면서 추가적인 전산센터는 신축을 하되 좀 더 규모 있게 하고 1센터와 신규 구축되는 2센터 간 상호백업을 하는 방식으로 추진할 것을 실무적으로 검토하도록 했다.

그렇게 하면 어느 정도 사업의 전체적인 일정도 맞출 수 있을 것이고, 추후 필요할 경우 제3센터를 신축하되 3센터는 전시 등을 대비하여 지하벙커 형태로 구축했으면 좋겠다는 의견을 제시했다.

나중의 일이지만 2개의 정부통합센터 구축과 각 부처 정보자원을 통합센터로 이전하는 사업이 완료되고 나니, 한편으로는 보람도 느꼈지만, 처음 사업 추진단계에서 거론된 미사일 공격 등에 대한 대책은 어떻게 할 것인가 하는 문제로 밤낮으로 걱정이 많이 되었다.

그래서 전자정부 국장으로서 임기를 얼마 남기지 않은 상황이었지만 대안을 많이 고민하였다. 어떤 분이 나의 고민을 듣고서 제주도 성산 방면에 과거 국제통신중계센터로 사용하던 공간이 있는데, 현재는 망 통합으로 인하여 사용을 안 하고 있다며, 산속의 지하 공간이고 700평 정도가 된다는 이야기를 해 주었다. 나는 관계자들의 협조를 받아서 현지를 방문해 보고 여러 가지 보안적인 측면에서 좋은 입지이며, 추가적인 기반 시설을 갖추기도 용이할 것으로 판단을 하여 이러한 의견을 통합센터 관계 책임자에게 전달한 후 내 임기를 마치고 퇴임을 하였다.

인터넷 민원발급 시대 개막

정부혁신위원회에서 전자정부 사업을 추진하면서 4년이란 짧은 기간이었지만, 여러 일들이 있었다. 우선 인터넷을 활용한 민원발급 방식이 도입된 것이다. 처음 행자부에서는 인터넷으로 주민등록등본 등을 신청해 놓고 편리한 시간에 찾으러 가능 방식을 도입했다. 민원인이 많아서 붐비는 경우 발급에 시간이 많이 걸리니 이렇게 하여 다소 도움이 될 수 있었지만, 문제는 신청만 해 놓고 찾아가지 않는 경우도 많았고, 또 어차피 동사무소를 가야하는데 인터넷으로 신청을 하고 가는 것은 큰 도움이 되지 않는다고 생각하는 시민도 많아 관심을 끌 수 없었다.

또 워터마킹 기술 등 여러 가지 보안기술적인 측면이 보강되면서 인터넷을 통하여 민원서류를 발급하는 경우 한 가지 실무적인 문제가 발생했다. 민원서류의 발급수수료를 어떻게 할 것인가였다. 행자부는 전국적으로 발급되는 민원서류의 양이 많고, 수수료는 현재 세외수입으로 확보되는 재원이기에 전면 무료로 하기는 어렵다는 입장이었다. 그러나 나는 아직 인터넷 민원발급이 활성화되지 않은 상황에서 많은 국민이 인터넷 민원을 활용하도록 유도하려면 기존의 방문민원서류 발급은 그대로 유료로 하지만, 인터넷 발급은 무료로 해야 한다고 주장한 것이다.

나는 방문민원서류 발급은 종이와 토너, 심지어 발급에 들어가는 컴퓨터 전기요금까지 모두 정부 측의 부담이지만, 온라인 발급의 경우 모든 것이 사용자가 부담하고, 정부는 단지 시스템에 접속만 허용하기에 정부 측이 굳이 민원서류 발급에 따른 비용을 지불하도록 할 필요가 없다는 입장이었다.

결국 우리는 온라인 민원발급을 할 경우 국민이 받을 혜택을 기간과 비용 절감에 따른 계량적인 측면에서의 효과와 비계량적인 효과를 정리하여 대통령 보고를 하였고 결과적으로 온라인 민원발급은 무료로 하도록 결정되었다. 다만, 당일 청와대 회의에 참석한 법원행정처의 경우 현재 등기부 등본과 법인 인감증명 등의 발급에 따른 수수료가 법원의 수입에 차지하는 비중이 높기 때문에 이를 무료발급하게 되면 정부에서 그만큼을 보전해 주어야 한다는 주장을 하였다. 결국 당일 법원의 경우 인터넷 발급 방식을 도입하되 기존의 오프라인과 같이 유료 발급 방식을 유지하는 것으로 결정하게 되었다.

그런데 인터넷 민원발급을 도입한 지 얼마 지나지 않아서 인터넷 민원발급에 위변조 가능성이 있다는 내용이 언론에 보도되었고, 급기야 국회에서는 민원서류의 위변조에 대한 시연을 하면서 문제제기를 하였다. 결국 정부는 아무런 사전 조치도 없이 위변조 문제가 해결될 때까지 인터넷 민원발급 시행을 중단한다고 해 버렸다. 겨우 뿌리를 내리려던 전자민원 방식은 중단되었고, 일부 인터넷 민원의 편리함을 경험한 시민들은 정부를 향하여 불만을 토로하게 되었다.

나는 신문 기고문을 써서 위변조 문제를 이유로 인터넷 민원발급을 중단하는 것이 바람직하지 않다고 주장하였다. 내가 주장한 바는 물론 인터넷 민원발급이 완벽하다는 것이 아니었다. 그러나 당시까지 실제 인터넷을 활용한 민원발급에 있어서 위변조로 인해서 문제가 된 사례가 없으며, 앞으로도 위변조가 일어날 수 없도록 하는 기술적 측면과 제도적 측면은 지속적으로 보완을 해 나가면 된다는 것이었다.

칼이 사람의 생명을 위협하는 도구로 쓰일 수 있기 때문에 칼을 사용하지 못하게 하거나 자동차가 사고 위험성이 있기에 운행을 중단하라고 하는 것, 화폐가 위조의 가능성이 있으니 화폐를 사용하지 말고 물물교환으로 해야 한다는 것과 비유한다면 너무나 지나친 주장이라고 할지 모르지만, 기술의 이용과 사회의 발전관계를 올바르게 이해한다면 좀 더 근본적이고 현실적인 문제접근이 필요하다는 것을 강조하고 싶다는 내용을 썼다.

정보기술 역시 타 기술과 마찬가지다. 세상에 모든 기술은 완벽할 수 없으며, 끊임없이 발전한다. 위조와 변조에 관한 것도 마찬가지이다. 끊임없이 위조와 변조의 기술이 발전할 것이고, 이것을 방지하기 위한 기술 역시 끊임없이 발전하는 것이 인간사회이다. 물론 너무나 쉽게 위변조가 가능할 수준으로 서비스가 제공되어서는 안 되며, 이를 방지할 수 있는 기술투자도 늘려야 한다. 하지만, 그렇다고 의도적으로 불법을 저지르는 것을 오로지 기술로서만 방어하려는 완벽주의적 기술관념을 가지고는 어떠한 새로운 도전이나 서비스도 불가능하다는 것을 생각해야 한다고 주장하였다. 사회의 문제를 해결할 때는 기술만이 아니라 법적, 제도적, 윤리적 측면이 함께 고려되어야 한다는 것이었다. 물론 상당한 기간이 지나면서 인터넷 민원발급 서비스는 다시 재개되었다.

나는 2006년 11월 30일 전자신문사가 주최하고, 행정자치부와 정보통신부가 후원하는 'i-Summit 2006'행사에서 "공공 정보화의 미래"라는 제목으로 기조연설을 하였다.

나는 기조연설을 통하여 정보기술의 변화와 행정의 대응과정을 설명한 후 그동안 한국정부가 추진해 온 전자정부와 관련된 국내외적인 평가를 소개하고, 향후 추진해 나갈 정책방향을 제시하였다. 한국은 그동안의 성과를 토대로 글로벌 정보기술 환경변화에 적극적으로 대비하고, 세계 최고 수준의 전자정부 선도국가로 발전되어야 함을 강조하였다. 향후 공공정보화의 전략적 방향은 행정의 능률성 향상이나 대민 서비스 증진에 머물 것이 아니라, 전

2006년 12월 'i-Summit 2006' 기조연설, 12월 1일자 전자신문 기사

자정부를 통한 전자민주주의e-Democracy 구현에 기여할 수 있는 방향으로 발전시켜 나가야 하며, 국민을 행정의 대상이나 객체Object로 인식하던 틀을 깨고, 적은 비용과 시간으로도 국민을 국정운영의 중요한 주체로서 그리고 국가의 진정한 주인으로서의 역할을 수행할 수 있도록 하는 기제mechanism로 발전해 나가야 함을 강조하였다. 이는 우리나라가 과거 어느 시대, 그 어떤 국가도 경험하지 않았던 새로운 거버넌스New Governance의 구현으로 발현됨을 의미한다.

우리가 ICTInformation Communication Technology를 활용하여 새로운 국가 운영 기제를 바람직한 방향으로 발전시켜 나가기 위해서는 거시적으로 전자정부의 이념이나 철학의 재정립, 국가정보화 정책에 있어서 성장논리와 성숙화 논리의 균형이 요구되며, 미시적으로는 정보화 사업에 대한 성과관리와 책임성 강화, 추진체계 및 법제의 재정비 등이 필요하다는 것을 발표하였다.

정보(데이터) 공유는 전자정부 성숙 지표

초기에 시작하였던 여러 가지 전자정부 시스템들이 가동에 들어가고, 이들 시스템 간 시너지 효과가 일어나면서 정보의 공동이용이나 공유문제가 중요한 전자정부 과제로 부상하게 되었다. 이는 단순히 시스템 측면에서만 다룰 문제가 아니라, 데이터, 더 나아가서 업무자체에 대한 권한과 책임을 다루어야 풀릴 수 있는 문제가 되었다.

자세히 관찰해 보면 정부에서 보유하고 있는 데이터를 기반으로 각종 증명서가 발급되고, 그렇게 발급된 민원서류는 첨부 자료로 다시 정부기관으로 제출되는 경우가 너무나 많았기 때문이다.

정부에서 발급받은 서류를 민간기관에 제출하는 경우는 별개로 하더라도 적어도 정부에서 발급받은 서류를 정부에 다시 제출하도록 하는 것은 올바른 전자정부가 아니라는 생각을 하게 된 것이다. 비록 기관이 다르지만, 모두가 대한민국 정부이고, 정부의 모든 기관 간에 이미 오래전부터 행정전산망이 구축되어 있는 상황을 고려한다면 더욱 시급히 이러한 문제를 해결해야 했다. 그래야만 민원인의 불편도 상당히 감소시킬 수 있었기 때문이다.

물론 여러 가지 해결해야 할 선결 과제들이 있었고 어렵기는 하지만 불가능한 과제도 아니었다. 아무튼 행정정보공유나 공동활용을 위한 제도적 측면을 본격적으로 다루어야 할 때가 된 것이다. 몇 가지 시범 사업도 추진하면서 이 과제는 향후 지속적이고 역점적인 전자정부 과제로 해결해 나가기로 하였다.

정통부에서 파견을 와서 근무하던 강성주 과장은 업무의 전문성이나 추진력에서 탁월한 사람이었다. 그가 담당하였던 과제 가운데에는 출입국관리시스템과 전자무역시스템이 포함되어 있었다. 앞의 과제는 법무부, 외교부, 국정원, 경찰, 항공사, 공항공사 등 여러 기관이 관련되어 있었다. 나는 출입국 시 써야 하는 출국신고서와 입국신고서의 실효성이 별로 없으며, 오히려 국민들에게 불편을 많이 주는 것이기 때문에 이 절차를 없애는 방안을 검토하도록 하였다.

출국신고서나 입국신고서에 기록되는 모든 사항은 여권, 항공권에 모두 나타나는 정보이기에 이를 관련 기관들이 시스템적으로 공동 활용하도록 하면 되지 국민에서 출입국 시에 다시 기록하도록 할 필요가 없다는 점을 강조하였다. 강 과장은 관련된 기관의 관계자들 회의를 소집하여 문제제기와 해결방안을 제시를 하며, 필요한 시스템 구축과 관련된 예산은 전자정부 사업비로 지원하겠다고 했다. 초기에 몇 기관은 이런 저런 이유를 들어서 출입국카드 작성제도 폐지를 반대했으나, 20여 차례 회의를 진행하면서 결국 공항과 항만에서 오랫동안 사용되었던 출입국 카드 작성제도는 폐지되었다.

많은 직장인들이 연말이 되면 거추장스럽고 불편해하는 일 가운데 한 가지가 연말정산을 하는 일이었다. 일일이 관련 영수증을 챙겨서 첨부하여야 했기 때문이었다. 이 과제는 이미 김대중 정부 전자정부 사업에서 시작이 되었지만, 실질적으로 효과를 거두기에는 미흡한 부분이 많았다.

특히 병원에 지출한 의료비 관련 자료를 전산으로 국세청에 신고하도록 하는 것은 병원과 의사들의 반대로 상당한 어려움이 있었다. 병원과 의사들은 환자의 개인정보 유출이 우려된다는 이유였고, 우리가 판단하기에는 전자적으로 진료비 정보가 넘어오면 세원이 그대로 노출되어 탈세가 불가능하고, 그렇게 되면 현재보다 세금을 더 많이 내어야 한다는 것을 우려하기 때문인 것으로 판단했다. 우리는 먼저 철저한 관련 업무를 분석한 후 시스템을 구축하도록 하고, 단계적인 전략을 쓰기로 했다. 즉, 우선 환자의 개인정보와 관련된 부분은 아예 처음부터 최대한 가지지 않는 방향으로 추진함으로써 불필요한 오해나 저항의 소지를 줄이도록 하고, 환자의 진료비에 관한 사항만 자발적으로 입력하도록 하였다.

아울러 이 시스템을 사용하는 병·의원은 세무조사를 가능하면 하지 않도록 하고, 이 시스템을 사용하지 않는 병·의원에 대해서는 세무조사를 강화하는 방향으로 정책을 추진하기로 했다. 다소 시간이 소요되기는 했지만, 연말정산에 있어서 의료비 지출부분에 대한 국민의 불편함은 점진적으로 해소되었고, 여타 부분도 기관 간 정보공유와 정보의 공동활용을 통하여 많이 해소해 나가게 되었다.

법과 제도혁신의 중요성

전자정부의 효율적인 구축과 운영을 위해서는 법과 제도적인 측면에서 다루어야 할 과제도 많았다. 몇 차례 정보화에 걸림돌이 되는 규정과 제도를 고치도록 공문을 시행해 보았지만, 별 성과를 거두지 못했다. 법제정비 부문에서 혁신적인 성과를 내기 위해서 별도 팀을 만들고 정보통신정책연구원KISDI

을 중심으로 지원 체계를 가동하였으며, 현행 대한민국 모든 법령의 가운데 정보화를 저해하는 조항과 그 내용을 전수 조사하도록 하였고, 해당 조항을 어떻게 바꾸어야 할 것인지 좌우로 비교할 수 있도록 표 형태로 만들었다.

그 대비표 형태로 된 자료를 각 부처와 기관에 발송하고 법령이나 관계 규정을 개정할 계획을 수립하고 만약 수정이 어려울 경우 그 사유를 작성하여 보고하도록 했다. 상당한 성과가 있었다. 이를 통하여 개혁의 성과를 거두기 위해서는 개혁의 방향성 제시에 머물 것이 아니라, 구체적인 대안을 제시할 필요성이 있다는 것을 다시 한번 실감하였다.

북한 방문

2005년 12월 어느 날 통일부의 이재두 과장이 나를 방문했다. 북한에 대하여 남북 정부 간 합의에 따라 쌀을 지원하는 사업을 정부가 추진하고 있다는 것이었다. 그리고 쌀 지원 정부대표단으로 통일부 공무원만으로는 한계가 있어서 고민이라며, 타 부처 공무원이나 공공기관 간부들도 참여하는 방안을 검토하고 있다고 했다.

나는 평소 남북한이 분단된 상황에서 한국의 통일은 갑자기 일어날 수도 있다는 생각을 해왔다. 그렇게 될 경우 북한의 정보통신

분야를 어떻게 남한과 통합하여 조기에 안정적으로 발전할 수 있을 것인지에 관하여서도 생각을 하고 있었다.

우선 북한의 실태를 파악하는 것이 실효성 있는 비상대책을 수립하기 위해 필요하다고 생각하여, 나는 이 과장에게 가능하면 나도 참여할 기회를 만들어 달라고 하였다. 이 과장은 나의 신분이 청와대 소속으로 되어 있기 때문에 북측으로부터 승낙이 어려울 수도 있다고 하면서 북측에는 농산물유통공사 과장으로 통보를 해 보겠다고 했다.

다행히 나는 대북 쌀 지원 남측 대표단 4명에 포함되어서 북한을 방문하는 것이 확정되었다. 이어서 통일부 관계자로부터 쌀 지원 대표단의 기본 미션과 주의사항에 관하여 사전 교육을 받았다. 통일부에서는 북한 방문과 관련하여 당분간 비밀을 유지해 달라고 하였다. 나는 정해진 날짜에 간단한 출장준비를 해서 부산으로 갔다. 안내하는 분이 나와서 통일부에서 발급한 여권과 비슷한 출입경 카드를 확인하였고, 이어서 우리 일행은 직원이 안내하는 작은 보트에 탔다.

겨울 바닷바람은 매서울 정도로 차가웠다. 바다를 향하여 한참을 달리던 보트가 멈춘 앞에는, 마치 아파트 건물같이 엄청 큰 화물선이 있었다.

화물선을 타고

화물선 위에서는 밧줄 사다리를 내려주며 올라오라고 하였다. 짐을 들고 올라갈 수 없어서 줄로 묶어서 등에 지고 밧줄 사다리를 타고 올라가는데 바람이 심하게 불어서 줄사다리는 흔들렸고, 장갑도 없이 올라가려니 추운 날씨에 언 손에 감감이 없었다. 주먹을 쥐고 팔로 사다리를 한 칸 한 칸 고리처럼 걸면서 올라가야 했다.

배에 올라가니 베트남 국적의 화물선임을 알 수 있었다. 선장은 영어를 조금 했으며, 보조로 나이가 많은 한국인 부선장이 타고 있었다. 선원들은 모두 베트남인들로 머리와 수염이 텁수룩했고, 얼굴과 입은 옷이 모두 무척 남루해 보였다. 전형적인 막노동하는 분들의 모습이었다.

태국산 쌀 5천 톤을 싣고 부산항에서 우리 정부대표단을 태운 베트남 화물선은 공해로 나가서 북상을 했다. 파도가 4미터 넘는 높이로 일어나자 거대한 화물선도 흔들림이 심했다. 여객선이 아니라 화물선이라서 매우 불편했고, 겨우 한 사람이 들어갈 정도의 작은 방을 하나 배정받았다. 밤이 깊어지자 파도는 더욱 거세어지고 조타실에 올라가 바라본 바다는 칠흑 같았다.

쌀을 가득 싣고 캄캄한 밤바다를 항해하는 화물선은 4미터가 넘는 큰 파도가 칠 때마다 휘청거렸고, 선박에서 나는 쇠가 서로 부딪치는 소리는 불쾌하기 그지없었으며, 마치 동해바다 한가운데서 난파하는 것 같았다. 화장실을 가는 것조차 쉽지 않았다. 배의 흔들림이 심하고 자칫하면 쇠기둥에 머리를 부딪칠 것 같아서 양손으로 짚고서 조심스럽게 이동을 해야 했다.

식사시간에는 선원들과 함께 작은 식당 칸에서 베트남 선원들과 함께 교대로 식사를 해야 했다. 식사는 정말 초라했으며, 국에서 특유의 향료냄새가 나서 속이 북받쳐 도저히 먹을 수 없었다. 하루 종일 굶었다. 다음 날에는 허기가 지고 힘도 없어서 이러면 안 되겠다는 생각에 안남미 밥을 반찬 없이 물에 말아서 억지로 넘겼다. 묵중한 화물선의 엔진 소리를 들으면서 밤낮으로 2일간 항해를 하고 나서 해질녘에 북한의 동해안 원산 근처까지 북상을 했다.

원산항

나는 배의 상층에 있는 조타실에 올라가 보았다. 베트남 선장과 한국의 보조 선장이 엉터리 영어발음으로 소통을 하면서 무전으로 북한 측과 다급하게 교신을 하였다. 서로가 교신하는 내용을 들으니 원산항의 수심이 우리가 탄 화물선이 입항할 만큼 깊지 않아서 원활하게 입항할 수 없다는 것이었다. 상당 시간 서로 연락을 한 결과 외항에서 일단 화물선을 정박하고, 날이 어둡기 때문에 내일 북한 측 배가 나와서 최소 900톤 이상을 옮겨 선적하면 화물선이 그만큼 가벼워지게 되며, 그렇게 하면 입항이 가능한 수심에 맞춰지기 때문에 그렇게 한 후 입항을 하도록 한다는 것이었다.

우리는 북한 측에 남한 측 대표단이 음식을 제대로 못 먹고 2일간 심한 파도에 시달리며 왔기 때문에 우선 대표단이라도 원산항으로 들어갈 수 있도록 작은 배라도 보내달라고 하였다. 잠시 후 서로 협의가 되어서 소형 군함을 보내주었다. 군함이 도착하여 북한 측 대표 2명이 줄 사다리를 타고 우리 화물선으로 올라왔다.

깡마른 모습이었지만 매우 호탕한 성격이었다. 자신들을 소개하고 화물선 내부로 들어가 천막을 벗긴 후 쌀을 확인한 후 통일부에서 준 쌀 인도서류에 양측이 서명을 하였다. 그들이 휴대폰과 카메라 등을 모두 달라고 하여 작은 자루에 넣어가지고 먼저 하선을 한 후 우리는 부산항에서 승선할 때와 마찬가지로 흔들리는 줄사다리를 타고 내려가서 북한군 군함을 탔다. 한 발만 잘못 디디면 푸른 바다에 빠질 것 같았다.

4톤 트럭 크기의 작은 북한군 군함은 낡을 대로 낡아 있었고, 군함 내부에는 난방용 연탄난로와 연탄 그리고 연탄재가 쌓여 있었다. 파도가 거세게 일어서 작은 군함을 해안에 접안하는 데 무척 애를 먹었다. 가까이서 살펴보니 밧줄을 잡고 끌어당기는 북한 민간인의 복장은 무척 남루했고, 신발은 오래전 내가 고등학교 시절 교련시간에 신었던 통일화와 비슷했다. 추운 겨울 날씨임에도 불구하고 올라간 다리 쪽 바지는 맨 살이 나와 있는 것으로 보아 내복조차 안 입은 것 같았다.

에너지와 경제사정

남측에서 간 4명의 대표단은 다 낡아서 바닥이 구멍이 나고 그곳으로 흙먼지가 올라오는 벤츠 차량 2대에 나누어 타고 원산에서 최고 높은 빌딩인 〈송도원 려관〉에 도착했다. 건물은 10층 규모로 근처에서 가장 높았으나 페인트칠을 안 했는지 아니면 했는데 세월이 지나서 벗겨진 것인지는 모르지만 초라해 보였다. 각자 방을 한 칸씩 배정받고 들어가니 낡은 브라운관 티비가 있었고 방바닥은 일본식 다다미방이었다. 창문을 열고 밖을 바라보니 어둠 속에서 조용하며 초라한 도시의 모습과 해안가 쪽이 보였다. 전기사정이 매우 나빠서 가로등은 물론 도시 전체가 너무나 어두웠다. 2일간 세수조차 못했기에 화장실에 가서 물을 트니 시뻘건 녹물이 나왔다. 아마도 상당히 오랫동안 사용하지 않았던 것 같았다.

샤워를 좀 하려고 했더니 찬물만 나와서 옷을 다시 입고 따뜻한 물은 안 나오느냐고 물었더니 내일 아침에 나온다고 했다. 하는 수 없이 다시 방으로 돌아와 티비를 켰더니 방송시간이 아니라는 표시가 나왔다. 일단 너무 피곤하여 잠시 쉬고 있으니 저녁 식사시간이라고 나오라고 해서 북측 대표 2명과 남측 대표 4명이 호텔 내의 작은 방으로 된 식당으로 들어갔다. 정말 간소한 식단이었으나 그들의 정성은 충분히 느낄 수 있었다.

싱싱한 야채는 아예 없었고, 붉은 김치, 백김치, 무말랭이, 멸치

등이 있었다. 계란 후라이, 불에 구운 자갈돌 위에 소고기 슬라이스가 한 조각 있었다. 들쭉술과 대평주가 있었고 우리에게 술을 권했다. 그들은 술을 잘 하는 편이었다. 나는 평소와 마찬가지로 술을 하지 않았다. 통일부로부터 가능하면 정치적인 이야기는 하지 말라는 이야기를 들었기 때문에 우리는 가능하면 정치적인 이야기를 주제에서 피하고 주로 문화적인 이야기나 개인적인 취미 등에 관해서 이야기했다.

생각의 간극

시간이 좀 흐르고 북측 대표 한 명이 "왜 남조선은 미국과 한 패거리가 되어서 북조선을 침략하려고 하느냐? 우리 민족끼리 잘 살아야 한다"고 하면서 남조선이 미국의 식민지에서 빨리 벗어나야 한다는 주장을 했다. 내가 넌지시 "**선생은 남한에 대하여 왜 자꾸 미국의 식민지라고 이야기를 하느냐?"고 물어봤다.

그는 자신 있는 목소리로 자신은 오래전 남북적십자회담 시 서울을 방문한 경험이 있다고 언급을 하면서, 매우 자랑스럽고 확신에 찬 목소리로 몇 가지 이유를 설명했다. 첫째, 남조선 수도 서울에는 미군이 주둔하고 있고 둘째, 남조선 모든 거리의 간판은 이미 대부분 영어로 씌어 있고, 셋째, 남조선 학생들은 국어 시간보다 영어 공부하는 시간이 더 많고, 넷째, 남조선의 많은 사람들은 미국 사람들에게 잘 보이려고 머리색까지 노랗게 물들이지 않느냐?는 등 남한에 대한 불만과 안타까움을 섞어 자신의 생각이 옳다는 확신에 찬 이야기를 이어갔다.

이 사람의 생각이 너무 확고하기에 우리가 이야기를 한다고 쉽게 자신의 생각을 바꿀 것 같지도 않았을 뿐 아니라, 통일부에서 한 이야기도 생각이 나서 불필요하게 논쟁을 할 필요가 없다고 판단하고 이야기를 더 이어가지 않았다. 다만, 세상에는 다양한 모습이 있으며 내가 보고 판단하는 것이 모두 옳다고 생각하는 것은 상당히 위험할 수 있다고 말하고 언젠가 통일이 되면 우리 다시 만나서 좋은 이야기 많이 나누자고 하였다.

저녁식사를 하는 도중에 몇 차례나 정전이 되었다가 불이 들어오는 등 북한의 전기 사정이 참으로 심각하다는 생각을 했다. 겨울철 싱싱한 채소가 없다는 것은 비닐하우스 등 온실이 없다는 것이며, 이는 에너지 사정이 아주 심각함을 증명하는 사실임을 나는 직감할 수 있었다.

식사 후 방에 돌아와 다시 TV를 켰다. 채널은 1개만 나왔고 방송내용은 일제 식민시대의 독립운동과 관련된 조선인들의 투쟁을 담은 내용으로 북한의 관점에서 만든 연속극 드라마였다. 뉴스 시간에는 집단농장의 목표달성과 성과를 찬양하고, 인민들의 헌신적 노력과 당을 위하여 자랑스럽게 일한다는 내용이 방송되었다. 한국 뉴스시간에 방영되는 사회의 다양한 이야기, 사건이나 사고에 관한 내용은 없었다.

늦은 시간이 되니 대담시간 프로그램이 방영되었다. 음악을 전공하는 대학교수가 나와서 수령과 장군님의 탁월한 영도력과 넘치는 사랑이 없었다면 자기가 이렇게 멋진 노래를 만들 수 없었을 것이라며 너무나 감격하고 자랑스러워 울먹이는 모습으로 김일성과 김정일에 대한 찬양을 이야기했고, 함께 한 몇 명의 대담자도 조금이라도 뒤질세라 찬양의 발언을 이어갔다. 나는 저 정도의 지식계층에서 어떻게 저런 모습과 태도로, 저런 내용으로 방송에 나와서 이야기를 할 수 있는지 이해가 되지 않았다. 건전한 상식과 약간의 비판의식만 있다면 얼굴이 화끈거려서 도저히 할 수 없는 이야기를 TV 방송에서 감격하여 울먹이며 이야기하고 있었다. 방송에 나오는 어린이에서 성인에 이르기까지 모두가 마치 집단적으로 최면에 걸려있는 것 같았다.

이른 아침에 잠을 깼다. 퉁~ 퉁~ 하는 소리가 들렸다. 보일러에 뜨거운 물이 들어가 관이 팽창하면서 나는 소리였다. 내가 중·고등학교 다닐 시절 많은 건물에서 겨울철에 늘 듣던 소리다. 잠시 후 욕실에 들어가 물을 트니 안에 차있던 공기와 붉은 녹물이 함께 쏟아졌다. 심한 녹 냄새 때문에 제대로 샤워를 하거나 씻을 수 없었다.

원산 근교

아침 식사 후 계속 방 안에 있으려니 너무나 답답했다. 북측 대표단을 불러서 원산에서 멀지 않은 거리에 유명한 〈명사십리〉가 있다고 들었는데, 한번 가 볼 수 없는지 물었다. 북측 관계자는 한참을 고민하더니 그쪽은 자기 관할 구역을 벗어나는 구역이기 때문에 어떻게 할 수 없고, 오후에 시간을 내어서 가까운 다른 곳을 같이 갈 수 있도록 하겠다고 했다.

나는 그래도 이곳에 왔으니 보안상 문제가 없는 곳에서 기념사진을 몇 장 찍기를 바랐다. 원산 도착 시 그들의 요구에 따라 맡겨야 했던 내 카메라를 좀 가져오라고 하면서 5달러 지폐를 주었다. 통일부에서 북한 방문 시 돈을 많이 가져갈 필요도 없고 마땅히 살 것도 별로 없으니 팁 줄 정도만 가져가라고 해서 개인적으로 준비를 해 간 돈이었다. 그는 얼른 받아 주머니에 넣으며, 그렇게 하겠다고 했다.

점식식사 후 그들이 안내한 곳은 해변에 있는 국제청소년수련원이었다. 우선 원산 근처 사방을 둘러봐도 민둥산뿐이었고, 어디에도 나무를 보기가 쉽지 않았는데, 그곳은 소나무로 둘러싸인 매우 큰 건물이었다. 전날 탔던 낡은 벤츠 차량을 타고 현장에 도착하니 예쁜 안내원이 대기하고 있었다.

건물 내부로 들어가니 로비 벽면에 유화로 그린 멋진 큰 그림이 그려져 있었고, 중간에는 2층으로 올라가는 에스컬레이터가 설치되어 있었다. 안내원이 우리 일행을 그쪽으로 안내했다. 그 앞에는 붉은 글씨로 이곳은 김정일 장군이 다녀간 곳이며, 그의 지시에 의하여 이것을 설치했다고 쓰여 있었다. 안내원은 그 에스컬레이터를 설명하면서 너무나 자랑스럽고 영광스러움에 가슴이 벅차 떨리는 목소리로 "세상에 어떻게 자동으로 올라가는 계단이 있을 수 있느냐? 이것이야말로 위대한 장군님의 영도력이 아니면 불가능한 일"이라고 우리에게 소개했다. 평소에는 사용하지 않는데 오늘 귀한 분들이 오셨기 때문에 직접 이 에스컬레이터(실제 그 안내원은 에스컬레이터란 용어를 사용하지 않았다. 정확하게 기억나진 않지만 아무튼 자동으로 올라가는 계단이란 의미의 순우리말을 썼다)를 탈 수 있도록 해 드린다며, 작동 스위치를 올렸다. 육중한 소음과 동시에 에스컬레이터가 움직였다.

우리는 여직원이 권하는 대로 탔는데 깜짝 놀랐다. 부드럽게 올라가는 것이 아니라 덜컹거려 넘어질 뻔 했고, 순간적으로 옆의 손잡이를 잡으니 손잡이는 더 빠르게 회전이 되어서 꼭 잡고 있을 수는 없었고, 손바닥으로 누르면서 밀어야 넘어지지 않을 수 있었다. 2층까지 올라오는데 상당히 불안했다. 2층에서 안내원은 방 한 곳을 소개하며 이 방도 역시 장군님이 직접 다녀가신 곳이라며 아주 감격하는 목소리로 소개를 했다.

허락을 받아서 외부에서 몇 장의 사진을 찍었다. 해변 쪽 절벽 바위를 깎아서 붉은 글씨로 무엇을 써 놓았는데 거리가 있어서 자세한 내용은 알 수 없었다. 거리 곳곳에는 구호와 김일성과 김정일 부자의 사진을 그려놓은 큰 게시판이 있었다. 도시의 전봇대는 굽은 소나무를 그대로 사용하고 있었고, 길가에는 해방 전후기 영화에서 나오는 모양의 트럭이 서 있었으며, 그 아래로 사람들이 누워서 차를 고치는 모습도 보였다.

거리의 간판은 모두 한글 간판으로 인쇄가 된 것이 아닌 손으로 쓴 간판이 보였으며, 도로 역시 아스팔트가 아니라 시멘트나 비포장 형태였다. 전반적인 도시 모습은 해방 후 6.25 전후 시기의 우리나라 영화나 드라마에서 보는 모습이었고 참으로 남루했다.

책과 그림

베트남 화물선에 선적한 쌀을 하역하는 데는 만 2일이 걸렸다. 마지막 돌아오는 날 북한 측 대표는 호텔 1층 로비에서 그림과 책을 팔고 있으니 필요한 것이 있으면 달러로 구입할 수 있다고 하였다. 물론 호텔에 머무는 손님은 남한에서 간 대표단 4명과 북측 대표 2명, 도합 6명이 전부였고, 외부인은 없었다.

나는 우선 서점을 들어가 보았다. 교수 연구실만 한 크기의 서점에는 김일성과 관련된 책들과 역사책, 약초를 소개한 책 등이 있었는데 내용도 별로 볼 것이 없었고 책의 인쇄 기술이나 편집, 제본 등 전반적인 요소가 낙후되어 있어서 내가 초등학교 시절 보던 책보다 못했다. 시골 우리 집에 있던 누나들이 공부하던 시절 수준의 크기와 질을 갖추고 있었다. 북한 화폐도 전시하여 팔고 있었지만 살 만한 것이 없었다.

로비 쪽에는 북한 작가의 유화 그림을 전시하여 팔고 있었다. 멋진 포도 그림이 있어서 가격을 보니 700달러라고 적혀 있었다. 그림은 마음에 들었는데, 내가 가져간 돈은 총 300달러였고 이미 팁 등으로 40달러를 써 버려서 내 수중에는 260달러뿐이라 구매가 불가능했다. 구경만 하고 돌아와 쉬고 있으니 북측 대표가 나를 찾아와서 사고 싶은 것이 있느냐고 물었다.

나는 책은 살 만한 것이 없다고 하고, 그림은 마음에 드는 것이 있기는 한데 이곳에 올 때 돈을 많이 가져오지 않아서 사가지고 갈 수 없게 되었다고 했다. 그리고 통일이 되면 오늘 본 그림을 사러 오겠는데 그때까지 이 그림이 나를 기다리고 있을지 모르겠다고 농담을 했다.

그 북측 대표는 무척 아쉬워하며, 최 선생이 그림 보는 눈이 대단하다고 하면서 그 포도 그림을 그린 사람은 북한 최고의 인민화가 서기복 씨라고 하였다. 남북 작가 합동 미술전시회를 몇 년 전에 제주도에서 개최했는데 그때도 작품을 전시하여 많은 사람들의 관심을 모았다고 하며, 이제 나이가 많고 몸에 중풍이 와서 작품 활동을 못 한다고 했다.

그는 최 선생이 남측 대표단으로 어렵게 북한 원산까지 오셨으니 가능하면 그 그림을 사서 가져가라고 하면서 자신이 그림 파는 분을 설득해 보겠다고 했다. 나는 금액 차이가 너무 크게 나서 무리하게 하는 것은 작가에 대한 예의가 아니니 포기하겠다고 하면서 그쪽에는 그림 값을 깎아 달라는 이야기를 하지 말라고 했다.

1시간쯤 후 그 사람이 다시 와서 이대로 보내줄 수 없어 자신이 설득했다며 내가 지불 가능하다고 한 250달러에 그림을 주겠다고 했고, 내가 고맙다는 말과 함께 비상금으로 남겨둔 10달러가 더 있다고 했더니 그럼 작은 그림도 함께 가져가라고 하면서 그림을 돌돌 말아 주었다. 그 이후 바빠서 표구를 못한 채 몇 년을 보내고, 2013년 서울에 이사를 오면서 표구를 한 뒤 거실에 그림을 걸었다. 당시 그림 값이 25만 원 정도였는데, 인사동에서 한 표구 값이 80만 원이 들었다. 배보다 배꼽이 크다는 것이 이를 두고 한 말인 것 같다.

생각보다 먼 통일의 길

2일간 다른 세상을 경험한 뒤 베트남 국적의 화물선을 타고 부산을 향해 출발했다. 돌아오는 배 안에서 참으로 많은 생각을 했다. 어떻게 한 민족, 한 나라였던 국가가 이렇게 차이가 날 수 있는가? 도대체 그 원인은 어디에 있고, 이 격차는 줄일 수 있는 것인가? 남북한 간 통일문제를 나는 너무 쉽게 생각해온 것 같았다. 특히 북한 텔레비전에서 그 대학교수가 하던 권력자에 대한 찬양 일변도의 태도와 생각들, 그리고 청소년수련원에서 만났던 그 여직원의 말과 태도는 쉽게 변할 것 같지 않았다.

나는 그 이후 북한을 생각할 때마다 가슴이 더 답답해지고, 한숨이 나올 때가 많다. 분단 이후 참으로 많은 세월이 흘렀다. 많은 것이 변했다. 통일을 낭만적 이상적으로 접근해서도 안 되지만, 어렵고 힘들다고 포기할 수도 없다. 언젠가는 반드시 풀어야 할 우리 민족의 큰 과제이다.

고 서삼영 원장님

전자정부 사업을 추진하는 과정에서 가장 안타까웠던 일은 전자정부위원회 간사를 맡아서 혼신의 노력을 기울여 온 한국전산원 서삼영 원장의 운명이었다. 서 원장께서는 교육부에서 정보화 업무를 해 오셨고, 한국전산원 원장으로서 국가정보화를 위해 혼신의 노력을 기울여 오셨을 뿐 아니라 참여정부 출범과 함께 전자정부전문위원회 간사를 맡아서 다양한 갈등과 이해관계를 조정하느라 무척 고생하신 분이었으며, 나에게는 업무적으로나 인간적으로 가장 든든한 형님과 같은 역할을 해 주셨기 때문이다.

서 원장은 내가 힘들어할 때는 늘 따뜻한 격려의 말씀을 잊지 않으셨고, 그분의 국가정보화와 전자정부에 대한 혜안과 경험과 조언은 참으로 큰 도움이 되었다. 종종 전자정부와 관련하여 중요한 사항을 대통령께 보고드릴 때에는 늘 김병준 위원장(추후 대통령 정책실장)과 서삼영 원장 그리고 내가 함께 들어가서 보고를 드렸기에 나는 두 분에 대한 대통령의 신뢰와 전자정부에 대한 노무현 대통령의 애착이 얼마나 큰 것인지 늘 실감할 수 있었다.

세계 최고수준의 전자정부

UN의 전자정부 평가와 관련하여 한국이 세계 192개 국가 가운데 세계 5위로 평가를 받은 것으로 발표되었고, 우리는 그 결과를 대통령께 보고 드리기 위하여 대통령 집무실로 들어갔다. 대통령께서는 무척 기뻐하시면서 평가하는 방법이나 지표를 철저하게 조사해 보고, 좀 더 체계적으로 대응을 한다면 실제 한국은 현재보다 더 높은 평가를 받을 수 있을 것이라는 말씀을 하셔서 나는 깜짝 놀랐다.

나는 즉시 UN의 전자정부 평가에 관련된 내용을 집중적으로 파악하였고, KAIST에 근무하면서 UN에 인적 네트워크가 있는 김성희 교수와 김병천 교수의 도움을 받아서 함께 외교부를 통하여 UN DESA를 방문하기로 하였다. 나는 전자정부 평가와 관련하여 UN의 상황을 좀 더 구체적으로 파악함은 물론 향후 한국이 전자정부 분야에서 개도국을 포함한 국제협력 분야에서 좀 더 적극적인 역할을 추진하려는 구상을 하게 되었다.

UN에 방문을 하니, DESA의 국장은 이탈리아 출신이었으며 한국에 대해서 대단히 우호적이었다. 함께 자리한 두 명의 여성과장 가운데 한 분은 중국 출신 첸이라고 하였고, 한 분은 방글라데시 출신 핫페츠라는 분이었다. 벨루투치 국장은 고건 총리를 잘 안다고 했고, 반기문 전 외교부 장관이 UN 사무총장으로 출마를 했는데 분위기가 매우 좋다고 하였다. 허심탄회하게 전자정부 분야는 물론 다양한 주제로 많은 이야기를 나누었고, 나중에 한국을 방문해 달라는 이야기와 기꺼이 그렇게 하겠다는 이야기도 하였다. 그리고 앞으로 한국이 개도국의 전자정부 발전을 위해서도 UN과 적극적으로 협력해 나가기를 기대한다는 등 매우 좋은 분위기에서 업무 미팅을 마무리하였다.

벨루투치 국장과 첸이라는 중국출신의 과장은 각기 한국을 방문하였고, 우리는 반가운 재회의 시간을 가졌다. 나는 2010년 남미 파라과이 대통령실에 자문관으로 나가 있는 동안에 신문을 통하여 UN의 전자정부평가에서 한국이 처음으로 세계 1위로 평가되었다는 뉴스를 보았으며, 무척 큰 보람과 기쁨을 느꼈다.

다만 몇 년 후, 내가 UN과 한국에서 만나서 많은 이야기를 나누었고 국장으로 승진까지 한 첸이 암으로 사망하였다는 소식을 온라인으로 전해 듣고 무척 안타까움을 느꼈다.

노무현 대통령과 청와대 이지원

참여정부의 전자정부 사업에 직접적인 관리 과제는 아니었지만 대단히 의미 있는 과제가 청와대 업무관리시스템인 이지원(e-지원) 시스템의 개발이었다. 노 대통령께서는 전자정부 관련 국정과제회의를 주재하면서 기존의 정부에서 사용하고 있는 전자결재시스템의 문제점을 언급한 바 있다. 아마도 과거 당신께서 해양수산부 장관을 하면서 경험한 바를 말씀하시는 것 같았다.

당시 각 부처에서 공무원들이 사용하는 전자결재시스템은 기안자가 기안을 하여 결재 라인을 따라서 결재를 하는데, 최종 결재권자가 결재를 할 때는 이미 모든 것이 정리가 되는 상태였지만 결재 과정에서 누가 어떤 언급이나 입장을 표해서 그것이 반영되었는지, 처음 기안한 사람의 구상이나 초안은 무엇이었는지 도대체 알 수가 없었다. 때문에 나중에 문제가 발생할 경우 결재 과정에서 누가 어떤 행위를 했고, 책임은 누가 져야 할 것인지도 불분명했다.

따라서 기존의 결재 방식에서 최초의 기안자가 작성한 문서도 남기고, 결재를 받아가면서 각 직급에 있는 사람들도 수정한 내용이 있다면 그 내용을 그대로 남겨서 최종 결재권자가 결재를 할 때는 결재 과정에서 있었던 일들을 볼 수 있도록 개발하라는 것이었다.

여러 차례 관계자 회의를 거치면서 개발된 것이 청와대의 이지원 시스템이었다. 노 대통령께서는 이지원 시스템에 대한 애착이 무척 컸기에 청와대에서 이 업무를 담당하였던 업무혁신비서관실은 무척 고생을 했었다. 개발된 청와대 이지원 시스템은 다시 각 부처 업무관리시스템으로 도입되는 방침이 결정되었다. 문제는 각 부처의 경우 기존의 전자결재시스템이 이미 도입되어 활용되고 있는 상황이라서, 상당한 기간 동안 혼란을 겪기도 했다.

청와대 보고서

또 하나의 큰 변화는 보고서 작성 방식에 있어서 노 대통령의 주문이었다. 노 대통령께서는 '보고서의 제목을 어떻게 붙여야 하는가?' '보고서 내용은 어떻게 작성해야 하는가?'에 관하여 여러 가지 의견을 말씀하셨고, 결국 청와대에서는 팀을 만들어 '청와대 보고서 작성법'이라는 책을 만들기도 했고 추후 외부에 판매용으로 보급하기도 했다.

당시 대통령께 올리는 보고서를 작성할 때에는 엄청나게 많은 자료를 준비해야 했다. 예를 들어서 대통령께서 주재하는 국정과제회의 관련 보고를 작성할 경우, 참석자 명단을 작성할 때 한 분 한 분의 이름을 클릭하면 참석자에 관한 한 페이지 정도의 자료가 하이퍼링크 형식으로 연결되어 올라올 수 있도록 작성을 해야 한다는 것이었다. 만약에 현재 실업률이 어떻다는 내용을 언급하려면, 실업률 부분을 클릭하면 최근 몇 개월간 실업 추이나, 전년도 동기간 실업률이나, 주요국의 실업률 추이 등을 그래프나 표로 쉽게 볼 수 있도록 작성해야 했다.

기록이 없으면 정부가 없다

물론 대통령이 주재하는 모든 회의의 내용은 녹음하고, 추후 회의 결과 보고 시에 문서로 풀어 쓴 한글 녹취록 파일과 음성으로 된 원본 파일을 첨부하여 보고서를 작성해 올리도록 했다. 몇 차례 회의에서 대통령께서는 "기록이 없으면 정부가 없다No Record, No Government."라는 표현을 한 바 있으며, 비록 다른 위원회보다는 늦었지만 기록관리위원회를 정부혁신위원회 내에 설치하여 운영하고 대통령기록물관리에 관한 법률을 제정하도록 하는 등 각별한 관심을 기울인 바 있다.

나는 내 임기 후반기에 위원회 기능이 다소 줄어들면서 전자정부특별위원회와 기록관리위원회를 함께 관장하는 국장으로서 업무를 수행하였는데, 세월이 많이 지났지만 당시 노 대통령의 전자정부, 기록관리분야에 대한 혜안과 열정과 발상, 그리고 세세한 부분까지 직접 챙기며 업무지시를 했던 사항들을 회상하면 참으로 대단한 분이었다는 생각이 자주 든다.

개인정보보호와 전자정부

한번은 개인정보보호와 관련하여 이를 관장할 조직을 어떤 형태로 만들 것인가에 관하여 대통령 보고를 하게 되었다. 당시 거론된 방안은 두 가지였는데, 하나는 국가인권위원회에 분과 위원회로 만들자는 방안이었고, 다른 하나는 기존의 정부조직과는 완전히 별개의 독립된 조직으로 만들자는 방안이었다. 각 대안의 장단점을 비교한 후 현실적으로 더 타당하다고 판단되는 방안을 말씀드린 후 대통령의 말씀을 들었다.

나는 현실적으로 개인정보를 더 합리적으로 보호하는 방안이라고 말씀드린 사항을 시민단체들이 반대한다는 말씀도 드렸다. 노 대통령은 개인정보를 보호하려면 관련 예산이나 조직의 실질적인 뒷받침이 되는 것이 중요하지 무조건 기존의 정부조직과는 별도로 독립성만 강조하여 자꾸만 별도 조직을 만들게 되면 실질적으로 기능과 역할을 수행하기 어려울 것이라고 하면서 "시민단체가 억지 주장을 하면 한판 붙지요."라는 말씀을 하셔서 날 놀라게 했다.

많은 사람들이 노 대통령은 시민단체 편이라고 생각하지만, 나는 그분이 무조건 시민단체 편을 드는 것이 아니라 실질적이고 합리적인 방안에 기준을 두고 국가와 국민의 입장을 우선적으로 고려한다는 것을 다시 한 번 느꼈다.

레임덕

2007년에 들어가면서 차기 대선 후보들이 활발하게 각자의 활동을 넓혀가면서 연일 언론의 주목을 받게 되었고, 노 대통령의 지도력은 집권 초반기와 비교할 때 피부로 느낄 만큼 심하게 레임덕 현상에 영향을 받았다. 혁신위에서 부처에 내려보낸 지시사항에 대하여 거의 기일이 지켜지지 않았고, 그 핑계도 참으로 다양했다. 아울러 초창기 추진했던 상당수 주요 사업들은 마무리되었고, 나머지 사업들은 더 이상 추진될 동력을 상실해 버렸다. 나는 혁신위에서 내 역할과 관련하여 하루하루 답답함을 느꼈고, 해외로 나가보고 싶었다. 물론 오래전부터 꾸준하게 공부해 온 외국어 분야에 대한 자신감도 이러한 결정에 어느 정도 영향을 끼쳤다고 본다.

고민을 하다가 사표를 내겠다는 생각을 위원장께 말씀드렸더니 그보다는 그동안의 전자정부 경험이나 평가와 관련하여 책이나 논문 등 글을 써보라고 권했다. 며칠간 고민을 했지만 집중이 되지 않아서 글을 쓸 수가 없었다. 나는 2007년 7월 20일 만 4년을 근무한 정부혁신위원회 전자정부 국장직을 사임했다.

6.

글로벌 무대

은둔의 나라 네팔

2005년 2월 26일부터 3월 7일까지 나는 처음으로 네팔을 방문했다. 나와 네팔과의 인연은 1년쯤 전 어떤 분으로부터 한 통의 전화를 받으면서 시작되었다. 그분은 사무실로 전화를 해서 본인이 IBM에서 오랫동안 근무하고 퇴직을 했으며, 자신의 경험을 활용하여 개발도상국에 대한 봉사활동을 생각하고 있고, 마침 기회가 되어서 한국국제협력단에 시니어봉사단 신청을 하여 네팔을 방문하기로 되었다고 했다.

마침 봉사해야 할 분야가 전자정부 분야인데, 본인은 IT분야에 대하여서는 어느 정도 알고 있지만, 국가 전자정부 정책분야와 관련해서는 부족한 부분이 많아서 나로부터 도움을 좀 받고 싶다고 했다.

그렇게 해서 나를 찾아온 김영식 위원에게 나는 한국의 전자정부와 관련하여 연혁, 주요 정책방향과 내용 그리고 글로벌 주요 트렌드에 관하여 설명을 하고 참고할 자료를 제공하였다. 그런데 김 위원은 참으로 적극적인 분이었다. 내가 제공한 자료를 대단히 짧은 시간 안에 읽어본 후 본인이 이해가 잘 안 되는 부분에 대해서는 전화나 메일로 무척 자주 연락을 하면서 나와의 협력관계를 이어갔다.

김 위원은 네팔 현지에서 자문관 직함으로 활동을 시작하면서 수시로 현지 활동 상황을 공유해 주었고 동시에 필요한 여러 가지 도움 요청을 했다. 우선 전자정부를 포함한 ICT 전반에 관하여 국가적 차원의 마스터플랜이 없어 이 분야와 관련해 한국의 협력을 받고 싶다고 했다. 마침 한국SW진흥원KIPA(현 정보통신산업진흥원 NIPA)에서 개도국에 대한 ICT분야 지원 사업을 추진하고 있는 상황이었기에 그 지원을 활용하여 네팔의 〈국가 ICT 마스터플랜 수립사업〉을 추진하기로 했다. 마침 KIPA 측에 내가 아는 지인들도 있어서 일은 잘 추진되었고, 네팔 현지에서 착수보고회 행사를 갖게 되었다.

물론 김 자문관께서 많은 역할을 하였을 것으로 짐작이 되었지만, Keynote Speaker로 한국의 정부혁신위원회에서 전자정부국장을 맡고 있는 나에게 꼭 참석해 주기를 바란다는 네팔정부의 초청 메일을 보내왔다.

나는 내부 보고 후 사업의 발주기관인 KIPA 측 팀장과 함께 네팔을 방문하게 되었다. 당시에는 한국과 네팔 간 직항편이 없어서 김 팀장과 나는 방콕을 경유하여 카트만두로 갔다. 이미 이 사업의 수행기관인 KT는 다수의 전문가들을 투입하여 현지에서 상당한 정도의 자료수집과 분석을 하고 있었고, 네팔 정부 측에서도 적극적인 협조를 하고 있었다. 나는 행사를 앞두고 네팔 정부의 주요 장관과 차관, 대학교 학장과 교수, NGO 단체, 정보통신 관련 기관과 단체, IT업체 등을 방문하여 사업의 취지를 설명하고, 착수보고회에 참석해 주도록 부탁을 하였다. 향후 한국과의 교류협력의 필요성에 관해서도 많은 의견을 교환하였다. 사실 당시까지 네팔은 정치적 경제적 측면에서 인도의 영향력을 많이 받고 있어서 정보화 부문에서도 인도에 대한 의존성이 강했다. 나는 자문관 파견과 국가ICT 마스터플랜 수립 지원 사업 등을 통하여 네팔이 빠른 기간 내에 한국과 밀접한 협력관계를 구축하는 계기가 마련될 것으로 확신했다.

현지에서 적극적인 활동을 해 왔던 김 자문관의 역할과 KT측의 협조, 네팔정부 고위직의 관심에 힘입어 행사는 성황리에 개최되었다. 나는 Keynote Speach를 통하여 ICT와 전자정부 정책이 국가발전에 어떠한 영향을 줄 수 있는지, 그리고 네팔이 후발 주자임에도 불구하고 다양한 ICT 분야의 국제적 네트워크를 활용한다면 빠른 기간 내에 시행착오를 줄이면서 국가발전의 새로운 토대를 구축할 수 있다는 것을 설명하고, 이러한 정책적 비전이 성공하기 위해서 반드시 유념해야 할 성공요인을 발표하면서 스피치를 마쳤다.

맨 앞자리에 앉아서 집중해서 내 스피치를 들었던 정통부 아트마지 차관은 행사를 마칠 때 나에게 다가와서 오늘 스피치한 내용을 그대로 자신들의 국무회의에서 한 번 더 발표해 줄 수 없는지 문의하였다.

우선 나는 국무회의에 발표를 요청받은 것을 무척 영광으로 생각하지만, 먼저 국무회의에 발표하는 것이 내부적으로 협의가 된 것인지 확인을 부탁하고, 국무회의를 여는 일정에 맞출 수 있는지를 고려한 후에 다시 이야기를 나누었으면 좋겠다고 했다. 당시 네팔은 왕국이었고 김 자문관의 이야기로는 아트마지 차관은 정부의 실세이니 가능할 것이라고 했다. 나는 한국 정부 쪽에 연락을 하여 현지 상황을 설명한 후 당초 출장 일정을 2일 연장하여 국무회의에서 스피치를 하기로 했다.

때마침 한국에서 전자정부를 전공하여 박사학위를 받고 귀국한 Sunil Maskey 박사가 귀국하여 있었던 관계로 나는 한국에서 자신의 박사과정을 공부할 때 가끔 만났던 순일에게 도움을 요청하였다. 아무래도 장차관 등 고위직의 경우 내가 영어로 발표를 하게 되면 이해도가 다소 떨어질 수 있으니, 내용을 잘 아는 순일이 내가 발표하는 내용을 네팔어로 동시통역을 해주고 질문과 답변에 관해서도 정확하게 통역을 해 주도록 부탁을 했다.

국무회의에 참석했던 많은 네팔의 장차관들은 기대한 이상으로 큰 관심을 가져주었다. 장관들의 경우 연령층이 높았고, 영어로 의사소통이 어려웠으나, 차관들의 경우 대부분 젊었고, 영어도 무척 잘했다. 국무회의를 마친 후 상당수 장관과 차관들은 자신과 Tea Time을 가졌으면 좋겠다고 했고, 어떤 장관들은 나의 출국일정을 확인하고, 출국하기 전에 자신이 식사를 꼭 초대하고 싶다는 의사도 표해 주었다. 2일간 더 머물면서 정말 바쁜 일정을 보냈다. 그래도 네팔 중앙정부의 청사들이 모두 가까운 곳에 모여 있어서 시간을 많이 절약할 수 있었으며, 국가 전자정부 추진과 관련한 추가적인 이야기도 많이 나눌 수 있었다.

휴일에 정통부 아트마지 차관이 직접 안내를 해서 수도 카트만두 근교 몇 곳을 돌아보았다. 우선 가장 인상 깊었던 곳은 박타풀이었고 화장장으로 사용되는 곳도 다녀왔다. 박타풀에서는 네팔의 우수한 전통문화를 느낄 수 있는 많은 유적들을 볼 수 있었는데, 특이한 것은 그 오래된 전통문화유적에서 사람들이 그대로 삶을 영위하고 있었으며, 커피숍이나 식당 등으로 경제활동도 이루어지고 있었다. 과거와 현재가 같은 공간과 시간의 흐름 속에서 이어지고 있음을 아주 인상 깊게 보고 느낄 수 있었다.

그리고 시내를 흐르는 작은 개울가에는 장작더미 위에 죽은 사람의 시신을 눕혀서 야외에서 화장을 하는 모습을 볼 수 있었고, 타 버린 시신과 남은 재는 개울로 밀어 넣어 버리는데, 아이들은 그 아래에서 동전 등을 모으고 있었다. 그 동전은 저승길 노잣돈으로 쓰라고 망자의 시신에 쌀과 함께 넣어준 것인데, 타고 남은 재 속에서 아이들은 그 동전을 줍고 있었다. 인간의 삶과 죽음에 관한 네팔인들의 생각들을 엿볼 수 있는 곳이었고, 참으로 많은 생각을 했던 곳이었다.

2006년 2월 네팔 방문 시 장관 면담

그 이후 나는 몇 년에 걸쳐서 개인적으로 또는 업무적으로 다시 네팔을 몇 차례 방문하게 되었으며, 친해진 간부 공무원의 집을 비롯하여 몇몇 가정에 초대를 받아서 가족들과 함께 식사를 하기도 하였고, 여러 지방을 방문할 기회도 가졌다. 물론 네팔에서 만난 고위직 공무원과 교수들 가운데 한국을 방문하는 분들은 미리 자신들의 방문 일정을 나에게 알려주었고, 나는 가능하면 시간을 내 그들을 만나서 식사를 대접하거나 주요 시설을 소개하는 등 문화 투어를 함께 하였다. 참으로 순박한 사람들이고, 마치 내가 어린 시절 시골에서 보낸 삶과 같은 평안함을 느낄 수 있는 사람들이었다. 네팔은 지금도 늘 다시 찾고 싶다. 이 글을 쓰는 요즘도 네팔의 공무원들이나 교수들과 연락을 지속하고 있기에 코로나가 끝나고 그들과의 만남을 기대하고 있다.

2007년 말레이시아에서 개최된 e-ASiA2007 국제회의에 Keynote Speecher 초청을 받아 참석했다가 발표를 마친 후 관심 있는 네팔의 발표 세션에 들어간 바 있다. 발표자는 네팔 최고의 국립대학인 트리부번대학교의 학장을 지낸 분이고, 과거 내가 네팔을 처음 방문했을 당시 네팔 정부의 전자정부국장을 했던 Subarna Shakya 박사였다.

그는 많은 방청객이 참석한 가운데 네팔의 전자정부 연혁을 발표하면서 네팔에서 ICT 마스터플랜이 수립된 당시의 상황을 소개하고 "오늘 이 자리에 참석하고 있는 Dr. Choi가 네팔을 방문하여 국무회의에서 ICT를 활용한 국가 혁신전략을 발표해 준 것이 큰 도움이 되었다"며, 이어서 코이카 지원 사업으로 추진된 네팔정부 데이터센터GIDC 구축 사업, 지속적인 전문가 파견사업, 전문가 양성을 위한 프로그램 운영 등을 자세하게 소개하여 네팔이 한국과 다양한 분야에서 협력 사업이 진행 중이라고 발표를 하여서 나를 놀라게 한 바 있었다.

물론 네팔과의 인연을 통하여 만나게 된 김 자문관은 처음에는 시니어 자문단으로 파견되었지만, 이후 지속적인 자신의 역량계발을 통하여 전문성을 쌓았고, 시니어 봉사기간을 마친 이후에는 전자정부 전문가로 파견을 새롭게 갱신하여 네팔에서 추가로 2년간을 근무하였다. 그리고 귀국 후에는 아프가니스탄, 몽골, 조지아, 태국, 베트남 등 여러 국가에 전자정부와 ICT 분야 전문가로서 역할을 이어가고 있으며, 요즘도 나와 자주 연락을 하고 지내고 있다.

이러한 인연이 이어지면서 김 자문관처럼 전자정부나 정보화 부문에서 해외에 파견되는 분들과는 많은 연락을 하게 되었다. 그 이후에는 KOICA의 요청으로 파견자들에 대한 선발 면접관 및 파견 전 교육에도 참여하는 등 더 많은 활동이 이어졌다. 몇 년의 시간이 지나면서 한국정부는 다양한 형태의 지식공유사업Knowledge Sharing Program : KSP을 발전시켰으며, 이 사업을 제대로 발전시켜 나가는 것이야말로 참으로 한국과 여러 개발도상국가들 모두에게 의미 있는 활동들이라고 생각한다.

나는 요즘도 이 사업들이 좀 더 내실 있게, UN, World Bank, IDB, ADB, AfDB 등 글로벌 기관들과 좀 더 적극적인 협력을 하면서 전략적으로 추진되는 방안이 모색되기를 기대한다.

커피의 나라 콜롬비아

만 4년 넘게 근무한 대통령 직속 정부혁신지방분권위원회 전자정부국장 직을 사임하고, 첫 번째로 방문한 국가는 남미 콜롬비아Republic of Colombia였다. 콜롬비아 정부는 한국의 빠른 국가발전, 특히 전자정부 분야의 정책적 노하우를 전수받기 위하여 한국의 외교부 산하 한국국제협력단(이하 KOICA)에 전문가 파견을 요청한 바 있었다. 이에 나는 "한국과 콜롬비아가 ICT분야에서 어떤 방식으로 접근을 해야 서로에게 도움이 될 수 있을지? 협력을 위한 기본적인 틀을 만들어 달라."는 KOICA로부터 요청을 받았고, 곧바로 전문가로 위촉되어 콜롬비아를 방문하였다. 출발하기에 앞서 우선 콜롬비아에 대한 이해를 위하여 여러 가지 자료를 수집 분석하고, 협력방안에 대한 프레임을 구상하기에 바쁜 시간을 보냈다.

긴 비행시간을 거쳐 현지에 도착했고 관련부처 차관, 국장을 비롯하여 정부, 학계, NGO 등 다양한 전문가들과 인터뷰를 진행하며 정확한 현황파악을 위하여 자료를 수집하였다. 수집된 자료를 분석함에 있어서 스페인어를 공부하지 않았던 본인에게 언어적 장벽은 생각보다 높았다(물론 부처별 관계자 몇 명은 영어가 가능했지만, 대부분 스페인어 통역을 써야 했음). 스페인어 공부의 필요성을 실감하였다. 우선 양국의 전문가로 구성하는 합동TFTTask Force Team를 구성하고, 이들이 협력하여 콜롬비아 ICT 마스터플랜을 수립하는 것으로 방향을 잡고, 이 TFT가 상당한 기간 동안 효율적으로 작동하기 위해서 필요한 사항들을 구체적이고 요소별로 정리하여 보고서로 제출하였다.

내가 마스터플랜 수립과정을 통하여 의도한 것은, 콜롬비아 측에서는 한국의 ICT 분야 추진과 관련한 정책적 노하우가 자연스럽게 전수될 수 있을 것이며, 한국으로서는 콜롬비아와 향후 협력을 위해 분야별로 세부적인 데이터를 확보할 수 있기 때문에 추후 한국이 타 국가보다는 유리한 입장에서 협력관계를 발전시켜 나갈 수 있으리라고 예상하였다.

콜롬비아 방문과정에서 느낀 것은 첫째, 콜롬비아가 남미에서는 유일하게 지구의 반대편에 있는 한국을 위하여 한국전쟁에 자신들의 귀중한 젊은이들을 5천 명이나 파견한 국가이고, 둘째, 자신들이 참여하여 지켜낸 한국이 성공적으로 발전해 나가는 데 대하여 대단히 자랑스럽게 생각하고 있었으며, 마지막으로 한국적 국가발전 모델에 엄청난 관심을 가지고 있다는 것이다. 아울러 수도 보고타Bogota 거리를 질주하는 승용차의 60%이상이 한국산 자동차이고, 가전제품에 있어서도 한국제품의 시장 점유율이 가장 높은 것을 보고 놀라지 않을 수 없었다.

나의 주된 파트너 기관이었던 콜롬비아의 정보통신부는 IT정책 이외에 언론관련 업무도 함께 관장하고 있었으며, 공무원들은 매우 친절하고 개방적인 업무추진 자세를 갖추고 있었다. 특히, 장관이 해외출장 중이라서 차관과 면담할 시간을 가졌는데 차관은 명확한 정책방향과 강력한 정책추진 의지를 가지고 있었으며, 1시간 이상 구체적이면서도 전문성을 발휘하여 설명을 해 주는 등 열정을 가지고 있어서 많은 감명을 받았다. 하지만 아직도 여전히 보고타를 벗어난 외곽지역의 치안력 부재와 심각한 빈곤문제 등으로 많은 어려움을 겪고 있었다.

시차에 적응할 시간도 없이 연속된 미팅과 현장방문을 마치고 귀국하는 긴 비행시간 동안 몸은 무척 피곤하였지만 나는 참으로 많은 생각을 하게 되었다. 그동안 식민지배와 독립, 분단과 전쟁 그리고 전후 복구 프로그램, 이어서 산업화와 민주화 그리고 정보화 선도국으로 부상하기까지 격변기를 겪으면서 어려운 시절 한국을 위하여 목숨을 걸고 도움을 준 콜롬비아의 고마움을 쉽게 잊어버린 것은 아니었던가? 한국이 내부적으로 발전의 성과를 향유하면서, 조직이나 개인이 각자 자신의 몫을 좀 더 요구하고 키우기에만 급급하여 우리의 생존을 지켜준 고마운 우방들에 대해서 너무 소홀하지는 않았던가? 한국인의 한 사람으로서 그들에게 생각하지 못했던 부채가 남아 있음을 느끼게 되었다.

아시아의 별 베트남

콜롬비아에서 귀국 후 2일을 보내고 나는

곧바로 베트남Socialist Republic of Viet Nam 정보통신부MIC 전자정부 자문관(KADO 파견)으로 근무하기 위하여 베트남의 수도 하노이로 출발하였다. 약 4개월간 나와 함께 실무 파트너로 파견된 최경배 부장은 KT출신으로서 이미 베트남 지사에 근무한 경력이 있었을 뿐만 아니라 여러 국가에 파견되어 해외 사업을 한 바 있어서 나에게는 든든한 동반자로서 역할을 하기에 충분하였다.

우선 나는 베트남에서는 두 가지 업무에 집중하기로 했다. 한 가지는 현지 관련 자료를 수집하고 여러 기관의 관계자 면담을 통하여 베트남 정보화 실태를 정확하게 파악하는 것이었으며, 그 다음으로는 한국의 국가 정보화 및 전자정부 관련 주요 성과와 추진 과정, 그리고 성공요인에 관하여 설명을 하고 그들의 궁금증을 해소해 주는 것이었다.

나는 베트남으로 출발하면서 파견기관으로부터 부여받은 업무 관련 미션Mission과 더불어 다음과 같은 궁금증에 대한 해답을 찾아보겠다는 생각을 가지고 있었다. 우선 첫째, 베트남은 분단 시절 북쪽 사회주의 체제인 월맹이 주도하여 남북 간 통일을 이룩하였는데, 통일된 이후 내부적인 국민통합은 어떻게 이루었는지? 그리고 베트남전에서 한국은 남쪽 월남 측을 위해서 전쟁에 참여를 하였는데, 종국적으로 북쪽 월맹이 중심이 되어 통일을 이루었으니 전쟁 당시 적대국이었던 한국에 대해서는 오늘날 그들은 어떠한 감정을 가지고 있을지?

둘째, 베트남은 도대체 어떤 국가이기에 중국의 천년 지배를 받았으면서도 중국에 동화되지 않았고, 프랑스의 식민 지배를 받았지만 결국 독립(1954.5.7)을 쟁취하였으며, 세계 최강의 미국과의 오랜 전쟁(1955-1975) 속에서 무기나 군사력 측면에서 상상을 초월하는 엄청난 열세임에도 불구하고 결국 전쟁을 승리로 마무리하였는지? 중국과의 국경분쟁(1978-1979)에서는 어떻게 또다시 승리할 수 있었는지? 그 요인이 궁금하였다.

셋째, 많은 사람들이 베트남을 동남아시아에서 가장 빠르게 성장하는 국가라고 이야기하고 있는데, 과연 베트남의 이러한 성장의 배경은 무엇이고, 그 추세는 향후 21세기 지식정보화의 시대의 새로운 국제질서 속에서도 계속 지속될 수 있을 것인가? 그리고 마지막으로 향후 한국과 베트남이 협력할 수 있는 분야는 무엇이고, 그러한 협력을 지속적으로 발전시켜 나갈 수 있는 요건은 무엇인가? 이것 또한 빠질 수 없는 질문이었다.

현지 도착 후 먼저 자문활동과 관련해서 매주 월요일 오후 미팅시간을 정례화하였다. 효율적인 자문활동을 위하여 베트남 공무원들을 대상으로 한국의 전자정부 추진체제, 기획과정, 사업관리, 평가와 환류, ICT 분야 발전과정과 시사점 등에 관하여 체계적으로 소개하였고, 이어서 질문과 답변 그리고 자유토론 시간을 가졌으며, 마지막으로 다음 주에 논의할 주제를 정리한 다음 마무리하였다. 매주 각 부처 공무원들과의 만남을 통하여 그들의 생각과 현황을 이해하고, 한국의 경험을 자연스럽게 공유할 수 있었다. 화요일부터 금요일까지는 기관방문과 더불어 사무실에서 자문자료 준비,

한국의 파견기관과 업무협의 그리고 주간 보고서 작성 등으로 바쁜 일정을 보내고, 매 주말은 베트남 사람들의 삶과 문화를 탐방하기 위하여 베트남 남쪽 메콩델타에서 북쪽 사파까지 여행을 하였다.

베트남에서 많은 현지인들과 만나면서 당초 가졌던 궁금한 사항들은 하나하나 풀려나갔다. 우선 첫 번째 의문과 관련하여, 대부분의 베트남인들로부터 한국에 대한 적대감은 거의 느낄 수 없었다. 이것에 대해서는 "과거에 얽매여 미래를 잃어서는 안 된다"는 호치민의 가르침이 큰 영향을 주었고, 무엇보다 지난 몇 년간 붐을 이루었던 한류의 영향도 대단히 크게 기여한 것으로 판단되었다. 특히 베트남 중장년층에 있어서는 한국 드라마가, 젊은 층에 있어서는 한국 가수들의 노래가 대단한 인기를 끌면서 새로운 모습의

2007년 8월 베트남 정보통신부 정책자문관 근무

한국을 본 것으로 판단되었다. 아울러 일부 나이가 든 세대는 한국이 베트남 전쟁에 참여하고 싶어서 자발적으로 온 것이 아니라 미국의 강요에 의하여 참전한 것이기 때문에 한국에 대해서는 특별한 감정을 가질 필요가 없다는 인식도 가지고 있었다. 전반적으로 한국과 베트남의 관계는 과거를 넘어서 미래로 가야 하고, 우리는 이를 위하여 서로 이해하고 협력해야 한다는 분위기였다.

둘째로 가졌던 의문은 베트남 남부의 구찌터널과 중부지역의 빈목터널을 방문하고, 호치민Ho Chi Minh, 1890.5.19. - 1969.9.2.에 대한 베트남인들의 평가를 들으면서 자연스럽게 해소되었다. 아울러 결국 전쟁은 사람이 하는 것이지 무기가 하는 것이 아니며, 전쟁을 승리로 이끄는 것은 지도자Leader에 크게 의존한다는 것을 새삼 느끼게 되었다.

베트남이 강대국과의 전쟁에서 이길 수 있었던 것은 바로 위대한 리더 호치민이 있었기 때문이고, 민·관·군 모두가 지도자에 대한 절대적인 신뢰Trust를 바탕으로 일심동체가 되었기 때문이다. 호치민 자신은 조국과 결혼을 하였다고 하면서 결혼을 하지도 않았고, 오로지 조국의 독립과 해방을 생각하는 지도자였으며, 늘 자신의 진정성을 몸소 실천을 통하여 보여주었다. 베트남인들은 호치민을 중심으로 군과 민이 따로 없었고, 남녀와 노소가 따로 없었다는 것이다. 물론 월맹군이라는 정규군이 있었지만, 그에 못지않게 어린아이에서 노인에 이르기까지 모두가 전쟁에 동참한다는 공감대가 확고하게 형성되어 있었다는 것이다. 이러한 신뢰와 강력하고 확고한 국민적 공감대는 모든 베트남인을 한 명도 남기지 않고 제거하기 전에는 그 어떤 전쟁도 결코 끝날 수 없다는 것을 의미한다.

아울러 그들은 전선戰線을 형성하지 않았다. 전 국토를 동시에 전쟁터로 사용한다는 개념을 가지고 있었다. 전선이 분명하지 않으니 부대를 어디에 어떻게 배치해야 할지? 공격의 목표를 어디로 삼아야 할지? 상대는 어려움에 빠질 수밖에 없다. 결국 이러한 개념은 이곳을 침범한 적군들이 베트남 전역을 완전히 동시에 장악하지 않는 한 전쟁을 끝낼 수 없다는 의미이며, 전국 곳곳에서 끝까지 포기하지 않고 군과 민, 남과 여, 노인에서 어린아이까지 모두 힘을 합쳐 최후의 1인까지 국가를 위해서 목숨을 바치겠다는 각오로 전쟁에 임한 것이 끝내 승리를 쟁취한 요인으로 파악이 되었다. 그들은 언젠가는 베트남이 외세를 몰아내고 결국 전쟁에서 승리할 것이라는 확고한 믿음을 가졌던 것이다. 미군이 폭격한 자리에 웅덩이가 생기면 거기에 메기를 길러서 식량으로 조달하면서 끝까지 항전하겠다는 호치민의 항전의지는 국민 모두에게 그대로 공유될 수 있었던 것이다.

청렴함과 따뜻한 인간미로 전 국민의 전폭적인 지지를 받았던 호치민은 결국 베트남 전쟁이 끝나는 것을 보지 못하고 세상을 떠났지만, 베트남인들은 호치민을 여전히 국가의 가장 위대한 영웅으로서 존경을 하고 있다.

현재 사용 중인 베트남의 모든 지폐에는 유일하게 호치민의 얼굴만 새겨져 있고, 모든 관공서와 학교, 기업에는 호치민의 사진과 어록이 빠짐없이 게시되어 있고 동상이 서 있다. 이는 호치민이 그만큼 강하게 베트남인들의 마음속 깊이 각인되어 있음을 의미한다. 어떻게 보면 베트남에 있어서 호치민이라는 존재는 그만큼 절대적이어서 그에 관한 이해가 없이는 오늘날의 베트남을 제대로 이해하기 어려울 것이라는 생각이 들었다.

호치민의 리더십과 그에 대한 국민의 신뢰와 더불어 생존을 위한 베트남인들의 지혜와 노력을 볼 수 있는 곳이 바로 구찌터널과 빈목터널 등 베트남 각지의 전시용 지하터널이다. 이 터널들은 전국적으로 구축되어 활용되었다. 오늘날 베트남은 월남전 당시에 사용하던 구찌터널을 비롯한 일부 지하터널을 관광객들에게 개방하고 있다.

지하터널은 몸이 큰 사람은 도저히 들어갈 수 없는 좁은 출입구를 곳곳에 만들고, 온갖 안전장치를 통하여 적이 들어오지 못하게

2008년 12월 베트남 전자정부 심포지움 주제발표

하며, 지형지물을 최대한 이용하여 곳곳에는 공격자에게 치명적인 타격을 줄 수 있다. 한번 들어오면 도저히 살아서 나갈 수 없도록 만든 갖가지 부비트랩, 그리고 다양한 형태의 방어용 무기(인계철선을 건드리면 나무에서 떨어지는 것, 앞에서 튀어나오는 무기를 손으로 막아도 다른 쇠창살을 발사하여 치명상을 입히는 것, 밟으면 아래로 푹 꺼지면서 옆에서는 날카로운 창살이 옆구리와 가슴을 찌르도록 설계한 것 등등)들은 미국의 첨단 무기에 대응한 그들의 생존 노력이 얼마나 처절했는지 보여주어 정말 감탄을 하지 않을 수 없었다.

더불어 터널의 설계를 보면서 베트남인들의 두뇌가 얼마나 우수한지 실감하였다. 지하 터널에는 생활은 물론 회의하는 공간까지 만들어져 있었고, 입구와 출구를 쉽게 찾을 수 없도록 설계하였으며, 안에서 밥을 짓는 연기는 사방으로 분산되어 배출되도록 함으로써 안개처럼 보이도록 하였다. 특히 그 규모 면에 있어서 지하 3~4층에 달하는 곳도 있고, 전국적으로 이러한 지하터널의 총길이가 무려 200km를 넘는다고 한다. 이러한 엄청난 작업을 오로지 호미와 흙을 담아 나르는 대나무 삼태기만을 이용하여 만들었다. 베트남인이 아니면 그 누구도 도저히 이룰 수 없을 업적이었다.

마지막으로 베트남인들은 배움을 중요시하는 문화가 정착해 있고, 부지런하며, 국가에 대한 충성심과 자신들의 문화와 역사에 대한 자긍심이 대단히 강하다는 것을 많이 느낄 수 있었다. 官과 民의 관계에 있어서 관중심적이고 관우월주의적인 요소가 행정과정에 고스란히 나타나고 있었으며, 공무원의 낮은 보수는 부정부패의 원인이 되기도 하지만, 공직자에게 국민에 대한 봉사자로서

2008년 8월 베트남 공무원 전자정부 강의 3주간

책임성을 강조하고 있다.

젊은 인구력과 풍부한 자원력(식량, 석유, 목재, 커피, 자연환경 등)을 바탕으로 작지만 강한 베트남은 분명히 새로운 국제질서 재편과정에 있어서 인도차이나 반도의 구심점 역할은 물론 향후 아시아 태평양 시대의 주역으로서 역할을 수행해 나갈 것이란 확신을 가지게 되었다.

아프리카와 중동의 공집합, 이집트

베트남에서 귀국 후 1주일간 준비기간을 가진 후 나는 KOICA 전자정부 전문가로 위촉을 받아서 이집트 Arab Republic of Egypt로 갔다. 근무할 곳은 LMDCLeadership and Management Development Center(한국 중앙공무원교육원과 유사 기능 수행)로서 각 부처에서 선발한 공무원을 대상으로 전자정부 분야에 대해 6주 동안 강의를 진행하고, 관련 부처를 대상으로 전자정부 분야 정책 컨설팅을 수행하는 업무였다.

이집트는 1981년에 취임한 무바라크Mubarak대통령이 내가 방문한 2007년까지 거의 30여 년에 이른 장기집권을 하고 있던 체제임에도 불구하고 당초 생각했던 정치적 사회적 긴장감이나 불안요소는 크게 감지되지 않았다. 그동안 이슬람 문화에 익숙하지 않았던 나로서는 매일 새벽 확성기를 통하여 어김없이 온 도시에 울려 퍼지며 새벽잠을 깨우는 아잔azān(이슬람교에서 금요일 공중 예배와 1일 5번의 기도 시간을 알리는 소리), 그리고 금요일이 정규 휴일이고, 일요일은 정상적인 근무일이라는 것, 카이로에 있는 낡은 빌딩과 첨단 빌딩, 그리고 당나귀가 끄는 수레와 벤츠들을 비롯하여 고대와 현대가 혼재된 공간, 그곳에서 사람들의 삶의 양식, 가게의 물건 값이나 자동차의 넘버에 이르기까지 아라비아 숫자가 아닌 아랍어 숫자로 표기하는 것이 보편화되어 있는 문화 등, 정말 혼란스러운 도시임을 실감하면서 자문활동을 시작하였다.

나는 매일 이집트 최고의 공무원교육기관에서 전자정부를 강의하면서 토론도 병행하는 방식으로 업무를 시작하였다. 이집트 각 부처의 전자정부 발전을 앞당기겠다는 의지를 가지고 엄격한 선발과정을 거쳐 참여한 공무원들의 진지한 분위기와 적극적인 참여, 교육원 측의 지원과 교수에 대한 친절하고 깍듯한 예우는 생소한 아랍문화권에서 생활을 시작한 나에게 큰 위안과 마음의 안정을 가져다주었다.

2007년 12월 이집트 공무원교육원 파견 전자정부 강의

한 가지 어려웠던 것은 1명의 현지 보조강사의 도움을 받으면서 매일 혼자 오전 9시부터 오후 5시까지 강의와 토론을 진행하여야 했고, 당초 예정했던 시간보다 밤늦게까지 늘어난 강의를 위하여 프레젠테이션용 자료를 준비하는 한편, 부처 컨설팅을 위하여 따로 준비해야 하는 업무에 대한 부담이었다. 무척 힘든 일정을 보내야 했지만 마땅한 대안이 없었다.

그래도 1주일간 강행군을 한 후 강의 도중 코피가 터지는 사건이 일어나면서 한국인의 강인한 정신력(본인은 이를 "Korando Spirit": Korean Can Do! 즉, 한국인은 할 수 있다로 명명한다)을 그들에게 교훈으로 남겼고, 귀국 후 KOICA에는 다음번 프로그램을 기획할 때에는 이러한 점을 개선할 것을 건의하였다.

부처를 방문하고, 현지 공무원들과 토론하는 과정에서 이집트가 전체 인구규모에 비하여 공무원 숫자가 상대적으로 높은 비율을 차지하고 있으나, 관료조직의 방만함과 비능률성을 느낄 수 있었고, 공무원의 직무 몰입도 역시 대단히 낮은 것으로 판단되었다.

이집트에 체류하는 2개월간 나는 휴일을 이용하여 전국에 걸친 많은 문화유적지를 탐방하였고, 방문한 박물관(특히 별도의 비싼 입장료를 받는 미이라실 관람)과 피라미드를 보면서 오늘을 사는 이집트인들이 자신들의 노력으로 삶을 살기보다는 조상을 팔아서 살고 있다는 생각마저 들었다.

하지만, 귀국을 며칠 앞두고 행정발전부의 한 공무원이 주선하여 나지프Nazif총리가 야심적으로 추진하는 스마트 빌리지를 방문하면서 새로운 이집트의 모습을 볼 수 있었다. Smart Village는 정통부장관 출신의 나지프 총리가 미국의 실리콘밸리를 모델로 중동과 아프리카를 아우르며 IT Town을 조성하는 전략적 거점으로 세운 곳으로, 이미 세계 유수의 IT업체들이 입주를 하고 있었으며, 향후 지속적인 확장 계획을 가지고 있었다.

이집트 사회전반이 외국인에 대하여 개방적이고 자유로운 분위기인 것에 힘입어 향후 중동과 아프리카로 진출하려는 수많은 다국적 기업들이 전략적 교두보로 활용하려는 분위기를 그곳에서 느낄 수 있었다. 정치적 리더십과 이를 구현하는 행정적 리더십 및 전문성이 국가혁신을 이끌어 갈 수 있는 견인차로서 기능을 함께 할 수 있다면, 중동과 아프리카의 장점을 잘 활용할 수 있는 지리적 요충지라는 측면에서 무한한 발전 가능성을 조기에 현실로 구현할 수 있을 것이란 생각이 들었다.

중앙아시아의 스위스 키르기즈공화국

키르기즈공화국Kyrgyz Republic(옛 이름 키르기즈스탄 공화국)은 중국, 우즈베키스탄, 카자흐스탄, 타지키스탄과 국경을 마주하고 있는 중앙아시아 내륙국가Land Locked Country로서 1991년 소련으로부터 독립하였다. 나는 2009년 3월부터 6월까지 한국정보통신산업진흥원NIPA의 지원으로 '키르키즈스탄 전자정부 마스터 플랜'을 수립하기 위한 과제수행 PM으로 임무를 받고 수도인 비쉬켁Bishkek을 방문하였다.

키르기즈는 한반도보다 약간 작은 면적에 인구가 550만 명이고, 국토의 90%이상이 천산산맥으로 이어지는 산악지대로 거대한 이시쿨 호수Lake Issyk-Kul(세계 두 번째로 해발 고도가 높고, 제주도보다 2배 큰 소금 호수)를 비롯한 2,000여 개의 산악 호수, 빙하지대, 폭포 등 빼어난 자연환경을 갖고 있어 중앙아시아의 스위스라 불리고 있으며, 동양과 서양을 잇는 비단길Silk Road Route의 길목에 위치하고 있다.

키르기즈는 8세기 중반인 751년 고구려 유민으로 당나라 장수가 된 고선지 장군이 이끄는 당나라군이 탈라스에서 이슬람제국에 패배한 후에 아랍권 세력하에 놓였던 역사를 지니고 있으며, 19세기 후반에는 러시아제국에 병합되었고, 70년간 소련의 지배하에 있다가 최근 독립하여서 상호 이질적인 요소가 융합하고 있는 특성을 지닌 국가였다. 내가 방문한 당시 키르기즈에 거주하고 있는 2만 명의 고려인 동포들은 키르기즈 의회에 2석을 차지하는 등 사회 각계에서 많은 활약을 하고 있으며, 양국을 잇는 가교 역할을 하고 있었다.

2005년까지 혁명과 내전으로 정국불안이 이어졌다가 잠시 정치적 사회적으로 안정을 찾았지만 2010년 또다시 쿠데타로 집권한 과도정부와 쿠르만베크 바키예프 전 대통령 지지자들 사이의 갈등, 키르기즈 내 수십 개 민족 사이의 갈등과 분쟁 때문에 키르기즈 전역에서 소요 사태가 잇달아 발생하고, 사실상 내전에 가까운 상황으로 변화하고 있다.

키르기즈 정부는 소요사태 때문에 자국민과 외국인의 피해가 늘면서 남부지역에 긴급비상사태를 선포했다. 그러나 수도인 비슈케크에서도 대규모 폭력사태와 시위, 소요가 끊임없이 일어나고 있다. 러시아는 키르기즈 내 자국 군사시설 보호, 자국민 보호 명목으로 공수부대를 긴급 파견한 상태로 불안한 정국을 보이고 있는 상황이었다.

내가 현지에서 임무를 수행하던 2009년 상반기에는 다행히 큰 소요사태는 없었고, 전자정부 마스터플랜을 수립하는 과정에서 부처 간 업무협조도 원활한 상황이었다. 특히 베이스캠프 역할을 담당하였던 교통통신부는 40대 초반의 탈라이벡 차관을 비롯하여 간부들이 전자정부를 통한 국가발전에 큰 관심을 가지고 의욕적으로 협조를 해 주었다.

몇 년 후 나는 교통통신부 탈라이벡 차관을 서울로 초청하여 반갑게 만났고, 며칠간 서울 곳곳을 함께 다니며 한국의 역사와 문화, 정보통신기술 변화를 느낄 수 있는 기회를 만들어 주었다. 다만 탈라이벡 차관과 나는 처음 만난 후 서로 친구처럼 가까이 지내고 서로 신뢰하였지만 그가 영어를 전혀 못하는 상황이었기에 러시아어 통역이 없을 때는 의사소통에 있어서 무척 답답함이 있었다. 내가 급하게 러시아어 책을 사서 가지고 다니면서 집중적으로 공부를 하면서 애쓰는 나를 보고 그는 더욱 나를 신뢰하고 많은 도움을 주었다.

비쉬켁에 머물면서 휴일에는 시 외곽지를 여행하였는데 교통경찰의 부패행위를 수차례 목격할 수 있었고, 현지인들의 정부에 대한 불신과, 부정부패에 대한 심각한 수준의 불만들을 느낄 수 있었다. 아직도 시내 광장과 박물관에는 소련시대의 레닌 동상과 스탈린의 동상이 엄연히 자리하고 있었으며, 열악한 도로와 전력공급 문제는 국가발전에 있어서 커다란 걸림돌이 되고 있었다.

특히 각종 공사와 관련하여 부정부패가 심하여 도로는 차량 전복의 위험이 있는 깊은 구멍이 많이 나 있고 포장상태가 불량하며 차선이 거의 보이지 않을 정도였다. 야간의 치안상태는 혼자서 다니기에 위험한 수준이었으며, 특히 시장에는 소매치기가 많아서 각별히 주의할 것을 요청받았다. 일부 시민들은 지금보다 오히려 러시아 연방으로 있을 때가 경제적, 사회적으로 더 좋았고 일자리도 더 많았다면서 독립 이후 대규모 군수공장들이 러시아로 철수하기 이전 시절을 그리워하는 경우도 있었다.

유능하고 참신한 공직자가 대우받기보다는 뇌물에 익숙한 정

2009년 5월 키르키즈공화국 탈라이벡 차관-전자정부 마스터플랜 수립 완료

치적 임용(정상적인 시험을 통한 임용이 정착되어 있지 않는 것으로 보임)이 보편화되어 있고, 투명성 부족과 정부운영의 비효율성으로 인하여 정부가 국민적 신뢰를 받지 못하는 것이 너무나 안타까웠다. 강력한 리더십을 바탕으로 조속히 범정부 차원에서 전자정부를 구축하고, 정부의 투명성과 효율성을 획기적으로 높임으로써 국민적 신뢰를 획득할 수 있는 정치적 행정적 결단이 시급히 요구됨을 실감하였다. 공직자의 확고한 국가관과 공직윤리 그리고 국민의 국가에 대한 애국심과 건전한 시민정신을 어떻게 확립할 것인가도 커다란 과제로 느껴졌다.

아울러 나는 한국의 공무원교육과 행정학교육 체계를 이곳에서 구현한다면 과연 이곳의 문제를 해결하는 데 적실성 있는 대안이 될 수 있을지, 행정학도로서 그리고 한국의 전자정부 구현에 참여한 한 사람으로서 많은 생각을 하게 되었다. 나는 무사히 전자정부 마스터플랜을 수립하여 러시아어로 번역을 해 전달하고 주어진 미션을 마무리하였지만, 그 이후 새로운 정치적 사회적 갈등을 겪고 있는 키르기즈공화국을 생각할 때마다 가슴 한편에 답답함을 느낀다. 지금도 현지에서 겪었던 언어적인 어려움(영어가 거의 통하지 않고, 식당 메뉴도 모두 러시아어 표기만 있었음)과 언젠가는 다시 만날 날을 생각하며 가끔씩 당시 공부했던 러시아어를 공부하고 있다.

외국 공무원들과 인간관계

내가 한국에 머무는 동안 종종 정부 측에서는 이런 저런 인적 네트워크를 통하여 나에게 연락을 하여 특강이나 세미나 참석을 요청했다. 나는 주로 그들을 대상으로 전자정부나 국가 정보화 전략을 강의하거나 세미나 형식으로 경험을 공유한다. 가끔은 개인적으로 정이 가는 공무원들과 함께 휴일이나 저녁시간에 별도로 만나서 식사를 하거나 개인적 투어 가이드를 해주면서 인간관계를 맺어 간다.

나는 그들에게 서울의 치안상태는 해외 다른 도시에 비하여 좋은 편임을 설명하고, 혼자서 혹은 함께 온 지인들과 자유롭게 시내투어를 해 보라고 권하며, 때로는 내가 직접 몇 가지 안내를 하거나 필요한 정보를 주기도 한다.

먼저 지하철에서 영문판 지하철 맵을 구해서 보는 법을 알려주고, 다음으로 지하철 교통카드를 구입하며, 버스와의 환승체계도 설명해 준다. 그다음으로 여름에는 주간이나 야간에 한강 유람선을 타고 서울을 감상하는 방법을 알려주거나, 인사동 거리에서 붕어빵을 함께 사 먹기도 하고, 전통 찻집에서 차 한 잔을 즐기기도 한다. 남산골 혹은 북촌 한옥마을, 남산, 그리고 상암동 DMC 방송이나 IT관련 기관 방문, 하늘공원에서 바라보는 한강을 더불어 발아래에는 쓰레기가 묻혀있고 옆에는 쓰레기 산에서 나오는 가스를 활용하는 시설 등을 설명해 준다.

경복궁보다는 가을날 단풍이 예쁘게 물든 창덕궁 비원을 함께 거닐며, 한국의 역사와 문화적 배경을 좀 자세히 설명해 주기도 하고, 불교국가에 온 사람이라면 조계사를 함께 방문하기도 한다.

각 국가별 음식 취향을 고려하여 서울의 맛집 투어도 함께 한다. 이러한 시간들을 개인적으로 함께 보낸 그들이기에 그들이 귀국한 후에도 많은 연락을 하고 지내며, 내가 그들의 국가를 방문할 경우 더 없이 반갑게 맞이해 준다. 그래서 나는 요즘도 세계 각국에 많은 공무원 친구들이 있다. 페이스북은 그들과 언제든지 소통할 수 있는 도구이기에 참으로 나에게는 유용한 SNS이다.

남미의 심장
파라과이

2009년 11월 콜롬비아 공무원들을 대상으로 3주간의 전자정부 연수 프로그램 강의를 마친 다음 날 나는 또 다시 장기 해외출장 길에 올랐다. 파라과이 대통령실 전자정부 자문관(KOICA 전문가 파견)으로 근무를 위하여 미국의 LA와 브라질의 상파울로를 경유하여 파라과이Paraguay의 수도 아순시온Asuncion에 도착한 것은 출국 후 38시간이 경과한 새벽이었다.

한국에서 출발할 때는 이미 추운 날씨에 겨울용 두꺼운 파카를 입었었는데, 파라과이에 도착하니 40도가 넘는 한여름이었다. 한국과는 12시간 시차로 밤과 낮이 반대임은 물론 계절적으로도 겨울과 여름이 반대라서 한창 추위에 떨다가 이틀 사이에 갑자기 더위에 허덕이는 신세가 되었다. 특히 내가 근무한 11월부터 2월까지는 한여름이어서 소나기가 자주 내리고 때로는 46도에 이르는 무더운 날씨가 계속되었다.

본래 파라과이는 원주민인 과라니족(인디언)이 살고 있는 땅이었는데 스페인이 식민 지배를 시작하면서 스페인인과 과라니족의 혼혈아들이 태어나면서 오늘날에는 양쪽 혈통을 이어받은 메스티조mestizo가 95%를 차지하고 있다. 전체인구는 6백만 정도이고 한국인은 1970년대 2만 명 정도가 농업이민을 갔지만 점차 미국이나 인근 브라질, 아르헨티나로 이주해 가고 약 5천 명 정도가 거주하고 있었다.

남미의 심장으로 불리는 파라과이는 1811년 스페인으로부터 독립하여 남미대륙의 강국으로 군림하였으며, 1871년 남미대륙에서 최초로 증기기관차를 운행하는 등 산업화에 있어서도 선구자적 역할을 수행하였지만, 브라질, 아르헨티나, 우루과이 3개국을 상대로 한 3국 동맹전쟁에서 완패하여 파라과이 성인남성의 90%가 사망하는 등 전체인구의 절반이상이 사망하고 국토의 상당한 부분을 잃게 되는 막대한 피해를 입었다. 독립 이래 오랜 군부의 독재 지배체제 지속으로 민주화 기반이 취약하였으며, 1993년 이후 민간정부로 정권이 이양되어 비교적 안정적이고 민주적인 정치체제를 유지해 오고 있었다.

정치적으로는 콜롬비아를 제외한 대부분의 남미 국가들과 마찬가지로 반미성향이 강하고, 당초 생각했던 것보다 유럽연합EU과의 다양한 협력관계가 이루어지고 있었다. 이는 스페인의 식민지로부터 독립한 지 200주년이 되었지만 아직도 많은 부분에서 유럽과 더 밀접한 협력관계를 유지하고 있고, 특히 언어적인 측면에 있어서 포르투갈어를 사용하는 브라질을 제외하고는 남미 국가들이 스페인어를 보편적으로 사용하고 있는 것도 하나의 중요한 요인이라 판단되었다. 아울러 남미와의 협력을 위해서는 스페인어에 대한 준비가 당초 생각했던 것보다 많이 요구된다는 것도 알게 되었다.

2010년 1월 파라과이 대통령실 전자정부 자문관 근무

파라과이 국민들은 대부분 온순하고, 낙천적이며, 우리와 비교하여 볼 때 삶에 있어서도 스트레스를 별로 느끼지 않고 살아가고 있었다. 사회 전반의 인프라나 기반산업, 국가발전을 위한 강력한 리더십이나 전략기획 기능은 매우 취약한 실정이었고, 공무원의 근무시간은 오전 9시에서 오후 2시까지였으며, 전반적인 국가관리 기능도 매우 뒤떨어져 있었다.

한 가지 안타깝게 느낀 것은 광활하고 비옥한 국토, 풍부한 수자원과 전력, 그리고 남미의 중심부에 위치하여 전략적 요충지로서의 발전 가능성 등 많은 장점을 가지고서도 자신들의 귀중한 자원과 장점을 조직화하고 발전을 위한 모티브로 활용하지 못한다는 것이었다. 특히 국가 차원의 전략기획 기능과 이를 수행할 전문인력이 매우 취약한 것을 보고 안타까운 생각이 많이 들었다.

국가의 청사진을 기획하고, 기존의 다양한 장점을 활용하여 적극적인 해외투자 유치와 교류협력 전략을 추진한다면 부상하는

ECONOMIA Y NEGOCIOS

Aseguran que gobierno electrónico ayuda a construir confianza mutua

Experiencia de los coreanos

2010년 2월 파라과이 최대 신문에 전자정부 자문활동 소개

남미공동시장Mercosur은 그들에게 있어서 멋진 기회가 될 것이란 생각도 하였다.

이곳에서 대학이나 공무원교육기관을 통하여 한국의 행정학 교육체계를 도입하고, 예비공무원인 학생들과 현직 공무원들을 대상으로 기획, 조직, 인사, 재무, 정책평가, 전자정부, 시민참여 등 다양한 행정학 교과목을 강의한다면 아마도 파라과이 국가발전을 획기적으로 앞당길 수 있을 것이란 확신이 생겼다. 이와 더불어 당시 고등학교 진학률이 27%에 머물고 있는데 한국의 앞선 e-learning 교육체계를 도입하도록 함으로써 저비용으로도 절대 다수 국민의 학습권과 시민교육을 확대하는 방안이 국가적 차원에서 추진된다면 발전을 앞당기는 데 크게 기여할 수 있을 것이라는 생각도 들었다.

기타 중동의 UAE와 쿠웨이트, 남미의 브라질, 아프리카의 코트디부아르, 아시아의 네팔, 몽골, 캄보디아, 미얀마, 싱가폴, 말레이시아, 중국, 브루나이, 필리핀, 그리고 CIS국가인 우즈베키스탄, 투르크메니스탄, 벨라루스공화국, 크로아티아, 러시아 등 등 수 많은

2009년 12월 브라질 연방정부 전자정부 상호운용성 정책자문

2012년 9월 브루나이 정보통신청 방문 전자정부 특강

국가들에서의 경험들은 지면과 시간관계로 추후 다루고자 하며, 내가 공부해 온 행정학과 개발도상국의 행정현실에 관하여 나의 생각을 좀 더 정리해 보고자 한다.

개발도상국 행정 현실과 행정학

행정학은 연구하는 사람들의 경험과 시각에 따라 다양하게 정의될 수 있지만, 나는 개발도상국과 관련하여 다양한 자문과 정책수립 활동에 참여 하면서 국가발전에 있어서 정부의 역할은 민주주의가 성숙되고 시민사회의 기능이 활발하게 작동되는 선진국과는 다르게 접근되어야 한다는 생각이 강하게 들었다.

특히 사회기능의 전문화 수준이 낮고, 경제적 여건이나 정치적 안정이 현저히 결여되어 있는 상황에서는 불가피하게 행정은 국가의 발전목표를 주도적으로 설정하고, 발전정책을 기획 집행하며, 변화 대응력을 강조하지 않을 수 없으며, 국가발전의 추동력을 행정(관료조직)으로부터 찾는 것이 가장 빠르게 당면한 난관을 극복할 수 있는 길이라는 생각을 하지 않을 수 없었다.

나는 대학시절 공부한 F. Riggs의 생태론을 가지고 개도국들이 당면한 현실을 이해하고, 발전행정의 이론적 틀을 가지고 이들 국가들의 대안을 모색하는 것이 매우 자연스럽게 느껴졌다. 혼자서 개도국 행정현상과 행정의 Identity 그리고 Locus와 Focus를 재설정해 보기도 하였다.

우선 내가 경험한 개도국 행정의 공통적인 특성은 관과 민의 관계에 있어서 신뢰가 약하다는 것이다. 베트남을 제외하고는 국가나 관료에 대한 불신의 수준이 높을 뿐 아니라, 국민이 국가의 미래비전이나 발전방향에 관하여 한국과 비교할 때 상대적으로 무관심한 경우가 많았다.

아프리카나 남미 그리고 CISCommonwealth of Independent States(독립국가연합)의 상당수 국가들은 강대국의 식민 지배를 겪고 독립한 경우였다. 이들 국가의 경우 국가형성State Building은 이룩하였지만, 한 국가 내 다양한 종족 간, 종교 간 서로 다른 문화나 역사의식을 가지고 있어서 국민형성Nation Building은 제대로 이루지 못한 상황이었고, 따라서 국가정책의 의제형성agenda setting→결정policy making→집행implemention→평가evaluation→환류feedback라는 순환과정이 신속하고 합리적으로 이루어질 수 있는 정신적·사회적 기반mental and social infrastructure(공감대와 신뢰)이 매우 취약한 상황이었다.

다음으로는 행정의 전문성과 정보화 수준이 낮아서 비능률과 부패구조를 근원적으로 방지할 수 없을 뿐 아니라, 공무원들의 국가에 대한 충성심과 책임성accountability, 직무 몰입도 역시 매우 낮았으며, 정부조직 내부에서 역동성mobility을 거의 느낄 수 없었다. 시간개념이 희박하고, 기획능력이나 변화관리 능력이 낮을 뿐 아니라 관료조직의 채용에서부터 운영의 전 과정에 실적주의merit system가 자리 잡지 못하였고, 사업의 경우 성과평가가 거의 제대로 이루어지지 않고 있었다.

더욱이 자신들의 문제를 자주적으로 해결하기보다는 대외원조를 항상 먼저 생각하는 경우도 많았다. 예를 들면 컴퓨터나 프린터를 원조받고, 이를 사용하다가 고장이 나거나 토너가 떨어지면 고쳐서 사용하거나 토너를 교체하기보다는 이를 창고 한쪽에 쌓아두고서 새로운 컴퓨터나 프린터를 또 다른 해외 국가의 원조기관에 지원을 요청하는 경우도 있었다. 이는 앞서 언급한 부패문제와 더불어 관료조직의 도덕적 해이moral hazard의 심각한 사례라고 할 수 있다. 그리고 좋은 정책들을 제안하면 어떻게 해서라도 문제를 해결해 보려는 노력이나 방안을 모색하기보다 "우리는 전문 인력도 없고, 예산도 없는데 어떻게 그런 것을 할 수 있겠는가?"라고 냉소적으로 반문을 하는 경우를 상당히 자주 접하였다.

한 가지 풍자적irony인 것은 국제기구나 선진국에서 서로가 원조 실적을 높이기 위하여 경쟁적으로 지원을 해주려고 하는 경우도 있었고, 그러한 경우 비록 지원을 받는 입장이지만 수원국이 너무나 고압적인 자세로 협의에 임하고, 심지어 지원을 받아주는 대가로 뇌물under the table money을 요구하는 경우도 있었다는 것이다.

가장 심각한 문제는 관료들의 적극적인 정책추진 의지나 혁신 자세가 부족하다는 것이었다. "우리는 할 수 있다Can Do!"는 자신감이나 "우리는 반드시 해야만 한다"는 책임감이나 강력한 의지 등 국가발전에 필요한 공무원들의 선구자적 희생적 봉사정신을 찾는 것이 쉽지 않았다.

이러한 개도국 관료체제를 보면서 개발행정기(60-70년대) 한국의 대다수 공무원들이 가졌던 사명감, 역사의식, 소명의식, "나를 따르라!"라는 선구자적 봉사적 희생정신, 박봉에도 불구하고 선공후사를 주저 없이 선택하였던 정신적 가치는 정말로 값진 것이었으며, 그들의 희생과 노력은 오늘날 마땅히 재평가받아야 한다는 생각을 강하게 가지게 되었다.

내가 경험한 개도국 행정에 있어서 가장 아쉬웠던 것은 '관리는 있으나 행정은 없다'는 것이고, 행정을 행정답게 작용할 수 있도록 하는 행정학은 더욱 찾아보기가 어려웠다는 것이다. 내가 생각하는 행정은 관리管理가 갖는 능률과 효율뿐만 아니라 공익, 정의, 민주, 봉사, 형평 등 행정 철학적 가치가 강조될 때 실로 빛날 수 있는 것이라 생각하기 때문이다. 내가 방문한 그 어느 개발도상국도 대학이든 공무원 교육기관이든 한국만큼 체계적인 행정학 교육체계(학과개설, 교과목 개설, 교재발간 등)를 갖춘 국가는 존재하지 않았다.

세계 개도국이 당면하고 있는 빈곤, 질병, 환경의 문제들이 경제학자, 병리학자, 환경론자들의 노력으로만 극복될 수 있는 문제인가? 오히려 요즘 얽히고설킨 복잡한 문제들을 풀어내기 위해서 강조되고 있는 학제 간 접근inter-disciplinary approach방법이나, Governance 문제 해결이 더욱 시급히 요구되고 있으며, 행정학의 학문적 특성을 고려한다면 행정학이 기여할 수 있는 영역은 그 어떤 분야보다도 클 것으로 판단되었다.

나는 개도국이 발전하기 위해서는 그 무엇보다 개도국 행정이 발전해야 하고, 개도국 행정이 발전하기 위해서는 개발경험에 기초한 행정학이 존재해야 한다는 생각을 강하게 가졌다. 이러한 측면에서 볼 때 한국의 행정과 행정학은 세계 수많은 개도국 발전에 있어서 더 없이 좋은 역할모델role model로서의 기능을 충분히 수행할 수 있을 것이란 생각도 했다.

행정학을 다년간 연구하고 행정현장에서 다양한 실전 경험을 쌓은 전문가들이 한국에는 얼마나 많은가? 그들 가운데 현재까지 그들이 쌓아 온 지식과 경험을 제대로 활용할 곳을 못 찾고 있는 경우도 많으며, 마땅한 역할 모델을 상실해 가고 있는 행정학과는 학생들로부터 날로 그 인기를 잃어 가고 있는 것이 현실이라고 본다.

행정은 국가 사회적으로 얽힌 것을 푸는 것이고, 막힌 곳을 뚫는 사회적 기술이다. 이러한 맥락에서 정작 한국의 행정학도들이 자신의 문제를 풀지 못해서 위기론으로 탄식을 하는 것은 아이러니가 아닐 수 없다. 이제 우리 한국 행정학과의 막혀 있는 부분을 흐르도록 하는 방안도 새로운 시각에서 찾아봐야 할 때가 되었다는 생각을 강하게 갖는다.

한국 행정학의 새로운 도전 과제

그동안 한국 행정학계는 여러 차례 한국행정학의 이론화를 논의해 왔다. 그러나 이러한 논의의 결과를 가지고 과연 우리는 무엇을 하였는가? 우리와 유사한 사례를 경험하고 있는 국가들의 행정에 이를 적용하고, 그들과 상호 협력하면서 이론의 적실성을 높이기 위한 노력을 얼마나 기울여 왔는가? 그저 내부적인 학자들만의 잔치로 머물러 있었던 것은 아닌지 자성할 필요가 있다고 본다.

어떤 경우 우리는 우리자신의 행정을 너무나 가혹할 정도로 비판하기에만 급급하지는 않았는지도 되돌아볼 필요가 있다고 생각하게 된다. 분명 이 지구상에는 200여 개의 수많은 국가들이 존재하고, 그러한 국가 가운데 대한민국은 어떤 의미에서는 유일한 국가라는 측면을 가지고 있다.

첫째, 한국은 타 국가를 침범하여 식민 지배를 하지 않은 국가이다. 오히려 일제 식민지배의 쓰라린 경험을 가지고 있는 국가로서 수많은 식민 지배를 받은 국가와 더불어 그들의 입장을 누구보다 잘 이해하고 함께 식민문화를 청산하는 데 공감대를 가지고 협력할 수 있는 국가이다.

둘째, 한국은 긴 역사를 통하여 수많은 외세의 침략을 받았지만 침략세력에 동화되지 않고 고유한 문화와 언어를 유지 발전시키고 있으며, 언제나 다시 일어서는 강인한 생존력을 가진 국가이다.

셋째, 정치적 이데올로기와 강대국의 분열주의로 인하여 국가가 분단되었고, 동족 간 3년간이나 피비린내 나는 전쟁을 치르면서 모든 것이 폐허 된 삶의 터전을 새롭게 일구었지만, 아직도 분단의 장벽을 허물지 못하고 있으며, 이산의 한을 풀지 못한 분단국가이다.

넷째, 이러한 숱한 어려움에도 불구하고 지난 50여 년간 경제적, 정치적, 사회적, 기술적, 문화·체육·예술적 측면에 있어서 세계에 그 유래를 찾아 볼 수 없을 정도로 엄청난 변화와 발전을 해 온 국가이다. 특히, 2009년 11월 25일 OECD DACDevelopment Assistance Committee 회원국으로 가입함으로써 한국은 이제까지 타 국가들로부터 원조를 받던 국가Donee Country에서 이제부터 타 국가들에게 원조를 해 주는 국가Donor Country로 역할 전환을 성공적으로 이룬 유일한 국가이기도 하다.

이러한 역동성을 가진 국가, 그리고 이만한 성과를 나타내고 있는 국가가 지구상 그 어디에 또 존재한단 말인가? 이러한 성과들을 나는 국내에서보다는 해외에 나가서야 비로소 제대로 느낄 수 있었다.

그렇다면, 우리가 오늘날의 이러한 성과를 이룬 요인은 무엇으로 설명할 수 있는가? 각자의 시각에 따라서, 소속한 계층이나 집단에 따라서 다양한 해석이 가능할 것이다. 어떤 사람은 국민성에서, 어떤 사람은 교육에서, 그리고 또 다른 사람은 기업에서… 물론 나름대로 일견 타당성이 있는 해석이다.

하지만 행정학을 공부하고, 가르치고, 행정현장에 종사하거나 이들과 밀접한 관계를 맺어 온 우리들(광의의 행정인들)은 이러한 한국의 국가발전에 있어서 얼마만큼 기여해 왔으며, 스스로 한국정부와 행정적 측면에서의 기여도는 과연 얼마나 된다고 평가를 하려고 한다면, 나로서는 상당히 후한 점수를 부여하고 싶은 것이 솔직한 심정이다.

하지만, 이러한 후한 평가가 그동안 우리가 저지른 부정적 역할이나 실수, 그리고 정책적 오류 등 잘못된 부분까지 정당화하지는 않을 것이며, 이제까지 이룩한 성과에 만족하여 건전한 비판이나 새로운 노력이 불필요하다는 것은 물론 아니다.

다만, 가끔 학회에 나가보면 너무나 모든 것을 부정적으로 이야기하고, 잘못하고 있다는 비판, 그리고 비판의 수준을 넘어서 자학적인 자세를 가지고 한국의 행정을 스스로 저평가하는 것 같아서 심히 불편함을 느낄 때가 종종 있었다.

분명히 객관적인 국제적 지표가 있고, 더욱이 수많은 개도국들이 한국을 발전의 모델로 찾고 있는 시점에서 과연 우리는 그들의 요구에 대하여 한국 행정과 행정이론과 관련하여 무엇을 보여주고 무엇을 배우라고 할 것인가? 과연 한국이 국가발전 모델이며, 개도국 문제를 해결하고 국가발전을 이끌어 가는 데 도움을 줄 수 있는 한국적 행정모델을 체계적으로 소개할 수 있는 그 무엇이 존재하고 있을까?

나는 수많은 개도국 행정현장을 다니면서 분명 그들에게 한국의 행정은 상당히 설득력 있고, 적실성 있는 발전 가이드북guide book으로서의 역할을 할 수 있을 것이라는 생각을 여러 차례 하였다. 앞서 언급한 바와 같이 물론 한국식의 압축 성장과정에서 나타난 여러 가지 문제점들도 있을 것이라 생각한다. 그러기에 한국행정학도들의 더 많은 관심과 노력이 필요한 것이 아니겠는가?

나는 결코 한국적 행정모델이 아무런 문제가 없는 가장 이상적인 모델이라고 강변하고 싶지는 않다. 그러나 너무나 자학적인 자세로 새로운 발전을 위한 건전한 비판을 넘어서 소모적인 갈등을 일으키거나 단순히 영미식 행정이론을 소개하고 이미 박제된 그들의 이론을 답습하는 것으로서는 한국의 행정학과 행정은 더 이상 발전할 수 없을 것으로 본다.

오히려 소박하지만, 우리가 이룬 성과를 철저히 분석하고 해석하고 체계적으로 정리함으로써 수많은 개발도상국들에게 무엇인가 좀 더 기여할 수 있는 모델을 창조할 수 있을 것으로 본다. 우리 스스로 우리의 과거를 과대평가해서도 안 되지만, 스스로 지나

2012년 10월 Global e-Government Forum 발표

온 길을 과소평가하는 것도 결코 바람직하지는 않다. 나는 학회나 교수들과의 모임에서 한국행정학이 위기라는 이야기를 근래에 참 많이 들었다. 하지만 어떤 상황에서든 우리가 현실을 어떠한 자세로 해석하고, 어떻게 대응하는가에 따라서 위기는 또 다른 발전의 모티브가 되기도 한다는 것을 이야기하고 싶다.

분명히 우리는 훌륭하고 값진 한국의 국가발전 과정에서 쌓은 노하우와 경험을 가지고 있으며, 이것은 타 국가 행정학도들이 갖지 못한 자산이라고 생각한다. 우리는 이 보배 같은 자산을 활용하여 세계 수많은 국가들의 발전에 필요한 지적 자양분을 제공할 수 있으며, 우리와 우리 후배들의 활동무대를 세계로 확대할 수도 있을 것이라 확신한다.

우리 각자의 손안에 보배를 가지고서도 먼 산만 바라보고 있는 것은 아닌지? 우리 후학들이 무한히 넓은 세계에서 수많은 개도국 발전에 기여할 수 있는 기회를 열어주기 위하여 고민하고 노력하기보다는 한정된 국내 공무원 자리를 위한 시험 기회가 없어지거나 줄어들고 있다고 불만을 토로하며 학생들을 위로하거나 차라리 새로운 진로를 모색하도록 권유나 하고 있는 것은 아닌지 모르겠다.

나는 개도국에 대한 자문관으로서의 근무를 마치고 귀국하여 내가 그동안 느끼고 생각한 바에 관하여 한국행정학회에 제안의 글을 기고하기도 했다.

서아프리카
코트디브아르

나는 2010년 7월30일-8월8일 아프리카개발은행Africa Development Bank: AfDB 초청으로 아프리카 서부에 위치한 코트디부아르Cote d'Ivoire 독립 50주년 기념행사에 참석하고, 기념 세미나에서 "Innovation for Growth : Building Capacity in ICT - the case of Korea"를 주제로 1시간 동안 주제발표를 하였다.

코트디부아르는 프랑스로부터 독립한 국가로서 이번 기념 세미나는 지난 50년을 회고하고, 향후 새로운 국가 발전을 위한 전략을 수립하는 의미 있는 행사였다. 기념식과 세미나에 참석한 많은 분들은 한국의 국가발전과 정보화 추진 사례에 각별한 관심을 기울였으며, 발표 후에도 많은 질문과 면담요청이 있었다. 기념식과 세미나는 대통령과 정부의 핵심 요인, 그리고 수많은 국내외 1,000여 명의 인사가 참석한 가운데 수도인 야무스크로Yamoussoukro에서 개최되었다.

코트디부아르는 공항과 항구가 있으며, 경제중심 도시인 아비장Abidjang에서 자동차로 4시간을 이동하여야 수도인 야무스쿠로에 갈 수 있다. 나는 아비장 도착 후 1박을 한 후 야무스쿠로로 이동을 하였으며, 세미나를 마친 후 한국 대사관에서 보내준 지프차를 타고 다시 아비장으로 돌아왔다. 귀국에 앞서 국립 Abidjang대학교를 방문하여 교수, 학생, 연구원들을 대상으로 앞서 발표한 자료를 활용하여 1시간 동안 특강을 하였다. 한국에 관한 높은 관심과 그들의 열렬한 환영에 놀라움을 금치 못하였다. 본인은 이번 방문을 통하여 아프리카와 한국의 개도국 지원정책에 관하여 많은 생각을 하게 되었다.

엄청난 규모의 선진국과 국제기구에서 지원하는 국제원조 사업들이 개도국 현장에서는 형편없는 관리체계와 부패구조로 인하여 실질적으로 제대로 된 효과를 거두지 못하는 경우를 수없이 볼 수 있었으며(이러한 것은 결코 아프리카에 국한된 문제는 아님), 조금만 적실성 있는 방안을 모색한다면 국가 사회를 크게 바꾸고 빠르게 발전할 수 있는 여건을 갖추고 있음에도 불구하고 여전히 어제의 문제는 오늘의 문제로 상존하고 있으며 이로 인하여 수많은 사람들은 고통과 어려운 삶의 굴레를 벗어나지 못하고 있는 모습을 보면서 과연 이들의 정부는 어떻게 운영되고, 공무원들은 도대체 무슨 생각을 하고 어떠한 노력들을 기울이고 있는지? 국가를 관리하는 공무원들에 대한 운영과 교육체계는 도대체 어떻게 작용하고 있는지 궁금하였고 나름대로 열심히 해답을 찾으려 분주하게 보냈다.

가끔 이러한 나의 푸념에 대하여 어떤 분은 "아프리카에서 볼 것이 참 많은데, 행정학을 공부한 사람은 역시 보는 관점이 다르다"는 이야기를 하였고, 나도 "아! 내가 다른 전공이 아니라 행정학을 공부하였기에 이러한 생각을 하는구나!"라고 생각하면서 전공이라는 것이 같은 세상을 서로 다른 시각에서 볼 수 있도록 하는 것을 새삼 느꼈다.

두바이를 경유하여 귀국 항공기 기내에서는 긴 비행시간의 무료함을 달래기 위하여 영화를 검색하다가 아프리카 Malawi 고아

2012년 11월 아프리카 행정학회에서 전자정부 관련 주제발표-탄자니아

들이 에이즈AIDS에 취약한 환경 하에서 어떻게 살아가는지를 보여준 Documentary를 보게 되었다. 이 Documentary의 제목은 "I am because we are(우리가 있기에 내가 존재한다. -본인 번역)"로서 Nathan Rissman 감독이 유명한 가수이자 영화배우인 Madonna의 내레이션으로 제작(90분)한 것으로 Bill Clinton, Desmond Tutu, Jeffrey Sachs 등 유명 인사들이 함께 출연하고 있었다.

이 Documentary를 보면서 오늘날 고통과 시련의 땅 아프리카의 정말 가슴 아프고 안타까운 현실을 다시 한번 느낄 수 있었으며, 동시에 한국 행정학이 새롭게 열어가야 할 새로운 지평으로서 공존과 공영을 향한 정신으로서 "I am because we are(내가 있는 것은 우리가 있기 때문이다)."라는 테마를 다시 한번 생각하게 되었다. 이는 우리나라의 건국이념인 '弘益人間(널리 인간사회를 이롭게 함)' 정신과 같은 맥락이며, 어떤 의미에서는 우리 행정학이 국경과 인종을 넘어서 종국적으로 추구해야 할 가치이기도 하다는 생각을 하였다.

2012년 이후 나는 더 활발한 글로벌 활동을 추진하였다. 필리핀 전자정부 마스터플랜 수립의 PM(사업관리 책임자)으로 참여하여 수 개월간 필리핀 정부의 각 부처 관계자들과 협력하며 필리핀 전자정부 수립 사업을 마무리하였고, 이어서 베트남 정부의 전자문서 관리시스템 구축을 위한 타당도 조사사업에도 참여하였다. 캄보디아와 미얀마, 브루나이를 방문하여 공무원들에게 전자정부 강의를 하였고, IT 산업육성과 전자정부 전략에 관한 컨설팅도 수행했다.

서아프리카 나이지리아

2013년에는 아프리카 나이지리아를 방문하여 국가 전자정부 발전을 위한 BDSBasic Design Study(기본 설계 연구)과제의 PM으로 참여하여 향후 5년간 수행할 전자정부 관련 기본 전략을 수립하였다.

당초 이 사업은 나이지리아 측의 요청으로 정부데이터센터를 구축하기 위한 타당성 조사사업으로 시작되었는데, 1차 조사에서 미진한 부분이 많았고, 사업기간이 1년도 넘게 지연됨에 따라 상황변화가 많아서 코이카에서는 1차 타당성 조사에 기초하여 본 사업을 추진할 수는 없는 상황이었다.

나는 나이지리아의 수도 아부자에 도착하여 현지 상황을 점검해보고 무척 당황하지 않을 수 없었다. 한국이 지원하기로 하여서 사전 타당도 조사까지 하였던 정부데이터센터는 이미 지하 3층 지상 8층 건물 규모로 공사가 착공되어 지상 3층까지 공사가 끝난 상황에서 계속 공사가 진행되는 광경을 보았기 때문이다. 급하게 코이카 소장을 만나서 이야기를 나눈 후 나는 나이지리아 정통부 장관을 방문하여 면담을 했다. 그녀는 해외 유학파였고, 세계적인 컨설팅 회사에서 근무한 이력이 있는 매우 탁월한 역량의 소유자였다.

나는 장관으로부터 그동안의 상황을 듣고, 시급하게 새로운 환경에서 합리적인 해결방안을 마련할 필요가 있다고 판단했다. 결국 우여곡절을 겪기는 했지만, 나는 적실성 있는 대안을 제시하였고, 양측으로부터 동의를 받았다.

나이지리아는 서아프리카에서 매우 큰 국가이고 2억의 인구 규모와 산유국으로서 성장잠재력을 가진 국가이지만, 전자정부 부문에서는 아직 초보적인 단계에 머물고 있었기 때문에 나는 몇 가지 큰 줄기로 사업을 구성해 보았다.

우선 국가 전자정부를 효율적으로 추진할 수 있는 거버넌스를 구축하는 것을 첫 번째 과제로 제시했다. 한국의 전자정부 추진체제를 모델로 나이지리아도 대통령 산하에 전자정부추진위원회를 만들고, 주요 부처 차관급과 외부전문가들이 참여하도록 하였으며, 간사 역할을 정통부가 맡도록 하고, 전담지원기관으로서 NITA라는 기관을 활용하도록 하고 회의의 구성, 운영에 관한 사항을 정리해 주었다.

두 번째는 개별부처 단위로 정보화 계획을 수립하고 있지만 국가 전체 단위에서 종합적이고 연계성이 고려된 계획이 부재한 상황이라서 국가 전자정부 마스터플랜을 수립하도록 하였다. 물론 이 플랜은 한국의 전문가와 나이지리아 측 공무원 및 전문가들이 합동 팀을 만들어 수립하고 한국이 이를 지원하도록 한다는 것이었다.

세 번째는 나이지리아 공무원 교육원을 방문하여 전자정부 교육이 가능하도록 전자정부교육센터를 설립하도록 나이지리아 정부 측이 건물을 제공하고, 한국은 기자재와 강사를 3년간 파견하여 전자정부 교육을 실시한다는 것이었다.

네 번째는 한국이 나이지리아 공무원교육원 전자정부센터의 안정적이고 자립적인 운영단계에 이를 수 있도록 3년간 전자정부 과정을 운영하는 과정에서 현지의 우수한 인재를 선발하고 이들을 한국의 대학원 석사과정에 유학을 하도록 지원하고, 이들이 귀국하여 나이지리아 전자정부 교수요원으로 활동할 수 있도록 한다는 것이었다.

다섯 번째는 한국의 선진 IT시스템을 시범사업으로 수도 아부자 지역에 실시하며, 그 성과를 봐서 전국으로 확산하는 사업을 양국이 협력하여 추진한다는 것이었다.

나름대로 며칠을 구상하여 만든 계획을 구체화하여 양국이 합의를 도출할 수 있도록 매듭을 짓고 나는 귀국하였으며, 곧 이어서 LX 공간정보연구원장으로 근무를 하게 되어 지속적으로 이 과제에 참여가 어렵게 되었다. 나는 후속적으로 이 과제를 이어갈 과제 수행 팀원들에게 나이지리아에서 내가 경험한 내용과 함께 나의 구상과 배경 그리고 향후 본 사업의 성공요인과 위협요인 그리고 기대효과에 대한 특강을 한 후 이 과제에서의 PM으로서 나의 역할을 마무리했다.

7. 공공기관장

한국문화정보원

2010년 2월 말, 나는 남미 파라과이 대통령실에서 전자정부 자문관으로서 근무를 마치고 귀국했다. 귀국 후 해외사업과 관련하여 몇 건의 자문을 수행하면서 시간을 보내던 가운데, 문광부 산하기관인 한국문화정보센터의 소장을 공모한다는 소식을 듣고 지원을 했다. 우리 문화유산에 대한 디지털화 및 정보서비스 제공, 문광부 및 그 산하 기관에 대한 정보화 지원과 정보자원관리 및 보호, 그리고 문화, 체육, 관광분야 통계의 생산과 관리 등 당초 생각했던 것보다 기관의 기능이 방대했고 할 일도 많은 것 같았다.

2010년 5월 나는 한국문화정보센터(현, 한국문화정보원) 소장으로 취임했다. 2년간의 임기를 보내면서 문화정보가 국민생활에 참으로 중요한 역할을 한다는 것 그리고 우리 문화유산에 대한 디지털화의 필요성을 실감하면서 나름대로 의미 있는 일에 최선을 다하고자 노력했다.

특히, 10만 건이 넘는 한국의 전통문양DB구축사업은 큰 의미가 있는 사업이었다. 한국정보화진흥원의 재정적 지원을 받아서 우리 전통문화의 뿌리인 문양을 발굴하여 데이터베이스로 구축하고 디자인 분야에 활용할 수 있도록 지원하는 것은 참으로 의미 있는 사업이었다. 문양은 각종 무늬의 형태로서 고대부터 동식물, 글자, 무늬 등을 생활용구나 의복에 그려 넣어 미적 효과를 내거나 기원을 담아 왔으며, 문양의 종류에는 운문雲紋, 사군자문四君子紋, 산악문山岳紋, 동물문, 식물문 등 참으로 다양하고 귀한 문화유산으로서의 가치를 재발견한 것이었다.

이러한 한국의 우수하고 다양한 전통문양이 산업 디자인 분야에 활용되는 경우가 그다지 활발하지 않았던 상황이었기에 이를 DB로 구축하는 사업은 많은 어려움도 있었지만, 국내 디자인 분야의 발전 및 국가경쟁력을 제고에도 기여하고, 한국 문화의 독창성을 세계와 공유할 수 있도록 한 사업으로서 큰 의미를 가질 수 있었다.

다음으로 문화PD인력 양성사업을 통하여 각 지역 단위에서 한국 문화를 발굴하고 고도화된 디지털 기술로 가공하여 신속하고 다양하게 서비스할 수 있게 한 것은 당초 기대했던 것보다 효과가 컸을 뿐 아니라, 문화 분야의 일자리 창출에도 기여한 것으로서 참 의미 있는 사업이라고 생각된다.

문화, 체육, 관광분야의 연구개발에 기초가 되는 통계지표를 체계적으로 정비하고, 관련 통계를 생산하는 것 역시 매우 중요한 사업 가운데 하나였다. 문광부 산하 여러 기관의 정보자원관리의 안전성을 제고하기 위한 통합관제센터를 구축하였으며, 24시간 시스템 운영을 관제할 수 있는 체제도 갖추어서 운영을 시작하였다.

2012년 한국문화정보원에서의 임기를 마치고, 필리핀 국가 전자정부 마스터플랜 수립사업의 PM을 맡아서 6개월을 보내고, 이를 마치고는 곧바로 베트남 정부의 종이문서 디지털화 사업 타당도 조사에도 참여하여 추억이 많은 베트남에서 과거 함께 일했던 공무원들, 그리고 코이카에서 내 강의를 들었던 베트남 공무원들과 협업을 하면서 과제를 수행하였다.

2012년 12월부터 나는 아프리카 나이지리아 전자정부 BDS 과제의 PM을 맡아서 수도 아부자를 방문하여 힘들게 과제 수행을 완료하고 2013년 3월 귀국했다. 그 이후 내가 나이지리아에 있는 동안 늘 나에게 정신적으로 큰 기둥 역할을 해 주셨던 한 분뿐인 외삼촌께서 돌아가셨고, 귀국하여 얼마 후 4월 16일에는 2년간 병원에 계시던 어머님마저 돌아가셔서 마음에 큰 아픔을 겪기도 했다.

나이지리아에서 귀국 후 얼마 지나지 않아서 나는 LX 대한지적공사(현재 한국국토정보공사)의 공간정보연구원의 원장을 공모한다는 소식을 접하게 되었으며, 지인을 통하여 내가 원장 직에 지원해 볼 것을 권유받았다.

2013년 4월 여러 가지로 바쁜 상황이 있었지만, 모교인 대구대학교로부터 '자랑스런 대구대인으로 선정'되어서 기념패와 상금을 수여한다는 연락을 받았다. 나는 5월 2일 개교 기념행사에 참여하여 총장으로부터 기념패를 받고, 상금도 받았지만, 상금은 전액 학교 발전기금으로 기부를 하였다. 그 이후 나는 내가 힘든 일을 직

2013년 5월 '자랑스런 대구대인' 선정

접 겪기 전까지 매년 같은 금액으로 수백만 원씩 학교 발전기금 조성에 참여를 하였으며, 학교에서는 늘 총장 명의로 감사의 뜻을 전달해 왔다.

공간정보연구원

나는 2013년 4월 연구원에 대한 이야기를 전해 듣고, 홈페이지에 들어가서 주요한 사업과 조직, 기능을 살펴보면서 과연 내가 제대로 할 수 있는 일인가를 고민했다. 그동안 정부에서 해 온 전자정부 분야에 대한 경험과 박사학위 취득 후 별도로 공부를 하였던 GIS분야에 대한 이해가 기반이 되어 내가 원장직을 맡게 되면 기존의 연구원 기능에 새롭게 추진할 일과 공사의 업무혁신에 적용해 볼 구상들을 정리하고 나서 공모에 지원하였다. 많은 분들이 관심을 가져준 덕분에 나는 5월 1일 LX 대한지적공사의 공간정보연구원의 원장직에 취임했다.

LX공사에서는 기존의 지적연구원을 공간정보연구원으로 이름을 바꾸고 혁신적인 운영을 위해 공사 최초로 연구원장을 개방형 공채로 채용하면서 많은 기대와 요청이 있었다. 김영호 사장님께서는 연구원장 취임 후 2가지를 나에게 요청했었다. 한 가지는 내가 수행해 온 전자정부 사업과 마찬가지로 디지털 기술을 기반으로 공간정보 부문의 혁신적 발전을 위한 R&D추진과 공사의 업무 혁신을 주도해 달라는 것이었고, 두 번째는 지지부진한 해외사업

2013년 5월 공간정보연구원장 취임사

2013년 5월 공간정보연구원장 취임

을 활성화시켜 달라는 것이었다.

공사의 연구원의 업무로서 첫 번째 부분은 충분히 이해가 되었다. 그런데 두 번째 부분은 일에 대해서는 어느 정도 자신이 있지만, 조직 체계상 엄연히 본사 소속으로 관장하는 별도의 부서장이 있고, 업무소관이 다르게 되어있는 상황에서 해외사업을 연구원장이 관여하기는 어렵지 않겠느냐는 의견을 말씀드렸더니, 사장님께서는 기존의 해외사업부를 본사 조직이 지방으로 이전을 해야 하기에 그 소속을 공간정보연구원으로 바꾸고 기능을 활성화하려고 한다는 말씀을 주셨다.

나는 공사 혁신의 Think Tank로서 연구원의 위상을 정립하고, 내부적인 혁신부터 서둘렀다. 연구원들의 연구 성과를 질적으로 제고하기 위해서 연구 성과물을 보고서나 책자 형태의 인쇄물로만 발간하던 방식과 병행하여 모든 연구 성과물은 파일형태로 홈페이지에 게재하도록 하고, 새로운 연구 성과물이 나올 때에는 관련된 연구집단(대학교 교수, 타 연구기관 연구원, 관계공무원 등)에게 연구 성과물을 요약해서 이메일로 발송해 주도록 하였으며, 그 요약문을 클릭하면 연구 성과물 원문을 볼 수 있도록 개선했다.

연구원 스스로 자신의 연구 성과물의 질을 평가하는 것은 한계가 있기 때문에 나는 성과물에 대하여 관련 전문가들이 쉽게 평가를 할 수 있도록 하는 방안이 가장 합리적인 방안이라고 생각했다. 그렇게 하기 위해서는 연구 성과물을 일방적으로 게재하는 것만으로는 부족하고, 성과물에 대하여 의견을 쉽게 개진할 수 있는 댓글 기능과 연구자 입장에서의 반박 글이나 입장을 게재할 수 있도록 하는 기능도 추가하도록 연구원 홈페이지부터 전면 개편하였다.

연구원들의 다양하고 새로운 시각과 부서가 다른 연구원간 소통을 원활하게 하기 위하여 매일 아침 업무시작 30분 전에 회의실에 모여서 커피를 한잔하면서 삼성경제연구원에서 유료로 제공하는 SERI CEO 동영상 강의를 함께 듣고, 간단한 토론이나 회의를 하도록 한 후 각자 자신의 자리로 돌아가서 하루 일과를 시작하도록 하였다. 같은 연구원 소속으로 근무를 하면서도 서로 부서가 다르면 연구실이 다르고 상호 간 이야기할 경우도 별로 없는 폐쇄 구조의 연구원 운영방식을 바꾸고자 시도한 것이었는데 상당히 긍정적인 효과가 있었다.

연구원은 학계와의 다양한 교류와 긴밀한 협력이 매우 중요하다. 연구과정에서 협력을 활성화하기 위한 방안으로서 외부 참여 인력의 모집단을 과감하게 넓히도록 하는 한편, 학회와의 공동 세미나, 초청특강, 발표자 및 토론자 참여 등도 적극 추진하여 외연도 확대해 나갔다. 공사 전체의 엄청난 데이터 관리부문의 혁신을 위하여 데이터센터 구축을 위한 자문 활동을 하거나 본사의 인사위원회 위원으로 참여하면서 혁신적 인사를 위해서도 나름 열심히 참여하였다.

공간정보연구원에 대한 신뢰가 높아지면서 공간정보분야의 인력양성을 위한 프로그램을 개설하여 여의도의 본사 이전 후 빈 공간을 활용하는 방안이 논의되었고, 국토부의 요청에 따라 상당한 기간 철저한 준비를 거쳐서 공간정보아키데미를 개설하여 초기 단계부터 성과제고를 위해 차별화된 커리큘럼 개발과 수강생들의 자긍심 고취, 교육단계에서부터 수료평가까지 공간정보 관련 기업 인사담당자의 참여 등 최선을 다하여 운영하였고, 그 결과 1기 수료생부터 90%이상의 취업률을 달성하는 성과를 거두었다.

연구원장으로 근무하면서 해외 사업에 관심을 가지고 코이카와 몇 차례 협의해 온 몽골 도시정보시스템 구축을 위한 정책자문을 위해 두 차례 울란바타르를 방문하였고, 이미 1년 전부터 협의해 온 이집트 전자정부 마스터플랜 수립 과제의 경우 당초 수원국과 약속을 이행하기 위하여 나는 직접 PM을 맡기로 하였다.

오히려 공사와 이집트 정부 간 협력 사업을 촉진하기 위해서 LX의 연구원들 몇 명을 과제추진 컨소시엄에 공식적으로 참여하도록 하고, 이들과 함께 이집트 각 부처를 방문하여 함께 프로젝트

2014년 6월 공간정보연구원에 공간정보아카데미 개설

2014년 2월 한국행정학회 국정과제특별위원장으로 활동

를 성공적으로 마무리 짓기도 했다. LX 공사에서 본사의 해외사업부가 공간정보연구원으로 이관되면서 한국의 토지관리시스템을 비롯한 지적도 구축사업 등 해외진출 전략을 본격적으로 추진하게 되었으며, 남미의 우르과이, 자메이카 관련 사업과 더불어 직접 중남미 국가들로 사업영역을 넓히기 위하여 니카라과를 방문하기도 했다.

특히 공간정보연구원이 주관하여 세계 주요 국가들의 공간정보 및 지적 관련 핵심인사들을 초청하는 스마트국토엑스포 행사는 해외 주요 국가들과 LX를 비롯한 많은 국내 기업들이 해외시장으로 진출하기 위하여 필요한 인적 네트워크를 구축하며 업무 협의를 위한 장으로서 좋은 기회를 제공해 주었다.

그동안 LX에서 많은 노력을 기울였음에도 불구하고 사업의 진척이 부진했던 투르크메니스탄을 나는 직접 방문하여 장관을 비롯한 핵심 관계자들과 수차례 업무미팅을 하며 얽힌 문제를 풀었으며, 추가적인 100억 원 규모의 사업을 추진하도록 협의를 진행

2013년 12월 이집트 행정발전부 장관 면담

하였다.

미국 워싱턴에 있는 World Bank와 IDB를 방문하여 국장을 비롯한 핵심관계자들을 만나서 국제기구와 LX 간의 협력을 통하여 개도국 토지정보화 사업을 추진하기 위하여 업무협의를 하였고, 향후 지속적이고 효율적인 협력관계 형성을 위하여 LX에서 전문 인력을 WB에 파견하는 것으로 협의하였다.

점차 해외사업을 본격적으로 추진하기 위한 기반을 갖추어 가던 2015년 후반기 공사의 조직개편과 기능조정으로 여의도에서 공간정보연구원 소속으로 있던 글로벌사업처는 소속도 본사의 한 부서로 다시 바뀌게 되었고, 사무실도 본사가 있는 전주로 이전을 하게 되었다. 해외사업의 특성상 서울이 주된 활동무대가 될 수밖에 없는 상황이었고, 전주 본사에는 글로벌사업처가 추가적으로 입주할 공간도 충분하지 않았음에도 불구하고, 지역 정치권의 압력과 이에 너무나 순응적인 결정이 이루어지는 현실을 보면서 참으로 답답한 마음을 금할 수 없었다.

글로벌사업처가 전주로 이전을 하였지만, 어쩔 수 없이 서울에서 업무를 많이 해야 하는 직원들의 불편함과 과도한 출장으로 인한 예산낭비, 시간의 비효율성 등 문제점은 한두 가지가 아니었다. 가끔 만나는 직원들의 하소연을 들을 때마다 나는 잘못된 정부의 정책결정으로 인한 문제점을 실감했다.

글로벌사업처의 이전이 이루어지고 불과 얼마 지나지 않아서 공간정보연구원도 전주로 이전을 하도록 결정이 되었으며, 마땅한 공간도 없어서 민간 건물에 전세를 얻어서 내부를 리모델링을 하고 결국 2015년 12월 연말이 다가오는 무척 추운 날 연구원을 전주 혁신도시로 이전을 하였다.

나는 연구원을 전주로 이전하여 업무가 어느 정도 안정기에 들어간 2016년 4월 공간정보연구원장으로서 3년의 임기를 마치게

2014년 11월 니카라과 방문-토지정보화 교육협력MOU

되었다. 연구원장 임기를 마치면서 스스로 부끄럽지 않을 만큼 최선을 다했다는 생각을 하면서도 그래도 좀 더 큰 성과를 내지 못한 데 대한 아쉬움이 남았다. 3년간 두 분의 사장, 세 분의 감사, 네 분의 연구기획실장 등 핵심 관계자들이 바뀌는 소용돌이 속에서 업무성과를 낸다는 것이 얼마나 어려운 일인지 실감을 했다.

특히 해외사업 분야에서 내가 손을 떼게 되고, 공간정보연구원과 글로벌사업처가 당초 전임 사장께서 이야기했던 서울 잔류로 결정되지 못하고 지방이전을 하게 된 것은 글로벌사업처 직원들과 연구원 직원들 그리고 나에게 모두 아쉽고 안타까운 너무나 황당했던 일이었다. 그렇게 해서는 도저히 제대로 된 기능을 수행할 수가 없었기 때문이었다.

국민대학교 BIT전문대학원

공간정보연구원장의 임기를 마친 후 나는 '튀니지 스마트시티 구축 사업에 대한 타당도 조사' 사업에 참여해 달라는 요청을 받았고, 2016년 8월부터 공직을 떠나 잠시 동안 국민대학교 BIT전문대학원에 겸임교수직에 임명받아서 근무를 했다.

연구원장 퇴임 후 수개월간 참여한 튀니지 과제는 과제의 내용 중 비전과 전략을 수립하고 법과 제도정비 부분을 맡았기에 시간이 많이 소요되지는 않았다. 몇 개월간 현지 방문 등 집중적인 참여를 한 후 나머지 일정에서는 회의 참석을 통한 의견조율을 해 나가는 과정이었기에 큰 무리 없는 일정으로 마무리하였으며, 8월부터 국민대학교에서 대학원 강의를 담당하였다.

석·박사학위 통합과정으로 운영되는 대학원 강의의 대상은 나이지리아에서 한국의 전자정부 과정을 공부하러 온 공무원들이 주류를 이루었기에 강의는 영어로 진행했다. 참으로 인연은 대단한 것이다. 내가 3년 전 나이지리아를 방문하여 공무원교육원에 전자정부교육센터 설립과 교육과정 운영방안을 제안하였었는데 3년 6개월이 지나서 다시 이어진 것이니까 말이다.

이들 나이지리아 공무원들은 한국에서 대학원 강좌의 마지막 학기를 나와 함께 보내고, 나이지리아로 돌아갔다. 마지막 학기였기에 나는 매주 강의시간과는 별도로 현장방문 프로그램도 운영하였다. 정부통합전산센터를 비롯하여 주요 전자정부 관련 부처, NIA 등 정부 산하기관, 주요IT기업을 함께 방문하여 생동감 있는 전자정부 현장 교육과 더불어 한국의 산업과 문화를 제대로 배우고 느낄 수 있도록 세심하게 배려하였다.

대구디지털산업진흥원

국민대학교 BIT전문대학원에서 석박사 통합과정으로 운영되던 전자정부 과정(대부분 나이지리아 공무원들이었고, 몇 명의 국내 석박사 과정 학생들이 있었음)을 거의 마무리할 때쯤, 대구로부터 대구디지털산업진흥원DIP 원장을 공모하는데 지원해보는 것이 어떠냐고 연락을 받았다.

나는 DIP의 발족시기부터 많은 애착을 가지고 주도적인 역할을 했었고, 평소에도 대구의 발전을 위한 DIP의 역할과 기능에 대한 남다른 관심을 가지고 있었기에 2016년 11월 원장직 공모에 지원하였고, 10대 1의 경쟁을 거쳐 12월 1일 원장으로 취임하였다.

나는 DIP가 중심이 되어 ICT를 기반으로 지역의 경제와 산업을 혁신하고, 시민이 더 안전하며 쾌적한 삶의 환경에서 행복한 삶을 영위할 수 있도록 '디지털 기반의 대구 재창조'라는 큰 그림을 구현하고 싶었다. 특히 지역의 IT산업과 문화컨텐츠 산업 육성 그리고 대구의 스마트 시티 구축을 위한 PMOProject Management Office로서의 역할은 무엇보다 중요한 과제라고 생각했다.

실제 기관을 맡고 보니, 발족할 당시와는 너무나 여건이 많이

2016년 12월 대구디지털산업진흥원 원장 취임

달라진 상황이었다. 우선 계명대 대명동 부지를 베이스캠프로 사용하여 동대구로에 컨텐츠센터, 대구공업대학에 제2창업지원공간, 칠곡에 2곳의 창업지원공간, 시내에 문화산업 관련 시설 등 확장세를 거듭하면서 외적으로는 규모가 커지고 관할 영역은 넓어졌지만, 계명대학교와의 갈등으로 대명동 캠퍼스를 비우게 되었으며, 수성구 지역으로 신축이전이 확정된 상황이었다.

가장 심각한 것은 기관운영비의 부족으로 직원들의 급여조차 해결이 어려운 상황이었다는 것이다. 특히 대부분의 정부발주 과제들을 수탁해서 수행해야 하는 산하기관의 경우 기업들과는 달리 간접비를 아예 인정해 주지 않거나 극히 소액의 금액을 편성하는 경우가 대부분인 상황이었다.

이러한 사유로 인하여 DIP와 유사한 기능을 수행하는 전국의 진흥기관들이 기본운영비로 수십억 원의 예산을 지원받고 있음에도 불구하고 DIP에 대한 운영비 지원은 이루어지지 않았고, 과거와 달라진 상황을 이해시키고 동의를 받기에는 너무나 힘든 상황이 계속되었다. 이러한 재정부족 상황을 타개하는 한편, 새로운 성장의 모멘텀을 마련하기 위하여 많은 고심 끝에 원장 취임 후 중점과제로 수행하려던 대구시 스마트 시티 분야 PMO 기능을 수행하려고 내부적 준비를 해 왔음에도 불구하고 대구시로부터 재정적 지원을 전혀 받지 못하고 천금 같은 시간이 1년 반이나 지나게 되었다. DIP는 극심한 춘궁기를 겪어야 했다.

어려운 재정여건이었지만 전국 규모의 해커톤 대회를 성공리

2017년 9월 대경권 SW기업 CEO 간담회

에 추진하였고, 게임과 애니메이션 공연과 창작 등 문화산업 진흥을 위한 다양한 정책을 추진하였으며, 지역 빅데이터 센터를 유치하는 등 의미 있는 성과도 거두었다.

다만, 고갈된 재정적 상황으로 매일처럼 스트레스를 받아야 했다. 국책과제 수행에 지방정부가 분담해야 할 분담금조차 이런 저런 사유로 미루고 미뤄지며 제공되지 않았고 지방정부의 비협조로 인해 5년 사업의 마지막 년도에 DIP는 은행 차입을 통하여 해당문제를 해결할 수밖에 없었다.

참으로 모순된 것은 기본 운영비가 지원되지 않는 상황에서 중앙정부가 발주하는 과제를 많이 수주하여 수행할수록 발생하는 간접비 부담은 증가한다는 것이다. 이는 중앙정부나 지방정부의 과제에는 간접비를 아예 책정할 수 없도록 하고 있기 때문에 과제 준비에 소요되는 경비와 과제 종료 후 마무리에 들어가는 인건비 등은 고스란히 과제수행 기관의 부담으로 남게 되기 때문이다. 지

2017년 9월 문화콘텐츠산업 육성과 일자리 창출 워크숍

방정부의 재정지원이 없는 상황에서 DIP의 재정적 악순환은 계속되어 2018년 3월부터는 급여 부족분을 해결하기 위하여 추가적으로 은행으로부터 차입을 해야 하는 상황에 이르게 되었다.

대구시로부터 재정적 지원은 받지 못하는 상황이었지만, 대구시는 지속적으로 DIP의 재정자립과 자구책 마련을 강하게 요구하기만 했다. 결국 원장부터 경비 절감을 위하여 업무용 차량을 반납하고, 업무추진용으로 지급된 법인 신용카드와 휴대폰을 반납하였으며, 출장비와 업무추진비는 개인이 부담하는 등 강력한 회생 의지를 표명하며 기관의 신뢰회복을 위한 임직원들의 동참을 요청하였다. 그러나 기본 운영비가 없는 상황에서 경비절감을 통한 노력은 마치 '마른 수건을 쥐어짜는 것'과 다를 바 없었다.

나는 DIP가 처한 상황과 대구시에 긴급 재정지원 조치의 필요성과 당위성을 설명하고 향후 재정 안정화 및 기관 운영 방안에 관한 의견을 제안하였지만 대구시는 책임 있는 답변을 주지 않았다. 그러한 상황에서도 DIP는 새로운 도약을 위하여 예정된 일정대로 진흥원의 사무실을 수성 알파시티로 이전하였다.

문제는 하루하루 참으로 어려운 시기를 보내는 과정에서 일부 직원이 공공기관 직원으로서는 해서는 안 되는 '교육장 PC를 활용한 비트코인 채굴'이라는 비리 사건을 저지르고 만 것이다. 실로 충격적이었다. 원장으로서 책임을 지고 사임하겠다는 의사를 인사권자에게 전달했지만 사임의사는 만류되었다.

그러나 재단의 운영재원이 바닥난 상황에서 직원의 일탈 사건으로 신뢰에 타격까지 입은 상황에서 이사회에 긴급한 재원해결 방안을 제안하였지만, 이사회로부터 자구책을 마련하라는 의견만 나왔지, 직원급여를 비롯한 운영비에 대한 해결방안은 제시되지 않았다.

나는 직원 전체 회의를 소집하고 원장을 포함하여 임직원 모두의 고통분담을 포함한 자구책 마련을 호소하였다. 그러나 노조 대표들은 DIP 회생을 위하여 자신들이 고통분담을 할 수 없으며, 신뢰회복에 관하여 책임을 질 수도 없다는 입장이었다. '生卽死 死卽生(얕은 생각으로 살려고 하면 죽을 것이고, 죽을 각오로 혁신을 한다면 살 수 있다)는 이순신 장군의 精神'을 임직원들에게 호소하며 고통분담과 회생의지의 표명을 기대하였던 원장으로서는 실망의 수준을 넘어서 배신감을 느낄 수준이었다.

이러한 상황에서 기관장으로 자리에 연연하는 것은 누구를 위해서도 바람직하지 않다는 판단에서 나는 주무기관을 방문하여 모든 책임을 지고 기관장직을 사임하겠다는 의사를 전달하였다. 그러나 주무기관에서는 임박한 지방선거를 의식하여 사표제출을 보류해 줄 것을 요청하였다. 나로서는 이미 사임을 결심한 바이기에 가능하면 빠른 조치를 원한다는 의사를 전달하고 나 자신도 맡은 일을 마무리하기 시작했다.

그러던 가운데, LX 공사에서 사장직이 공석이 되어서 공모에 들어가게 되었는데 지원을 해 보라는 연락을 여러 채널을 통하여 받았다. 많은 고민을 했고, 나는 지원서를 내었다. 공간정보연구원장으로 근무하면서 이루지 못했던 몇 가지 생각이 떠올랐고, 내가 이미 3년간 근무했던 공사였기에 전반적인 업무파악 등 공사경영에 대한 새로운 전략과 자신감도 가질 수 있었다, 결국 6월 지방선거가 순조롭게 끝났고, 나는 더 이상 자리에 머물 입장이 되지 않았기에 재단의 이사장인 경제부시장에게 7월 초에 사표를 내고, 시장께도 사임인사를 하였다.

나름대로 많은 구상을 가지고 DIP 원장을 맡았고 특히 지역의 여러 IT와 CT 기업의 대표들로부터 적극적인 지지와 성원을 받았으며, 많은 노력을 기울였음에도 불구하고 원장직을 그만두게 되어 참으로 아쉬움이 컸다.

특히, 2017년 11월 3일부터 DIP가 주관하는 The 3rd Global Innovator FestaGIF 행사는 국내 최대 규모의 무박 2일간 국내외의 이노베이터, ICT전문가, Start up기업, 투자자가 한자리에 모이는

ICT 아이디어 및 우수 스타트 업 발굴 경연 축제로서 매우 모범적이고 성공적으로 개최된 대규모 행사로 기록되었다.

비록 DIP에서 나의 뜻을 제대로 펼치지는 못했지만, 재임기간 여러 기업 대표들을 만나면서 그분들의 꿈과 비전 그리고 어려움과 이를 극복하려는 강한 의지를 느끼며, '디지털 기반의 대구 재창조'를 추진하고자 의기투합했으며 참으로 따뜻한 인간적 정도 듬뿍 느낀 기간이었다. 나는 힘든 상황에서도 그분들이 나에게 베풀어준 지속적인 관심과 협력 그리고 변함없는 신뢰와 우정에 대하여 깊은 감사의 마음을 가지고 대구를 떠났다.

2017년 11월 DIP가 주관한 GIF 행사에서 원장 환영사

한국국토정보공사

2018년 7월 23일 나는 대통령으로부터 한국국토정보공사 사장으로 임명되었다. 공간정보연구원 원장으로서 임기를 마치고 공사를 떠난 지 2년 3개월이 지나서 다시 사장으로 컴백한 것이었다.

사장에 취임하면서 나는 4가지 중점 공사경영 방침을 결정하여 발표했다. 첫째, 전환기에 있는 LX의 새로운 성장 동력을 찾고, 둘째, LX의 사업 무대를 과감하게 세계로 확대하는 Globalization을 촉진하며 셋째, 공공기관으로서 사회적 책임과 역할의 수행 그리고 넷째, 내부 운영에 있어서 합리성과 공정성을 구현하고, 일과 삶이 균형 잡힌Work & Life Balanced LX를 만들어 나갈 것임을 취임사를 통하여 선언했다. 정말 시간을 아껴가며 나름대로 모든 역량을 투입하여 공사의 혁신을 추진했다.

취임 후 나는 막중한 책임감을 가지고 구상하던 일을 제대로 추진하기 위해서는 건강과 체력관리의 필요성을 실감하였다. 내가 체력관리에 각별한 관심을 가지게 된 것은 나의 병약했던 어린 시절의 과정과 그 이후 몇 차례의 건강관리 문제로 엄청난 시련을 겪었기 때문이다. 아래 글은 내가 모 언론사에 '리더의 체력과 건강관리'라는 제목으로 기고문으로 쓴 글을 요약한 것이며, 이 글은 내가 평소 얼마만큼 조직 리더의 건강 및 체력관리에 관하여 비중을 두고 있는지를 보여주는 것이라 할 수 있을 것이다.

2018년 7월 23일 사장 취임 출근

[나는 태어나면서 무척 병약하였다. 내가 어린 시절(시골에서 버스도 자주 다니지 않았던 시절), 지금은 돌아가셨지만, 어머니께서는 딸 여섯 가운데 늦게 얻은 외동아들이 병약하여 먼 병원까지 눈이 오는 날이나 비가 오는 날이나, 무더운 날이나, 추운 날이나 늘 나를 업고 병원을 다니시느라 무척 고생을 하셨다.

중학교에 진학한 이후부터 병약함을 극복하기 위하여 나는 운동과 체력관리에 많은 배려를 하였다. 몇 차례 우여곡절이 있었지만, 대학을 졸업하고 늘 일과 미래를 향한 끝없는 도전과 좌절 그리고 성취의 과정에서 엄청난 인생의 무게감을 감당하면서 게을리하지 않았던 것은 운동과 체력관리 그리고 독서였다. 운동은 육체적 건강을 위해서, 독서는 정신적 지적 건강을 위해서 한시도 게을리하지 않았다. 나는 비록 천학비재

한 사람이지만, 이 두 가지는 변함없이 오늘날까지 지켜오고 있는 삶의 원칙이다.

개인의 삶에 있어서 육체적, 정신적 건강은 가장 중요한 삶의 기초라고 생각하기 때문이다. 특히 우리사회에서 리더로 살아가는 것은 엄청난 업무 그리고 스트레스와 늘 함께하는 것이다. 많은 사람들이 술과 담배로 이들의 굴레로부터 벗어나려고 하지만, 그러나 그러한 방법은 문제를 해결하는 것이 아니라 오히려 급격히 악화시키며, 본인의 건강을 해치고 소속된 조직을 쇄락하게 하고, 가족을 불행하게 하고, 사회를 황폐하게 할 뿐이라는 것이 나의 생각이다.

나는 조직이나 기관의 리더로 책임을 맡고 있는 경우, 리더의 건강관리는 개인의 차원을 넘어서 조직의 미래 발전과 쇠락에 매우 크게 영향을 줄 수 있기에 리더가 자신의 건강관리에 철저를 기하는 것은 선택이 아니라 '의무'로 지켜야 할 사항이라고 생각한다. 이유는 다음과 같다.

첫째, 건강한 리더는 자신감을 가지고 질 좋은 의사결정을 할 수 있기 때문이다. 리더의 의사결정은 조직의 운명을 바꿀 수 있다는 것이 나의 평소 신념이다. 더욱이 리더의 의사결정은 조직 구성원들의 의사결정에게도 총체적으로 영향을 끼치게 된다. 따라서 리더는 늘 몸과 마음이 건강한 상태에서 의사결정을 하여야 한다. 자신의 몸이 아픈 사람이 도전적이고 희망적이고 긍정적인 차원의 의사결정을 하기는 매우 어렵기 때문이다.

둘째, 조직이나 기관의 분위기를 활력 있고, 밝고, 도전적이며 역동적으로 만들며, 조직 구성원들을 행복하게 하는 원천이기 때문이다. 리더의 행동과 문화패턴은 리더 자신뿐만 아니라 조직 전체에 엄청난 영향을 주기 때문에 조직의 문화가 건강하게 바뀔 수 있다고 생각한다. 따라서 조직이나 기관의 책임을 맡고 있는 사람, 그리고 앞으로 리더가 되고 싶은 사람은 운동을 꾸준히 해야 한다. 단순한 리더가 아니라, 특히 성공하는 리더가 되고 싶은 사람은 일에 앞서 먼저 체력관리를 철저히 해야 한다. 리더 스스로 자신이 책임지고 있는 조직의 미래를 생각한다면 자신의 건강관리를 더욱 철저히 한 다음 일을 해야 한다.]

나는 해외에 근무할 때는 물론, 한국문화정보원에 근무할 때에도, 공간정보연구원장으로 근무할 때에도 그리고 DIP원장으로 근무할 때에도 아침에 1시간 운동하는 것을 삶에 있어서 중요한 원칙으로 삼고 있었고, 많은 직원들이 운동을 하도록 적극 권장해 왔다.

사장 취임 후에 나는 아침운동을 어떻게 할 것인가에 대해 고민을 했다. 공사 2층에 편리하게 활용할 수 있는 체력단련실이 있고, 내가 공간정보연구원장으로 근무할 때에도 늘 사용을 해 오던 곳이었다. 그러나 사장이 된 이후 내가 체력단련실을 사용하면 혹시 지원들이 불편해하지는 않을까 염려가 되었다. 그래서 숙소 근처에 있는 헬스장을 몇 곳을 돌아보았다. 시설도 좋고, 깨끗하고 활기가 넘쳤다. 다만, 너무 음악을 크게 틀어 놓아서 머리가 아플 지경이었고, 그렇다고 나 때문에 젊은 사람들이 활기차게 운동하는 분위기를 다운시킬 수 있기에 음악을 줄이라고 하는 것도 타당하지 않다고 생각해서 결국 숙소 근처 헬스장을 포기했다. 그러는 과정에서 비서실장은 공사 2층 헬스장이 아침 시간에는 직원들이 많이 오지 않기 때문에 오히려 편리할 것이라고 했다.

나는 그곳을 이용하는 것이 시간도 절약되겠다고 생각하여 그렇게 하기로 했다. 운전원인 이 과장에게도 운전을 하면 앉아있는 시

2019년 1월 공사 체력단련실, 취임후 운동하면서 아침 뉴스 시청

간이 많기 때문에 허리나 무릎이 약해지니 같이 아침에 운동을 하는 것이 어떠냐고 물었고, 이 과장은 쾌히 동의를 해 주어서 회의나 출장이 없는 날에는 함께 공사 체력단련실에서 아침 운동을 했다.

늘 내가 도착하기 전에 몇 사람 열성 멤버는 이미 운동을 하고 있는 경우가 대부분이었다. 나는 가능하면 그들에게 부담이 가지 않도록 약간의 근력운동을 하고 창밖을 향해 있는 런닝 머신에서 아침 뉴스를 보면서 약 40분 정도 빠른 걸음으로 걷고 나서 마무리 운동을 간단히 하고 샤워를 한 후 하루 일과를 활기차게 시작하였다. 시간이 흐르면서 7명 내외의 아침 운동 멤버들은 서로에게 자연스러웠고, 특별히 불편한 것은 없었다.

가끔 나는 화상회의를 마치는 시간이나 개인적으로 간부나 직원들을 만날 때에는 리더가 자신을 건강하고 활력 있게 관리할 수 있을 때, 조직의 발전과 구성원의 행복을 지켜줄 수 있다는 이야기를 하면서 운동하기를 권하고 특히 환절기에는 운동을 통하여 모두가 건강과 활력이 넘치는 행복한 삶을 이루어 나가기를 바란다는 이야기도 자주 하였다.

나의 이러한 취지의 글과 말에 대하여 2019년 후반기에 노조에서는 '사장이 운동을 하는 것을 개인을 위해서가 아니라 공사를 위해서 했다고 한다.'라고 본질을 완전히 왜곡하는 내용으로 성명서를 작성하여 유포했다. 앞뒤의 맥락을 이해하지 못하고 노조의 성명서만 읽어본 사람들은 '사장은 참 이상한 사람'이라고 생각하였을 것이다. 이 얼마나 악의적이고 파렴치한 행동들인지 노조 간부들의 의식구조를 잘 대변해 주는 것이라 생각한다.

사장 취임 후 얼마 지나지 않아서부터 사사건건 업무추진에 공공연히 딴지를 걸던 R감사는 임기 중반에 이르자 지역연고 기반의 참으로 형편없고 파렴치한 정치 모리배들과 합작을 하여 이런 저런 말들을 만들어 내고 중상모략을 하며 업무추진을 방해하기 시작했다.

나는 非禮勿視(예가 아니면 보지 않는다)라는 생각으로 일일이 상대하지 않고 일에만 몰두하였다. 현장 상황을 정확하게 파악하고 직원들의 분위기를 느끼기 위하여 시간이 조금 허락할 때에는 각 지사를 방문하여 직원들의 이야기를 듣고, 애로사항을 우선적으로 해결하도록 했다.

2018년 7월 사장 취임 후 현장 방문 시 일부 지사의 경우 무더운 여름 날 현장에서 땀을 듬뿍 흘리고 와 사무실에 있어야 하는데 샤워시설이 제대로 갖추어져 있지 않는 경우도 있었고, 화장실이나 탈의실 등이 낙후된 경우도 상당수 있었다. 나는 경영지원실을 통하여 예산지출이 시급한 경우가 아니라면 조금 일정을 미루더라도 탈의실, 샤워실, 화장실은 호텔 수준으로 쾌적하게 바꾸도록 하라고 하였다. 하루를 마감하는 시간만큼이라도 땀을 씻고 새 내의로 갈아입고 상쾌하게 하루를 마감하도록 하는 것이 피로회복은 물론 직장과 일에 대한 보람을 느낄 수 있을 것으로 확신했기 때문이었다.

책상 위의 액자 2개

나는 취임하면서부터 책상 위에 2가지 액자를 세워두고 늘 스스로 이를 되새기며 업무를 처리했다. 하나는 춘향전에 나오는 이몽룡이 암행어사가 되어서 변사또 생일잔치에 가서 지었다는 시로서 '金樽美酒는 千人血이요 玉盤佳肴는 萬姓膏라, 燭淚落時 民淚落이요 歌聲高處에 怨聲高(금 술잔의 맛있는 술은 천 사람의 피고, 옥쟁반의 맛있는 안주는 많은 백성들의 기름이다. 촛불 눈물 떨어질 때 백성의 눈물이 떨어지는 것이고, 즐거운 노래 소리가 높은 곳에는 백성들의 원망하는 소리가 높다)'라는 시로서 공직자의 자세를 생각하는 것이었고, 다른 하나의 액자는 땀과 진흙투성이의 직원의 현장 신발 사진으로서 늘 힘든 환경에서 일하는 직원들을 잊지 않기 위해서 내가 눈에 항상 보이는 곳에 세워둔 액자였다. 나는 이몽룡의 시는 프린트해서 신입직원들에게 나누어주며 공공기관에 근무하는 직원으로서 꼭 마음에 새길 것을 당부하였다.

특히 신입직원들의 경우 초심을 어떻게 가지고 직장생활을 시작하는가는 매우 중요하기 때문에 나는 교육원 원장에게 부탁하여 신입직원 정신교육과 직무교육을 철저하게 시켜줄 것과 과정을 마치기 전에 사장으로서 전달하고 싶은 이야기가 있기에 한 시간 정도 특강을 넣어달라고 하고 바쁜 시간을 할애하여 그들이 교육받는 용인 교육원에 방문하여 특강도 실시하였다.

아울러 과거에는 신입직원을 채용하여 소정의 교육을 마친 후

2018년 10월 신입직원들에게 사장실 개방

직원들을 지역본부로 인사명령을 내고, 임용장도 지역본부로 보내어 지역본부장이 전수하도록 했었다고 했다. 그 결과 어떤 직원은 공사에 직원으로 입사를 했지만 실제 본사에 와 보지도 못하고 현장에 배치되어 일하게 되는 경우가 일반적이라고 했다.

대구동부지사를 방문하여 직원들과 이야기를 나누는 과정에서 한 직원이 자신은 공사에 입사한 지 20년이 지났으나 공사 사장을 직접 만나보게 된 것은 처음이라고 하여 나는 무척 놀랐다. 조직이 이렇게 운영되어서는 안 된다고 생각하여 다음 날 본사로 와서 인사처장에게 "앞으로 신입직원을 채용하고 임명장을 수여할 때에는 본사에서 사장이 직접 수여하도록 하고, 임명장을 받은 직원은 본사의 각 실·처를 순회 방문하여 본사 직원들과 서로 간단하게 인사를 할 수 있도록 하며, 홍보관을 비롯하여 본사 각종 시설물들도 돌

2018년 10월 신입직원들과 본사 사옥을 배경으로 기념 촬영

2019년 4월 신입사원 임명장 수여식을 마치고 본사 1층 로비

아보고 본사 건물을 배경으로 단체사진이나 개인사진도 찍을 수 있도록 하라"고 했다. 2019년 신입직원 300여 명은 자신이 근무하게

된 공사에 대하여 자긍심을 가질 수 있게 되었고 무척 기뻐했다.

글로벌 사업

2019년 2월 나는 World Bank를 방문하여 연례행사로 개최되는 'Land and Poverty'세미나에 참석하고, 각국의 대표들에게 한국의 토지정보화 관련 기술과 성과를 소개하며 적극적인 협력방안을 논의하였다, 2016년 내가 이 세미나에 참석하였을 때와는 비교할 수 없을 정도로 국제무대에서의 한국 LX의 위상은 높아져 있었고, 거의 중추적인 역할을 수행하고 있었다.

이러한 성과를 거둔 것은 우리 LX에서 World Bank에 인력을 파견하여 그동안 꾸준히 훌륭하게 역할을 수행해 온 직원이 있었고, 그 직원을 매개로 하여 본사 글로벌사업처도 매우 적극적으로 사업을 추진해 온 것들이 바탕이 되었기에 가능한 일이라는 생각을 했으며, 향후 해외사업에 대한 큰 자부심과 긍지 그리고 자신감도 가질 수 있었다.

매년 개최되는 스마트국토엑스포 행사는 국내와 해외 여러 국가 간 공간정보와 지적분야에 있어서 정보와 기술의 동향을 공유하고 협력사업 및 국내기업의 해외진출의 기회를 마련하는 데 크게 기여한 행사로서 자리매김하였다.

2019년 4월 World Bank Conference 참석

2019년 4월 우즈베키스탄 국가토지자원관리위원장과 협약서

2019년 8월 스마트국토엑스포 토크쇼

지역본부와 지사

공사의 사업 영역이 전국의 모든 곳에서 이루어지고, 12개 광역지자체 단위의 지역본부와 169개의 시군구 단위의 지사에서 4,500명이 넘는 직원들이 활동하는 만큼 소외되는 지역이 없도록 하기 위하여 가능하면 시간을 내어서 지역분부의 주요 행사나 지사 단위의 조직을 많이 방문하여 현장의 목소리를 많이 듣기 위해 각별히 신경을 썼다.

다만, 지사를 방문할 경우 직원들은 아침에 출근하여 간단한 업무처리 후 측량을 위해 각 팀별로 현장으로 나가기 때문에 낮 시간에 지사를 방문해서는 직원들 만나기가 어려웠다. 어떤 경우는 측량현장을 방문하여 격려를 하고, 함께 인근 식당에서 점심식사를 직원들과 함께 하기도 했지만, 대부분의 경우 낮에 관계 지자체 단체장이나 유관기관을 방문하여 업무관련 협의를 하고 오후 5시경에 지사에 도착하여 간단하게 업무관련 회의를 한 다음 직원들과 함께 저녁식사를 하면서 많은 이야기를 듣는 시간을 가졌다.

각종 행사나 회의, 국회일정 등으로 단 하루도 시간의 여유를 갖기가 쉽지 않았다. 본사에서도 종종 각 부서 단위로 돌아가며 직원들과 점심이나 저녁식사를 같이하며 소통의 시간을 늘렸고, 직급에 관계없이 시간이 허용하는 범위 내에서 직원들의 경조사에도 많이 참석하도록 했다.

공공기관은 자신의 목적을 달성하기 위하여 많은 여타 기관과 MOU(업무협약)를 체결하는 경우가 종종 있다. 이는 서로의 의사가 맞으면 잘 추진해보자는 입장의 확인이며 법적 계약의 체결이 아니라 각자 추진하는 사업의 촉진과 활성화를 위함에 그 목적을 두고 있다. 평소 지역본부장으로서 매우 적극적으로 업무를 추진하던 대구경북본부장이 경상북도와 업무협력을 촉진하기 위하여 MOU를 체결하고자 준비한다는 보고를 해 왔다.

업무량이 줄어드는 상황에서 스스로 업무를 개척하는 본부장의 노력과 적극적인 업무추진 자세를 높이 평가하며 잘 추진해 보라고 격려해 주었다. 어느 날 김 본부장이 전화를 걸어왔고, 자신이 경북도청을 방문하여 도지사와 면담 중인데 도지사께서 나와 통화를 희망한다고 하였다. 전화로 이철우 도지사와 간단히 인사를 나누었는데, 도지사께서는 지금 LX와 경북도 간 '공간정보를 활용한 행정효율성 제고'를 위하여 MOU를 체결하기 위하여 본부장과 이야기를 나누고 있는데, 가능하면 사장께서 직접 방문하여 MOU를 체결했으면 좋겠다고 말씀을 주셨다. 나는 여러 일정들이 있지만, 지사께서 그렇게 관심을 가져주시니 감사하다고 하고, 실무적으로 일정을 조정해서 가능하면 사장이 직접 방문을 하도록 하겠다고 약속을 했다.

해임사유가 된 MOU 체결 내막

실무협의 결과 2019년 8월 19일이 적합한 일정으로 나왔다. 사실 그 앞주 일정은 무척 많았다. 서울에서 스마트국토엑스포 행사, 진도에서 개최되는 섬의 날 행사 참여, 서울에서 건강검진 등으로 주말까지 보내고 월요일 아침 일찍 출발하여 경북도청이 있는 안동으로 갔다. 현지에 도착 후 간단하게 차를 한잔하고 바로 MOU체결 행사장으로 갔다. 이미 양측 기관의 간부들이 자리에 참석해 있었고, 여러 명의 언론사 기자들도 취재를 와 있었다. 일정에 따라 양측기관장의 덕담을 겸한 인사가 있었고, 이어서 MOU의 내용을 소개하는 절차도 있었다.

MOU 내용 소개를 하는 화면을 보고 다소 의아한 생각이 드는 내용이 있었다. 전화로 보고한 MOU의 내용에는 전혀 언급이 없었던 '드론교육센터를 경북도에 설치하는 데 적극 협력한다'는 것이 포함되어 있었다. 나는 아직 드론교육센터 문제는 실무적으로 검토되지 않았는데 왜 이러한 내용이 MOU에 포함되어있는지 이해가 되지 않았다.

다만, 5월쯤인가 경주시청을 방문하여 시장을 만났을 때, 경주시장은 LX에서 드론관련 사업도 하는 것으로 알고 있는데, 교육센터가 필요하면 경주시에서 부지를 무상으로 제공할 의사가 있다는 이야기를 한 바 있었고, 당시 나는 아직 그 문제는 구체적으로 결정된 바 없다는 입장과 함께 공사의 전체 드론교육센터를 경주에 만드는 것은 본사와의 거리도 멀고 여러 가지 어려운 점도 예상되기 때문에 향후 드론교육에 대한 수요가 충분하여 영남권에도 별도의 교육센터가 필요하다면 우선적으로 검토해 보겠다는 기본입장만 이야기한 바 있었기에 순간적으로 그 생각이 났었다.

그러면서 속으로는 '아, 주낙영 경주시장이 LX와 경북도가 MOU를 체결한다는 소식을 듣고서 도청에 이야기하여 드론교육센터를 경북도내에 설치하는 내용을 포함시켜 달라고 요청한 것 때문에 이 MOU에 반영되었을 수도 있겠다. 역시 주 시장은 일을 엄청 적극적으로 추진하는 분이구나!'라는 생각이 들었다.

아무튼 나로서는 드론교육센터에 관한 사항이 LX와 도지사간 MOU체결에 포함된 것이 언뜻 쉽게 이해가 되지는 않았다. 만약, 드론교육센터와 관련하여 경주시와 MOU를 체결한다면 규모나 예산, 일정, 향후 운영방식 등 충분한 검토를 해야 할 사항이 많았기에 이에 대하여 집중적으로 살펴보았을 것이지만, 전혀 실무적인 검토도 없는 상황에서 경상북도와 MOU 내용에 한 줄이 들어간 것은 더욱 이해할 수 없는 일이었다.

MOU를 체결한 후 도지사께서도 다른 일정이 있었고, 나도 전주에 일이 있어서 일단 도청을 나와서 그동안 MOU 체결 준비 때문에 수고한 직원들과 간단하게 점심 식사만 하고 전주로 돌아왔다. 물론 점심식사 시간이나 전주로 돌아오는 차 안에서 당일 체결한 MOU에 드론교육센터와 관련된 내용이 사전에 보고도 없이 포함되게 된 사유가 조금 궁금하기는 하였으나, 의욕적으로 업무를 추진하느라 수고한 본부장에게 너무 책임을 물으며 문책을 하는 것처럼 느껴졌고, 아직 아무런 구체적인 결정을 할 상황도 아니었기에 그냥 넘어가기로 했다.

악의적인 소문 그리고 동조 언론

그러나 MOU를 체결한 지 2개월이나 지나서 어느 날 전북지역의 모 신문에는 'LX 사장이 자기 고향지역인 경상도에 드론교육센터를 유치하기로 결정해 놓았으며, 이는 본사가 전북혁신도시에 와 있는 기관으로서 전북 도민의 뒤통수를 친 것이다.'라고 기사를 내었고, 지역 방송과 신문들은 일제히 나의 고향이 경주라는 기사, 영천이라는 기사, 포항이라는 기사 등 제멋대로 추측성의 지역감정을 조장하는 내용으로 기사와 방송을 내보냈다. 실제 내 고향은 예천이었으나 엉터리 기사를 읽은 사람들은 막무가내로 비난을 했었다.

도의회에서는 의장을 비롯한 위원장 등 여러 명의 위원들이 드론교육센터 관련 항의를 하기 위해 LX로 왔고, 여러 명의 기자와 카메라 기자들이 함께 왔다. 나는 직원들에게 그분들을 회의실로 모시라고 했다. 그리고 나는 그분들의 이야기를 충분히 들었다. 그분들은 나에게 무조건 드론교육센터는 전북으로 하겠다고 선언을 하라고 요구를 했고, LX에서 발주하는 사업도 무조건 전북을 우선으로 하라고 요구했다.

나는 우선 드론교육센터와 관련하여 현재까지의 LX에서 이루어진 모든 상황과 향후 계획까지 밝혔다. 지방이전을 한 공공기관으로서 해당 지역을 우선적으로 검토할 것이며, 드론교육센터가 필요로 하는 여러 가지 요건들을 충분하게 검토하여 공정하고 객관적으로 처리하겠다고 했다. 일부 의원들은 내용을 잘 모르고 마치 도 의회에서 집행부에 대하여 도정 질의를 하는 것처럼 고압적인 자세로 나에게 따지고 드는 경우도 있었다. 인내하고 있던 다혈질의 배 실장은 의원들에게 "여기는 도 의회가 아니며, 우리 공사에 대하여 그렇게 함부로 지시형으로 말하지 말라"는 발언을 쏟아내었다. 순간적으로 분위기는 무척 경직되었다.

나는 이런 상황은 올바른 해결방법이 아니라고 판단이 되어서 방금 발언한 실장의 발언에 대해서는 공사 사장으로서 사과를 드린다고 한 후, 일단 분위기를 전환한 다음 의원들이 피상적으로만 들어서 잘못 알고 있는 부분부터 하나씩 설명하고, 공사의 중요한 사업 발주 등은 현실의 법적, 제도적 측면에서 근거하여 추진할 수밖에 없다는 점을 충분히 설명을 했다. 상당한 오해 부분은 풀렸지만, 역시 그날 저녁 지역 뉴스는 의원들의 화난 모습으로 LX에 대하여 성토하는 모습만 방영되었다.

어떤 신문과 방송은 LX가 부설기관인 국토정보교육원도 전주 혁신도시로 이전해야 하지만, 이를 어기고 공주로 이전하는 공사를 하는 등에 관한 내용으로 온갖 것을 억지로 엮어서 연일 보도 경쟁을 하였다. 참으로 어처구니가 없었다. 국토정보교육원은 이미 오래전인 나의 세 번째 전임 사장 재임 당시 공주 이전 방침을 확정되었고, 그 이후 설계 공모를 거쳐 내 두 번째 전임 사장 재임 시 착공을 했으며, 내가 LX의 사장으로 취임했을 때에는 이미 신축 공사의 80%가 완료된 상황이었다. 그럼에도 불구하고 공주의 신축현장 취재 영상을 방송으로 내보내면서 LX를 비난하는 등 모두 정상적인 판단과 보도 자세를 망각하고 총체적 비난의 화살을 LX 사장으로 쏘기 시작했다.

이외에도 사장이 매는 넥타이의 색을 가지고 시비를 건다는 이야기도 들었다. 내 이야기를 자주 한다는 R감사는 내가 특정 정당에 잘 보이기 위하여 그 정당이 표방하는 색의 넥타이를 맨다고 하는데, 나는 정치적 의미와 관계없이 날씨나 계절 등 그날의 분위기에 따라 출근 시 넥타이를 선택할 뿐이었다. 참으로 유치하기 짝이 없는 수준의 인간이라는 생각과 함께 그 사람의 말과 행동을 보면서 그가 얼마나 위선적이고 공공기관 임원으로서 부적격자인지를 정확히 알게 되었다.

나는 공사 사장으로서 공사가 지역의 균형발전을 위하여 최대한 많은 역할을 하도록 하였으며, 특히 본사가 이전하여 보금자리를 튼 전북 전주 지역에 대해서는 각별한 관심을 가지고 많은 협력사업을 추진하였다. 사회공헌활동을 비롯하여, 전주시를 스마트시티 모델도시로 만들기 위하여 디지털트윈을 구현하도록 적극적으로 나서고 재정적, 인력적, 기술적 지원을 해 나갔다. 지역의 문화, 체육, 복지 등 많은 부문에 있어서 항상 공사가 선도적인 역할을 수행하는 데 주저하지 않았다.

대구국제마라톤 행사 참가

2019년 4월과 5월경에 있었던 일이다. 4월 초순에 휴대폰 문자를 받았다. 대구국제마라톤 행사에 참여를 홍보하는 문자였다. 나는 2018년 5월 대구국제마라톤 행사에 내가 당시 근무하던 대구디지털산업진흥원 직원들 중 희망자와, 친분이 있던 대구지역IT기업 대표 몇 사람과 함께 10Km 달리기 코스에 참여하였다.

국제행사이자 지역축제인 마라톤 행사에 동참하는 것은 기관의 홍보도 되고, 건강도 증진하고, 함께 뛰는 사람들과 친목도 도모하는 의미 있는 일이라 생각했기 때문이었다. 2018년에 자발적으로 참여하였기에 2019년 행사준비위원회에서 참여를 알리는 문자를 보낸 것이었다. 행사 날이 일요일이고, 오랜만에 한번 달려보고 싶어서 신청을 했다.

며칠 지나서 LX 대구경북본부장과 통화를 하게 되었고 자연스럽게 주말에 시간이 되면 같이 달려보자는 이야기를 나누게 되었다. 마침 LX직원 가족 중에 행사준비위원회에 근무하는 분이 있어서 행사 당일 대구시장을 비롯한 지역 VIP들이 모두 모이는 사전 대기 장소에 나와 본부장이 참석할 수 있도록 해 주었으며, 나는 과거 대구시에 근무를 했었고 1년 전에는 시 산하 기관장으로 근무를 했었기에 시장을 비롯한 시의회 의장, 교육감 등 많은 지인들을 만날 수 있었다. 당일 대구시장을 비롯한 지역 유지들에게 LX 대구경북본부장을 소개해 주었으며, LX의 지역본부 사업에 유관 기관장들이 많은 도움을 주도록 부탁 말씀도 드렸다.

본사 홍보처에서는 공사의 랜디Landy 마스코트를 지원해 주었고, 지역본부와 지사에서도 많은 직원들이 10Km와 5Km 코스에 참여하였다. 수 만 명이 참여하는 국제행사 겸 축제에 LX를 홍보하고 플래카드도 들고 사진도 함께 찍으며 단합된 모습으로 멋지게 행사를 마무리하였다. 마라톤 행사는 시간이 오래 걸리지 않아서 오전에 끝이 나고, 참석자들과 함께 점심식사를 한 후 나는 달리기 했던 복장 그대로 위에 옷만 하나 더 입고 차량으로 바로 전주로 돌아왔다.

물론 아침 일찍 행사가 시작되기에 행사 전날인 토요일 저녁 대구에 도착하여 LX 지역본부 직원들과 간단하게 저녁식사를 하고 숙소에서 잠을 잤다. 공사의 책임자 자리를 맡고 있는 동안은 가능하면 사적인 일을 하지 않는 것이 좋겠다고 생각을 가지고 있었기에 친한 친구들에게 조차 전화를 하지 않고 직원들과 함께 식사를 하고 다음 날도 직원들과 함께 달리기를 하고, 직원들과 함께 점심을 먹고 전주로 돌아온 것이다.

그럼에도 불구하고, 후반기에 R감사에 대한 비리와 월권 문제가 발생하여 감사원의 감사가 시작되자 내가 휴일에 참석한 마라

2019년 4월 대구국제마라톤대회 LX 공사 참가단

톤 행사까지 시빗거리로 만들어 언론에 보도가 나오기도 했다. 내가 직원들을 강제로 동원했고, 내가 대구에서 향후 출마를 하는 등 정치적인 활동기반을 마련하기 위하여 인적 기반구축을 목적으로 대구에 갔다는 것으로 R감사가 나를 비난한다는 것이었다. 참으로 어처구니가 없었다. 나는 그런 이야기를 내게 와서 전달하는 노조위원장에게 "내가 정치적 기반을 구축할 목적이 있었다면 대구에 가서 직원들과 식사를 했겠느냐? 그리고 행사 당일이 일요일인데 점심만 먹고 바로 전주로 돌아왔겠느냐?"고 했다. 당시 나는 R감사가 참으로 수준이 낮은 사람이며, 자기가 정치적 변두리에 늘 그러한 생각을 하고 있으니 나에 대해서도 그러한 시각에서 바라보는 것이라고 생각했다.

시간이 지난 뒤 이 마라톤 행사에 참여한 것까지도 청와대의 조사 항목에 포함시켜서 나와 지역본부장은 조사를 받아야만 했다. 이런 것까지 자기가 아는 사람이 있다고 청와대에 일러바치는 사람도 한심하지만, 더욱 한심한 것은 이런 것을 조사하기 위해서 전주와 대구에서 근무하며 공무에 촌음을 아껴 써야 할 공공기관장과 임직원들을 하루 종일 몇 번씩 서울로 불러대는 것이었다. 대한민국이 어떻게 이런 나라가 되었는지 한숨이 절로 나왔다.

나는 전주시와 LX가 공동으로 개최하는 시민자전거 대행진 행사에도 한 번도 빠짐없이 2년 연속으로 참여하여 행사 참여자들과 함께 달리며, 시민 축제로 발전시켜나가도록 재정적, 인력적, 기술적 측면에서 적극 협조했다.

왜 전주에서 LX 직원들과 전주시민들이 함께하는 자전거 타기 행사에 참여한 것은 문제가 안 되고, 휴일에 대구에서 LX직원들과 시민들이 함께하는 마라톤 행사에 참여하는 것은 청와대 조사까지 받아야 하는지 도대체 이해할 수 없는 일이다.

행사는 행사의 취지에 맞게 참여하여 모두가 즐거운 마음으로 함께하는 것이지, 특정 개인이나 특정 기업이 주최하는 것도 아닌 지방정부가 주최하는 행사에 참여하는 공공기관장을 두고 도대체 무슨 정치적 의도를 가지고 그렇게 복잡하게 생각하고 유치하게 생각을 하는지 참으로 이해할 수가 없었다.

2019년 10월 전주시와 LX가 공동 개최한 전주 자전거 한마당

교육원장 1년 연임

2019년 6월 국토정보교육원장의 임기가 만료되는 시점이 얼마 남지 않았던 시기였다. 내가 2018년 7월 LX 사장으로 취임했을 때 당시엔 모든 간부들이 내가 아는 사람들이었다. 이미 공사의 연구원장으로 3년간 근무를 했었기에 비록 원장직 퇴임 후 2년 3개월간 LX를 떠나 있다가 돌아왔지만 그동안 보직의 변동만 있었을 뿐 생소한 사람은 거의 없었다. 유일하게 새로운 얼굴은 교육원 원장이었다.

교육원장은 국가 공무원으로서 공무원 교육훈련 분야에서 국장으로 근무를 하고, LX의 교육원 원장으로 채용되어서 근무를 하고 있었다. 첫 인상에서도 신뢰감이 갔고 그 이후 공사 업무를 함께 추진하는 과정에서 역량과 인품이 참으로 훌륭한 분임을 알게 되었다. 비록 나와 함께 근무한 기간은 오래되지 않았지만, 그동안의 성과나 직원들이나 간부들의 전반적인 평판도 매우 좋았다.

나는 교육원장의 임기가 2년인 것이 너무 짧다는 생각이 들었다. 나 역시 외부에서 LX에 들어와 연구원장으로 2년간 근무를 해보니 업무를 파악하고 제대로 추진하기에 부족하다고 생각했었는데, 마침 당시 공사의 사장께서 1년을 연장해 주어서 3년 임기를 마치고 LX를 떠났었다.

인사처장이 교육원장 임기 관련 사항을 가지고 보고를 들어왔을 때 나는 “내가 외부에서 와 근무를 해 보니 2년은 좀 짧은 것 같다. 그리고 김 원장님의 경우 그동안 해 온 성과나 역량 그리고 인품 측면에서 특별한 문제도 없었다. 특히 교육원의 경우 지금 한창 용인에서 공주로의 이전을 위해 마무리 공사를 하고 있는 중이고, 공사가 끝나면 이전을 하여야 하는 큰일이 있다. 더욱이 기존에 진행하는 연간 교육도 차질 없이 진행해야 하는 등 참으로 향후 1년이 매우 중요하고 어려운 시기가 될 것이다. 이러한 점을 종합할 때, 내 생각으로는 법이나 제도적으로 문제가 되지 않는다면 김 원장님을 1년 정도 유임시키는 것이 좋겠다는 생각이다. 그렇게 되면 현재 진행 중인 교육원 신축 공사도 완료되고, 이전 사업도 완료될 것이며, 학계와 공동 작업으로 추진 중인 새로운 지적교재 발간도 마무리되는 등 여러 가지 일들을 깔끔하게 마무리 할 수 있을 것"이라고 하였다.

인사처장은 법이나 제도적으로는 1년 연장을 하는 것은 문제가 없지만, 일부에서는 교육원장 인사와 관련하여 이런저런 이야기가 들린다고 했다. 나는 다른 몇 사람을 통하여 구체적으로 어떤 이야기가 있는지를 확인했다. 그 내용이란 R감사가, "교육원 원장의 임기가 곧 끝나기 때문에 다음 교육원 원장으로는 어느 지역의 본부장으로 근무하는 누구를 보낸다", "그 본부장 자리에는 누구를 승진시켜 보낸다"며 큰소리친다는 것이었다.

나는 만약 향후 실제로 이렇게 인사가 이루어진다면 사장의 인사권이 무기력하다는 것을 모든 직원들에게 확인해 주는 결과가 될 것이고, 그렇게 되면 조직의 기본적이고 공식적인 지휘체계는 무너지게 된다는 것을 너무나 명확하게 인식하고 있었기에 도저히 이를 방치할 수 없었다.

법과 원칙에 근거하여 내 판단에 따라 인사를 하겠다고 결심했다. R감사는 여러 채널을 통해서 사장이 교육원장을 유임시킬 수는 없을 것이며, 만약 그렇게 한다면 자기가 가만히 있지 않겠다는 이야기를 간부를 통해서도 나에게 전달해 왔다. 평소 자신의 정치적 인맥을 자랑하며 그런 언행을 해오다 보니 일부 간부들은 나를 찾아와서 자신이 생각해도 "교육원장이 아까운 분이기는 하지만 사장과 공사를 미래를 위해서 사장이 양보하는 것이 좋겠다는 의견을 충심에서 드린다."는 사람도 있었다.

나는 교육원장 유임을 결재했다. 그날 오후 간부 몇 사람이 와서 감사와 관계를 풀어나가는 것이 좋다며 일단 자기들이 감사를 설득할 테니 사장께서도 좀 더 포용하는 마음으로 감사를 한 번 만나만 달라고 했다 그렇게 하면 자신들이 R감사를 설득할 명분도 있다는 이야기였다. 나는 공사 발전을 위하여 기본 원칙을 지키는 데 있어 내 자존심에 연연하여 조직을 경직하게 만드는 것이 책임 있는 자세는 아니라고 생각하여, R감사의 방으로 가서 감사를 만날 것이며, 공사 발전을 위하여 사심 없이 최선을 다하고자 하니 감사도 이러한 나의 진정성을 이해하고 협조를 좀 해 달라고 하겠다고 했다. 그리고 비서에게 감사에게 사장이 감사를 만나러 가겠다는 의사를 전달하라고 하였다.

나는 감사의 방으로 갔다. 내가 들어가자 감사는 엄청 반갑게 나를 맞이하며, 자신이 사장실로 찾아가 뵈어야 하는데 사장님께서 방문을 해 주시니 몸 둘 바를 모르겠다고 너스레를 떨었다. 나는 "공사를 책임진 사장이나 감사가 서로 협조할 것은 협조해야 간부나 직원들이 마음 편하게 일할 수 있는데 현재 그러한 면에서 서로가 다소 부족한 것 같다. 그리고 앞서 간부들에게 이야기 한 바와 같이 공사발전을 위해 나는 일하려고 사장으로 왔고 사심 없이 모든 것을 바쳐서 일하고자 하니 감사께서도 이러한 점을 이해하고 적극적으로 협조해 주기를 기대한다"고 했다.

차 한잔을 하는 동안 자신은 정치적으로 아는 사람이 많으며, 청와대 비서실장인 영민이 형에게 앞으로 사장님께 잘 해드리도록 각별히 부탁하겠으며, 앞으로는 자기 방으로 오지 말고 자기가 사장실로 찾아뵙도록 하겠다고 했다. 나는 그런 격식 너무 따지지 말고 자주 소통하자고 하고 그의 방을 나왔다. 간부들은 나에게 감사하다고 했고, 나는 사장으로서 조직을 위해서는 어떤 일이라도 할 테니 앞으로도 이야기 할 것이 있으면 허심탄회하게 이야기해 달라고 했다.

해외 출장길에 받은 보고

다음 날 나는 투르크메니스탄 사업 관계로 해외 출장을 떠났다. 현지에 도착하여 보고를 받으니 감사가 소리를 지르고 난리가 났다는 것이었다, R감사를 만나서 협조를 요청하고 온지 불과 2일밖에 지나지 않았는데 도대체 무슨 일이 있었냐고 물었다. R감사는 그날 내가 교육원장 유임과 관련된 모든 것을 포기하고 자신에게 백기투항을 하러 온 것으로 알았다는 것이었다. 참으로 어처구니가 없었고 인간의 저질스러움을 다시 한번 느꼈다.

2019년 9월경 감사원 감사가 나왔다. 감사원 감사관은 공사내부 직원으로부터 R감사와 관련된 비리를 제보받았으며, 그 대상은 R감사의 비리와 월권 등에 관한 사항이라며 나에게 감사원 감사가 원활하게 이루어질 수 있도록 협조를 요청했다. 사실 나로서는 부담이 될 수밖에 없었다. R감사에 대한 부정적 행태나 인격적 문제, 더 나아가서 비리에 대한 척결이 필요하다는 측면에서는 이해가 되나, 감사원 감사로 인하여 공사 전반에 끼칠 영향이나 명예 등은 상당할 것이며, 직원들이 억울하게 피해를 볼 가능성도 배제할 수는 없었기 때문이었다.

나는 감사관에게 감사 과정에서 억울한 사람이 발생하지 않도록 해 달라는 부탁을 했다. 며칠간 감사원 감사가 진행되면서 R감사는 이번 감사원의 감사가 자신의 비리에 초점이 있음을 감지하고 무척 활동이 바빠지고 직원들에 대한 태도 역시 무척 예민하게 대응하는 모습을 보이기 시작했다. 상기된 얼굴로 직원들은 물론 내가 인사를 해도 인사조차 하지 않을 정도였다. 평소 그의 지나치게 거만하거나 때로는 비굴할 정도로 허리를 90도 굽혀서 인사를 하는 모습과는 전혀 대조적인 모습이었다. 그러면서도 무엇인가 나와 공사 직원들에 대해서 불만이 가득 찬 표정이 역력했다. 분명히 무슨 나쁜 일을 꾸미고 있는 것이 느껴질 정도였다.

들러리 지역 언론

감사원 감사가 어느 정도 진행되는 시점인 2019년 9월 하순 어느 날 갑자기 지역 언론에서 내가 아침운동을 하기 위해서 운전기사와 수행원에게 갑질을 했다, 사장이 풍수를 믿어서 공사의 출입문을 바꾸려고 한다, 규정을 어겨가면서 교육원장을 연임시켰다, 국제마라톤 행사에 공사 직원들을 강제 동원하면서 자신의 정치적 기반을 구축하려고 했다, 경상도 출신 사장이 전라도에 본사를 두고 있으면서도 자신의 고향에 드론교육센터를 설치하도록 하여 전북도민의 뒤통수를 쳤다는 등 참으로 어처구니가 없는 엉터리 기획 기사가 집중 보도되었다. 상당히 조직적으로 그러나 사실을 철저하게 왜곡하여 누군가가 언론과 밀착되어 활동하고 있다는 느낌이 들었다.

아침 운동

우선 나는 공사 출근시간 체크 시스템을 통

하여 사장 취임 후 아침에 출근하여 운동을 한 것을 전체적으로 파악해 보라고 하였다. 평균 1주일에 1.6회 정도 1시간 일찍 출근한 것으로 파악되었다. 언론에 운전원에 대한 갑질 문제가 보도된 다음 날 아침, 출근시간에 나의 운전원인 이 과장은 자신이 "갑질 문제를 기자에게 제보한 사실이 전혀 없다"는 말을 하면서, "기자로부터 전화가 왔지만 자신은 갑질로 생각하지 않는다. 그리고 기자가 잘 모르는 무슨 단속적 업무 동의서에 사인을 했느냐는 질문에 대해서도 그런 것 잘 모르고 사인을 한 적이 없다고 했다"면서 "사장님께서 오해하지 않았으면 좋겠다"고 했다.

평소에 누구보다 신뢰하는 이 과장이 그렇게 하지 않는다는 것을 믿고 있었기에 나는 이 과장에 대해서는 조금도 의심을 하지 않았다. 다만, 다음 날 확인된 것은 이 과장이 '근로 단속적斷續的 업무'가 무엇인지 용어를 몰라서 운전원들이 모두 함께 사인을 했지만 기자의 질문에 "그런 것을 모르고, 사인을 한 바 없다"고 잘못 대답을 했다고 하는 것뿐 이었다.

나 자신도 그러한 용어는 처음 들어본 것으로서 운전원 등 특수업무를 하는 직종에 근무하는 직원들은 일반직원들과는 다르게 오전 9시 출근하고 오후 6시에 퇴근하는 것이 아니라, 출퇴근 등을 포함하여 주52시간 근무시간 준수의 예외가 된다는 것이었고 모든 운전원은 업무의 특성상 본인들의 사인을 다 받았다는 것이었다.

나는 언론에 기사에 대한 갑질 문제가 보도된 이후 오히려 이 과장이 나에 대하여 너무나 미안해하는 모습을 보는 것이 안타까웠고, 공사 모든 직원들의 주목 대상이 되면서 '자기가 모시는 사장에 대하여 운전기사가 어떻게 언론에 그렇게 제보를 할 수 있는가?'라는 오해로 따가운 시선이나 비난을 받는 것이 너무나 안타깝고 걱정이 되었다. 사실이 아닌데 얼마나 억울할지, 나를 볼 때마다 이 과장 입장이 너무나 난처할 것 같았다. 착하고 순박하고 성실한 이 과장은 거의 고개를 들지 못하는 모습이었다.

이 과장의 입장을 생각하여 다른 임원의 기사와 자리를 바꿔주는 것도 생각해 봤지만, 그렇게 한다면 많은 사람들의 오해를 사실로 인정하는 것이 될 수도 있을 것 같았다. 오히려 내가 변함없이 이 과장을 믿어주고 함께 계속 그 자리에서 일할 수 있도록 하는 것이 시간은 걸리겠지만 이 과장에 대한 오해가 자연스럽게 풀릴 수 있을 것으로 판단했다.

다만, 갑질에 대한 문제가 다른 언론이나 방송이나 노조의 성명서에서 그치지 않고 계속 반복적으로 나오고 있기에 나는 한편으로는 이 과장이 차라리 계속 침묵하기보다는 자발적으로 명확하게 사건의 전반에 관하여 기자들에게 입장을 밝혀주기를 기대했다. 그러나 이 과장은 그렇게 하지는 않았다. 나는 내가 이 과장의 입장이었다면 어떻게 했을까 하고 생각해 보았다. 나는 분명히 목에 칼이 들어오더라도 내 입장을 밝혔을 것이라 확신하였다. 그렇다고 내가 이 과장에게 자신의 명확한 입장과 사실에 관하여 밝혀달라고 이야기 할 수는 없는 일이었다.

한참 시간이 지나서 갑질 문제가 언론에 보도된 초기에 간부들

몇 사람이 이 과장을 불러 향후 절대 언론기자와 접촉을 하지 말라는 이야기를 했고, 그렇게 해야만 더 이상 문제가 확대되지 않을 것이라고 했다는 이야기를 들었다. 그동안 이 과장이 겪었을 마음의 고통에 대하여 참으로 안타까운 마음을 금할 수 없었다.

내가 해임이 된 이후 이 과장은 이 사건은 갑질이 아니라 어떤 세력에 의하여 의도적으로 기획되어 보도된 것이며, 전혀 사실이 아니라는 것을 장문의 진술서로 정리하여 법원에 제출하여 협조를 해 주었지만, 공사에서 어떠한 영향력을 행사했는지 확인할 수 없지만 재판의 진행과정에서 내가 요청한 증인채택에 대하여 응하지 않았다.

나는 갑질 부분을 포함하여 기타 부분에 관해서도 객관적인 사실 여부를 모두 정리하여 해당 언론사와 기자에게 보내도록 하고 설명을 해 주도록 하였다. 기자들은 일부 사실 확인을 제대로 하지 않았던 점에 대해서는 인정을 하면서도, 정정 보도를 하지는 않았다. 오히려 회피하는 태도만 보였다. 한번 보도된 기사는 다음 날 다른 신문에서 받아쓰기 형태로 적당하게 편집하여 다른 내용을 주타이틀로 반복적으로 보도를 하는 등 조직적인 행태를 나타내었다.

해임 프레임

어떤 기자는 아예 홍보처 담당자에게 "사실

여부는 중요하지 않다. 모든 프레임은 최창학 사장을 퇴진시키고, 지역 출신의 새로운 사장이 LX사장으로 되는 것이다."라는 이야기를 하면서 아마도 "누구누구가 중심이 되어서 정치적으로 접근을 하는 것 같다."는 이야기를 했다. 대략적으로 이야기를 종합하면서 누가 어떻게 연결이 되어서 이러한 일이 갑자기 연속적으로 일어나고 있는지 관계된 연결고리와 그림이 그려졌다.

노조에서는 신문보도와 시기를 맞추어 사실이 아닌 내용을 그대로 인용하여 성명서를 게시하였다. 나로서는 너무 일일이 언론이나 노조에 민감하게 대응하는 것이 바람직하지 않다고 생각을 해서 공식적인 대응은 최대한 자제했다.

드론교육센터와 관련 MOU 관련 보도도 MOU의 내용이 법률을 위반한 사항이 없음에도 MOU를 체결한 지 2개월이나 지나서 보도를 하였고, 내용도 아주 악의적으로 '사장이 자신의 고향인 경상도에 드론교육센터를 유치하는 것을 내정해 놓고 경북도와 MOU를 체결하여 공사가 입지한 전북도민의 뒷통수를 쳤다'고, 매우 자극적으로 지역감정을 조장하는 내용으로 언론을 사주하여 각종 보도를 하도록 하고, 보도된 내용을 전주지역 출신의 J 국회의원에게 보내서 국정질의를 하게 하는 등 참으로 파렴치한 공작을 하였다. 국정질의 내용은 다시 언론 보도와 스크랩과정을 거쳐서 기관장을 아주 문제가 많고 형편없는 사람으로 만들어 해임해야 한다고 정부에 전달을 하는 등 참으로 이 분야의 능수능란한 역할을 조직적으로 하고 있음을 확인할 수 있었다.

2019년 10월 8일-28일 청와대 민정수석실 공직기강비서관실에서 공사에 대하여 조사할 것이 있다면서 공사 임직원 8명을 11회 불러서 조사를 했다. 먼저 조사를 다녀 온 직원들은 조사 내용이 대부분 사장과 관련된 신문보도 내용이었다고 하고, 실제로 조사 시에는 신문기사 복사된 내용에 관하여 사실여부를 확인을 하는 것이었다고 했다.

나에게도 일정을 잡아서 나와 달라고 해서 10월 23일 창성동 별관으로 갔다. 이야기 들은 바와 마찬가지로 신문기사를 복사한 A4용지를 묶어서 형광펜으로 칠한 부분에 대하여 질문을 하고 답변을 하는 것이었다. 전반적으로 2명의 조사관이 친절하게 질문을 하고 나도 사실대로 답변을 했다. 한 명의 조사관은 질문과 관련 법령을 찾아서 신문기사에서 언급한 내용이 관련 법률을 위반한 것에 해당되는지 여부를 확인하는 것이었고, 다른 한 명은 보충질문을 하거나 질문과 답변 내용을 빠른 속도로 노트북을 활용하여 워드프로세스 작업을 했다.

조사관 본인들도 상식적으로 쉽게 판단하는 부분에서는 더 이상 길게 질문을 하지 않았으나 공사 내부의 좀 더 깊이 있는 사항에 관해서는 어떻게든 사실이 아니라고 내가 부인함에도 불구하고 어떻게든 사장과의 연관성 고리를 만들고 실정법을 위반한 것으로 만들려는 강한 의도가 느껴지기도 했다. 유도심문도 몇 가지 있었다. 당일 조사받은 항목 가운데 언론에 보도된 사항 이외에 다른 사항은 없었다. 조사 과정에서 정확한 확인이 필요한 사항에 관해서는 조사관이 있는 자리에서 휴대전화로 담당자에게 전화를 걸어서 자세한 내용까지 확인을 해 주었다.

조사와 잠시 휴식, 식사 시간 등이 반복되면서 오전 10시에 시작한 조사가 밤 11시가 넘어서 끝이 났다. 조사를 마치고 잠시 휴식 시간을 가진 후 당일 조사받으면서 질문과 답변 전체를 정리한 내용을 프린트해서 보여주면서 읽어보고 오류가 없는지 확인해 달라고 하였다. 나는 당일 이른 아침 전주에서 출발하여 상경하였고, 장시간 조사를 받아서 무척 피곤하였지만, 정신을 집중하여 끝까지 읽었고 사인과 손도장을 페이지마다 찍었다. 12시 전에 모든 조사 일정을 마치고 귀가했다.

당일 조사를 받으러 갈 때부터 마치고 나올 때까지 특별히 문제가 되거나 마음에 걸리는 내용이나 불안한 마음은 없었다. 다만, 이 조사가 청와대의 능동적인 감찰이나 자체 내에서 정상적인 절차를 거쳐서 시작된 것이 아니라는 느낌이 들었고, 누군가 신문기사를 복사한 묶음을 전달하여 조사가 되었다는 것을 조사과정에서 느낄 수 있었다. 예상되는 것은 있었지만 확인할 방법이 없었다. 지인을 통하여 어떻게 된 것이냐고 확인한 결과 민정수석은 자기 산하에서 이러한 조사가 이루어지고 있는지 조차 전혀 모르고 있는 상황이었다.

며칠이 지나고 어떤 사람이 R감사가 청와대를 방문하여 평소 '영민이 형'이라고 자랑하던 대통령 비서실장을 만나서 식사를 하였다는 것을 확인해 주었다. 그리고 며칠 지나지 않아서 공직기강

비서관실의 공사 임직원들에 대한 호출 조사가 이루어진 것이 확인되었다. 그러나 그 이야기를 전해 준 사람의 신변을 보호해 주어야 하기에 더 이상 이를 확대하거나 물어보지는 않았다.

내가 조사를 받은 후에도 다시 몇 사람은 보충조사를 받았다. 총 20일간의 조사가 끝났다. 조사를 받았던 공사의 간부들도 조사를 받은 후 나를 찾아오거나, 전화를 통해 조사받은 내용과 답변한 내용에 관하여 몇 가지 신문기사를 억지로 연결시켜서 법이나 규정위반으로 만들어 보려는 의도성이 보였지만 앞뒤의 관계상 사실이 아니기에 그럴 수 없었다는 이야기를 했다.

조사를 받았던 어떤 간부는 참으로 한심한 청와대라고 하면서 오죽이나 할 짓이 없으면 쓰레기 같은 신문기사를 가져다 놓고, 말도 되지 않는 내용을 확인하느라 공사의 바쁜 임직원을 몇 번씩 불러대는지 도대체 이해할 수 없는 나라가 되는 것 같다고 했다. 솔직히 나 자신도 같은 느낌과 생각이 들었다.

청와대 조사를 받은 다음 주 화상회의를 마치면서 나는 그동안 우리 공사와 관련하여 일어난 일련의 사건에 대하여 내가 직접 전체 직원들에게 입장을 밝히는 것이 도리라고 생각했다. 이것을 미룰 경우 불필요한 유언비어가 더 활개를 칠 것으로 판단하여 입장을 밝히기로 했다.

우선 공사의 사장으로서 일련의 불미스런 일이 언론에 오르내리고, 청와대 조사를 받는 등 모든 사항에 대하여 사장으로서 책임감을 느끼며 향후 더욱 철저하게 나 자신과 공사의 전반적인 업무를 챙겨 나가겠다는 것을 이야기했다. 아울러 결코 법을 위반하거나 양심에 부끄러운 일이 없었다는 것을 밝히고, 앞으로 공사의 모든 임직원이 책임감을 가지고 소신껏 일하자고 했다. 그리고 절대 부정한 청탁이나 압력에 굴하지 말고 특히 인사나 계약관련 부서에서는 일을 처리함에 있어서 목에 칼이 들어와도 아닌 것은 아니라고 할 수 있는 자세로 일해 달라고 하였다.

그 뒤 몇 달이 지나도 아무런 연락이 없었고, 국토부에서는 청와대 조사결과 특별히 문제가 될 만한 것이 없어서 종결처리가 될 것으로 본다는 이야기를 전해 주었다.

2019년 11월 4일-15일 국토부에서 공사에 조사를 나왔다는 보고를 받았다. 일반적으로는 감사든 조사든 나오면 기관장에게 와서 차 한잔을 하면서 감사나 조사를 나온 목적을 설명하고, 최대한 협조를 부탁하는 것인데, 그런 것이 없이 그냥 실무자들에 대하여 간단한 확인을 하는 것이라고 보고를 받았다. 주말과 공휴일을 제외하면 실제로는 며칠 되지도 않았다.

국토부 조사는 특별한 내용이 없고, 지난번 청와대에서 조사한 신문기사 내용에 관하여 주로 확인하는 정도라고 했다. 퇴근시간에 비서실장은 당일 어느 부서 누가 조사를 받았는데 별다른 이슈가 될 만한 사항은 없었다고 간단하게 언급하는 정도로 보고를 했다.

다만, 삼척지사 신축과 관련하여 현직 교수이면서 공사의 비상임이사를 맡고 있는 Y교수가 자신의 친구를 몇 차례나 공사의 관계자에게 소개한 것이 문제가 될 수도 있을 것 같다고 보고를 했다. 나는 많은 교수들을 만나면서 그분들 입장에서는 순수한 마음으로 지인들을 소개하지만 결국 나중에 이로 인하여 크게 고역을 치루거나 불명예스러운 일이 발생하는 것을 종종 보아 왔기에 Y 교수와 관련해서도 그럴 가능성이 있는 것으로 판단했다.

평소 같으면 내 방에 와서 차라도 한잔하고 갔을 텐데 그날은 승강기 앞에서 조사를 받고 바로 나가는 그녀를 보았을 때 거의 혼이 빠진 것과 같은 얼굴을 확인할 수 있었다. 아무래도 자신이 한 일이 얼마나 큰 파장을 일으킬 수 있는지 그렇게 심각하게 인식하지 못했던 것 같았다.

공적인 업무에 관계되는 사람은 누구나 해당분야의 전문성 못지않게 공직윤리와 책임에 대하여 분명한 이해와 확고한 가치관 정립이 우선적으로 확립되어 있어야 한다.

특히 전문성이나 역량이 부족함에도 정치적 배경을 활용하여 낙하산 인사로 공공기관에 부임하는 경우 이러한 사고가 나는 경우는 빈번했고, 근래에 와서는 운동권 출신들이 정치권력의 전면에 나오면서 이러한 현상은 더욱 심하게 나타나는 것 같았다.

나의 운전원인 이 과장도 운전원 갑질 부분에 대하여 조사를 받았으며, 자신은 갑질이 아니라고 일관된 주장을 하였다고 했다. 이 과장과 감사관과의 문답 내용은 그대로 자료로 남았고, 나중에 소송에서 피고 측이 증거자료로 제출하기도 했다.

참으로 모순적이며 이해할 수 없는 것은 그들이 '사장이 기사에게 갑질을 했다.'고 주장하는 근거 자료로 제출한 증거 자료를 읽어보면 그 내용에는 '사장이 기사에게 갑질을 하지 않았다.'는 진술내용을 기록하고 있다는 것이다. 이런 코메디 같은 일이 그들은 무조건 사람을 해임시키면 상대방이 저항하지 못할 것이라는 것을 믿고 이제까지 권력을 마음대로 휘둘러 왔다는 것을 의미하고 있었다.

추후 내가 해임취소 소송을 제기하자 그들은 다급해져서 내가 해임되어 공사를 떠난 뒤에 연속으로 4차례나 강도 높은 감사를 하면서 억지로 해임사유를 사후적으로 만들어보려고 별별 시도를 다 한 것으로 들었다. 그러나 아무리 그렇게 반복해서 조사든 감사를 한다고 하더라도, 진정 하지 아니한 사실을 바꾸고 왜곡시키려는 시도는 한계가 있었다. 앞뒤가 맞지 않고, 선후가 맞지 않게 되자 결국 그들도 한계를 느낀 것 같았다.

민주주의 국가에서 명백하게 법적으로 반드시 거쳐야 할 절차조차 거치지 않았던 것에 대해서는 온갖 핑계를 다 동원하여 우기는 그들을 보면서 그들이 국민의 세금을 받고 일하면서 도대체 누구를 위해서 일하고, 저런 일을 하면서도 과연 보람과 긍지를 가질 수 있는지 궁금했다.

당시, 공사의 방대한 조직에서 일어나는 수많은 보고 사항이 있었기에 국토부 감사와 관련된 사항은 전반적인 내용 이외에는 나로서 비중 있게 다루어야 할 사항이 아니었다. 평소 직원들의 경우 이미 오래된 경험에 기초하여 직무에 관한 훈련이 되어 왔고,

제도와 관행이 어느 정도 정착된 조직이기 때문에 본사 조직에서는 큰 문제가 발생하기는 어려운 구조였기 때문에 국토부가 아니라 그 누가 조사를 한다고 하더라도 제대로만 한다면 불편함이 따를 뿐이지 크게 불안해 할 이유는 없었기 때문이다.

민노총 산하 LX 노조

연말이 되면서 노사협의회와 관련하여 논의해야 할 이슈가 몇 가지 있었다. 2018년도의 경우 12월 31일 종무식을 앞둔 시간까지도 노사협의가 마무리되지 못해서 종무식 준비를 다 해 놓은 상황에서 직원들이 기다리는 일도 있었다. 2019년에는 가능하면 조속히 마무리 짓고 노사 간 좋은 분위기에서 2020년을 맞이하고 싶었다.

그러나 노조는 인사위원회구성원으로 노조 대표를 참여하게 해 달라는 등 인사부분에 있어 여러 가지 여건을 고려해 볼 때 수용하기 어려운 내용을 제기하였다. 그동안의 실무협의 과정에서 협상의 진도가 나가지 않으니, 부사장은 '인사위원회에 노조 대표를 참여할 수 있도록 사장을 설득하겠다.'는 것을 피력하였고, 노조에서는 그래서 앞부분에서 쟁점이 되었던 것을 협의해 왔다는 것이었다.

내가 사장으로서 인사와 경영에 관한 사항은 아직 공사의 여건상 받아들일 수 없다고 하니, 노조에서는 그럼 앞에 협의한 것도 인정할 수 없다고 했고, 나름대로 중재 역할을 해 왔던 부사장은 입장이 곤란하게 되었다.

나는 협상을 빨리 진행하기 위해서 양보하고 타협할 사항이 있고, 그렇게 할 수 없는 부분이 있는데, 경영에 따른 책임을 져야 하는 부분에 있어 1차적으로 책임을 지지 않는 노조가 개입하는 것은 바람직하지 못하다는 입장이었다. 결국 팽팽한 줄다리기가 계속되고 시간을 지연되다가 양측은 이 문제는 다음 연도에 계속해서 논의하는 것으로 매듭을 짓고 2019년도 단체협상을 마치게 되었다.

사실 나는 연구원장 시절 노사협의가 너무나 비생산적으로 이루어지는 것을 큰 문제로 파악했기에 사장에 취임하면서부터 노조에 대해서는 허심탄회하게 이야기를 나누고, 여건이 허락하는 범위에서는 늘 긍정적으로 의견을 수용하려고 최대한 노력했었다. 그러나 노조는 요구사항을 들어줄수록 끝이 없었고, 더욱이 2019년 후반기에 들어가면서부터는 억지주장과 예측이 불가능한 행태를 나타내기 시작했다. 바로 2일 전까지 서로 화기애애한 분위기로 체육대회도 하고, 함께 트래킹도 하면서 아무런 불만이나 요구사항을 이야기조차 하지 않았는데, 어느 날 갑자기 장문의 성명서를 발표하고, 전혀 근거도 없이 엉뚱한 주장을 하며 횡설수설하기도 했다.

특히, 나는 취임 후 처음으로 노조에서 2019년 하반기에 게시한 성명서를 읽어보고 참으로 어처구니가 없었다. 첫 문장이 '한국국토정보공사의 주인은 노동조합이며…'로 시작하는 성명서의 전반적인 내용을 보고서 노조의 인식수준이나 그들의 행태 등에서 상당히 실망을 하였다.

어떻게 노조가 공사의 주인이라고 첫 문장부터 쓸 수 있단 말인가? 공사는 공공기관이고 그 주인은 국민이고 국가이기 때문이다. 아울러 성명서 내용의 전반적인 흐름은 바로 R감사와 사장을 갈등관계로 설정하고 양비론적 시각을 가진 것처럼 논리를 전개하려고 애쓰고 있었으나, 핵심은 그것을 빌미로 자신들의 요구사항을 전폭적으로 수용해 주지 않는 사장에게 자신들이 강경하게 대처하겠다는 것이었다, 누군가 노조 위원장과 일부 강성파 노조간부에게 의도성을 가지고 영향력을 주입하고 있음이 성명서 문장을 통해서 나타났고 그들의 언행을 통해서도 바로 그러한 느낌을 받을 수 있었다.

2019년 상반기 정기인사에서 R감사는 감사실의 인사를 횡행하여 자신의 출신지역을 중심으로 전체인력의 62%를 채웠으며, 크고 작은 입찰과 계약과정에도 개입하고, 공사 인사처 관계자를 불러서 명단을 가져오라고 한 후, 자신이 O와 X표를 하여 그렇게 하도록 압력을 행사하는 등 공사 전반에 있어서 자신의 영향력을 본격적으로 행사하면서 자신의 비합리적이고 부정적인 행태에 협조하지 않는 사장에 대해서도 여기저기 불만을 노정하였다.

R감사의 그러한 비행이나 월권이 점차 심해지자 간부들의 불만이 누적되어갔고, 급기야 몇 명의 간부들은 감사원 감사를 요청

하는 사태가 발생하였다.

감사원 감사가 본격적으로 시작되자 위기를 간파한 R감사는 사장이 자신을 그렇게 했다고 온갖 소문을 내며, 지역 정치 패거리와 언론을 총 동원하여 2019년 9월부터 사장에 대한 왜곡된 부정적인 기사를 집중적으로 내보내기 시작했다.

2020년으로 들어가면서 갑자기 전대미문의 코로나19 상황이 발생하여 하루하루가 급박한 상황이 전개되기 시작했다. 마스크 대란이 일어나고, 각종 주요행사가 연기 내지는 취소되는 등 매우 혼란스런 상황이 연일 계속되었다.

노조에서는 이를 지나치게 확대해석하여 현장 측량업무를 전면적으로 중단할 것을 요구했고, 간부들과 협의를 한 결과 공사가 공공기관으로서 국민의 삶의 한 부분과 밀접하게 관련된 역할을 수행하기 때문에 전국적으로 현장 업무를 중단하는 것은 바람직하지 않다는 결론을 내었고, 다만 각 지역의 특수한 상황이 있을 경우 지역본부나 지사에서 현장업무 수행여부를 판단하여 결정하면 본사는 이를 수용하도록 하겠다는 입장을 발표했다.

오히려 국가적인 위기 상황에서는 정부나 공공기관은 더 앞장서서 책임감을 가지고 국민의 고통이나 불편함이 최소화될 수 있도록 하는 것이 바람직하다는 것이었다. 특히 LX는 정부사업을 위탁받아서 수행하는 준정부기관이기에 정부와 사전협의도 없이 일부지역에 코로나가 발생했다는 것만 사유로 하여 전국적으로 갑자기 모든 현장업무를 중단하라는 노조의 요구는 너무 지나친 요구였기에 수용할 수 없는 일이었다.

철저한 방역조치에 따라서 긴급한 업무 중심으로 처리하되 상황이 위급하면 현장 상황에 맞추어 결정하도록 하고, 본사와 긴밀히 협의하도록 하였으며, 매일 오전과 오후 화상회의를 통하여 상황을 공유하고 신속히 대응할 수 있도록 하였다.

내가 임기를 갑자기 마친 2020년 4월까지 공사에서는 단 한 명의 코로나 감염자도 발생하지 않았다. 그러함에도 불구하고, 노조는 당장 모든 현장업무를 중단하지 않도록 했다는 것을 구실로 '사장이 직원들의 안전을 경시한다.'는 내용의 성명서를 발표하는 등 노골적인 저항을 하며 지역 언론과 합작을 해서 여론을 악화시켜 나갔다. 설명과 설득은 전혀 받아들여지지 않았다.

사실이 아닌 내용을 교모하게 왜곡 각색하여 기사를 반복적으로 보도하도록 하고, 사실이 아니라고 여러 차례 근거 자료를 제시해도 무시해 버리는 일이 빈번하게 일어났다. 어떻게 당사자에게 단 한 번의 확인 절차도 없이 일방적이고 반복적으로 엉터리 기사를 내보내는지 이해할 수가 없었고, 일부에서는 지역 언론과 노조를 뒤에서 누군가 조종하고 있다고 이야기를 하였다. 예상되는 것이 있었지만, 내가 그들을 상대로 어떻게 할 수 있는 방법은 별로 없었다.

그렇게 일단 보도된 기사는 유무선으로 확대 재생산하는 과정을 거치도록 했으며, 그다음 단계로는 이 왜곡된 보도 내용을 스크랩하여 지역출신 국회의원, 국토부, 청와대까지 지인들을 통하여 전달하여 사장이 마치 엄청난 문제가 있는 사람인 것처럼 만들어 나갔다. 물론 노조를 통한 공세도 더욱 노골적으로 본격화되었다.

R감사는 실로 선동과 배후에서 특정세력을 조종하는 분야에 있어서 탁월한 역량을 가지고 있었다. 자신의 비리와 월권 등 조사 내용과 결과가 일정 수준을 넘어서 서서히 폭로될지도 모른다는 위기감을 느끼자, 그는 이 늪에서 빠져나가기 위한 유일한 방법이 사장에게 내·외부의 시선을 집중시키는 것임을 노골적으로 드러내며 총공세를 하였다.

비리 월권 감사의 해임

그러한 가운데 2020년이 되고, 1월 중순경 감사원 감사결과에 따라 결국 R감사의 교활한 공작행위에 대한 징계위원회가 열려서 결국 해임이 의결되었으며, 본인이 직접 나가서 소명까지 했지만 공공기관운영위원회에서는 만장일치로 그의 비위사건에 관하여 해임을 확정했다. 기재부 장관은 인사권자인 대통령에게 감사에 대한 해임건의가 이루어지고, 2020년 1월 말 그는 대통령에 의하여 해임되었다.

하루는 평소 오래전부터 알고 지내는 P교수로부터 전화를 받았다. 서로 안부를 묻고 나서 P교수는 우리공사 R감사에 대하여 언급을 하면서 참으로 뻔뻔하기 그지없는 사람이고, “그런 사람하고 함께 일하느라 얼마나 최 사장이 힘이 들었겠느냐?"고 위로의 말을 전했다. 나는 그때서야 P교수가 공공기관운영위원회 위원으로 참석하여 R감사의 징계에 참여한 것을 알았으며, 당일 위원회 분위기와 R감사의 뻔뻔한 태도를 한 번 더 확인했다. R감사는 1월 마지막 날 해임이 되었고, 떠나는 날 사장을 비롯한 임원들에게 한마디 인사도 없이 나갔다.

평소 문재인 정권창출에 참여하였다는 것을 무기 삼아서 온갖 비리와 월권을 행사하고, 운동권 출신들의 연고와 지연, 학연을 기반으로 날뛰던 R감사를 포함한 패거리들은 R감사가 해임되자 더욱 극성을 부리기 시작하였다.

R감사는 자신이 해임된 다음 날 공사를 떠났지만 자신의 고향인 전주지역에서 자신의 정치적 지인과 지역적 연고를 총동원하여 사장을 해임하도록 온갖 음해공작을 집중적으로 시도하기 시작했다.

나는 R감사가 해임된 후 2020년 2월 공사의 정기인사를 앞두고 5가지 인사원칙을 선언하였다.

1. 철저하게 역량과 실적을 우선적으로 하고, 확실하게 책임성과 소신을 가지고 일하는 사람을 우선할 것 2. 평소 학습하고 자기 능력개발을 위해서 노력하는 사람을 발탁할 것 3. 성희롱, 음주운전 등 윤리성 측면에서 조금이라도 문제가 된 경우는 무조건 배제할 것 4. 전국 조직이기 때문에 격무지에 근무하는 사람, 말없이 맡은 바 일을 열심히 하는 사람이 소외되지 않도록 각별히 신경을

쓰도록 할 것 5. 장기간 근속자, 성별, 지역별 차별이 없도록 할 것 등을 강조하며, 인사처는 목에 칼이 들어오더라도 흔들림 없이 위의 명확한 기준을 지켜서 인사를 하도록 해야 하며, 추후 누가 왜 그러한 인사가 이루어졌는지에 대하여 의문을 제가 한다면 자신 있게 그 근거를 밝힐 수 있도록 하도록 하라고 했다.

이미 나에게는 보복인사를 할 것이라는 이야기가 들리는데, "전 직원이 보는 화상회의에서 사장이 공식적으로 선언한다. 절대 보복인사는 없다."고 강조했다. 당시 내가 주재한 화상회의는 보존 자료로 그대로 보존되어 있기 때문에 언제든지 당시의 회의 내용을 확인할 수 있다.

이렇게 공개적으로 인사의 원칙을 선언했음에도 불구하고, 이미 감사실에 R감사의 수족역할을 하며, 비리에 가담했던 일부 직원은 지레 겁을 먹고 "R감사가 해임되었기 때문에 사장이 자신들에게 보복인사를 할 것이다."라고 계속 소문을 내면서 자신들의 보호막을 만들기 위해 노조와 결탁하기 시작했다.

나는 R감사가 특정지역 중심으로 왜곡시켜 놓은 감사실 인력 구성과 비정상적인 운영을 바로잡기 위하여 과거 감사실에 근무한 경력이 있는 간부를 신임 감사실장으로 임명하고, 신임 감사실장의 감사실 직원에 대한 전출입요구서를 받아서 지역균형과 업무의 전문성 책임성 등을 고려하여 인사를 실시하였다.

그러나 이러한 정당한 인사를 두고, 비리로 물러난 감사를 추종했던 사람들은 지역 언론에 "사장으로부터 보복인사를 당했다"

라는 엉터리 프레임을 씌웠고, 노조에서는 자신들이 주장하는 승진요구와 기타 평소 요구 사항을 수용하지 않았던 데 대한 불만을 이를 기회삼아 "사장이 감사실에 보복인사를 했다"고 주장하며 사장 관련 엉터리 조작된 내용을 성명서와 현수막으로 게시하면서 퇴진운동을 전개하기 시작했다.

물론 그들 조직은 자신들의 행위를 정당화하며, 신속하게 정부측에 이러한 내용을 전달하고, 정부 내부에 근무하는 지역연고 인적 네트워크와 노조가 서로 상황을 공유하며 손발을 맞추어 가고 있었다. 한 가지 확인된 것은 노조에서 사장퇴진 운동을 의결하는 것 역시 인민재판식으로 거수를 통하여 결정하는 등 참으로 한심한 방식이었다는 것이다. 그렇게 일사천리로 그들의 파렴치한 공작은 계속되었다.

보복이라는 것은 우선적으로 어떤 작용이 있고, 이에 따른 반작용을 말하는데, 이러한 맥락에서 본다면 R감사는 스스로 사장에게 나쁜 짓을 아주 많이 했다고 인정하는 것을 의미하게 되는 것이다. 솔직히 나는 비리와 월권을 일삼은 감사를 일일이 상대할 가치가 없다고 생각하며 그에게 관심을 두지 않았고, 내가 판단하여 아닌 것은 아닌 것으로 처리하였으며, 비리와 월권에 동조하지 않았고 현저하게 왜곡시킨 것을 규정과 절차에 따라 정상화 한 것이 전부였다. 그럼에도 불구하고 파렴치한 패거리들은 보복인사라는 프레임을 만들어 사장에게 덮어씌우고 이를 지속적으로 반복 확산해 나갔다.

전화 그리고 문서 한 장

나는 2020. 4. 2. 근무시간 종료 이후인 오후 6시 35분에 처음 국토교통부 담당국장으로부터 "5분 뒤에 전자문서로 사장님에 대한 해임 통보가 간다."는 황당하기 그지없는 전화를 받았다. 그리고 잠시 후 확인한 공문에는 처분의 근거나 해임에 관한 구체적 사유가 기재됨이 없이 '공공기관운영에 관한 법률 제35조 제3항에 따라 공사 사장직에서 해임처분을 한다.'는 내용이 적혀 있었다. 전자문서 1페이지로 해임처분을 받게 되었던 것이다.

참으로 어처구니가 없었고, 황당하기가 그지없었다. 나는 이러한 사실이 믿어지지가 않았다. 어떻게 인권과 공정과 민주를 무엇보다 중요시한다고 선언했던 이 정부가 이럴 수 있는지 도저히 이해할 수가 없었다.

공사 내부의 변호사를 불러서 자문을 받았다. 우선 공공기관운영에 관한 법률 제35조 제3항이 어떤 내용인지 물었다. 변호사는 상법 주식회사 이사의 책무에 관한 사항을 준용하는 것이라 했고, 다시 확인한 상법 이사에 관한 책무는 성실의 의무, 비밀유지의 의무 등이었다. 도대체 내 스스로 공공기관장으로 이제까지 근무하면서 법이나 규정은 물론 공직자가 갖추고 지켜야 할 윤리적 도덕적 책무를 어긴 것이 별로 기억나지 않았다. 임기를 중도에 그만두어야 할 만큼의 양심에 부끄러운 일은 하지 않았다.

12살 때, 할머니 사진에 절을 하고 부모님과 헤어져 혼자서 눈물을 흘리며 버스를 타고 고향마을을 떠나는 때부터 '스스로를 속이지 말자.'라는 중학교 교훈을 늘 마음에 새기며 살아왔고, 대학 시절부터 행정학을 공부하면서 공적 업무에 대한 확고한 사명감과 국가와 국민에 대한 책임감을 누구보다 강하게 가지고 살아왔으며, 15년이 넘는 대학 강단에서의 생활은 물론 그 이후 공직자로서의 삶에서도 다른 것은 몰라도 스스로 부끄럽지는 말자고 다짐하였는데 그 모든 것이 이렇게 부정되는 순간을 맞게 되니 현실이 믿어지지 않았다.

나는 이제까지 내 스스로 지켜온 자아와 스스로 한 약속을 지키기 위해서, 그리고 가족, 친구, 친척은 물론 내 강의를 들었던 많은 학생들, 나를 믿고 따라 준 직원들, 나를 믿고 나에게 일을 맡겨준 많은 상사와 선생님들에 대한 책임감을 가져야 한다고 생각했다. 그들에게 사실이 아닌 것으로 나에 대한 실망을 안겨줄 수는 없었다.

나를 누구보다 아껴주는 70세가 된 넷째 누나로부터 전화를 받았다. 누나의 전화 목소리엔 울음이 배어 있었고, 누나는 부디 아무것도 신경 쓰지 말고, 몸 건강만 챙기라고 했다. 나는 어떤 대답도 할 수 없었고 눈물만 흘렸다. 부모님 생각도 났다. 나는 결심했다. 그 어떤 고통이 따르더라도 반드시 이 불명예의 올가미를 벗어나야 한다고 결심했다. 천박한 방법이 아니라, 시간이 걸리고 많은 고통이 따르겠지만 대한민국에서 살아가는 책임 있는 한 사람으로서 정당한 법적 소송을 통해 끝까지 사실을 밝히겠다고 결심했다.

8.

아닌 것은 아닌 것이다

믿을 수 없는 현실

누구나 인생을 살아가면서 많은 우여곡절을 경험한다. 그러나 임기를 부여받은 공공기관장으로 근무하다가 어느 날 황당하게 해임통고를 받았다. 하루 전날 퇴근시간이 지나서 갑자기 통고를 받았고, 다음 날 아침 나는 해임된 기관장으로서 사무실 짐을 정리해야 했다. 그리고 오전 10시 마지막 전국에 근무하는 직원들을 대상으로 화상회의를 통하여 인사를 하고 함께 근무했던 간부들과 점심식사를 한 후 관사로 돌아와 짐 정리를 해야 했다. 참으로 많은 생각이 들었다.

나는 현실을 도저히 그대로 받아들일 수 없었다. 지인에게 전화를 걸어서 소송에 대하여 문의했고, 결국 그날로 나는 인사권자인 대통령을 상대로 행정소송을 제기하기로 하면서 정신적, 신체적, 경제적으로 긴 고통의 시간을 보내게 되었다. 주위의 가까운 분들은 직접 찾아오거나 전화로 대부분 소송을 만류했다.

그들이 소송을 만류한 것은 나의 억울한 부분은 충분히 이해가 되나, 살아있는 권력인 현직 대통령을 상대로 소송을 제기하는 것은 소송에서 승소하기가 어려울 뿐 아니라 만약 지게 되면 더 큰 마음의 상처를 받게 됨은 물론, 소송에 따른 경제적 손실도 너무나 클 것이라는 이유 때문이었다. 그러나 나는 소송을 진행하기로 결심을 했다. 그대로 이를 받아들인다면 내가 죽을 때까지 가슴에 불덩이를 넣고 살아가야 할 것 같았다. 해임의 절차는 물론, 그 사유에 있어서 나는 조금도 동의할 수 없었기 때문이었다.

내 전부를 건 행정소송

나는 지인의 도움을 받아 소장의 초안을 작성한 다음, 지인이 소개해 준 변호사 사무실을 찾아가 내가 준비해 온 서류를 전달하였다. 소송은 생각만큼 빠르게 진행되지 않았다. 피고 측 대리인은 첫 기일에 나타나서 당일 아침에 서류를 넘겨받았기에 읽어보지도 못하고 재판장에 나오게 되었다며, 다음 기일을 잡아주면 그때 준비를 해서 나오겠다고 했다. 나는 나름대로 잔뜩 준비를 하고, 피고 측이 도대체 어떤 이야기를 할 것인지를 궁금해 하며 출석했는데, 첫 재판은 5분도 채 걸리지 않고 끝이 났다. 1개월 보름 뒤로 기일이 잡혔다. 그 이후에도 재판은 서면과 자료제출 확인 등 평균 5-10분정도로 끝이 나고, 나는 또 1-2개월씩 재판 기일을 기다려야 했고, 길게는 4-5개월씩 기다려야 하는 경우도 있었다. 다른 일을 하려고 시도를 해보았지만, 늘 머릿속에는 재판과 소송이란 묵직한 덩어리가 자리를 잡고 있어서 집중을 할 수가 없었다.

우선 나는 서울행정법원에 낸 첫 소장에서 피고 측에게 도대체 해임사유가 무엇인지 구체적으로 밝혀 달라고 했다. 몇 달이 지나서 피고 측은 서면을 통하여 해임사유는 1) 운전원에 대한 갑질 2) MOU 체결로 기관의 신뢰를 훼손한 것 2가지라고 밝혔고, 해임 사유는 아니나 형량의 고려사항으로 직원에 대한 보복인사를 언급했다.

재판과정에서 나는 세 가지를 주로 언급했다.

첫째, 정부가 업무를 처리하면서 이러한 절차와 방법으로 처리해서는 안 된다는 것이다. 편의점 아르바이트생도 이렇게 해고하지는 않는다. 4,500명이 넘는 직원이 근무하고 있는 공공기관의 기관장을 해임하면서 인사권자인 대통령(피고)이 공사의 최고의결기구인 이사회도 거치지 않았고, 심지어 정부에서 이러한 문제를 다루고자 설치하여 운영하고 있는 공공기관운영위원회 조차 단 한 번도 의안으로 상정하지도 않았으며, 당사자인 나에게 주무부처를 통해서도 해임사유를 사전에 제시하거나 단 한 번의 소명기회조차 없이 일방적으로 해임을 통보한다는 것은 법을 떠나서 최소한의 상식으로도 이해할 수 없는 일이라는 것이다.

둘째, 나는 사실에 근거하지 않는 사유로 해임이 되었다는 것을 주장했다.

1) 해임사유1과 관련하여 나는 운전원에게 갑질을 하지 않았다는 것을 주장하였다. 취임 후 운전원, 비서실장과 함께 아침운동을 하는 것이 어떠냐는 제안을 하였고, 모두 적극 동의하여, 공사에 1시간 일찍 출근하여 사내 체력단련실에서 운동을 한 것이

전부였기 때문이다.

나는 음주를 하지 않기에 퇴근을 시간에 맞추어 하고, 대신 아침 운동을 제안하여 본인의 동의하에 출근 시간을 1시간 앞당겼고, 그마저도 회의, 출장 등에 지장이 없는 일정만 하였기에 주당 1.6회 정도였다. 아울러 내가 지역신문에 이와 관련된 기사가 보도된(2019년 8월 말-9월 초) 날에 아침운동을 그만두었기에 해임 날짜가 2020년 4월이었던 것을 보았을 때 이 건을 문제 삼아 해임까지 시키는 것은 타당하지 않을 뿐 아니라, 운전원 본인이 주장한 것도 아니고, 객관적인 근거도 없이 특정 신문에 일방적 기사로 보도되었다는 것만으로 공공기관장을 해임하는 것은 인사권의 남용이라는 것을 주장했다.

공공기관장이 1주일에 1.6회 운전원의 동의하에 조기에 출근한 것 자체가 갑질로 볼 수 없다는 것이다. 만약 내가 1시간 일찍 출근하여 사무실에서 신문을 보거나 책을 읽었다면 그것이 갑질이냐고 물었다. 운전원이 관사에서 공사까지 출근을 하도록 운전을 하는 것은 그의 기본 업무이기 때문이다. 나는 외부에 내가 개인적으로 운동을 하기 위하여 관용차를 사용하여 헬스장을 다닌 것이 아니었다.

비리로 해임된 지역출신 정치 낙하산 R감사가 1월 말 해임되자 그와 관계되는 사람들이 철 지난 사건을 다시 끄집어내어 해임사유를 억지로 만든 것이다(법원 증거자료로 제출된 운전원 L의 진술서 및 국토부 감사 보고서에 그 내용이 상세하게 기록되어 있음).

2) 해임사유2와 관련하여 공사의 드론교육센터 관련 MOU 체결은 체결당시 법적으로 내용적으로 아무런 문제가 없이 체결되었다. MOU 체결 후 2개월이 지나서 앞서 언급한 바와 같이 R감사는 지역감정을 조장하는 내용으로 지역신문에 기사화시켰고, 앞의 사안과 마찬가지 방법으로 지역출신 국회의원에게 전달하여 국정감사장에서 질의를 하게 하고 이를 다시 언론에 보도되도록 함으로써 사장에 대한 이미지를 훼손하였던 사안이다.

나는 오히려 언론과 R감사의 기획보도로 인한 엄청난 피해자일 뿐이다. 특히 드론교육센터 관련 내용은 MOU의 여러 가지 내용 가운데 하나로 포함되긴 하였지만, 이 내용은 사전에 사장에게 보고조차 되지 않았던 내용이며, 나는 현장에서 이를 파악하고, MOU가 통상적인 협력의사를 확인하는 행위이기에 더 이상 이를 문제 삼지 않았고, 아울러 당시 현장의 여러 가지 상황을 종합하여 체결에 응했던 것이다.

법적 효력이 없는 MOU를 당시 상황에서 실정법을 위반하거나 MOU체결 효과로 인하여 구체적으로 어떠한 손실이 발생한 것이 아님에도 불구하고, 특정인의 사주에 의하여 언론에 보도 되었다는 것만으로 이를 공공기관장을 해임하는 사유로 삼는 것은 현저히 인사권을 남용한 것이라는 입장을 표명했다.

3) 해임 사유 외에 형량 감안 사유로 피고 측이 제시한 내용 관련해서는, 해임된 지역출신 R감사가 감사실 인사를 특정지역 중심으로 왜곡(60%이상)시키고 감사실에 근무하는 사람으로서 적합하지

않는 사람을 배치시켰다는 것을 고려했을 때, 비리 월권을 자행한 감사가 해임된 이후 2020년 정기인사에서 절차에 따라 신임 감사실장의 전출입요구서를 받아서(법원 증거자료로 제출됨) 지역균형과 업무의 전문성 책임성 등을 고려하여 인사를 실시했던 것이다.

감사실만 인사를 별도로 한 것도 아니었고, 매년 실시하는 정기 인사의 맥락에서 2020년 공사에서 실시한 정당한 인사를 두고, 비리로 물러난 감사를 추종했던 몇 사람들이 주장하는 '사장으로부터 보복인사를 당했다'라는 말은 엉터리 프레임이기에 이는 사장의 해임사유에 해당하지 않을 뿐 아니라 앞선 두 가지가 해임사유가 될 수 없으며, 해임사유가 없는 상황에서는 형량이라는 것 자체가 존재할 수 없다고 주장했다.

특히 노조에서는 자신들이 주장하는 노조 간부 승진요구 사항 등을 수용하지 않았던 데 대한 불만을 기회삼아 '사장이 감사실에 보복인사를 했다'고 주장하였는데, 피고 측이나 피고 측 증인으로 출석한 K 비상임이사(사실 공사의 비상임이사 상당수가 구성 당시에 R감사의 영향력으로 구성되다 보니 특정지역과 특정학교 출신으로 구성되어 있었기에 정상적인 이사회 운영을 방해한 요소로 상당히 작용하고 있었음)는 나에게 보복인사를 했다는 것을 인정하라고 터무니없는 내용을 강요하며, 1심 법정에 증인으로 출석해서 엉터리 주장을 한 것 모두가 왜곡되고 일방적인 것에 지나지 않는다는 것을 피력했다.

셋째, 지방이전 공공기관이 지역발전에 기여를 해야 하지만, 국가발전을 위해서 지역 토호세력의 부당한 압력과 횡포에 휘둘려서는 안 된다고 생각한다, 나의 해임사건은 이러한 지역 토호세력의 교활한 정치적 모략과 밀접하게 관련되어 있다는 점을 주장했다.

문재인 정부의 정치 패거리들은 자기들의 정치 하수인으로 전문성이나 공직경험이 전혀 없는 정치 모리배를 낙하산 감사로 임명하였으며 이렇게 임명된 그는 취임 후 온갖 비리와 월권을 자행하였으며(증거자료는 R감사에 대한 감사원 감사결과 보고서로서 공개된 자료임), 결국 감사원 감사결과에 따라 공공기관운영위원회를 거쳐 해임이 되었다(법원 증거자료). 그는 재임 당시 인사에 부당하게 개입하고, 비리와 월권을 자행하면서 이에 협조하지 않는 나에 대하여 지역 신문기자를 동원하여 온갖 음해를 하고 사장으로서의 업무추진을 방해하였을 뿐 아니라, 자신이 해임되자 청와대(노*민 비서실장, 대학선배, 평소 '** 형'이라 함), 국회(비리로 구속된 이*직 국회의원, 고교동기), 국토부(김*미 장관과 대학동기) 등 지인을 총 동원하여 해임을 사주하였으며, 이들 모두는 기습적으로 대통령의 인사권을 중간에서 농단한 것이다.

실제 그들은 자신들의 정권의 힘을 믿고, 해임과 관련된 절차도 거치지 않았을 만큼 파렴치하고, 부패하였으며, 오만한 권력집단이었다는 것을 주장하며, 해임취소의 당위성을 주장한 것이다.

결국 이러한 내용과 관련된 나와 피고 측의 지루한 서면 작성을 통한 공방은 긴 기간 지속되었고, 매 서면을 작성할 때마다 나는 엄청난 스트레스를 받으며 직접 모든 것을 작성한 후 나의 변호사에게 전달하여 최종 점검을 받은 후 법원에 제출하도록 하였다. 매번 피고 측이 주장하는 엉터리 왜곡된 주장의 서면을 읽으면서 그들의 주장이 왜 사실이 아닌지를 반박하는 내용을 작성하는 것이 무척 고통스러웠다.

나와 연관된 사람들의 고통

무엇보다 힘든 일은 나와 함께 일했던 사람들이 나의 해임을 계기로 좌천의 고통을 겪고 있다는 소식을 들을 때였다. 가끔 공사에 근무하는 간부나 직원들 가운데 안부전화를 해 주고 직원들의 경조사 소식이나 나와 가깝게 근무하던 사람들의 소식을 전해 주는 경우가 있었다.

몇 사람들의 소식을 물으니 내가 공사를 떠난 후 K비상임이사가 주도가 되어서 여러 가지 공사 경영에 개입하기 시작했다고 했다. 사장의 비서실장을 했던 S실장은 용인에 있는 교육원으로 대기발령을 내어 교육원 이전업무를 담당하도록 하였고, 인사처장과 수석 등은 연구원에 무보직으로 대기발령을 내었으며, 몇 개월 지나지 않아서 기획조정실장과 정보기획부장을 공주 교육원으로 전보발령을 내는 등 철저히 중요 보직에서 배제와 함께 본사로부터 먼 곳으로 격리조치를 하는 등 다수의 직원들을 인사조치했다는 소식을 들었다.

특히 그동안 근무실적이 우수하여 본부장 연임이나 본사 임원으로 발탁되어야 할 공사의 핵심 간부들을 무조건 연임 없이 퇴임을 시키고, 소송과정에서 나의 반대편인 피고인 측에 유리하게 진술서를 작성하여 제출한 L은 지역본부장으로 발탁이 되었으며, 피고 측 요구에 따라 증인으로 출석했던 K본부장은 연임을 시켰다는 소식을 들으면서 참으로 권력의 속성이 어떠한지를 다시 한번 뼈저리게 느꼈다.

아울러 일 잘해서 우리 공사의 미래 먹거리를 만들기 위해 불철주야 일하고 역량을 인정받던 사람들이 내가 떠난 이후 연이어서 자의 혹은 타의로 공사를 떠났다는 소식을 들을 때에는 너무나 가슴이 아팠다. 모두가 공사의 미래를 위해서는 찾아다니면서 적극적으로 모셔 와야 할 우수한 인재들이였기 때문에 내가 느낀 좌절감은 더욱 컸다.

특히 R감사가 해임된 이후 새로 임명된 감사 역시 정당 출신의 낙하산 인사였다. S는 감사로 임명되자 곧바로 무보직 상태로 연구원에 대기발령 상태에 있던 인사처장을 징계하라고 갖은 압력을 행사하였고, 인사위원회에서 자신의 뜻이 관철되지 않으니 무보직 상태로 다시 제주도로 보낸 후 결국 징계를 하도록 자신의 의지를 관철시켰다는 소식을 듣고서 참으로 문재인 정부의 공공기관에 대한 인사가 얼마나 형편없는 인간들을 낙하산으로 내려 보냈으며 그 폐해가 얼마나 큰지를 다시 한번 실감할 수 있었다.

문재인 정부 초기부터 환경부 블랙리스트로 장관이 구속되었음에도 불구하고 그것을 올바로 바로잡지 못하고, 내가 근무하였던 LX가 결국 1공사 2사장의 파행을 겪었고, 이어서 인천공항공사까지 1공사 2사장 체제가 되도록 만드는 등 정권의 마지막까지 그 잘못을 계속 반복하는 모습을 보면서 참으로 양심도 상실하고, 무능력, 무책임한 사람들이 주도한 정부라는 생각을 지울 수 없었다.

견디기 힘든 시간들

해임된 이후 나는 하루하루 집에서 시간을 보내는 것이 너무나 고통스러웠다. 잠을 제대로 잘 수도 없었고, 음식을 제대로 먹을 수도 없었다. 급속도로 건강이 나빠지고 정신적으로는 우울증을 느끼기도 하였다. 삶을 살아가기가 너무 힘들었다.

나는 걷기를 시작했다. 물과 김밥 한 줄을 배낭에 넣고 무작정 걸었다. 한강변을 따라 적게는 10Km, 많게 걷는 날은 30Km 까지 걸었다. 어떤 날은 북한산을 가기도 했다. 몸이 지치고 녹초가 될 때까지 걸어야 밤에 잠을 좀 잘 수 있었다.

사실이 아닌 내용으로, 제대로 된 절차도 없이 이런 일을 겪게 되니 그동안 힘들게 지켜온 자존감이 그리고 지나 온 삶이 송두리째 무너지는 것 같았다. 왜곡된 정보, 악의적인 정보가 얼마나 사람을 힘들게 하는지, 그리고 인간이 얼마나 비겁하고, 조직의 속성이 어떠한지 많은 생각이 파도처럼 일어났다. 아픈 마음을 건드릴까 염려하여 전화조차 하지 못하거나 무척 조심스럽게 안부를 물으며 걱정을 하는 사람도 있었다.

스스로를 이기기 위해 소송관련 서면을 작성하는 날을 제외하고는 매일 걷고 또 걸었다. 지칠 때까지. 때로는 아내가 함께 걸어주었고, 때로는 딸이, 때로는 아들이 시간을 내어 함께 걸어 주었으며, 많은 날을 혼자서 걸었다. 걸으면서 가능하면 억지로 생각을 비우려고도 했었고, 때로는 자연스럽게 지나온 삶 전체를 돌아보기도 하였다.

그러나 불쑥 불쑥 도대체 그들은 왜 나를 이렇게 하였나? 하는 생각에 마음에는 불길이 일어나기도 하였다. 63년이 넘도록 세상을 살아왔지만 인간을 이해할 수가 없었다. 그냥 그렇게 바라볼 수밖에 없었다. 그들이 나의 참 모습을 이해하지 못하듯이, 나 또한 내가 그들이 아니기에, 그들을 온전히 제대로 이해하는 것은 한계가 있을 수밖에 없다고 생각했다. 내가 나 스스로를 인정하고 변화시키기도 지극히 어려운 일인데, 내가 그들이 행동하는 것, 그들이 생각하는 것을 탓하고 바꾸려는 것이 얼마나 허황된 일인지도 생각하였다.

그렇다고 세상을 오로지 내 마음에 맞는 사람들만 선택하여 살아가거나, 나 혼자서만 살아가는 것도 아니라는 생각도 하였다. 나와 생각이 다른 사람들의 존재를 인정하고, 그들과 함께 살아가는 삶이 현실의 삶이라는 생각을 다시금 하였다. 평소에 생각해 오던 '尊異求同'을 더 깊게 음미해 보았다. 나는 내가 생각하는 것이 옳다고 생각한다. 자존감 있는 삶을 위해서 자신의 삶을 긍정적인 자세로 살아가는 것은 매우 중요하기 때문이다.

그러나 내 생각이 그러하다고 다른 사람의 생각이나 행동이 잘못된 것이라고 생각하는 것도 바람직한 삶의 자세는 아닐 것이라는 생각도 했다. 세상은 함께 살아가야 하기 때문이다. 그렇다고 내가 경험하고 있는 부당한 일들의 정당성을 인정하는 것은 아니다. 나는 다른 사람을 탓하고 싶지 않다. 다만, 사실이 아닌 것은 아닌 것으로 밝히고 싶을 뿐이었다.

법원에 신청한 효력정지 가처분 신청은 시간을 끌다가 이해되지 않는 사유로 기각되었다. 아무리 손바닥으로 하늘을 가린다고 하늘이 가려지지 않을 것임을 확신하면서 스스로를 위로하였다. 결코 사실이 아닌 것이 사실로 바뀌지 않을 것이며 권력은 유한하고 그리고 또 바뀔 것이기 때문이다.

언제 끝이 날지 모르는 지루하고 힘든 소송, 그리고 얼마나 실체적 진실을 밝힐 수 있을지조차 알 수 없는 소송, 그러나 현실적으로 그 방법밖에는 내가 선택할 수 있는 다른 방법이 없기에, 나는 내가 선택한 진실을 밝히고자 다짐하며 인내의 시간을 보냈다.

산사에서 깨달음

2020년 7월에는 대구 팔공산 갓바위 아래에 있는 용덕사 주지 석담스님께서 답답하면 내려와서 당분간 절에서 생활을 해 보라고 권했다. 오랜 인연이 있는 스님이었고, 종종 찾아뵙던 곳이라 나는 책 몇 권과 간단하게 옷 몇 가지를 챙겨서 용덕사로 갔다. 산사는 고지가 높아서 크게 덥지 않았다. 반야심경과 금강경 공부에 집중하면서 매일 아침이나 저녁시간에는 20분 거리에 있는 갓바위에 올라가서 명상시간을 가졌다.

먼저 집착을 끊어 내려고 했다. 집착은 相(상)을 가지기 때문에 일어나는 것이란 생각을 했다. 자아라는 생각, 살아있는 존재라는 생각, 개체라는 생각, 개인이라는 생각이 없어야 고통으로부터 자유로워 질 수 있다는 생각에 이르렀다. 금강경에서는 이를 我相(아상), 人相(인상), 衆生相(중생상), 壽者相(수자상)이라는 말로써 표현하고, 어떤 사물에 대한 대립감을 없애라는 것을 누누이 강조하고 있었다.

반야심경에서 가장 많이 인용하는 아래의 글을 이해하고 음미하기 시작했다.

"色不異空 空不異色 色卽是空 空卽是色(색불이공 공불이색 색즉시공 공즉시색) 受想行識 亦復如是(수상행식 역부여시) : 물질적 형상으로 나타나 우리 눈에 보이는 세계는, 눈에 보이지 않는 텅 빈 본질세계와 다르지 않고, 텅 빈 그 본질세계 또한 눈에 보이는 물질적 형상의 세계와 다르지 않다. 그래서 물질적 형상의 세계는 곧 텅 빈 본질세계이며, 텅 빈 본질세계는 곧 물질적 형상의 세계인 것이다. 정신적 요소인 느낌, 생각, 의지, 인식작용도 역시 물질적 형상처럼 고정된 실체가 없이 텅 빈 것이다.

是諸法空相 不生不滅 不垢不淨(시제법공상 불생불멸 불구부정) 不增不

滅 是故 空中無色(부증불감 시고 공중무색) : 이처럼 모든 우주의 법칙은 텅빈 것이며, 생겨나는 것도 없고 없어지는 것도 없다. 더러운 것이나 깨끗한 것도 없고 늘어나거나 줄어드는 것도 없다. 그래서 텅빈 본질세계에는 물질적 형상이 없다.

無受想行識 無眼耳鼻舌身意(무수상행식 무안이비설신의) 無色聲香味觸法 無眼界 乃至 無意識界(무색성향미촉법 무안계 내지 무의식계) : 정신적 요소인 느낌이나 생각, 의지, 인식작용도 없다. 또한 눈과 귀와 코와 혀 그리고 몸은 물론이고 의식조차도 없다. 눈에 보이는 것과 소리, 냄새, 맛, 몸으로 느끼는 감촉도 없고 의식으로 분별할 대상도 없다. 눈으로 보는 세계도 없고 의식의 세계도 없다.

無無明 亦無無明盡 乃至 無老死 亦無老死盡(무무명 역무무명진 내지 무노사 역무노사진) : 어리석은 착각으로 가려진 어둠도 없고, 그 어둠이 다함도 없다. 늙고 죽는 것도 없으며, 늙고 죽는 것이 다함도 없다.

無苦集滅道 無智 亦無得 以無所得故(무고집멸도 무지 역무득 이무소득고) 菩提薩陀 依般若波羅密多(보리살타 의반야바라밀다) : 괴로움도 없고 괴로움의 원인인 집착도 없고 괴로움의 소멸도 없으며 그 괴로움의 소멸에 이르는 길도 없다. 깨달음도 없고 얻을 것도 없다. 아무것도 얻을 것이 없는 까닭에 지혜로운 구도자는 반야바라밀다에 의지하므로 마음에 걸림이 없다.

故心無罣碍 無罣碍故 無有恐怖(고심무가애 무가애고 무유공포) 遠離顚倒夢想 究竟涅槃(원리전도몽상 구경열반) 마음에 걸림이 없으니 두려울 것이 없고, 뒤집어진 헛된 생각으로부터 멀리 벗어나 완전한 열반

에 이르게 된다."

오래전부터 수없이 읽었던 반야심경이 조금씩 내 내면의 세계에서 제대로 이해가 되기 시작했다.

나는 내 존재의 본질을 생각했다. 내가 존재하는가? 내 존재는 어디에서 시작되었는가? 오래전 내 자신에게 물었던 그 끝없는 물음을 다시 시작했다. 나는 현재 실재하고 있는 이 몸과 생각하고 있는 이 정신의 결합이다. 그럼 언제까지 존재할 것인가? 죽음이 올 때까지일 것이다. 그다음은 어떻게 되는가? 나를 구성했던 구성체는 물과 흙으로 돌아갈 것이고, 분해된 분자와 원자는 우주에서 무한한 시간과 공간에서 각기 또 다른 모양의 생명체나 무생명체의 구성 요소로 끝없이 구성되고 또 흩어짐의 순환이 일어날 것이다.

따라서 내가 현재 생명체로, 하나의 주체로 존재하고 있지만, 이 집합체 자체는 우주적 시간과 공간의 차원에서는 찰나에 지나지 않은 것이다. 결국 존재한다는 것, 모든 존재는 유한하며, 종국적으로는 잠시 잠깐 모였다 흩어지는 허상임을 깨달았다. 사랑과 미움, 분노와 희열도 다 잠깐의 허상임을 확연하게 깨우칠 수 있었다. 나는 다시 한번 새롭게 깨우침을 준 般若心經의 의미를 음미하며, 읽고 또 읽었다.

아울러 나에게 큰 깨우침을 준 금강경도 본격적으로 공부하기 시작했다. 몇 권의 해설서를 읽으면서 조금씩 금강경의 깨우침을 터득하게 되었고, 이러한 깨우침의 기회가 마련된 것이 참으로 소중한 인연이라고 생각했다.

金剛經은 부처님과 제자 수보리의 문답형식으로 구성되어 있으며, 부처님은 금강경에서 그 핵심으로 '四句偈(4개의 문장 내지 글귀)'를 受持讀誦(수지독송) 爲他人說(위타인설) 할 것을 여러 차례 강조하고 있다. 비 내리는 山寺에서 읽고 또 읽었던 금강경의 4구게를 여기에 남긴다.

• 如理實見分

凡所有相 皆是虛妄 若見諸相非相 卽見如來(범소유상 개시허망 약견제상비상 즉견여래) : 무릇 형상이 있는 것은 다 허망하다. 모든 상에 실체가 없음을 알면 곧 여래를 보리라.

• 莊嚴淨土分

不應住色生心 不應聲香味觸法生心 應無所住 而生其心(불응주색생심 불응성향미촉법생심 응무소주 이생기심) : 색에 머무르는(집착하는) 마음을 내어서는 안 되며, 결코 소리 향기 맛 촉감 법에 머무르는 마음을 내어서도 안 되며, 마땅히 머무름이 없는 마음을 내어야 하느니라.

• 法身非相分

若見色見我 以音聲求我 是人行邪道 不能見如來(약견색견아 이음성구아 시인행사도 불능견여래) : 만약 겉모양으로써 나를 보려하거나 목소리로서 나를 찾는다면 이 사람은 잘못된 길을 가는 것이니, 끝끝내 여래를 보지 못하리라.

• 應化非眞分

一切有爲法 如夢幻泡影 如露亦如電 應作如是觀(일체유위법 여몽환포영 여로역여전 응작여시관) : 일체 모든 사람의 몸을 비롯하여 삼라만상이

꿈과 같고, 그림자 같고, 물거품과 같고, 아침이슬과 같고, 번개와 같으니라. 응당 이와 같이 삼라만상을 보아라.

학습의 시간

보름 정도 용덕사에 머문 후 상경을 하였고, 서울에서는 오전에는 영어공부와 중국어 공부를 하고, 오후에는 후배 소개로 붓글씨를 쓰는 서실에 나가서 묵향 속에서 글을 썼다. 기초 공부를 하고 선생님의 지도를 받으며 왕희지의 蘭亭序와 集字聖敎序를 한 자, 한 자 매일 써 나가면서 마음을 달랬다. 저녁에는 잠이 오지 않아서 혼자서 유튜브로 영화를 몇 편씩 보았다.

겨우 안정을 되찾은 마음이 피고 측으로부터 말도 안 되는 억지주장이 가득한 수십 페이지에 달하는 서면을 받으면 또 다시 피가 거꾸로 솟는 것 같았고, 며칠간 그 서면을 읽어가며 몇 페이지에 무슨 내용이 어떻게 사실을 왜곡하고 있는지, 왜 피고 측 주장이 타당하지 않는지 답변서를 작성하면서 무척 힘든 시간을 보내야 하는 일을 반복했다. 물론 내가 작성한 초안을 근거로 나를 도와주는 변호사는 법적 논리와 판례 등을 보완하여 법원에 제출하였다. 피고 측은 재판 과정에서도 참으로 최대한 시간을 지연시켜 나가면서 사람을 지치게 만드는 것 같았다.

잇몸 수술과 녹내장

소송을 하면서 나름대로 심신을 관리한다고 했지만, 잇몸이 무너지기 시작했다. 치과에 다니면서 6개월 이상 걸리는 고통스런 큰 수술과 잇몸 치료를 해야 했으며, 안압이 올라가면서 눈이 잘 보이지 않는 현상이 나타나서 안과에 가보니 녹내장이 벌써 상당히 진행되었다고 했다.

의사는 녹내장은 안압의 상승으로 시 신경을 죽게 하는 치명적인 병이며, 현재의 의료기술로는 치료나 회복이 불가능한 것이라고 했다. 사실 나는 다른 어떤 때보다 심한 좌절감을 느꼈다. 내가 실명하는 모습의 꿈을 연속으로 꾸기도 했다. 내 인생이 이렇게 끝나게 되는 것인가? 말할 수 없는 좌절감과 정신적 고통은 계속되고, 앞으로도 언제까지 이어질 것인지 모르겠지만 아마도 내 생명이 다하는 날까지 나는 이 고통으로부터 완전히 벗어나기는 어려울 것 같다.

공동체 그리고 주민자치

답답한 마음으로 시간을 보내던 중 내가 거주하는 아파트 게시판에 '아파트 운영에 필수적으로 기구인 선거관리위원회'를 구성한다는 게시물이 붙어 있었다. 지원하는 분이 없어 몇 번이나 덧붙여져 있었는데, 시간이 많이 소요되는 일이 아님에도 아무도 주민을 위해 봉사하겠다는 분이 나오지 않는다는 것이었다.

아마도 모두가 바쁜 일상생활을 해야 하고, 개인의 프라이버시가 중요시 되는 시대에 살다 보니 한 건물인 아파트 같은 동에 살면서도 서로 너무 교류가 없는 생활이 그대로 반영되는 모습인 것 같았다. 우리나라 70%에 가까운 국민이 아파트에 거주하고 있고, 아파트 역시 여러 사람들이 함께 살아가는 공동체 공간이기에 부득이 입주민들이 함께 의견을 모아서 풀어가야 할 다양한 문제들이 발생하게 되며, 이를 위하여 주민들이 자신들의 대표를 직접 선출하여 삶의 터전에서 일어나는 문제들을 해결해 나가야 할 텐데 참으로 안타까운 일이 내 삶의 터전에서도 일어나고 있는 것이었다.

누군가 공동체를 위해서 봉사하지 않는다면 중요한 의사결정이 어렵고, 그 피해는 고스란히 입주민 전채에 돌아감에도 현실은 당장 자신의 이해관계와 관련이 없으면 소극적인 것이 도시인들의 삶이라는 생각이 들었다. 그래서 나는 내 자신부터 현재 큰 부담이 없다면 이제까지 내 가족의 삶의 터전과 관련하여 봉사할 기회를 갖지 못했지만 지금부터라도 가능한 범위 내에서 아무 조건 없이 봉사하는 것이 도리라고 생각하고 관리사무소를 찾아가서 아무도 지원하는 분이 없으면 내가 봉사를 하겠다고 했다. 그렇게 해서 맡은 것이 **아파트선거관리위원장 직이다.

사실 나는 대구에 거주할 때에도 아파트 입주민 대표로 회의에 참여하여 봉사를 한 경험이 있고, 참으로 즐거우면서도 진지하게 활동하였다. 모든 과정을 투명하고 합리적으로 관리하는 것이 그렇게 어려운 일도 아니었다. 좋은 멤버들이 각자 바쁜 삶의 시간을 할애하여 자신이 살고 있는 공동체 문제에 관심을 가지고 해결해 나가는 것이야말로 인간사회에서 가장 기본이라고 생각하기 때문이었다.

모두가 바쁘다 보니 늘 밤 10시에 회의하러 모여서 12시 때로는 새벽 1시에 마칠 때도 있었다. 책임성을 강화하기 위하여 회의에서의 발언내용은 모두 녹취를 하고 그 전체를 문서화해서 모든 주민들에게 공개하는 등 참으로 생활 속의 주민자치의 모델이 될 수 있도록 하였다. 대구에서 내가 거주하던 당시 그 아파트는 모범적인 운영으로 소문이 나서 신문 기사로 소개된 바도 있다.

아무튼 내가 늘 생각하는 것처럼, 우리사회에 "큰 변화는 여러 사람이 함께할 때 가능하지만, 그 시작은 한 사람의 힘이다."라는 말을 생각하며, 내 스스로 비록 여러모로 어려운 상황이었지만, 그렇다고 이 일을 할 수 없는 일도 아니었기에 작은 책임과 의무감을 가지고 가능한 범위 내에서는 아낌없이 봉사하겠다는 마음을 실천하기로 했다. 봉사라는 것은 언제 어디서나 마음이 중요하며, 반드시 큰 직함이 필요한 것만은 아니라는 생각을 한다.

딸 윤지의 결혼식

코로나19로 미루어 오던 딸 윤지의 결혼식

을 더 미루는 것은 좋은 일이 아니라는 판단에서 간소하게 2020년 12월 12일에 결혼식을 올리도록 했다.

내가 처한 상황이 무척 어려운 여건이었지만, 그러함에도 불구하고 각자의 어려움도 많은 상황에서 직접 참석하여 축하를 해 주거나 온라인으로 축하의 마음을 전달해 주신 분들이 많아서 당초 염려했던 것 같이 쓸쓸하지는 않았다. 모두들 너무나 고마웠다.

지위나 힘이 있을 때는 많은 사람이 연락하고 찾아오는 것이 세상인심이고, 지위나 힘이나 자리를 상실한 사람에 대해서는 멀리하는 것 역시 세상인심이라고 한다. 내가 직위를 빼앗기고, 참으로 어려운 여건에 있을 때 나를 찾아와서 위로나 격려를 하는 것은 쉬운 일이 아님을 너무나 잘 알 고 있는 상황에서, 여러 가지 상황적인 어려움이 있음에도 불구하고 많은 귀한 분들이 직접 또는 간접적으로 너무나 많은 인간적인 정을 전해 주는 모습을 보면서 나

2020년 12월 장녀 결혼식

는 사람들의 진정성과 사람들에 대한 신뢰감을 느꼈다.

코로나19라는 전 인류적 재난 상황이었고, 혼주로서 현직 대통령을 피고로 하는 소송을 진행 중인 상황이라서 나로서는 참으로 미안한 생각이 많이 들었다. 말을 하지 않아도 누구보다 아빠의 마음을 잘 이해하고 내 마음을 편하게 해주려고 노력하는 딸의 모습을 보면서 고맙고 무척 든든했다. 아무리 밝은 모습으로 인생의 새로운 출발을 하는 딸과 사위를 축하하려고 하였지만, 마음 한편은 여전히 무거웠고, 특히 사돈댁을 비롯하여 많은 하객들에게는 말로 표현할 수 없을 만큼의 복잡한 심정이었다.

코로나 상황으로 신혼여행조차 가지 못하는 새내기 부부에게 그래도 앞날의 건강과 행복을 기원하는 아비로서의 마음은 참으로 간절하였다.

승소와 사장 복직

고통의 시간 속에서도 소송은 계속되었고, 해임되고 나서 해가 바뀌고 2021년 1월 26일 서울행정법원은 원고인 나에게 승소 판결을 내렸다.

해임취소 소송에서 승소를 하면서 별도의 다른 절차가 필요 없이 공사 사장으로 복직이 이루어지게 된 것이다. 나의 공사 사장으로서의 잔여 임기가 2021년 7월 22일까지라서 아직 수개월 남아 있는 상황이지만, 이미 내 자리는 후임 사장이 임명되어 있는 상황이라서 공사는 1기관 2사장 체제가 되었다.

공사 측에서는 간접적으로 출근을 하지 않았으면 하는 의사를 나에게 전달하기도 했다. 그러나 법원 판결에 따라 복직이 된 사장이 무작정 출근을 하지 않는다는 것 또한 직무유기에 해당할 뿐 아니라 그동안 훼손된 명예와 자존심 회복을 위해서도 나는 임기 마치는 날까지 출근을 하겠다는 의사를 공사에 전달하였다. 나는 물론이고 이 사건으로 인하여 국가, 공사, 후임사장 모두가 피해자라고 생각했다. 나는 그중에서 가장 큰 피해자이며, 평생 치유하기 힘든 엄청난 상처를 입었던 것이다.

그러나 나는 과거에 집착하지 않고, 역지사지, 尊異求同의 정신으로 당면한 과제 해결을 위한 합리적인 해결방안을 모색하고자 하였다. 어려운 문제는 서로의 입장을 바꾸어 놓고 생각하고 합리적으로 대안을 모색한다면 많은 부분을 해소할 수 있을 것으로 믿기 때문이었다. 일부에서는 명예회복을 했으니 사표를 내고 이제 다른 길을 찾으라고 조언을 주는 사람도 있었다. 하지만 나는 고심 끝에 나의 남은 임기 4개월을 지키기로 하였다.

2021년 1월 서울행정법원 승소, 복직 후 출근

이는 자리에 대한 욕심이 아니라 그동안 훼손된 나를 포함한 공사의 명예와 왜곡된 일들의 정상화를 위하여 가장 확실한 방안이라고 판단했기 때문이었다. 부정한 수단과 방법에 의해서 공공기관장의 임기를 중도에 박탈하는 일이 다시는 없어야 한다는 것을 입증하고 싶었기 때문이었다. 그동안 내가 힘들게 싸워 온 이유도 그러했다. 나는 이러한 나의 입장을 전제로 구체적인 상황 수습 방안을 정리하여 공사에 전달하였다.

그러나 피고 측과 공사는 판결이 있은 직후 서울고등법원에 즉시항고와 항소를 제기하였다. 그러면서 1심판결 20여 일이 지난 시점까지 상황을 수습하기 위한 그 어떠한 대안도 나에게 제시한 바 없으며, 오로지 자신들의 잘못된 의지를 관철시키기 위하여 언론을 통하여 또다시 사실이 아닌 내용으로 나의 인격을 모욕하고, 내가 복귀함으로써 공사가 마치 엄청난 혼란상에 빠진 것처럼 위기감을 조성 유포하고 있었다. 그러면서 나의 출근을 원천적으로 못 하게 하겠다는 저의를 드러내기 시작했다.

참으로 비열하기 그지없는 짓을 대통령과 국토부 공사가 합작을 하여 벌이고 있었다. 나는 아무리 내가 가는 길이 형극의 길이라도 그 길이 옳은 길이라면 기꺼이 갈 것임을 다짐하고 내용증명으로 공사 부사장에게 사장 해임발령 취소판결 및 출근에 따른 입장문(수습 방안)을 전달하였다.

1. (판결 결과에 따른 임기의 준수) 본인은 서울행정법원의 2월 26일 판

결 결과에 따라 당초 임기인 2021년 7월 22일까지 공사 제19대 사장으로서의 임기를 지킬 것임.

2. (현임 사장에 대한 존중) 본인은 공사의 업무 전반에 대한 결재와 회의주재, 공사의 대표로서 외부 행사 및 회의 참여 등과 관련하여 특별한 상황이 없는 한 제20대 김정렬 사장의 역할을 인정하고 존중할 것임. 다만, 인사부분은 제19대 사장(최창학)과 제20대 사장(김정렬)이 상호협의하도록 하고, 그 결과에 따라 결정되어야 함.

3. (명예회복을 위한 협조요청) 이번 사태로 인하여 공사와 그 구성원 모두가 피해자임. 특히, 본인은 국가의 탈법적이고 위법적인 해임발령으로 인하여 명예훼손은 물론 소송에 따르는 막대한 비용지출 등 엄청난 물적, 정신적 피해와 상처를 받았음. 따라서 LX 공사는 관련 해임취소 판결결과를 존중하여 본인의 명예회복 및 향후 잔여 임기의 업무 수행을 위하여 적극 협력해 줄 것을 요청함.

4. (LX 공사 정상화를 위한 공동협력) 제19대 사장인 본인은 제20대 사장(김정렬)과 서로 대승적 차원에서의 상호존중과 협력을 통하여 공사발전과 성공적인 경영을 위한 시너지 효과를 창출해 낼 수 있기를 기대함.

5. (인사상 불이익을 받고 있는 직원 구제) 사장해임 취소판결을 계기로 선량한 관계 직원들에게 가해지고 있는 인사상 핍박과 불이익(부당한 전보 및 징계추진 등)이 즉각 중단되어야 하며, 공사가 조

속히 안정되어야 함.

6. (향후 업무추진과 관련한 사항) 본인은 국내·외 업무관련 현장 방문, 출장 등을 통하여 공사의 취약점을 점검하고, 현장 직원들을 격려하는 등 사장으로서 역할을 성실히 수행할 계획임.

6.1 이를 위하여 본사 각 실·처 및 지역본부, 산하기관으로부터 사장 부재기간중 업무파악을 위한 업무보고를 받을 수 있도록 조치.

6.2 2명의 사장체제로 인한 혼란과 공사의 재정 지출을 최소화하기 위하여 집무실과 숙소의 위치, 규모 등에 대하여는 적정한 선에서 탄력적으로 수용할 의사가 있음.

- 2021.3.16. 제19대 사장 최창학 -

이상과 같은 내용을 4차례나 내용증명으로 보내고 정상적인 사장 업무수행을 위한 협조를 요청하였으나 피고, 국토부, 공사 측은 나의 출근을 저지하기 위하여 즉시 항고를 제기하였다는 것을 핑계로 법원의 판결 결과조차 무시하면서 일체 모든 요청사항을 거부하였고, 노조에서는 출근을 방해하기 위하여 별별 비열한 짓을 다 하였다.

나는 숙소는 물론 최소한의 업무를 수행할 수 있는 여건이 마련되지 않는 상황에서 전주 본사로 출근하는 것이 현실적으로 어려웠기 때문에 서울지역본부의 접견실을 임시사무실로 정하고 서울지역본부로 출근을 했다.

노조에서는 자신들이 무고한 사장을 모함하는 데 적극 동참하였다는 치부를 감추기 위하여 연일 거짓 내용으로 성명서를 발표하고 사장을 비난하는 내용을 여러 곳에 게시함은 물론 내가 사용하는 방에 까지 게시물을 어지럽게 붙여 놓았다. 자신들의 정당성을 확보하기 위해서는 어떻게 해서든 나를 나쁜 사람으로 만들어야 한다고 생각한 것이다.

인간의 비열함

나는 인간이 얼마나 비겁하고 모순적인 행동을 할 수 있는지를 내 눈으로 확인했다. 출근하여 그 게시물을 찢어내고, 다음 날 또 찢어내는 일이 반복되었다. 간부 몇 사람은 그래도 매일 아침 인사를 하고, 커피는 서비스 해 주었지만 공사에서는 직원 1명조차 배치해 주지 않았다.

2021년 4월 10일 복직 후 출근하면서 매일 수모를 겪으며, 또 내 스스로 이겨내어야 했다. 나는 역사를 통하여 배운 〈화냥년〉이 생각나서 아래의 글을 페이스 북에 남겼다.

[화냥년]

[출세해서 비단옷을 입고, 고향에 돌아오는 이것을 금의환향錦衣還鄕이라고 하듯이, 환향還鄕은 고향으로 돌아옴을 의미하고, 화냥

년의 본뜻은 고향으로 돌아 온 여성還鄕女이라는 뜻입니다. 이는 원래 욕도 아니며, 우리가 알고 있는 바람을 피우는 여자와는 완전히 무관합니다.

그러면 왜 환향녀還鄕女는 화냥년으로 바뀌었으며, 가장 천대받는 여자를 칭하는 욕이 되었을까요?

호란이나 왜란처럼 이 땅이 전쟁터가 되었을 때 남성은 수없이 죽어야 했고, 여성들은 수탈의 대상이 되었으며, 우리의 삶의 터전은 불타고, 고귀한 문화재는 약탈의 대상이 되었습니다. 호란이나 왜란에 잡혀간 사람들은 전쟁이 끝나고, 일종의 평화협정을 맺을 때 상당수는 본국으로 되돌려 보내집니다. 이렇게 되돌려 보내진 여성이 환향녀還鄕女입니다.

금의환향錦衣還鄕이 아니라 정절을 지키지 못한 여성의 환향還鄕이었기에 환향還鄕에 년女이 붙어 화냥년이 된 것입니다.

자기 나라도 지키지 못해 죄 없는 백성을 침탈의 대상이 되게 하고, 자신의 여자도 지키지 못해 환향녀還鄕女가 되게 한 우리의 슬픈 역사, 그러한 역사의 주체였던 우리 남성들이 붙여준 슬픈 이름이 바로 화냥년인 것입니다.

저는 화냥년이라는 말을 만들 수밖에 없었던 우리의 역사도 슬프지만, 그 시대의 한 맺힌 삶을 살아간 수많은 여성들을 생각하면 더욱 가슴이 아픕니다. 무능하고 나약해서 자신의 아내와 딸을 지켜내지도 못했으면서, 전쟁이 끝나고 돌아온 환향녀들에게 그 뜻을 알고도 상처받은 그들을 감싸고 치유해 주기보다는 멸시하고 천대했던 그 시대를 살았던 비겁한 남성들과 그 뜻도 모르면서 비난과 돌팔매를 함께 던진 무지몽매했던 그 시대 남성들을 생각하면 저는 더욱 슬프고 화가 납니다. 오히려 전쟁에서 먼저 도망가고 적들의 앞잡이 노릇을 했던 사람들은 자신들의 비겁함을 감추기 위해서 더욱 심하게 돌팔매질을 했습니다.

화냥년은 우리의 슬픈 역사입니다. 이러한 슬픈 역사를 다시는 반복하지 않기 위해서는 화냥년은 국민 모두가 가슴 깊이 새겨야 할 단어이며, 우리 모두가 가져야 할 역사의식이라고 생각합니다.

지난 1년간 저로서는 무척이나 힘든 싸움을 했고, 그 싸움은 아직도 계속되고 있습니다. 승소하여 복귀한 사장에게 그동안 씌워진 억울한 누명을 벗어날 수 있게 도움을 주는 것은 기대조차 하지 않습니다.

저는 사장으로서 책임이 없다고도 생각하지 않습니다. 매일매일 수없이 스스로를 돌아보며 자책도 합니다. 그러나 사장 해임이란 공사 초유의 사태가 발생한 근본적인 원인이나 책임을 모두 사장에게 돌리고, 오로지 시끄러워지고, 그 결과 경영평가 등급이 낮아져서 자신들이 받아야 할 성과급이 낮아진 것까지 모두 사장 탓이라고 하며 함께 돌팔매질을 하는 현실을 보면서 저는 마치 조선시대 화냥년이 된 느낌을 떨칠 수 없습니다. 그들의 비난, 기꺼이 받겠습니다. 그 비난이 두려웠다면 힘든 소송은 시작하지도 않았을 것입니다.

오늘도 저는 정치적, 지역적 특수 환경 속에서 제가 공공기관장으로서 경험한 일들을 다시 생각해 봅니다. 그리고 온 몸이 상처와 피투성이지만 저는 아직도 끝나지 않은 이 전장에서 무엇이 진정 제가 지켜야 할 가치이고, 임기가 얼마 남지 않은 공공기관 사장으로서 해야 할 일이 무엇인지를 생각합니다.]

9개월 만에 복직한 사장으로서의 참으로 착잡한 심정이었다. 그러나 나는 단 하루도 내 임기를 앞당기거나 어기지 않고, 지하철을 3번씩 갈아타며 1시간이 걸리는 출퇴근을 하면서도 임기를 지켜 나갔다. 차량을 지원해 주지 않았기에 몇 곳의 지사를 방문할 때에는 지하철과 버스, 먼 곳은 기차를 타고 다녔으며, 출장처리를 해 주지 않았기에 나는 사비를 사용하면서 내가 할 수 있는 사장으로서의 역할을 충실히 수행하고자 노력했다.

이러한 나의 노력에도 불구하고 사장직 복직 후 공사에서는 긴급 간부회의를 소집하여 복직한 사장에 대하여 혹시 사장이 방문하면 '잡상인 취급을 하라,' '문도 열어주지 마라,' '일체 요구사항을 무시하라,'는 등 참으로 공공기관으로서는 해서는 안 될 일을 자행하였고, 사장으로서 업무수행을 위하여 4차에 걸쳐 공사 측에 내용증명으로 요구한 최소한의 기본적인 사항(업무시스템 접근 ID, 업무용 차량과 기사, 행정지원 인력, 업무카드 등)까지 즉시항고에서조차 패소(2021. 6. 28.) 했음에도 불구하고 사장의 임기가 만료되는 마지막 날짜(2021. 7. 22)까지 일체 지원을 해 주지 못하도록 하는 비열한 짓을 서슴없이 저지르기도 했다.

나는 남은 임기가 얼마 남아있지 않은 상황임을 고려하여 최소한의 지원을 해 준다면 공사의 업무 사각지대나 소외된 지역이 발생하지 않도록 현장을 중심으로 점검을 하고, 이를 보완해 줄 수 있는 역할을 기대하였지만, 힘들게 지역본부와 지사 몇 곳을 방문한 후 공사의 비협조를 넘어선 방해, 냉대로 인하여 지사 방문 계획을 그만두었다.

나는 이런 일을 하는 정부가 어떻게 민주정부이고, 공정과 정의를 이야기할 수 있는지, 공공기관장으로서 그리고 국민의 한 사람으로서 정부와 정권에 대한 심한 배신감을 느꼈다. 그러나 나는 당초 나에게 부여된 3년의 임기를 끝까지 마쳤다.

퇴임사를
페이스 북에

2021년 7월 22일 공사 사장직을 퇴임을 하면서 공사의 그룹웨어 접속도 할 수 없도록 해 놓았기에 '퇴임인사의 글'조차 올리지 못하고 나는 내 페이스 북을 통해서 글을 남길 수밖에 없었다. 참으로 현실이 야박하고 서글펐다. 그래도 공사 직원들 가운데는 내 페이스 북을 보는 직원들이 다수 있었기에 그들을 통하여 내 진정성이 조금이나마 전달될 것이라 생각했다. 아래 글은 〈저는 한국국토정보공사 19대 사장으로서 임기를 마치지만, 앞으로도 언제 어디에서나 공사와 국가발전을 위하여 최선을 다할 것입니다.〉라는 제목으로 올린 글이다.

"7월 22일 저는 한국국토정보공사 사장으로서 3년 임기를 마무리합니다.

우선 제가 힘든 과정을 극복하는 데 큰 힘이 되어주시고, 아낌없는 격려와 응원을 보내주신 모든 분들께 깊이 감사드립니다. 아울러 저와 관련하여 마음에 상처를 입으신 분들께는 사과와 위로의 말씀을 드립니다.

퇴임에 앞서 지난 3년간 겪은 일들이 주마등처럼 지나갑니다. 저는 2018년 7월 공사 사장으로 취임한 후 불철주야 바쁜 일정을 소화하며 취임사에서 밝힌 4가지 주요 목표를 달성하고, 공사 전반의 혁신을 위하여 최선을 다했습니다. 그러나 아시다시피, 저는 2020년 4월 3일 부패하고 파렴치한 정치 패거리의 음해와 모략으로 제대로 된 절차도 없이 사실이 아닌 내용으로 갑자기 기관장 해임을 통보 받았으며 그 이후 참으로 견디기 힘든 고통의 시간을 보냈습니다.

생각할수록 화가 나고, 잠을 깊이 잘 수도 없었고, 밥을 먹기도 힘들었습니다. 이제까지 목숨처럼 지켜온 저의 명예와 의욕적으로 추진하던 공사의 수많은 사업들, 함께 일하던 공사 직원들 그리고 사랑하는 가족과 지인들이 보내준 신뢰를 생각할 때 모든 것을 포기하거나 좌절하고 있을 수는 없었습니다.

저는 저의 모든 것을 걸고 진실을 밝히고, 사유화된 국가권력의 부당한 행사를 바로잡기 위해서 인사권자인 대통령을 상대로 해임취소 소송을 제기하였습니다. 결코 짧지 않은 시간 정신적, 육체적, 재정적으로 힘든 과정을 거쳐서 2021년 2월 26일 저는 서울행정법원에서 승소하였고, 피고와 보조참가인(국토부, 공사)이 총11명의 변호사를 동원하여 서울고등법원에 제기한 즉시항고에서도 승소하여 당초 임기를 지켜낼 수 있었습니다.

힘든 소송과정은 물론 복직을 했지만 권력에 아부하며 사장의 정당한 직무수행을 끝까지 방해한 비굴한 인간들을 보면서 자존심도 많이 상하였지만, 제가 기관장으로서의 임기를 지키고자 한 것은 우리가 살아가는 세상이 이러한 파렴치하고 비굴하며 무개념의 인간들에게 함부로 짓밟혀서는 안 된다는 것을 생각했기 때문입니다. 아울러 저는 기관을 책임진 사람은 아무리 힘들고 고통이 따르더라도 정의와 조직과 미래를 위하여 자신의 신념을 지키는 것이 옳은 일이라고 생각하며, 사명감과 책임감 그리고 파사현정破邪顯正의 정신을 지키는 것은 참으로 공동체를 위한 귀중한 가치임을 확신합니다.

문재인 정권 사람들에게 인권, 정의, 공정, 합리적 절차를 기대하는 것은 무리라고 생각합니다. 한 사람의 인생을 무참히 짓밟고, 공공기관의 운영을 완전히 파행시켰으며, 그 결과 법정에서 1심과 즉시항고에서 명백한 사유로 패소했음에도 불구하고 그들은 누구 한 사람 사과를 하거나 피해자의 권리회복을 위한 어떠한 조치도 하지 않았습니다. 오히려 억지주장을 계속하며 지금까지도 피해자를 더욱 힘들게 하고 있습니다. 아마 그들은 앞으로도 국민이 낸 세금으로 소송을 이어가면서 그러한 행태를 멈추지 않을 것입니다. 저는 그들에게 끝까지 당당히 대응할 것입니다.

인생사에 있어서 억울하고 힘든 일을 겪고 그 굴레로부터 벗어나는 것이 결코 쉬운 일은 아니지만, 저의 삶을 언제까지나 지나온 과거사에만 얽매이게 하는 것은 바람직한 삶의 태도는 아닐 것입니다. 과거사에 집착하는 만큼, 소중한 미래의 시간과 기회를 잃어버리는 것이며, 이는 마치 백미러를 보면서 운전을 하는 것과 같은 것이기 때문입니다.

우리의 인생은 대나무와 같이 마디가 있습니다. 이제 제 삶에 있어서도 한 마디 매듭을 짓고, 새로운 삶의 여정을 열어 가는 데 더 충실해야 할 때라고 생각합니다. 늘 몸과 정신이 건강한 사람體, 마음이 따뜻한 사람仁, 역량 있고 지혜로운 사람智으로 거듭나기 위하여 또다시 새로운 변화Change, 體仁智를 추구하겠습니다.

임기를 마무리할 수 있도록 도움을 주신 여러분께 깊이 감사드립니다."

2021년 7월 22일 나는 위의 글을 남기고 퇴임식 없이 퇴임을 했다.

평소 자주 안부전화를 해 주던 L 실장이 하루 휴가를 내고 멀리서 찾아주었고, 늘 나를 걱정해 주는 친구도 바쁜 시간을 내어서 찾아주었다. 두 사람과 함께 간단하게 식사를 하고 귀가하였다.

집에는 시집간 딸과 사위를 비롯하여 가족들이 조촐하게 식사를 마련하고 막내아들은 어디에서 주문을 해 왔는지 멋진 퇴임 축하 케익도 준비해서 힘든 시간을 이겨내고 퇴임을 맞이한데 대하여 정성을 모아 한 마음으로 축하를 해 주었다. 지나간 시간들이 주마등처럼 지나갔다.

다시 찾은 용덕사

퇴임 다음 날 나는 서울을 떠났다. 지난해 보름간 머물렀던 팔공산 갓바위 아래 용덕사로 읽고 싶었던 책 몇 권과 간단한 옷가지를 챙겨서 갔다. 스님께서는 아무런 부담을 갖지 말고 몸과 마음을 잘 회복하라고 하셨다. 가끔씩 험하고 먼 산길을 마다않고 찾아주는 친구와 지인들이 있었고, 건강을 걱정하며 전화해 주는 이들도 있었다. 현직에 있을 때 연락하고 찾아오기는 쉽지만, 모든 자리에서 물러난 사람을 찾아 불편한 길을 나선다는 것은 결코 쉽지 않는 일이기에 모두가 너무나 고마웠다. 그렇게 용덕사에서 비와 천둥과 구름과 안개를 보면서 한 달을 보낸 후 병원 치료 일정으로 스님께 인사를 드리고 상경을 했다.

상경하자 병원 치료와 소송 기일이 다가오면서 또다시 스트레스를 받는 일정이 이어지게 되었다. 현실은 현실이기에 적극적으로 대응하지 않을 수 없었다. 나는 그들에게 인권을 철저히 짓밟히면서, 그리고 힘든 소송과정을 직접 거치면서 대한민국이 이렇게 허술하고 부도덕하며 무책임한 사람들에 의하여 국정이 관리되고 있음에 놀라지 않을 수 없었다.

그들의 뻔뻔하고 파렴치한 행위는 끝나지 않았다. 대통령, 국토부, 공사는 1심에서 패소하자 합작을 하여 1심과는 달리, 항소심과 즉시항고를 하면서 퇴임한 한 사람을 상대하기 위하여, 3개의 민간 로펌, 10여 명이 넘는 변호사를 동원하여 국가 예산을 낭비하면서 갖가지 억지 주장을 반복하면서 소송을 이어갔고, 불필요한 증인채택을 빌미로 시간끌기를 하면서 신체적, 정신적, 경제적으로 나를 피폐하게 만들었다.

1심 판결문에 해임사유와 절차적 문제에 대한 부당함이 명백하게 기록되어 있음에도 불구하고 문재인 대통령을 비롯한 정권의 하수인들은 소송을 계속하면서 막대한 국가 예산과 인력을 낭비하였다. 나는 이것이 과연 정의를 위한 것이고, 국민의 인권을 지키기 위한 것인지 묻지 않을 수 없으며, 주권자인 국민의 한 사람으로서 국가권력에 대한 실망감을 갖지 않을 수 없었다. 나는 내가 살아온 나라, 내가 살고 있는 나라, 그리고 내가 사랑하는 사람들이 살아가야 할 나라가 지금 내가 경험하고 있는 이런 나라가 되어서는 안 된다고 생각했다.

항소심에서도 승소

긴 고통의 시간을 보내고 나는 2022년 1월 14일 서울고등법원에서 피고 측이 제기한 항소심에서도 결국 승소하였다.

대법원에 상고한 한심한 대통령

그러나 이 파렴치한 정권은 2022년 2월 3일 또다시 3개의 법무법인, 10명이 넘는 변호인단을 대거 동원하여 대법원에 상고를 제기하였으며, 끝없이 나를 힘들게 하고 있는 상황이 계속되었다. 결국 2022년 3월 9일 대선을 통하여 이 패거리 집단이 이끌어 가는 정권은 종말을 고하게 되었지만, 그들이 벌여 놓은 이 고통스런 소송은 끝나지 않고 새로운 대통령의 취임식 때까지 계속되었다.

나는 2022년 3월 29일 오전 국회 소통관에서 기자회견을 하고, 그동안 내가 겪었던 부당한 정부의 조치 전반에 대하여 밝혔다. 많은 분들이 격려의 전화를 해 주었고, 페이스북과 유튜브 영상에는 댓글을 남겨 주었다.

2022년 5월 9일 문재인 대통령은 퇴임을 하면서 자신은 이제 자유롭게 해방이 되었다고 웃었지만, 그가 저지른 부당한 해임으로 고통을 당하는 나는 여전히 고통으로부터 벗어나지 못하고 언제 끝이 날지 기약도 할 수 없이 시간을 보내야 했다.

2022년 5월 12일 오후 6시경 나는 내 사건을 맡고 있는 최 변호사로부터 피고 측이 제출한 상고가 대법원에서 기각되었으며, 모든 것이 좋게 끝났다는 전화를 받았다. 그리고 다음 날 전달된 문서에서 대법원은 "이 사건 기록과 상고이유를 모두 살펴보았으나, 상고인들의 상고이유에 관한 주장은 「상고심 절차에 관한 특례법」 제4조에 해당하여 이유 없음이 명백하므로, 위 법 제5조에 의하여 상고를 모두 기각하기로 하여, 관여 대법관의 일치된 의견으로 주문과 같이 판결한다."고 선언하고 있었다. 주문에는 "상고를 모두 기각하고, 상고비용은 피고(대통령), 피고보조참가인(공사), 참가행정청(국토부)이 부담한다." 고 선언하고 있었다.

나는 대법원의 이 문서를 받고서 만감이 교차했다. 그동안 가슴속에 불덩이를 넣고 살아가는 것처럼 참으로 고통스러웠던 2년 40일의 긴 싸움, 내가 오롯이 감당해야만 했던 경제적, 정신적, 신체적 고통은 쉽게 치유될 수 없을 것 같다. 결국 싸움은 끝났지만, 앞으로도 나는 평생 지울 수 없는 크나큰 상처를 안고 살아가야만 할 것 같다.

9.

새로운 시작

모교 초빙교수

2022년 3월 나는 많은 아픔 속에서도 새로운 인생의 여정을 시작하였다. 나의 모교인 대구대학교에서 초빙교수로 다시 강단에 선 것이다. 오래전부터 꿈을 꾸었던 나의 모교이고, 그 무엇보다 만인에 대한 사랑과 빛과 자유의 정신을 기반으로 인류복지를 구현하고자 하는 건학이념이 캠퍼스 곳곳에 숨 쉬고 있기에 나는 더욱 자랑스럽게 생각한다.

학교로 돌아 온 첫날 아침에 나는 故 이영식 목사님과 故 이태영 총장님의 묘소를 잠시 들러서 묵념을 하면서 나의 학창시절 두 분께서 힘주어 말씀하시던 추억을 회고했다.

내가 대학생 시절 키가 작고, 머리는 백발이셨던 이 목사님은 가끔 빨간 색과 노란색의 넥타이와 와이셔츠 차림으로 늘 열정이 넘치는 모습이었고, 캠퍼스에서 학생들과 소탈하게 대화를 나누시던 동네 할아버지와 같으신 분이셨다.

졸업식과 입학식 때 학원장 인사말이나 축사를 하실 때에는 대명동 운동장이 떠나갈 정도로 억센 경상도 사투리로 웅변을 하셨는데 나는 그 모습을 보면서 마치 활화산이 용암을 분출하는 것과 같다는 느낌을 받았다. 오랫동안 잊을 수 없는 모습이었다. 故 이태영 총장님 역시 참으로 연설을 잘하셨던 분이셨고, 훌륭한 인품은 늘 많은 교수님들과 학생들의 존경을 받으셨다.

나는 이분들의 건학정신을 몸소 체험하면서 대학생활을 했었고, 그 이후 내가 대학원 석사 학위를 받을 때에는 석사과정 대표로 단상에서 이 총장님으로부터 직접 학위증을 수여받은 추억도 갖고 있다. 그러나 그 이후 이 총장님이 건강 악화로 치료차 미국으로 가신 후 내가 박사과정을 공부할 때에 결국 돌아가셨다는 연락을 받고 참으로 가슴이 아팠다. 모교에서 연구실 조교 생활을 오래하면서 누구보다 가까이서 자주 뵈었고, 너무나 훌륭하신 인품을 보여주신 분이셨기 때문에 더욱 그러한 생각이 들었다.

공직을 맡으면서 대학을 떠난 후 종종 모교를 방문할 기회가 있었지만, 막상 다시 교수의 신분으로 모교 교정을 들어서면서 느낀 소감은 새롭게 다가왔다. 그동안 모교에서 보내주는 뉴스레터를 통하여 모교의 성장과 발전 그리고 중간 중간 들리는 성장통 이야기를 보고 들으면서 언젠가 여건이 허락하면 모교에서 내 경험을 후배들과 공유하고 싶다는 생각을 해 왔었기 때문에 아마도 나로서는 감회가 더욱 컸을 것이다.

나는 모교에서 무엇을 할 것이며, 모교가 어떻게 발전하기를 기대하는가를 스스로 많이 생각했다.

우선 나는 학생에게 지식을 가르치는 것보다는 학생들 스스로가 문제의식을 가지고 좀 다르게 생각할 수 있는 인재를 길러내는 일을 하고자 한다. 나는 평소 대학은 스스로 깨우침의 과정을 거치는 곳이며, 교수는 단지 그 길을 자극하고 촉진하는 마라톤 러너의 코치와 같은 역할을 하는 것이 바람직하다고 생각해 왔다. 교수와 학생의 관계도 인생길을 앞서 가 본 사람으로서 도반과 같은 역할이 더 필요한 시대라고 보고 있다.

내가 하고 싶은 일

나는 학생들에게 많은 질문을 할 것이며, 학생들로부터 많은 질문을 받고 싶다. 전공분야는 물론 사회와 국가, 인류의 삶에 관하여 함께 토론하며, 함께 고민하고, 함께 새로운 방향을 찾아볼 것이다. 그러기 위해서 나 스스로 더 많이 읽고, 더 많이 고민하려고 한다.

나는 건강관리를 위해 평소 삶의 원칙으로 삼고 있는 매일 1시간 체력관리를 철저히 하려고 한다. 체력관리와 관련하여 내가 가장 인상 깊게 읽은 만화가 있다. 바로 〈미생〉이라는 만화였고, 나중에 드라마로도 제작된 바 있어서 이 역시 참 재미있게 보았다. 그 내용 중에 나오는 명대사를 옮겨서 남긴다.

"네가 이루고 싶은 게 있다면 체력을 먼저 길러라. 네가 종종 후반에 무너지는 이유, 데미지damage를 입은 후에 회복이 느린 이유, 실수를 한 후 복구가 더딘 이유, 다 체력의 한계 때문이야. 체력이 약하면 빨리 편안함을 찾게 되고, 그러면 인내심이 떨어지고, 그리고 그 피로감을 견디지 못하면 승부 따위는 상관없는 지경에 이르지. 이기고 싶다면 네 고민을 충분히 견뎌줄 몸을 먼저 만들어. 정신력은 체력의 보호 없이는 그것 밖에 안돼!"

나는 내 삶의 후반기에 그 누구에게도 부담을 주고 싶지 않다. 지구별 여행을 마치는 순간까지 최선을 다하여 건강하게 살면서 아낌없이 내가 추구하는 삶의 가치를 추구하고, 떠날 때는 미련 없이 떠나는 것이 내가 진정 바라는 삶이다.

나는 앞으로 10년 정도를 사회적 활동기로 생각하고 있다. 기회가 주어진다면 국가사회나 대학에서 나의 소중한 경험들을 활용하여 기관이나 조직의 혁신을 이루고 싶고, 국내이든 해외이든 나를 필요로 하는 곳에서 아낌없이 헌신적인 삶을 살아가고자 한다. 그때까지 나는 내 삶에 있어서 새로운 도전을 멈추지 않을 것이다.

우선 일을 할 기회가 있다면 나는 먼저 이 일이 나의 개인적 욕심에서 시작한 것인지를 깊이 고민할 것이다. 만약 내 스스로 판단해서 개인적 욕심이 더 많이 작용한 것이라는 생각이 든다면 가차없이 그만 두려고 한다. 나는 내가 중학교 시절부터 가졌던 '스스로를 속이지 말라'는 그 가르침을 깊게 생각할 것이다. 만약 그것이 스스로에게 부끄럽지 아니하고, 삶에 있어서 의미 있는 일이라면 나는 헌신하는 마음으로 최선을 다할 것이다.

만약 그 이후 내 삶에 있어서 시간과 체력이 허용한다면 나는 소설을 쓰고 싶다. 글쓰기를 너무 늦게 시작한 것에 대하여 조금 아쉬움은 있지만, 지금부터라도 글을 쓰는 자세를 가지고 내 삶을 살아갈 것이다.

외국어 공부

시간이 허용하면 나는 외국어 공부를 지속할 것이다. 다양한 외국어를 학습하는 것은 다양한 맛의 음식을 먹어보는 것과 같다고 생각한다. 한 인간으로 태어나서 넓은 세계를 보고, 그들의 문화를 직접적이나 간접적으로 느껴보는 것은 삶을 풍요롭게 하는 방법의 하나이기 때문이다. 언어는 가장 기본적인 다양한 문화로 들어가는 수단이다. 나는 영어 이외에 고교 시절에 독일어와 일본어를 배웠다. 그리고 공무원으로 근무하면서 중국어를 배웠다, 중국어는 더 공부하고 싶어서 직장생활을 하면서도 한국방송통신대학교 중어중문학과에 편입학을 하여 졸업을 했다. 베트남에 자문관으로 나가는 것을 계기로 ebs 강좌를 통하여 베트남어를 공부하였고, 키르키즈스탄 전자정부 마스터플랜 수립 과제의 PM을 맡으면서 기초 러시아어를 책과 MP3를 활용하여 공부했다.

중남미에 전자정부 과제수행과 파라과이 전자정부 자문관 근무를 계기로 ebs 강좌를 통하여 스페인어 기초를 공부하였다. 그동안 해외 관련 활동을 하면서 다소 부족하지만 외국어를 공부함으로써 다양한 국가의 수많은 사람들과 더 빠르게 이국적인 거리감을 줄이고 친밀감을 형성할 수 있었고, 일에 대한 자신감도 갖는 계기가 되었다. 앞으로도 시간을 아껴서 외국어 공부도 지속해 나갈 것이다.

디지털 트윈

디지털 기술과 사회변화와의 관계를 공부하는 것은 내 삶에 있어서 기본적인 학습과제라고 생각한다. 늘 새로운 기술의 트렌드를 주의 깊게 살펴보고 새로운 기술이 우리들 삶에 어떠한 관계로 변화 발전되어 가는지 끊임없이 공부할 것이다.

내가 2018년 LX 공사에 사장으로 취임하면서 이루고 싶었던 일 가운데 가장 큰 것이 디지털 기술을 기반으로 공사의 경영전반을 혁신하고, 공사의 지적측량에 초점을 맞추고 있는 업무영역을 디지털 기술 기반의 새로운 비즈니스 모델로 재창조하려는 것이었다.

우선 전 국토의 수치지적도(디지털 지적도) 구축사업을 조기에 완성하고, 이와 병행하여 기존의 3D지적을 획기적으로 확대한 개념의 국가적 사업으로 '디지털 트윈 기반 스마트시티 구축사업'의 총괄

2019년 7월 전주 스마트시티 & 디지털트윈 컨퍼런스

기획, 조정, 관리 업무를 추진하는 일이었다. 물론 나는 이 사업에 있어서 실질적인 구축 업무에 수많은 공간정보 관련 업체들이 참여하는 모델을 구상하고 있었다.

Digital Twin은 정보통신 기술, 가상현실과 증강현실 기술, Big Data 관련 기술, IoT와 센서 기술, 드론 기술, 데이터의 비쥬얼라이제이션 기술 등 첨단기술을 총동원하여 현실세계의 도시를 그대로 축소하여 컴퓨터에 구현하고, 이를 현실세계와 실시간으로 연동시켜 나가는 체제이다.

디지털 트윈에서는 현실세계에서 발생하는 각종 이벤트들이 실시간으로 표출됨과 동시에 이를 통제 관리할 수 있고, 또 다른 디지털 트윈을 통해서는 각종 시뮬레이션이 가능하도록 함으로써 궁극적인 목적은 현실세계를 가장 안전하고 시민편의성이 제고되며, 가장 민주적인 세상으로 운영될 수 있도록 지원하는 체제를 구상한 것이다.

나는 이론적, 그리고 이상적 모델로서만 이야기되는 이러한 디지털 트윈 기반 스마트 시티를 구현함에 있어서 LX의 역할을 새롭게 정립할 수 있다고 보았다. 즉, 표준적인 디지털 트윈 기반 스마트 시티의 모델을 체계적으로 기획 개발하고 실행할 수 있는 총제적 기능을 LX가 담당하고, 이와 관련된 구체적인 사업을 발굴하여 발주하며 사업관리를 하는 한편, 그 성과물을 총괄하고 종합하여 디지털 트윈을 완성하는 임무를 생각한 것이다.

물론 이러한 디지털 트윈을 직접 행정에 활용하는 것은 각 지방정부와 중앙정부, 그리고 공공기관, 연구기관들이 될 것이지만, 기본적인 플랫폼이 유지되고 최고의 안정성과 효율성을 발휘할 수 있도록 하는 역할을 LX가 수행하도록 하려는 구상을 가지고 있었다.

나는 1차적인 실제 시범사업으로 전주시를 모델로 선정하였으며, 전주시 김승수 시장과 협약을 하여 1차 년도부터 사업에 들어가는 비용은 LX가 부담을 하도록 하되, 전주시는 각종 행정정보 부문에서 협력을 하도록 하여 추진을 했었다. 많은 어려움이 있었지만, 희망의 새싹을 많이 보았다. 충분한 자신감도 있었다.

이를 구현할 구체적인 인력양성 계획이나 사업추진의 효율성을 높일 수 있는 다양한 방법들까지 구상을 해 놓았던 상황이었다. 아울러 이를 지속적으로 혁신해 나가기 위하여 전문가들로 구성된 '디지털전환위원회'를 발족한 것도 이를 위한 준비작업의 일환이었다. 불행하게도 사장직을 중도에 그만두게 되었지만, 언젠가 대한민국의 미래에는 반드시 이러한 정책이 국가적 차원에서 추진되어야 한다고 확신한다.

현재 일자리 부족으로 많은 젊은 사람들이 어려움을 겪고 있고, 기업들은 할 일이 없어서 어려움을 겪고 있는 안타까운 현실을 보면서 나는 더욱 답답함을 느낀다. 경제는 순환이다. 이 사업이야말로 제대로 추진이 된다면 시민들의 안전과 도시관리의 효율성을 획기적으로 증진함은 물론, 청년 일자리 창출, 혁신기술의 개발 촉진, 지방대학 교육기능 활성화, 해외시장 진출 등 참으로 엄청난 국가혁신의 모멘텀이 될 것이라 확신했다.

나는 내가 공기업의 사장 자리나 지위를 타의에 의하여 갑자기 그만둔 것이 아까운 것이 아니라, 이 의미 있는 일을 제대로 키워

2018년 10월 발족시켜 사장 역점 과제로 지속해 온 LX디지털전환위원회

낼 소중한 기회를 박탈당한 것이 한탄스러울 뿐이다. 참으로 세계 최고 수준의 멋진 대한민국의 스마트 시티의 기본 틀을 만들고, 이를 세계로 진출할 수 있는 절호의 기회였기 때문이다.

나는 이러한 구상을 실현할 기회가 나에게 다시 올지, 아니면 내가 구상하던 이 꿈을 누군가 또 다른 사람이 언젠가 꽃 피울 수 있는 그날이 올지 모른다. 아무튼 나는 내가 언제 어디에 있어도 이 국가적 그리고 더 나아가 세계 각국이 구현하려고 하는 이 꿈을 실현하는 데 힘을 보태고 싶다. 새롭게 출범하는 윤석열 정부가 선언한 디지털 플랫폼 정부가 결국 이와 밀접하게 연결되어 있기에 나는 디지털 트윈 기반 스마트 시티 구축 사업이 다시 활발하게 추진될 그날을 기대해 본다.

디지털 플랫폼 정부

전자정부의 새로운 모델이 나는 '디지털 플랫폼 정부'라고 생각한다. 디지털 플랫폼 정부는 국민이 정부의 존재를 느끼지 못하지만, 국민이 자신의 삶에서 불편함을 느끼지 않도록 하는 정부이다.

이를 위해서는 철저하게 각종 데이터가 정비되어야 하고, 공유가 원활하게 이루어질 수 있어야 하며, 신속하게 이를 분석하여 문제를 사전에 파악하고 적실성 있는 해결방안을 제시하여 처리해

줄 수 있는 완벽한 체계가 갖추어져야 한다. 이를 원활하게 하는 법적 제도적 장치도 물론 신속하게 갖추어져야 한다. 어떤 상황이 일어나더라도 행정은 우왕좌왕해서는 안 된다.

국민이 절대적으로 신뢰할 수 있는 정부가 되기 위해서는 시민 중심Citizen Centric으로 기존의 업무처리 방식이나 제도가 전면적으로 새롭게 재설계되어야 한다. 행정조직이나 기능에 대한 재설계에는 공무원이라는 사람만을 기준으로 업무처리 방식을 볼 것이 아니라 인공지능이 탑재된 각종 시스템과 공무원이 함께 연계된 차원에서 조직과 업무에 대한 재설계가 이루어져야 한다.

문제를 인지하는 단계에서부터 그 원인을 진단하고, 적실성 있는 대안을 발굴하는 단계, 그리고 이를 비교 분석 평가하며, 신속하게 실행하는 단계, 그 실행결과를 평가하고 피드백을 통하여 새롭게 반영하는 전 과정에 있어서 각종 데이터와 정보를 가장 신속하고 정확하게 분석하여 활용할 수 있는 첨단 정보시스템이 함께 융합된 차원에서 행정 전반의 혁신을 이루어 나가야 한다.

조그만 사고나 사건에도 허둥지둥하는 전근대적 행정체제를 과감하게 혁신하는 것은 한 분야의 전문가로는 해결하기 어렵다. 또한 일시적인 과제로서도 해결이 안 될 것이다. 각 분야의 전문가들이 각자의 전문성을 최대한 발휘할 수 있는 추진조직을 발족시키고, 이를 효율적으로 가동할 수 있도록 추진동력을 지속적으로 공급해야 한다.

새로운 정부가 해야 할 일은 현재 나타나고 있는 현상이나 문제해결에만 급급할 것이 아니라, 이러한 문제가 발생하는 근본적이고 구조적인 문제를 해결하도록 해야 하며, 그러하기 위해서는 문제가 발생하기 전에 문제를 인지하고 이를 사전에 해결하도록 함으로써 문제 자체의 발생을 미연에 방지할 수 있도록 정부조직 체계의 기능과 역할 전반에 대한 시스템적 사고를 가지고 접근해야 한다. 이러한 정부는 나는 Before Service 정부라고 한다. 그렇지 않다면 늘 행정을 허둥지둥 일이 일어나고 나서 대처하는 After Service 정부로 남을 수밖에 없다. 물론 나는 현재 우리 정부는 After Service로서의 기능도 제대로 수행하지 못하는 수준이라고 평가한다.

Globalization

나는 오늘 날 한국은 세계무대를 생각하지 않으면 안 된다는 생각을 늘 하고 있다. 무엇을 하든지 이것으로부터 예외는 있을 수 없다는 생각이다. 개인의 성장 프로그램에서부터 교육프로그램, 기업의 비즈니스 전략, 국가의 경영전략에 이르기까지 오늘날 우리는 지구촌 전체를 전제로 생각을 시작해야 한다고 본다.

과거의 세계화 전략에서는 군사력이 중심이었다. 국토와 경제력도 중요한 경쟁력의 핵심요소로 좌우되어 왔다. 그러나 이제는 세상이 달라졌다. 지식과 정보력이 경쟁력을 좌우하며, 그 핵심은 인재이다. 우수한 인재들이 마음껏 역량을 발휘하고, 이들이 한국과 가장 우선적으로 네트워킹이 이루어질 때 한국의 세계의 중심국가로 도약할 수 있고, 국가의 안전과 평화도 지켜질 수 있다. 합리성과 개방성과 다양성을 어떻게 꽃피울 수 있는가는 우리의 미래를 좌우하는 핵심 가치이다.

장벽은 힘없는 자를 보호하는 장치이나, 힘이 있는 자에게 있어서 장벽은 방해물이다. 군사력이나 경제력도 물론 중요하다. 이는 상대적 요소이며, 생존을 보장할 수 있는 가장 기본적인 요소이다. 힘이 뒷받침되지 않은 정의는 나약하기 그지없고, 지속가능하지도 않다. 따라서 우리를 지킬 수 있는 국방이나 경제력은 기본적으로 확보하면서 여기에 머물러서는 안 된다.

종국적으로는 한국은 '문화의 힘'으로 세계화를 이루어 나가야 한다. 세계화에 있어서 가장 중요하게 인식해야 할 것은 우리는 식민지 시대의 이데올로기를 넘어서야 한다는 것이다. 우리는 근대화 과정에서 식민지배의 뼈아픈 고통과 서러움을 경험한 바 있기에 이를 마땅히 극복해야 한다. 다름을 존중하고 '共存共榮'하는 자세로 우리의 활동무대를 한반도를 넘어 전 세계로 넓혀 나가야 한다.

학습

배움에 있어서 늦은 것을 후회할 필요는 없다. 내가 중국어 시간에 배운 글 가운데 기억에 남는 글이 있다. 바로 "不怕晚 只怕站"(부파만 지파참)이라는 글인데 "늦은 것을 두려워하지 말고 다만 그만둠을 두려워하라!"는 뜻이다.

아울러 나에게 큰 깨우침을 준 책 가운데 왕멍王蒙이 쓴 『我的人生哲學』이란 책이 있다. 나는 내 삶에 큰 영향을 준 왕멍에 대한 간략한 소개와 함께 그의 배움에 관한 글의 내용을 옮겨 남기고자 한다.

왕멍王蒙은 중국의 대표적인 지식인이자 네 번이나 노벨문학상 후보로 지명된 사람으로 1934년 베이징에서 출생. 1948년 중국혁명에 뛰어들어 지하당원이 되었고, 1958년에는 우파로 낙인 찍혀 16년간 신장 위구르에 유배되어 살았다. 위구르는 참으로 사람이 살아가기 너무나 힘든 환경이었다고 한다. 1979년 복권되어 베이징으로 귀환하였으며, 1986년부터 3년간 문화부 장관을 역임하였고, 중국에서 가장 사랑받는 작가로 활동한 사람이다. 그의 책에는 다음과 같은 내용이 있다.

"생존 다음에 가장 중요한 문제는 '무엇을 했는가?'이다. 그것이 삶의 가치와 질을 결정한다. 일관되게 한 번도 쉬지 않고 했던 일은 '학습學習'이였다. … 배움은 언제나 나를 고무시켰고, 힘을 주었으며, 존엄과 신념, 즐거움과 만족을 주었다. 내게 배움은 가장 명랑한 것이며, 가장 홀가분하고 상쾌한 것이다. 또한 가장 즐거운 것이며, 가장 건강한 것이다.

특히 아무 일도 할 수 없는 역경에 처했을 때, 배움은 내가 파도에 휩쓸리지 않도록 매달릴 수 있는 유일한 구명 부표였다. 배움은 내가 의지할 수 있는 유일한 의탁처이자 암흑속의 횃불과 같았고…

(중략)

배움이 있었기에 비관하지 않을 수 있었고, 절망하지 않을 수 있었으며, 미치거나 의기소침해지거나 타락하지 않을 수 있었다.

(중략)

배움을 지속함으로써 나는 하늘을 원망하며 눈물을 흘리거나, 무위도식하며 세월을 허송하지 않을 수 있었다. 나에게 배움은 타인에 의해 결코 박탈당하지 않는 유일한 권리였다."

사실 나는 인생을 살아오면서 참으로 힘든 시련을 맞을 때마다 위의 왕멍의 글을 읽고 또 읽었다.

아울러 우리 역사에서도 왕멍과 유사한 삶을 살았던 분이 바로 다산 정약용 선생이다. 나는 다산과 관련된 책도 여러 권 읽었으며, 그의 삶에서 많은 교훈을 얻었다. 특히 진성리더십 과정에서 인연이 되어 만난 진규동 도반이 쓴 『다산의 평정심 공부』라는 책을 읽으며, 오늘의 시각에서 다산의 삶을 조망하고 그의 생을 관통하는 의미를 6가지로 정리한 내용을 매우 흥미롭게 읽었고 이를 실천하면서 스스로를 이겨냈다. 다산도 18년의 유배생활, 고난의 삶 속에서 마음을 다스리며 600여 권의 책과 2,500여 수의 시를 남긴 인간승리의 상징이라고 할 수 있을 것이다. 다산의 삶을 관통하고 있는 철학을 6가지로 정리하고 있어서 이를 재음미하여 옮겨서 공유하고자 한다.

1. 긍정으로 지켜내라. 2. 자신을 개발하라. 3. 나눔을 실천하라. 4. 가족과 함께하라. 5. '이것'을 즐겨라. 6. 책임을 다하라.

사람은 누구나 인생을 살아가면서 스스로 감당하기 어려울 정도의 힘든 역경을 만날 수 있다. 그러한 역경을 슬기롭게 극복할 수 있는 지혜를 다산을 통하여 다시 배우게 되었다.

윤정구 교수님의 『진성리더십』을 읽으면서 도덕적 감정과 긍정적 심리자본을 설명한 부분에 있어 크게 공감하였다. 앞이 보이지 않는 캄캄한 암흑의 세계에서 이를 극복하기 위해서는 죄의식, 자부심, 숭고함, 긍휼감, 감사로 표현되는 '도덕적 감정'이 필요하다. 그리고 낙관, 회복탄력성, 효능감, 희망으로 표현되는 '긍정 심리자본'은 리더가 시련을 극복하는 에너지원이며 등대이자 진북을 가리키는 나침반 역할을 할 수 있다고 생각했다.

리더십 관련 책도 여러 권 읽으면서 리더가 스스로 극복하기 힘든 역경을 마주했을 때 역량 있는 리더는 어떻게 그 역경을 극복하며, 그 원동력은 어디에서 나오는지를 열심히 공부한 것이 큰 도움이 되었다.

배움과 관련하여 내가 공감하는 옛 글이 있어서 이 글 역시 이곳에 옮겨 기록으로 남긴다.

"배우지 않을지언정 배운다면 능하지 않으면 그만두지 않는다.

有弗學 學之 弗能 弗措也

묻지 않을지언정 묻는다면 알지 못하는 것이 있으면 그만두지 않는다.

有弗問 問之 弗知 弗措也

생각하지 않을지언정 생각한다면 터득하지 못하는 것이 있으면 그만두지 않는다.

有弗思 思之 弗得 弗措也

판단하지 않을지언정 판단한다면 분명하지 않으면 그만두지 않는다.

有弗辨 辨之 弗明 弗措也

행하지 않을지언정 행한다면 독실하지 않으면 그만두지 않는다.

有弗行 行之 弗篤 弗措也

다른 사람이 한 번에 그것을 잘할 수 있으면 나는 백 번하고,

人一能之 己百之

다른 사람이 열 번에 그것을 잘할 수 있으면 나는 천 번을 한다.

人十能之 己千之"

공부와 관련하여 신영복 선생의 『담론』이란 책에서 읽은 글 역시 이곳에 옮겨서 남기고 싶다.

"공부는 세계 인식과 인간에 대한 성찰로 끝나는 것이 아닙니다. 삶이 공부이고 공부가 삶이라고 하는 까닭은 그것이 실천이고 변화이기 때문입니다. 공부는 세계를 변화시키고 자기를 변화시키는 것입니다. 공부는 '머리'가 아니라 '가슴'으로 하는 것이며, '가슴에서 끝나는 여행'이 아니라 '가슴에서 발까지의 여행'입니다.

경쟁은 옆 사람과의 경쟁이 아니라 '어제의 나 자신'과의 경쟁입니다."

나는 삶에 있어서 體(몸 건강), 仁(덕성, 품격), 知(지식과 지혜를 추구하기 위한 지속적인 학습활동)를 지키는 삶을 살고 싶다. 이는 영어의 발음 Change와 같다. 인생에 있어서 반드시 지켜야 할 세 가지 핵심적 요소體仁知를 추구하기 위해서는 끝없는 도전과 변화Change가 필요하다. 특히 몸의 건강은 존재의 기반이기에 무엇보다 우선하여야 한다는 생각이다.

2022년 5월 딸 윤지의 건의를 받아서 블랙야크에서 시행하는 한국의 100대 명산 등정 프로그램을 시작한 것은 나름대로 의미 있는 일이라 생각한다. 마침 고교 후배이면서 천안함 함장이었던 최원일 대령으로부터 선물로 받은 천안함 기념 모자를 쓰고 우리나라의 100대 명산을 등정하는 것은 젊은 꿈을 꽃피우지 못하고 국방의 의무에 충실하다가 전사한 병사들의 영혼을 위로하면서 생존 장병들의 빠른 쾌유를 기원하는 의미를 담고 있다. 나는 우리나라의 100대 명산 등정을 마치면 이 기념 모자를 천안함 함장에게 전달할 예정이다.

2022년 5월 한국의 100대 명산 등정 시작

아무쪼록 건강하고, 도덕성과 책임감을 갖추며, 지식과 지혜를 더해 가는 삶으로 늘 나의 인생을 日新又日新하며 革新하는 삶을 살아가고자 한다.

10. Epilogue

자저전을 쓰는 일을 참으로 많이 망설이고 미루어 왔다.

글을 쓰는 것이 쉬운 일이 아닐 뿐 아니라, 유한한 인간의 삶에 있어서 불필요한 찌꺼기를 하나 더 남기는 것이 싫었기 때문이다.

그러나 어찌되었든 나는 태어나 한세상을 살아왔고, 또 언제인가는 떠나야 할 운명이라는 생각과 함께 인생의 후반기 다소 시간적 여유가 있을 때 내가 살아온 삶을 한번 정리해 보는 것은 의미 있는 일이라 생각되어 글을 쓰기 시작했다.

글을 쓰면서 내 삶을 되돌아보니 참으로 바쁘면서도 농도 짙게 살았다는 생각이 들었다. 마치 인생을 커피에 비유한다면 에스프레소 커피처럼…

나는 너무나 바쁘게 살아오면서 특히 많은 곳을 이동하면서 살았다.

젊은 시절 대구와 안동을 매주 오가며 대학 강의를 하였고, 경주와 상주에도 매주 강의를 다녔었다.

2003년부터 가족들이 살고 있는 대구와 내가 근무하는 일의 터전인 서울을 오고 가면서 10년이 넘는 기간을 살았고, 그 이후에는 많은 해외 국가들을 다니면서 잠을 자는 장소가 수도 없이 자주 바뀌는 삶을 살았다. 비행기를 타거나 기차를 자주 타야 했고 다른 사람보다는 이동이 많은 삶을 살아오면서 늘 마음 놓고 푹 잠을 잔 시간도 많지가 않았다.

어떤 날은 꿈에서 기차를 놓치거나 비행기를 놓치는 꿈을 꾸고 놀라서 일어나기도 하고, 어떤 날은 꿈에서 한국과 외국의 대통령이나 장관들을 만나는 꿈을 꾸면서 그분들이 내 명함을 달라고 할 때, 내 명함 지갑이 비어 있어서 당황스러웠던 경우도 몇 번이나 있었다. 그러나 실제로 나는 공직에 있으면서 단 한 번도 기차나 비행기를 놓치는 경우는 없었고, 귀빈으로부터 명함을 요구받았을 때 명함이 없었던 적도 없었다.

늘 바쁜 일정과 일에 대한 압박 속에서 그리고 긴장된 삶의 과정에서 잠시 잠깐씩 잠을 자는 경우가 대부분이었다. 그래서 잠을 깰 때 평안하기보다는 항상 '여기가 어디지?' '지금 몇 시지?' '지금 바로 무슨 일을 해야 하지?' 등이 번개처럼 뇌리를 스치는 삶이 연속되었다. 개인적 평안함보다는 맡은 일에 대한 사명감과 책임감을 강하게 느끼며 긴장감을 가지고 살아왔다는 생각이 든다.

결코 개인적으로는 평안하고 행복한 삶은 아니었다고 생각한다. 그러나 나는 이러한 내 삶을 후회하지 않는다. 이러한 삶 자체가 나의 선택이었고, 나의 운명이라고 생각한다. 그리고 결코 이러한 선택과 운명으로부터 피해가고 싶지는 않았다.

내 삶을 회고하는 이 글을 쓰는 과정에서 나는 현재까지 살아오면서 참으로 많은 사람들의 도움을 받았다는 생각이 들었다. 부모님을 비롯하여, 할머니, 그리고 어린 시절 여러 차례 꺼져가는 내 생명의 불꽃을 되살리고 '부뜰이'란 이름처럼 붙들어 주셨던, 그러나 이미 오래전 고인이 되신 시골 구담 대동병원의 김찬규 의사님, 초등학교 시절부터 오늘에 이르기까지 많은 가르침을 주셨던 수많은 선생님들, 생각해 보면 이루 말할 수 없을 만큼 많다.

늘 함께해 준 나의 친구들, 사회생활을 하면서 만났던 수많은 인연들, 이들 모두에게 감사한다. 실제 큰 도움을 받았지만 이제는 내가 기억조차 하지 못하는 사람들은 또 얼마나 많을 것인가? 국내는 물론 해외에 이르기까지 나의 삶과 관련하여 소중한 인연이 되어 주었던 모든 분들에게 진심으로 깊은 감사의 마음을 드리고 싶다.

어린 시절 나도 모르는 사이에 내 인생은 배움으로 시작하였으며, 나이가 들어가면서 배움의 즐거움과 가치를 깨달았으며, 생의 마지막 순간까지 배우면서 끝내고 싶다. 내 아버지가 나에게 지어 준 소중한 昌學(창학)이란 이름처럼….

읽어 주셔서 감사합니다.

2022. 9.

최 창 학

11. Appendix

〈최창학 인생 10계명〉

인생을 살아오면서 나름대로 늘 지키고자 마음에 담았던 '삶의 지침' 내지 '우선하는 가치'가 있었다. 산다는 것은 끊임없는 가치 선택의 연속이고, 그 가운데 우선해야 할 가치와 지켜야 할 삶의 기본적 자세가 제대로 확립되어야 늘 일관성 있는 삶을 살아갈 수 있다고 생각한다. 지난 인생을 돌아보았을 때, 때로는 그러한 삶의 지침을 잘 지켜왔고, 때로는 부족함도 있었다.

이제 인생살이 60대 중반에서 나는 지구별에서의 삶이 얼마나 지속될지는 모르지만, 지나온 삶에서 내가 긍정적으로 평가한 가치와 남은 인생에서 추구하여야 할 가치를 정리하고, 앞으로 이를 좀 더 진실하게 추구하는 삶을 살아가고 싶다.

내가 〈최창학 인생10계명〉이란 제목으로 이 글을 공개하는 이유는 이 지침을 내 혼자만의 세계에 가두어 두고 실천하는 것보다는, 이를 공개적으로 밝힘으로써 내 스스로를 더욱 철저하게 경계하고자 함이다. 혹여, 내 스스로의 깨달음이 부족하여 소홀한 부분이 있다면 많은 분들께 아낌없는 지도편달을 부탁드리는 의미도 포함하고 있다.

1. 스스로를 속이지 않으며, 신뢰와 책임감 있는 삶을 산다.
2. 늘 학습하고, 진취적, 적극적, 창의적인 삶을 산다.
3. 겸손하지만 비굴하지 않고, 자신감 있고 당당하지만 교만하지 않는다.
4. 다름을 존중하고 조화를 추구하며尊異求同, 많이 보고 들음을 통하여 생각의 깊이와 넓이를 더한다以聽得心.
5. 정의와 자유민주주의, 환경의 가치를 존중하고 지킨다.
6. 과거나 현재보다 미래를 더 생각한다.
7. 1일 1시간 운동, 그리고 몸과 마음이 건강한 삶을 지킨다.
8. 머리로 냉철하게 생각하고合理性, 가슴으로 따뜻하게 공감하며人間愛, 팔과 다리로 확실하게 실천實行力한다.
9. 인생은 一期一回, 허무함을 인정, 극복하고, 성실하게 산다.
10. 지구여행 마치는 날, 웃으면서 떠나고 샛별이 된다.

변화를 이끄는 사람의 진성 리더십(Authentic Leadership)

권선복
도서출판 행복에너지 대표이사

대한민국은 IT 인프라에 있어서 세계 최상위권을 달리는 선진국입니다. 많은 사람들이 인프라의 수혜를 누리며 편리한 생활을 하고 있지만 이러한 IT 인프라 구축과 국민을 위한 행정서비스의 기획과 실현에 이르기까지 얼마나 많은 사람들의 땀과 노력이 필요했는지는 잘 알려져 있지 않습니다.

이 책 『Digital Raimaker 최창학의 꿈과 도전』은 대학 강단에서 이 분야와 관련하여 20년을 강의하고, 지방정부 정보화담당관 겸 CIO, 대통령 직속 정부혁신위원회 전자정부국장, 한국국토정보공사 사장에 이르기까지, 다양한 자리에서 대한민국 행정 정보화와 전자정부 사업을 주도적으로 기획 추진하였고, 해외 여러 국가들의 국가 정보화와 전자정부 발전을 위하여 헌신적으로 활동해 온 최창학 박사의 삶의 이야기와 그의 신념을 담고 있는 자저전(自著傳)입니다.

저자는 디지털 기술이 양극화 되고 있는 우리사회의 격차와 간극을 줄이고, 더 자유롭고 풍요롭고 합리적인 세상을 만들 수 있다는 확신과 비전을 가지고 있었기에 과감하게 도전했고, 지금의 세계적 선진 전자정부의 뿌리를 만드는 데에 일조하였습니다.

특히, 공공기관장으로서 불의에 맞서서 끝까지 싸우며 정의가 무엇인지, 그리고 국가의 역할과 책임성이 무엇인지를 많은 사람들에게 다시 한 번 생각하게 해 준 최창학 박사의 '큰 변화는 여러 사람이 함께할 때 가능하지만, 그 시작은 한 사람의 힘이다'라는 신념을 공유하며, 저자의 선한 영향력을 응원합니다.